凝眸人生（二）

舒乙题

郭发栋　著

当代中国出版社
Contemporary China Publishing House
二〇一八年·北京

图书在版编目(CIP)数据

凝眸人生．二 / 郭发栋著．-- 北京：当代中国出版社，2018.4
ISBN 978-7-5154-0850-7

Ⅰ．①凝… Ⅱ．①郭… Ⅲ．①随笔—作品集—中国—当代 Ⅳ．①I267.1

中国版本图书馆 CIP 数据核字(2018)第 040554 号

出 版 人　曹宏举
责任编辑　姜楷杰
责任校对　于立新
封面设计　志　远
内文插画　郭稷枢
出版发行　当代中国出版社
地　　址　北京市地安门西大街旌勇里 8 号
网　　址　http://www.ddzg.net　邮箱：ddzgcbs@sina.com
邮政编码　100009
编 辑 部　(010)66572264　66572154　66572132　66572180
市 场 部　(010)66572281　66572161　66572157　83221785
印　　刷　北京润田金辉印刷有限公司
开　　本　720 毫米 × 1020 毫米　1/16
印　　张　28.75 印张　2 插页　插图 5 幅　259 千字
版　　次　2018 年 4 月第 1 版
印　　次　2018 年 4 月第 1 次印刷
定　　价　88.00 元

鮐背之秋，驀然回首，余為薄此。常尋思：人生期頤，若駒過隙，倏忽而已，乃人生何義？愚顢頇命緣：善植其心，知己，更益人。為民族，披肝瀝膽；為國家，鞠躬盡瘁，瞑目無憾！

循先道，守人倫，「人」當垂立。舉目曉曉震撼，暢懷而呼：不負此生

書于「縱談人生」第二集出版之際

丁酉年九月

写在前面

不揣谫陋，《凝眸人生》（共四集）第二集即将付梓。“写在前面”旨在作些说明。

成书之思。寒暑易节，年逾八旬。凝眸人生宛若浩瀚天空，星汉灿烂，遥不可及。而对人生这部永没句号的大书，深感不曾展卷，茫然不知所云。多年来，在人生这个领域里，钩玄提要，探幽析微，不懈采珠撷玉。澄心凝思，人生有几个断面，诸如：生存至要、生命的价值、如何錾刻塑人、何以做事、人生与读书、人生与家庭等，是每个人难以回避，生不容舍的。它们是人生的枢纽和制高点，它聚焦着人生魅力和价值光焰。故而，吾耿耿不寐，覃思终生，稍逊所悟，书于毫端。

本书独钟人生之旨，篇篇不离其宗。鉴于思想脉络的绸缪和人性、人情上的萦回舒卷，行文不宜断章立节，故各篇遴取不同视角，一题一议，各自成篇。

成书的心迹。首先是出身贫困。我出生时，家有父母和两个哥哥。薄田几亩，地瘠缺收。破院漏屋，家徒四壁，筚门圭窬，蓬户瓮牖，易衣而出，并日而食，几近乞讨度日。

长大后，妈妈对我说：在我半岁时，全身疥疮，仅有微弱的呼吸，邻居都说不行了。妈妈忍痛用一破筐把我放进去，脸上涂上黑煤，于天黑时把我送到村郊靠半山坡的荒坟中。妈妈一夜揪心难眠，因送走我时，我还有口气；所以，第二天天不亮，她独自一人，去荒坟中看我是死是活。妈妈说，她到了那里，弯腰摸了摸，谁知我的小手还在动，她就把我又捡了回来。这里由衷感恩母亲给了我第二次生命。

余一岁失怙。岁值日本入侵（1938年），连年天灾。母亲为让三个儿子活命，把十一岁的大哥送饭馆当学徒。将我卖到县城一里河。因养父虐待，我四岁那年，随人逃回老家。不久，母亲把二哥寄托邻里，又带我去一大户人家做奴仆。到了1942年河南大旱，颗粒无收。路有饿殍，哀鸿遍野，死人数百万。邻家难以度日，二哥失去寄处。母亲为救活我兄弟俩，走投无路，只好将我再次卖出。我由此更名改姓，终栖异乡，这就是我的童年。

1961年农历正月十一晚上，校长指派我到县师范学校去打井，时间是八个小时。这眼井三十米深，直径一米余。井已见水，到了熬井阶段。当夜约十时许，我耳听井筒内一阵嗡嗡声，本能地缩身紧贴井壁。轰隆一声巨响，一大木桶（俗称茅桶，作淘粪使用）连泥带水砸到井底。木桶粉碎，我被泥水溅成什么样子不言而喻。又过了两个小时，雷同的事再一次发生。我有幸躲过这两次殒命大难，这一天正是我25周岁的生日。月余，校长又指令我在师范附小的田野中掏机井。我正在井下挖泥时，背后井傍塌下一大土块，把我打压在井底泥水中三个半小时，拼死挣扎生命又一次站起……

19岁中师毕业走上讲坛。两年之余适逢1957年反右运动，政治生命旋跌低谷，斯须间成了囚徒。以后数十年的岁月风雨，浮沉跌宕，颠沛困顿，窘迫蹙额，人际漠漠，常被人视为异类而待之。井中之险与以后多次临渊战栗，无不与此嫌缘。

余生有幸赶上改革开放——中华民族崛起的春天。我又第二次偎依在组织的怀抱，感受党的温暖，从而也激起挥毫的热望。

业未竟，鬓已秋。风霜雨露之中，既沐浴到灿烂的阳光，领略了大自然的秀美，山河的壮丽，也感受到人心的善良，人情的甘醇馥香。人间毹毶根植矜曲，曲肱回味，萦怀寝兴，宛若陈酿津津。然坎坷的经历，余又多视角管窥到社会之复杂，蠡测到人性的多棱，颖悟到人心的倏变。也有缘在社会跌宕之中睥睨到人心鄙夷，世情益乖。尤其在天下风云乍起时，平素的“知己”者，似流星闪逝，如浮云飘散，从而也咀嚼到人情的冷暖，社会的炎凉，世界的悲惨。由是萌滋涂鸦些微人生的忖悟，但临纸握管，绠短汲深，惶恐之感也令己蹙额不已。

著书立言，墨子主张“言而有益”，顾炎武主张“文不苟作”，“须有益于天下”。汉代思想家王充在《论衡·自纪》中说：“为世用者，百篇无害，不为用者，一章无补。”

吾窃平生粗犷有余，文气不足；学识贫瘠，不敢厕身文学的苍穹。举目书林，自己不曾在青灯之下宵衣展卷，更没有月上西楼衣带渐宽的体味。落笔很难达到言之成理，言之含情的境界。加之一生从教，阅历逼仄，笔墨之中难免凡人之见，俗人之言，伤及大雅，以致言不称物，文不逮意，谬误贻人。

清代乾隆年间，主编《四库全书》的著名学者纪晓岚曾经说过：“世间的道理与事情，都在古人的书中说尽，现在如再赘述，仍超不过古人的范围，又何必再多著述。”

陈继儒所著《小窗幽记》中云：“尽得世间之常道，才堪论出世。能够参透世间不变的道理，才足以谈论出世。”

余虽对人生品味些许，可读到作家孙犁之言：“只有完全体验人生的各种滋味，即经历了生离死别，兴衰成败，贫富荣辱，才能了解全部人生。”所以，搦笔惴惴不安。

为此常扪心夜思。人生这部大书，古今中外，从中国的《周易》、孔孟圣贤到外国的苏格拉底、柏拉图等先哲，所著经典早已汗牛充栋，累累帙卷。即使皓首穷经，人的一生难读九牛之一毛，凭己羸弱笔力，即使殚精竭虑，也难凝瑰丽之一语。

穷理尽性，难以彻悟人生之玄妙，故多次握管，又多次敛纸合砚。

书海夜航，偶读郑板桥，谈及著书论理时，他曾撰文：“有些好处，大家看看；如无好处，糊窗糊壁，覆瓿覆盎而已。”当然这是郑板桥的谦辞，他从政为官之清廉，诗书文墨的底蕴名扬天下，历史早有定评。

学界大家季羡林有言：“书是给人家看的，哪怕有几句话对年轻人有用了，也值得。”这些精辟之见对愚朽之激励，功莫大焉。老拙岁次桑榆之年，钟鸣漏尽，从不敢自暇自逸，两眼视力不及 0.8；不懂电脑，不会上网，横撇竖捺全赖工笔书之。见识浅陋，秉性耿介，崇尚悃愊；面壁人生，秉笔直书；对字词篇点探赜浮泛，尤其是语言更无“逐字逐句，进行推敲”（作家孙犁语），贻笑大方之处在所难免，诚望读者勿悭赐教，谨敬。

《凝眸人生》，虽十余载于帷幄之中揆情度理，恐难熔黄钟大吕之言；率尔操觚之斑依会清晰在目。幸望读者于暇豫浏览之中，钩沉对人生的幽思，抑或撷取片语只言，不弃之“垃圾”系列，则足堪欣慰。

幸蒙中国现代文学馆原馆长舒乙先生题写书名，这鼎力之墨，使我欣慰，也让我深感他字犹千钧。值此宵衣旰食，愿奋笔疾书，以示钦意。

学友李索古先生，在健康状况欠佳的情况下，对本集倾注了大量心血，并乐写序言，谨致悃谢。

一花不是春，孤雁难成队。在本集成书过程中，得到不少热心朋友的鼎力支持，其中董庚学、史铭忠、高新民、上官松筠同志，对每篇文章，从命题立意、资料检索，更是付出沥血之劳；并对雏形文稿，逐篇字雕句琢加以润色，余谨表谢忱。对刘拴保同志不辞辛劳，整理打印，并在打印过程中对史料的核对和文字的勘误颇费心血，在此由衷致谢。

脱稿付梓，适幸王立年、任聪兰夫妇竭诚运筹，才使该书出版有望，谨垂首致谢。

本集中有四幅随文插图，是小孙女郭稷柩初习绘画的稚嫩之作。望包涵。

作　者

2017年9月

人间八十最风流

读大作洞晓世态，品华章茅塞顿开。

学品格老骥奋蹄，扩视野夕阳放彩。

这是渑池县教育局原局长上官珉老人《读郭发栋著〈凝眸人生〉有悟诗四首》中的一首。

上官老对《凝眸人生》（第一集）的评价十分中肯，我在拜读过郭老师的大作之后也有相同的感觉，所以我一直在企盼着郭老师大作的第二集和三、四集尽早面世。

也许有人说，郭老师毕竟是年逾八旬的老人，虽然“老骥伏枥，志在千里。烈士暮年，壮心不已”，其志可嘉，但毕竟“廉颇老矣”，不能不让人为之产生“心有余而力不足”的杞忧……

其实，这种担忧大可不必。辛弃疾早就说过，“人间八十最风流”（《鹊桥仙·为人庆八十席上戏作》），从郭老师的《凝眸人生》（第一集）所溢出的昂扬向上的精气神，我们自可相信他“不须更展画图看，自是个、寿星模样”（辛弃疾，同上）。我相信郭老师关于其余三集“将陆续分集付梓”的计划绝不是随便说说而已；他“言必信，行必果”，不会让我和喜欢他的读者失望的。

郭老师平生酷爱读书，退休前如此，退休后更是如此，有他的18架藏书可以作证。他读书，不是为了猎奇，不是为了作为茶余饭后向人卖弄的资本。他读书，是在采撷书山中的灵芝仙果，滋养饥渴的灵魂，开阔人生的阅历，增长修身济世的才智。每有所悟，他辄手自抄录原文、记下所思所得，分门别类予以珍藏。其执着，很像“每旦日出，骑弱马，从小奚奴，背古锦囊，遇所得，书投囊中”的李贺；其专注，很像采撷春茶嫩芽的茶姑幺妹；其勤奋，很像在花丛采集花粉的蜜蜂。数十年的沙里淘金，数十年的日积月累，一摞摞读书笔记，何啻千万言！有此支撑，厚积薄发的郭老师完成《凝眸人生》，岂非名厨烹小鲜，何难之有？

郭老师是个有家国情怀的长者，责任心极强。他不认同那种“六十岁告老还乡，七十岁打打麻将，八十岁晒晒太阳，九十岁躺在床上，百岁照片挂在墙上”的生活；他高吟“老当益壮，宁移白首之心”，“日出日落谁为先，月缺并非月不圆。山景总须横侧看，晚晴也是艳阳天”；他不屈服于命运，相信“心存阳光，你就是自己的神”。为了让自己的人生所悟能够对在人生旅途摸爬滚打的年轻人有所鉴戒，让“读者于茶余浏览之中，钩沉对人生的幽思，抑或撷取片言只语”，十余年来，郭老师将平生所积之读书札记，与对自己人生经历的解剖融合，潜心加以整理，呕心沥血，反复推敲，去粗取精，数易其稿；然犹不肯轻易付梓，虔诚请同事指瑕订误。凡睹此者，莫不肃然起敬。

郭老师果然言出必诺，在经过反反复复地精雕细琢之后，《凝眸人生》第二集终于要付梓了。蒙郭老师的垂爱，能在付梓前拜读他的华章，实乃余平生之一大快事。

和第一集一样，郭老师的第二集仍然保持了以下的特点。

探幽析微，不人云亦云，有自己独到的见解。如《亲疏自然》，是谈论“亲戚”如何相处的。郭老师指出：“亲戚关系的确立是以血缘外延构建的。这个网络的形成虽然说有先天的因素，但也掺杂着各种社会因素，并非单纯的血缘关系。所以这种关系是亲是疏，没有必然性，无法推导出‘是亲戚就一定要有福同享有难同当’的结论。也正是基于此，国家法律才没有规定什么‘亲戚之间有相互救助的义务’。且不说一个人后天有无兄弟姊妹、姑姑姨姨等，就是有，人家也不是为了帮助你才来到这个世界的，即使这个世界上没有你，人家也是该来到这个世界还照样会来的，和你个人全然无关。所以，我们不要天真地认为，有了某种亲戚关系的存在，对方就必须倾情相助。那是不切实际的！”类似这样的独到见解，几乎篇篇皆有，每每读到这些几近禅理之处，常“心有戚戚焉”，顿觉醍醐灌顶，不由击节叹赏。

旁征博引，深入浅出，寓哲理于逸闻趣事，无泛泛之高谈阔论。姑且以《再说“潇洒”人生》为例，为了说明“人生天马行空不如脚踏实地，疾步如飞不如稳步前行，潇洒放浪不如朴朴实实”的道理，郭老师不仅引述了先秦的老子、庄子、孟子、屈原，东汉的曹操，唐代的李白、司空图、权舆德，宋代的苏舜钦、苏轼、文天祥，明代的王实甫、揭傒斯、高攀龙和无名氏，清代的左宗棠等16人的诗文或戏剧，还引述了现当代的毛泽东、鲁迅、田汉、王蒙的诗文名言。作者娓娓而谈，闻者如沐春风，既长了识见，又广了见闻。从这个角度说来，郭老师的文集是熔思想性知识性于一炉，是一部老少咸宜的好书。

不倚老卖老自吹自擂，敢直面自己的弱点缺点自我解剖，说真话、说实话，是郭老师文集的又一特色。文章中，郭老师除了引述典故逸闻外，还不时把自己置于显微镜下，用自己的“糗事”“囧事”现身说法，很有巴金先生《真话集》的风骨。相信读过《凝眸人生》第一集的朋友，都还会记得《冲动》中这样的片段：“教训深痛，记忆犹新的一幕是，县里举办一场职工篮球赛，也是在进入决赛时，争夺冠军之战如火如荼。因裁判的一球裁决引起争执，双方顿时唇枪舌剑。其中一方五名队员退至后方篮下，整好队列。霎时间场上场下气氛凝固，几近爆炸之前的死寂。队列中走出一人振臂领呼：请裁判出场！观众哗然，人声鼎沸。此一鲁莽之举轰动邻近几县。这个领呼者就是在下——十足的蠢人。此后该球队受到两年不许参赛的处罚，自己也因此被调离县城。”相信朋友们也会记得《从“吃不饱”说起》中这样的片段：“紧靠我菜畦的一端是邻居的一片土豆，我每次浇地都捎带放水浇一遍，举手之劳，乐意而为。土豆苗得水长得真欢，望去茁壮喜人。之后土豆到了收获季节。主人挖了不少窝，挖不出土豆。询问我是否给浇水了，我以实相告，浇过几次。主人听后哭笑不得——土豆不敢浇水。如此善举误了人家一茬的收成。本意虽然想办好事，结果帮了倒忙，好在是主人没有怪罪。”第二集中这样的片段也不少见，相信读了就会知道。

郭老师不耻下问，从善若流。第一集中有些字词似乎生僻，给读者阅读造成了障碍，郭老师闻过则喜，在第二集中，努力改变行文风格，力求通俗易懂。细心的读者在阅读时可能会察觉到这一点，我就不再赘言。

以上是余拜读后的一孔之见，挂一漏万，在所难免；但野叟献曝，不揣浅陋，觍颜写出，聊作引玉之砖。望郭老师指正，望读者指正。

李　索　古

丁酉年荷月于三门峡橐山书屋

目　录

胡马乡梓情深深

——“我的根在中国”

偶读《今晚报》(2015年12月28日)一文，题目是“胡马依北风”。

文章说，1992年，在台北召开的一个关于蒙古文化的研讨会上，一位长者发表了一篇论文，说蒙古的马，对家乡的方向是非常敏锐的。文中所举例子是，20世纪50年代，蒙古为支援越南的抗美斗争，赠送五匹马。这五匹马是用卡车、火车运送到越南的。五匹马到了越南之后，第二天早上就少了一匹，怎么也找不到。半年之后，在乌兰巴托的市郊牧场，牧场主一天早上忽然发现，老远的地方有一匹钉有马蹄铁的瘦马在徘徊。当他走近这匹马时，发现马的眼睛里流出大滴大滴的眼泪。这马正是他半年前送到越南的那匹！

有人问长者，那匹马是怎么回来的呢？他说，古人有“胡马依北风，越鸟巢南枝”之说，可能是北方的风吧，北方的气息，马闻得出来。还有一说，老马识途，蒙古马出发之前，一定对着家乡嘶鸣，注意星象，这样就不会走不回来。

对这些说法的科学性，我不知道。但在中国的抗日战争中，“白马飞飞”的故事却使人难忘。

抗日战争时期，八路军某骑兵团戚连长在新疆尼勒克草原选购到一匹名叫“飞飞”的白马。它俊美神奇，性体刚烈，然颇通人性。在训练中样样优秀，在战场上更是骁勇善战，机智敏捷。

在一次激战中，八路军伤亡惨重。大病初愈的飞飞驮着受伤的连长躲进一片树林，它俯在连长身边，对着连长口吐热气去温热寒冷中连长的身躯。鬼子追来了，它为了掩护主人，纵身跑出树林引开了敌人的视线，但终因体力不支被日军俘虏。可它对日军的种种优待和诱惑视而不见，以绝食抗争。五天后，白马飞飞趁机逃脱，拖着奄奄一息的病体返回八路军驻地。

日本侵略军将领黑森对此发出不解地感叹：“一匹马都不能征服，何况一个民族，一个国家！”

马儿为什么有如此浓浓的乡情，我不识马性，说不出所以然。但中华儿女几千年来无论命运把他们安排到哪里，他们永远铭记着“我的根在中国”。

天汉元年（公元前 100 年），苏武奉命以中郎将持节出使匈奴，不幸被扣留。面对匈奴贵族的威胁利诱，苏武断然拒绝投降。匈奴先是把苏武囚禁在大地窖里，断其饮食。苏武就将毡毛和残雪一起吞下充饥，几日不死。匈奴以为他有神力，就把他迁移到人烟稀少的西伯利亚的贝加尔湖一带，让他去放羊。临行前，单于对苏武说：“什么时候这些羊生下羊羔，我就让你回到你的大汉去。”可这些羊全是公羊。就在如此恶劣的条件下，他渴了吃雪，饿了挖野鼠收集的野果充饥，冷了就偎依着羊取暖。日复一日，年复一年，手持的使节上挂着的旄牛尾装饰物也掉光了，头发和胡须也都花白了，但归汉之心仍坚如磐石。前后历时 19 年，回到故国时，他已是花甲老人了。

历史的车轮驶入近代，那种身在异国为异客，胸中长存中国心的海外赤子更是多如河汉繁星……

在“中华民族到了最危险的时候，每个人被迫着发出最后的吼声”的抗战期间，仅1939年至1942年，就有3200多名华侨放弃了国外优越平静的生活，从世界各地归来，做起了国内紧缺的汽车司机和修理工，活跃在被称作“死亡公路”“抗战生命线”的滇缅公路的国际运输线上。他们当中，有1000多人为国捐躯。虽然他们并不像飞虎队那样被世人知晓，但他们却同样是值得我们铭记的爱国志士，他们有一个共同的名字，就是“南侨机工”。

回溯历史，当新中国诞生的消息传至海外，华人华侨很快掀起归国热潮。一时间，从印度尼西亚开往香港的船上，多数为归国华侨。据统计，新中国成立之初，侨居国外的科学家5000余人，而到1956年底，已有近2000人回归祖国。

华罗庚，国际数学大师，中国科学院院士，是中国解析数论、矩阵几何学、典型群、自安函数论等多方面研究的开拓者，“中国解析数论学派”创始人。他为中国数学的发展作出了无与伦比的贡献，被誉为“中国现代数学之父”，被列为芝加哥科学技术博物馆中当今世界88位数学伟人之一。美国著名数学家贝特曼著文称：“华罗庚是中国的爱因斯坦，足够成为全世界所有著名科学院的院士。”1948年，他被美国伊利诺依大学聘为正教授，但新中国成立后不久，他毅然决定放弃在美国的优厚待遇，奔向祖国的怀抱。他在给留美中国学生写的公开信中言辞恳切地号召：“朋友们！梁园虽好，非久居之乡。归去来兮……为了选择真理，我们应当回去；为了国家民族，我们应当回去；为了为人民服务，我们也应当回去！”

茅以升是著名的土木工程学家、桥梁专家、工程教育家，中国科学院院士，美国工程院院士。他在桥梁专业领域的理论和技术令许多美国企业动心，一份份聘书送上门来。可茅以升没有接受聘请，而是决定回国。美国有些人劝他："科学是没有祖国的，是超越国界的。科学家的贡献是属于全人类的。中国条件差，你留在美国贡献会更大。"茅以升回答："科学虽然没有祖国，但是科学家是有祖国的。我是一个中国人，我的祖国更需要我。我要回去为祖国服务！"1919 年，茅以升带着一身本领回到国内，开始了为国造桥的事业。现在浙江省钱塘江上那座雄伟壮观的大桥，就是茅以升设计并主持建造的。

"中国导弹之父"钱学森，在他离美回国若干年后，美国一位专栏作家曾经写过这样一段话："金波尔（美国当时的海军次长）的话说错了，钱学森在科学上的价值，岂止抵三个师或五个师的兵力。他替中共研究的飞弹，不但完全平衡了中共与美国之间战略武力的差距，也使中国对苏联的威胁产生抗衡，同时，在美、苏两大军事强国之间，中国以其飞弹实力加上十亿人口，与苏、美形成鼎足而立的局面，简直是以一人之力换一国之力。"（《人民日报》1998 年 4 月 24 日）不管这位作家的评价是否有夸大的成分，但对于钱学森这位科学家的价值，他的重要性，确是说到了肯綮之处。

在钱学森的身上蕴含着丰厚的中华民族的传统美德，尤其是爱国主义贯穿了他生命的主旋律。在他的人生四季中，无论是生命的春天，成熟的夏天，收获的秋天，还是"满目青山夕照明"的冬天，他都洋溢着爱国主义的情怀。当身在异国，羁縻难归时，在美国的法庭上，他以黄钟大吕般的声音宣布："我是大唐的后代，我的一腔热血只能报国。我的根在中国。"

好个“我的根在中国”！行程万里，不忘初心；树高千丈，不忘其本。让我们欣喜的是，今日在海外打拼的青年才俊，越来越多的人开始走上了回国创业之路。

诺贝尔奖获得者杨振宁先生回国定居后，写下《归根》诗一首明志。其诗云：“苦负千寻质，高临九仞峰。深究对称意，胆识云霄冲。神州新天换，故园使命重。学子凌云志，我当指路松。千古三旋律，循循谈笑中。耄耋新事业，东篱归根翁。”

这些海外赤子，为什么能够在祖国需要的时候，义无反顾地回到祖国？我们不妨听听他们的回答。

邓兴旺教授是世界著名的生物学家，北京大学长期特聘教授，他曾经是美国耶鲁大学分子、细胞和发育生物学系终身教授，2013 年 4 月 30 日当选美国科学院新科院士。他长期从事植物分子遗传及生理学方面的研究，曾多次在《细胞》《科学》《自然》等世界权威刊物上发表很有影响的学术文章。他领导的实验室所取得的成果处于世界领先水平，其研究成果成为行业标准。2015 年 7 月他放弃了耶鲁大学终身教授身份，回到北大全职任职。有记者发去微信采访他：“你为什么要回国？”他很快给了回复：“我曾经不止一次地想过，祖国到底是什么。到了国外，你就会发现，你比想象中更爱身后这个国家，会爱到热泪盈眶。因为那是家，是根。”

《人民日报》2016 年 3 月 29 日发表文章说，“八成留学生回国发展！”《中国留学回国就业蓝皮书 2015》说，截至 2015 年底，我国累计出国留学人数已达 404.21 万，年均增长率 19.06%。回国人数不断增加，从 1978 年的 248 人，增加到 2015 年的 40.91 万，累计回国人数达到 221.86 万，年均增长率 22.46%。

“让我们回去把我们的血汗洒在祖国的土地上，灌溉灿烂的花朵。回去吧，赶快回去吧！祖国在迫切地等待我们！”这是 1950 年初，26 岁的留美学生朱光亚在《给留美同学的一封公开信》中这样慷慨陈词。时间虽已过去半个多世纪，然今天重读，更感醇香浓浓，陈酿味长。

老一辈科学家不远万里，以身许国，正因为他们深深懂得：个人的成就即使再耀眼，如果无助或无益于自己的祖国和人民，最终都将黯然失色。

胡马能从异国他乡远涉万里重返故土，可谓不忘本。“本”者，草木之根也。没有根，花草树木就无以生存。同样，一个人失去根本，不管天涯海角漂泊何处，栖宿何地，就宛如霜秋一叶。

人的生命活动总是在一定的社会共同体中进行的，个人生活离不开民族群体的活动及其创设的环境、背景和氛围。可以说，一个人、一个民族都是有“根”的，身上都打着无形的“烙印”。

家国情怀是我国优秀传统文化的宝贵精神财富。中华民族之所以能历经磨难而浴火重生，中华文明之所以能绵延五千载而生生不息，皆因根植于民族文化血脉深处的家国情怀重如巍巍昆仑，固若海底磐石。

鞠躬尽瘁的军马
——人该怎么活着

曾在《解放军报》读到一文。

当年7月，连长陈富裕和几名战士，一同驱车前往喀喇昆仑山以海拔高度命名的5042前哨班。

途中停车，连长径直向一堆石头前走去，在那里，他脱下军帽，低头肃立默哀。

连长回到车上后给兵士们讲了那堆石头的故事。

那里，埋着连队的一匹马。这匹马是1987年从伊犁河畔来到风雪高原的。它的使命除了陪伴战士执勤巡逻，便是给5042前哨班运送给养。马通人性，有时候兵累了，把给养往马背上一放，拍拍马背，说："老马，你辛苦一趟吧。"这马就能步履蹒跚地走上山顶。12年来，它先后跑了1200多次，送上去的物资达12吨之多。

去年，马老得实在走不动了。6月的一天，天气出奇的好，老马主动走出马厩，用牙齿扯着战士的衣襟，让我们将给养捆在它那瘦骨嶙峋的脊梁上，向山顶走去。士兵们预测到什么事情要发生，不约而同跟在老马的身后，缓缓送它前行。

老马步履沉重，鼻翼翕动，终于支持不住了。只见它一个趔趄倒在地上，一声长啸，七窍出血，五分钟后气息全无。临死的那一刻，它那一双眼睛睁得大大的，恋恋不舍地望着身边的士兵。这一刻是那么长，又觉得格外的短，士兵们终于痛哭失声。遂急向连队报告，连队又向营团上报。团里答复："厚葬。"

于是，连队给老马披红戴花，安葬在石坟里……

车内，空气像凝固一般安静，此刻连长沙哑的嗓子已经说不出话来。

下山时，我们再次把车开到石坟，采来一束芳草，放在老马的坟前……（《解放军报》2000 年 9 月 25 日）

每读一次短文，我总是血脉贲张，心潮起伏，眼眶湿润。老马无言，用牙齿扯住人们的衣襟，示意把给养捆在它的背上，它似乎明白这是自己生命的最后一程，自己该倒下了。它的精神用中华民族"鞠躬尽瘁，死而后已"的经典语言来称颂，是当之无愧的。

我不禁想起了曹孟德的诗句："老骥伏枥，志在千里；烈士暮年，壮心不已。"大自然在给我们生命的同时，也就赋予我们一份担当，我们就应当像老马那样"总得叫大车装个够，它横竖不说一句话，背上的压力往肉里扣，它把头沉重地垂下"（臧克家《老马》），无怨无悔、任劳任怨、恪尽职守、责无旁贷，不用任何花言巧语为自己的失职渎职辩解。

能够恪尽职守至死不渝者，是任何力量都不能征服的，反而可以征服对手，赢得对手的敬重。

在巴西的丛林里曾发生这样一件事。一个猎人在射杀一只豹子时，突然看到这只豹子拖着流出肠子的躯体，艰难地爬了半个多小时，终于爬到两只幼豹的面前，在拼死支撑着，继续尽着给幼豹喂奶的责任。就在这个喂奶的过程中，这只雌豹慢慢地倒了下去……看到这一幕的猎人流着眼泪折断了猎枪。此后他从狩猎者变成一名保护动物的卫士，在森林里挂起了“善待动物”的牌子，时刻保护着森林里的动物。

动物的担当精神震撼了我。我平生为国家工作几十年，自以为挺辛苦的，但与老马和雌豹相比，真的愧汗不已。

天地生人，一人应有一人之业；人生在世，一日就尽一日之责。有责不担，正气难彰；履职尽责，失职知愧。尤其是享受国家俸禄者，不管有乌纱或无乌纱、乌纱大或乌纱小，都应当司其职、尽其责，任何失职或渎职都是罪过。

凡以天下为己任的官吏，无不葆有“无为则愧”的良心操守。唐人韦应物在苏州刺史任上碰到大旱饥荒，百姓纷纷外逃，遂感慨“身多疾病思田里，邑有流亡愧俸钱”；白居易在县尉任上，看到“家田输税尽”、拾穗“充饥肠”的老妪时，不由产生“今我何功德？曾不事农桑。吏禄三百石，岁晏有余粮，念此私自愧，尽日不能忘”的自责。

白云千载，往事悠悠，今人的思想境界理当超越古人。但遗憾的是有些公职人员事业心弱化，责任感淡漠，尸位素餐，恓恓无为。他们只要不出事，宁可不干事；对工作敷衍塞责，得过且过，遇到矛盾绕着走，见到好处抢破头；该抓的不抓，该干的不干，真比“公堂木偶”还面目可憎。也有一些人不以懒政怠政为耻，反抱怨“权力受限，官事难干，人事难为”，产生了“行有愧而心不愧”的扭曲心理。他们高高在上，无心深入基层、融进百姓之中；不思服务群众，一心投机钻营；完全忘记党的宗旨，忘记造福百姓的初心。

群众对这种公职人员十分反感，说他们："上午点个卯，下午玩电脑，等着下班了"，"平平安安占位子，舒舒服服领票子，庸庸碌碌混日子"……

群众说，这些看上去"安分守己""兢兢业业"的"踏实"干部，其实就是一群寄生虫。就国家大业去看，他们消耗了国家资源，浪费了建设时间，迟滞了社会前进的车轮，贻误的是发展良机，丧失的是群众信任，动摇的是党的执政根基。小康社会的实现是等不来的，懒政也是一种背叛使命。表面看起来，他们没有贪污受贿的墨吏那样丑陋可恶，但它的腐蚀作用和吞噬国家命运的能量，与"老虎""苍蝇"们一样，都是中国特色社会主义事业的隐形杀手。

治庸问责迫在眉睫。近年来，地方上冲突不少，群体性事件时有所闻，这其中有贪腐因素，更多的是干部失职，对工作得过且过、推诿苟且而酿成的。若没有断然措施，长此以往，则遗患无穷。

责任就是使命，使命高于生命。生命可以抛弃，使命必须完成。"老马"做到了这一点，宁肯驮上物品累死于路途，也不愿瞑目于槽枥之间。

责任就是军令，在执行责任时就应一丝不苟，不迁就、不徇私。虽然看上去这有点冰冷，但它卫护的是国家的利益，无比神圣。列宁在这方面为我们做出了榜样。

十月革命胜利后，一次列宁到斯莫尔尼宫开会，却被卫兵拦住了，坚持要看他的通行证。随行的同志说："放行吧，放行吧！他是列宁！"卫兵却坚守职责："没有通行证，谁也不准进！"直到列宁拿出通行证，卫兵才放行。卫兵不因他是列宁而轻易放行，他的职责意识令人钦佩。

“好事可以分享，自己的责任自己要负”，这是犹太人的做人原则，因为他们懂得人永远无法逃避责任。人自瞒自欺易，但想遮住他人的眼睛很难。不管你把事情的责任推给谁还是归咎于客观，自己的责任都是永远无法抹去的。责任感是人们自己给自己的约法，是不成文的也是最严格的束心之纪。它鞭策人们忠于职守，也历练着人们，升华着人们做人的境界。

中华民族的文化传统中，谈及为国尽责者，人们多推崇三国时诸葛亮，称道他“鞠躬尽瘁”的精神，而我最佩服的是周恩来总理。他说：“我这个当总理的眼皮始终不敢合上！一合上，十几亿人的吃喝拉撒睡、柴米油盐醋就完全看不到了。”即便在生命最后的587天时间里，他的眼皮也未敢合上。期间他做过大小手术14次，进行各种谈话216次，接见外宾63次，召开会议40次……以至于临终时只留下“我累了”一句话。(《解放军报》2017年5月5日)

在周总理身上，我们可以真真切切感受到什么叫“鞠躬尽瘁，死而后已”。在他生命的最后两年里，有资料统计，1974年1~5月的139天中，有9天是每天工作12~14小时，有74天是每天工作14~18小时；有38天是每天工作19~23小时；有5天是连续工作24小时……(《人民日报》2004年10月19日)

周恩来的一生是个大爱大牺牲的典范。我们还是任选一天他的工作日记，看看他的工作量吧。1974年3月26日——

下午三时：起床

下午四时：与尼雷尔和谈（五楼）

晚七时：陪餐

晚十时：政治局会议

晨二时半：约民航同志开会

晨七时：在七号楼办公

中午十二时：去东郊迎接西哈努克亲王和王后

下午二时：休息（《人民日报》2014 年 3 月 29 日）

很多人都会记得晚年周恩来坐在沙发上的照片，枯瘦、憔悴，手上、脸上多处布下老年斑，唯有那一缕安详的目光一如既往。他真的是“春蚕到死丝方尽，蜡炬成灰泪始干”，一息尚存，奋斗不息，鞠躬尽瘁，死而后已。

“国家兴亡，匹夫有责。”为了 2020 年中国全面进入小康社会，我们更需要“老马”精神。如果我们人人像“老马”一样，那么强国之日定将指日可待。

老马识途

礼赞“只管种”精神

城郊有一老农，每到春季谷雨前后，他总是提着盛有不同豆类的篮子，在田间和路旁的边角隙处，撒上种子，多少年来，从无间断。

一次，我问他：“你在这些地方点上种子，秋季收成咋样？”老农憨笑着说：“管它哩，我只管种，看着这些闲地荒了，怪可惜的。”

耳听老农自感欣慰的语气，对有无收获不曾多想。这让我忆起几年前在一个赤日炎炎的伏中天气里，一位长者自掏250元，把卖瓜的半车斗西瓜一次买下，让他认识的人和门前邻里都拿走了，自己一个没要。对他这一举动，拿瓜人大惑不解，询问其故，他只说：“叫你拿你拿就是了。”邻里们后来才了解到：卖瓜的这夫妇俩是外地农村来的，这车瓜在他门口已卖了五天，中间又经两次大雨，他俩晚上露宿大街，家里还有老小。当年西瓜种植太多，几毛钱一斤也很难卖。老人此举就是为他们帮忙。难怪老人看着西瓜一会儿被拿光了时，面带悦色对卖瓜的夫妇只说了一句话：“快回家吧！”

这两位长者之为，让我想到胡适年轻时种竹子的故事。

胡适第一次从美国回国，一到故乡，母亲就对他说：“你种的毛竹现在已经成林了。你去菜园看看。”

胡适说：“妈，我没有种过竹，菜园里哪会有我种的竹子？”母亲说：“你去看。”胡适进了菜园一看，果然长满了毛竹，总有上千根了。母亲后来告诉他，在他十二三岁的时候，有一天傍晚，房族里的春富叔挑着一大捆竹子走过，他看到胡适站在路旁，便递了一根竹子给他，说是给他做烟管。胡适拿了竹子回家对母亲说：“春富叔给我做烟管，我又不会吸烟，把它种在花坛里吧。”漫漫十多年，那根竹子在花坛里长得很快，发旺起来，花坛太小了，母亲就叫人把它移到菜园里去，真的旺满了菜园，还向别人的菜园蔓延开去，连胡适自己也记不起，认不出了。

胡适的随心插竹，竟然一竹成园，这真乃无意插竹竹成林。

“只管种”的老农，和为卖瓜人解困的长者，他们的非常之举，一时会令人不解：市场经济，商品社会，人们渐渐习惯了在做任何事情之前，都有一番经济评估，有利则为，无利则弃。这使得人们的思想意识从纯朴、真诚被“红利”所浸淫。特别是“有偿服务”的概念肆虐泛滥，不管什么事，不管干什么，都要把利益的筹码先放在重要位置上，认真讨价还价一番。由此濡染，这自然使得人们的生活呈现庸俗的实用主义，使人们在更多地追求短期实效的道路上渐行渐远。

转换视角，即使老农到了秋季不曾是种豆得豆，更不望“春种一粒粟，秋收万颗子”，但这些鲜活的谷物，为大地增添了绿色，净化了空气，这有益于生态环境的贡献是实实在在的。替人卖瓜，为人解困的精神更是在为社会的精神文明增光添彩。

人活着总是要有一点精神，如果人的一切行为都与“利”连接起来，画上等号，让“利”吞噬人的灵魂，人皆为利在奔忙，把人演变成“利”的攫取机，天下的一切都散发“利”的味道，人活着的意义当是有缺憾的。

这两位老人不计收获的人生理念，在清华大学赵家和教授的人生中，让人们看到又一种“只管种”精神的版本。

赵家和教授是清华第一届优秀毕业生，因他各科成绩优异，在校时被大家羡称“清华园里顶级的聪明人”。在学校发展的新建项目和机构设立中，大家又敬称他为不可或缺的拓荒者。因此，同行人也略带惋惜地议论：“以他的聪明才智，留在无线电系，奔个院士当是不为难的。可让他转（指工作调整），他就转，一点折扣也不打。”“他就像炭火一样，在每个需要燃烧的地方燃烧，恪尽职守，无声无息。”

就是这样为事业心无二致的俊逸之秀，倒有一个与他极不般配的雅号——“抠门教授”：一美元买的化纤毛衣，一穿就是十几年。房间里最高档物品，还是多年前学生们赠给他的液晶电视。平生衣着是长期不变的一件破罩衣，一顶小皮帽，全身的行头不超过人民币一百元。退休后，无论是被聘到深圳还是美国，他总是自带铺盖、炊具等日常生活所需，租住普通房间。

赵教授真的生活拮据吗？显然不是。他自身的工资和受聘都是高薪，那何以如此给自己生活上过不去呢？

这位“抠门教授”将一生抠出来的二十多万美金让从事金融投资的学生刘迅经营。当他得知“账户里有500万了”时，他看到实现梦想的绿灯亮了。他说：“我也没有大的本事，锦上添花的事做不了，就做点雪中送炭的事情吧。”

2006年，他向江西、吉林、湖北、甘肃……寄出了第一笔助学款。2009年向西部地区寄出第二笔助学款，整整六年，他捐资助学从不留名。即使在癌症晚期，一直住在校内医院，舍不得用进口药，怕浪费国家资源。2012 年 7 月 22 日，这位“抠门教授”走了，他捐出了所有的积蓄 1500 多万，资助了 2204 名贫寒学生，他把遗体捐给校医院做研究。他只管辛勤播种了一生，没见到“收获”……

直到四年后的 2016 年，这位默默无闻在教育战线只知耕耘者的事迹才从他的接力者那里传给了人们。

常言道，一分耕耘，一分收获。可只管耕耘，不计收获，未必就没收获；有了耕耘，就急切盼望收获的也未必就一定有收获。不乏其例，付出没有回报，投资打了水漂的事多去了。所以人生在世，面对该做的事、能做的事、可做的事不必斤斤计较收获如何，有无成果并不重要，做的过程对社会而言就已经有了收获。

清人左宗棠，一个落榜举人，放着四书五经不读，八股不作，对教书也不热心。反而埋头潜心研究科学种田方法，并著作《广区田图说》。同时深入研究舆地学，自己在家里绘制地图，这着实让人感到不解。

左宗棠在研究种田时，不迷信古人，只相信实践。他认真核算每亩田的总穗数，大胆怀疑前人“穗稀秸大谷”的说法，施行密植。为此，他还和长工姜志美多次争吵起来。他认真总结自己的种田经验，并写了本《朴存阁农书》。

他自绘地图的方式也很特别：先制作一张皇舆图，纵横各为九尺。图上画成方格，假定每格各为一百里，并用五种颜色来区分各地生产的农作物。根据这张总图，各省又分为府县，并都作了说明，险要重地逐一标注，严谨而专业。他用一年时间，全新的“皇舆图”诞生了。他的这些付出，在当时看来真是无用之功，更不会有什么前景可言。

若干年后，左宗棠带兵于陕西、甘肃、新疆，这期间，他领兵明显有两大优势。一是军粮筹措完全来自当地，不需清政府支援调拨，而且比较容易征得；一是他派兵布阵多是恰到好处，让当时的俄国人对他熟知冲边要塞的军事才能望其项背。其实这两点也正是左宗棠当年对农业研究和自绘地图的收获，只不过是在当时看来无用的耕耘，多年后才见到了“红利”而已。

左宗棠的早年耕耘，虽然收获晚了一些，他还是深有感怀的。1865 年，他身居闽浙总督时，在给大儿子的信中说：“古人经济学问，都是萧闲寂寞中练习出来。积之既久，一旦实权到手，随时举而措之，有一二桩大节目事办得妥当，便足名世。”言外之意是，人的一生该耕耘时只管下功夫耕耘。

梁启超曾于 1927 年 2 月 6 日给儿子写了封家书。信中有这样一段话：“至于将来能否大成，大成到什么程度，当然还是以天才为之分限。我平生最服膺曾文正两句话：‘莫问收获，但问耕耘。’将来成就如何，现在想它作甚？着急它做甚？一面不可骄盈自满，一面又不可怯弱自馁，尽自己能力做去，做到哪里是哪里，如此则可以无入而不自得，而于社会亦总有多少贡献。我一生学问得力专在此一点，我盼望你们都能应用我这点精神。”

梁漱溟先生也曾教育儿子：“当然要先从此项学问入手，嗣则要一边做，一边研究，边学边做，边做边学，终身如此，努力不已。至于成就何事抑在学，似可不管，即有无成就，亦可不管，昔人云：‘但问耕耘，不问收获’是也。”

闻一多先生在其诗集《红烛》中，也引用“莫问收获，但问耕耘”为序诗的最后一句，以此来激励自己，鼓舞世人。

梁启超在家书中写的“莫问收获，但问耕耘”说是曾国藩所言，但此言不是曾国藩首创，而是清代理学大家太常寺卿唐鉴送给曾国藩的一句话。道光二十一年（1841 年），他将自己所著《畿辅水利》及亲笔楷书条幅“不为圣贤，则为禽兽；只问耕耘，不问收获”赠予曾国藩。曾公对此极为推崇，书此联于居室。后来在收入曾国藩日记时改为“不为圣贤，便为禽兽。莫问收获，但问耕耘。”

从梁漱溟和闻一多对此联的引用，足见人们对此言的推崇和敬畏。究其实，这句话还是老农的直白：“只管种”。

老农口中的“只管种”，虽少文采，胜似文采，真乃“清水出芙蓉”，简洁、干练，让老农勤劳、纯朴、憨厚、本分的做人形象惟妙惟肖跃然纸上。

每个人以“只管种”的心态待人，就会荡去心灵上的雾霾，见山是山，见水是水，本本分分，不以“聪明”待人。尤其在需要施助者面前，只管举步相扶，不思恩泽，不计回报，义当勇为时就是作出牺牲也无怨无悔。有了这等胸怀的人，就不会把自己做的一件好事记上一辈子，还要常挂嘴边念念叨叨，唯恐他人不知道。当今这等“只管种”精神正与日弘扬广大：社会上的爱心人士、志愿者团体、慈善组织犹如雨后春笋蓬勃涌现，令人欣喜不已。

一个人若常怀“但问收获”的心态，从人际往来到创业做事，不管身居何处，都会散发出重利轻义的味来，从而毁损个人形象，玷污做人品格。若以“只问耕耘”的理念面世谋事，就会抵御“得”的浸淫，就会远离“得”的羁扰，让自己的人生多一份灿烂的阳光，多一条绿色的通道。

缺失“只问耕耘”的人生理念，不管你练就哪家武艺，登上哪家舞台，演技如何绝伦，“得”的雾霾总使你的形象显得黯淡无光。就算自己偏居一隅搞出一点名堂，也总难为社会做出贡献。当一个人身陷“只问收获”的泥淖之中，纵然有三头六臂，使尽浑身解数，也难逃泥人一个令人不屑入目。

“只管种”是对工作和事业的“只问耕耘”精神；“只管种”的人生是“不问收获”的忘我人生。当今“只问耕耘”的精神激励着成千上万的工作团队和个人在为中华民族的复兴默默做出贡献，我们由衷地礼赞他们！

“只问耕耘，不问收获”，其实二者相互依存。躬耕田间的过程就已经是一种收获，就是人生的享受，就是在人间正道上奋进，即使颗粒无收，这种只管耕耘的精神永远是社会进步所不可或缺的。

人生不管走在哪条道上，迈步不一定就能走到目的地，但担心走不到终点而原地驻足，那就注定永远不能到达理想的伊甸园。

凡事总希冀有美满的结果才投入，可能永远见不到结果。所以该做的事，当走的路，就只管去做去走。

在竞技场上，太多的竞技者穷毕生心血也终不能登上领奖台，比如足球运动员有可能在赛场上一生都不曾破门，但给观众留下的财富是他在绿茵场上落下的粒粒汗珠。

信　仰

庄严的抉择

“对某种宗教，或对某种主义极度信服和尊重，并以之为行动的准则”，这是《辞海》对“信仰”的释义。换句话说，信仰的对象是人们极度信服和尊重的、并矢志不渝为之奋斗乃至牺牲的、能够体现着自己人生最高价值的某种宗教或者主义。

从这个角度来说，每一个人都有自己的信仰，只要你活着，并且有正常的思维。也许有人会说，我就没有什么信仰，不信服任何宗教，也不信服任何主义。其实，你的“不信服”，也是一种“信仰”；你所否定的，恰恰从一个侧面反映你没有说出的与之相对的那种“信服”或者“信仰”，也正是这种“信仰”给了你否定那些你“不信服”的“宗教”和“主义”的勇气和动力。

梁启超说：“信仰在一个人为一个人的元气，在一个社会为一个社会的元气。”从中医学的角度讲，“元气”亦称“源气”，指人体维持组织器官生理功能的基本物质与活动能力。它像树根一样，触动了“信仰”就是触动了树的根基。

人类社会的发展需要人有信仰，它是一种敬服和信奉的主观性情感，是人类独自的情怀。没有信仰，人类难以走到今天，更无法继续前行。

人没有“信仰”就没有敬畏，没有敬畏就没有德性。信仰问题属于认识论的范畴，解决的是对心灵的约束。正因为如此，无神论者伏尔泰才说，就算世界上没有神，我们也要造个神，用之作为“信仰”来守住道德底线。

“信仰”对个人而言，可以说是自己人生的“导航系统”，就是对自己要做什么样的人和怎样做进行根本控制的思想理念。这个理念的确立，直接操控着自己所走的人生之路是正确的还是错误的。从这个意义来说，“信仰”有正确与错误之分、高尚与低俗之别、善良与丑恶之异。

高尚的信仰，是人类精神需求的最高层次，它能激发无与伦比的力量。坚守这种信仰，它能让人披荆斩棘去战胜前进路上的各种艰难险阻，而不自甘颓废堕落。

高尚的信仰是黑夜里的灯塔，是光芒四射的朝阳。人有了崇高的信仰，再看世间万象，对一切是非、真假、善恶、美丑，就能点燃烛照，不至于“拔剑四顾心茫然”，不至于“一失足成千古恨”。

选择什么信仰，首先是对所选信仰的意识形态的内涵要有认知，要认清所选信仰的本质和宗旨。因为“信仰”的前提是“信”，是对一种意识形态由衷的认同和服膺，“仰”是因为认同和服膺而萌于心田的维护和追随。所以，选择什么信仰，应是对它有百分之百的认知，微许的含糊，都是对所选信仰的不严肃，不负责的态度是万万要不得的，也是绝不该有的。因为任何一种信仰都带有政治和阶级属性。

因此，选择“信仰”务必慎重。虽然选择什么样的“信仰”是一个人的自由，任何人勉强不得干预不得。可一旦确立，它就成了自己人生奋斗的纲领，成了自己的精神支柱，它将指导着自己的人生走向，关乎着自己事业的成败。它就意味着，自己的一生要为之付出，这付出有时也包括自己宝贵的生命。这就要求个人在选择信仰时，一定要对信仰的意识形态、精神诉求用心甄别，要弄清它说的什么、做的什么、为的什么、社会价值是什么；弄清它是为国、为民，还是为某些利益集团、某些个人。切莫不辨善恶是非误入歧途，酿下恶果，既毁掉自己，又贻害亲朋和社会。

大千世界“乱花渐欲迷人眼”，选择信仰它考验着一个人的知识、智慧、社会认识经验及他人摸不着、看不透的个人内心世界。历史的册页上记载着太多的饱学之士、社会名流，或曰富有“政治头脑”“洞明世事”者选择了错误的信仰，给自己留下遗憾，给后人留下无聊的谈资。所以在对个人信仰做出抉择时至少还要做到两个考量：一是此信仰值不值自己去信，值则信，不值则弃；一是拷问自己对选择的信仰能否做到鞠躬尽瘁。换言之，怀着些许杂念，不管走进哪家“信仰”之门，都是不幸和灾难。有些人被某些天花乱坠的“信仰”所裹胁，从而陷入某种狂热与迷信，害人、害己、害社会。

放眼社会，人们的信仰千差万别：有人选择皈依宗教，有人选择物质崇拜，有人选择虚无遁世，有人选择唯利谋己。20世纪的中国早期，有那么一批人选择了共产主义学说。这无疑是人生正确信仰的选择——因为它是以尊重科学为基本理念，是顺应社会历史发展规律的，是有益于社会向前发展和人类进步的，有益于最广大人民利益的，即利国利民合乎人性和自然规律的。

当然，选择共产主义作为信仰的人，那就要担当它的使命，坚守它的神圣性和维护它的绝对权威性，任何情况下都不能动摇，不能背叛。罗广斌在选择加入中国共产党时，江竹筠（江姐）在跟他谈话时说：“你一定要考虑清楚，一旦选择加入中国共产党，就要做好随时随地为党、为社会大众牺牲一切的准备，无论遇到什么情况，对党都要绝对忠诚，党的利益高于一切。”刘国志也告诉罗广斌：“我们都有背叛封建家庭的相同经历，当我们选择干革命的时候，就要懂得革命的前提条件就是对党的忠诚，假如做不到这一点，可以不做选择，一旦选择，就不能背叛。”(百家讲坛《信仰的力量》)

选择了加入中国共产党，就要有全心全意为人民服务的胸襟，就要摒弃个人荣辱得失的龌龊心理。1927 年“四一二”反革命政变后，反动派大规模屠杀共产党人，疯狂叫嚣“宁可错杀千人，不可放过一个”。一年之中，共产党员就被杀了 1.8 万人，革命群众被杀了近 30 万，被捕者更是不计其数。但正是在这个时候，徐特立、彭德怀、罗荣桓等一大批革命家，大义存胸，毅然决然加入了中国共产党。开国大将许光达，当时在黄埔军校学习，毫不畏惧国民党右派强迫共产党员登记退党的威胁，坚决表示“死不退出共产党”。抗战时期，叶挺将军被国民党囚禁了五年。有一天，国民党特务问他：“叶军长，如果你能出狱，第一件要做的事是什么呢？”叶挺毫不犹豫地回答：“如果我能出去，第一件事就是加入中国共产党。”

选择了加入中国共产党，就一定要坚守党的秘密、对党绝对忠诚。革命战争年代，在中国共产党的隐蔽战线上，有一位红色女特工——张露萍。她 17 岁加入中国共产党，18 岁开始做秘密情报工作，19 岁不幸被捕，在牢房度过近六个春秋后，于 1945 年 7 月 14 日在息烽县被杀害。被关在同一监狱的韩子栋（《红岩》中“疯老头”的原型）在谈到张露萍等人被枪杀的情况时说：他们七个人是以“军统违纪”被关进监狱的，可从言谈举止看我们感觉他们不像是军统特务……当他们被押出去枪杀的时候，几乎是一步一回头，眼睛死死地看着我们。我们看见他们嘴唇在颤抖，感觉到他们想要说什么，但是一直到他们从我们的目光中消失，他们都没有说出一个字！他们至死都没有暴露党的秘密。

选择了中国共产党，就要有为了人民的利益敢于舍弃自己一切的精神。君不见，为了“崇高的信仰”，有的人放弃了“鸦飞不过的田产”，有的人背离了“自小熟悉的阶级”，他们本可以随波逐流可偏要激流勇进，本可以锦衣玉食却不惜向死而生。据统计，埋骨南京雨花台的烈士，74% 受过高等教育；死难渣滓洞的英灵，70% 出身富裕家庭。

南昌起义失败后，革命进入了低潮。贺龙却在这时申请加入共产党。当时入党介绍人问他：“贺龙同志，你的动产、不动产、现金等还剩多少？”贺龙淡然一笑，摊开双手说：“我什么都没有了。”“那么你的社会关系呢？”“以前的社会关系，参加革命后都不来往了。”

选择了中国共产党，就要有为了党和人民利益抛头颅洒热血在所不惜的勇气。“砍头不要紧，只要主义真。杀了夏明翰，还有后来人！”夏明翰的就义诗喊出了共产党人的浩然正气！何长工同志，1930 年 7 月，担任红八军军长的他，率领红军攻克长沙后，反动派对他在湖南华容的家人进行报复，将他的三十多位亲人抓起来残忍杀害，其中有他的妻子和两个年幼的孩子。但他和许多革命者一样，“并没有被吓倒、被征服……他们从地下爬起来，揩干身上的血迹，掩埋好同伴的尸首，又继续战斗了”（毛泽东《论联合政府》）。

选择了共产党，就意味着要在这“最崇高的信仰”指引下，由“旧我”而“新我”，更好地为人民鞠躬尽瘁，奋斗不息。周恩来在确立共产主义信仰时就说过：“我认定的主义是一定不变了，并且很坚定地要为它宣传奔走。”在生命的最后时刻，他用微弱的声音低声唱着的是《国际歌》：“英特纳雄耐尔一定要实现！”地质学家李四光入党时已临近古稀之年，他说自己“像一个刚刚出生的婴儿，生命的新起点刚刚开始”。许德珩在 89 岁高龄入党，他说：“这是我生活道路上的一个新的里程碑。”

中国共产党人的“信仰”是当代人类的最崇高的“信仰”，是最纯粹的“信仰”，不是贪官污吏投机取巧升官发财的捷径。习近平在全国反腐会议上讲，当官就不要想着发财。如果你没有立党为公的思想准备，那就还是听一听孙中山先生当年对报考黄埔军校考生们的训诫吧：“升官发财请走别路；贪生怕死莫入此门！”（见黄埔军校门联）

笔者无意臧否其他“信仰”，只是想，每个人生长于社会，不论尊崇何种“信仰”，其行为都不能危害社会，践踏道义，伤害人类。否则再动听的说辞、再“玄妙”的“经典”，都难免是谬误之论、浅陋贻害之说。凡不能给社会发展、国家富强、人类文明以积极的作用，都难免有歪理邪说之嫌。

铭肌镂骨：对“信仰”的选择，谨当慎之；它是神圣的，更是庄严的！

信仰与生命

信仰是心灵的憧憬，也是心灵的涅槃。

1927 年的黄麻起义领导人程昭续被捕后，敌人用刺刀顶住他的脖子问：“你是要脑袋，还是要共产党？”他斩钉截铁地回答：“老子要的当然是共产党！”随后便是血染大地的一幕。

1929 年 7 月，中共永新县委书记刘真不幸被捕，敌人见到引诱不成，就挖掉他的双眼，挑断他的脚筋和手筋，然后把他放到蒸笼里活活蒸死。可这惨绝人寰的酷刑在一位信仰共产主义的共产党人的面前却又是何等苍白！

“我加入了共产党，做了共产党员，我是如何引以为荣啊！从此，我的一切，直至我的生命都交给了党。”这是方志敏烈士的一段誓言。“黑暗一定会消失，共产主义的光明世界一定会来到，美丽的未来一定是属于我们的！”这是方志敏同志遇害前的最后一句话。

面对血腥的屠刀，共产党人为何有“坚挺脊梁死，决不跪着生”的铮铮铁骨？答案只有一个——对共产主义信仰的忠诚。

1935 年 6 月 18 日，一位新闻记者见证了国民政府枪杀瞿秋白的一幕，并写下了《毕命前一刹那》，披露于多种报刊。

“民国二十四年六月十八日晨，闻瞿之末日已临，笔者随往狱中视之。及至其卧室，见瞿正在挥毫，书写绝句……书毕而毕命之书已下。遂解至中山公园。瞿信步行至亭前，见真馔一席，美酒一瓮，列于亭子中央。乃独坐其上，自斟自饮，谈笑自若，神色无异，酒半乃言曰：‘人公馀稍憩为小快乐；夜间安睡，为大快乐；辞世长逝，为真快乐。’继而高唱国际歌，酒毕徐步至刑场，前后军士押送，空间极为严肃。经过街衢之口，见一瞎眼乞丐，犹回顾视，似有所感。既至刑场，自请仰卧受刑，态度仍极从容，枪声一鸣，瞿遂长辞人世”……

有评论曰：“有道是：‘慷慨赴死易，从容就义难。’秋白是从容就义的。而赐予他这份死之从容的，是一种高远强大的精神力量。这中间包含中国传统文化所弘扬的‘威武不能屈’‘死亦为鬼雄’‘留取丹心照汗青'的志士气节；但更为重要也具本质意义的，却无疑是伴随着世界潮流崛起于现代中国的共产主义信仰”。(《光明日报》2016年1月15日）

瞿秋白的从容就义，给当时三十余万共产党人上了一堂肃穆的“信仰”课。真正的信仰坚守，实际上就是为着理想而奋斗，朝着理想而迈进。因此，它常常具有超越现状、不计利害、不顾得失的力量。

古人说：“万物得其本者生，百事得其道者成”，“本根不摇，则枝叶茂盛”。共产党人的根是深植在马克思主义的沃土里，忠于自己的信仰乃天经地义。如何体现这一根本，重在践行，它不靠表态，要靠表率；不靠语言，要靠行动。

疾风知劲草，板荡识坚贞。越是艰难、艰险，越能检验信仰的虔诚，体现信念的坚定。从李大钊“试看将来的寰宇，必是赤旗的世界”，到方志敏“敌人只能砍下我们的头颅，决不能动摇我们的信仰”，再到夏明翰“砍头不要紧，只要主义真”。共产党员、抗日英雄杨靖宇牺牲后，日本鬼子剖开他的胸膛，他的胃里没有一点食物，只有树皮和棉絮……革命先辈们用实际壮举诠释了对信仰的坚贞不屈。

信仰不是说教。不管遇到什么艰难险阻，依然自觉自愿、义无反顾地为之奋斗，才叫信仰。信仰不仅仅是朴素的感情，更不是盲目的崇拜，而是建立在正确认知和深刻理解之上的理性把握，一旦形成就会坚定不移，即使面对生死考验也毫不动摇。人一旦确立了自己的信仰，也就定位了个人一生的最高境界，是一定要为之奋斗一生的！对于共产党员来说，信仰就是生命。

罗曼·罗兰曾经说过：“信仰不是一种学问。信仰是一种行为，它只有被实践的时候才有意义。”挂在嘴上的高尚不值一哂，对美好事物的向往，从来都不可能唾手可得，都离不开筚路蓝缕、手胼足胝的艰苦奋斗。

1934年中央红军北上，途中遭遇数十万国民党军围追堵截，曲曲折折，出生入死，长驱二万五千里，跋涉一年多。这期间有五六万红军战士长眠于雪山、草地和万水千山之间。到达陕北时，七八万人只剩下不足万人，红军取得长征胜利，就是信仰的力量。有的战士由于饥寒交迫、体力不支，没能爬过雪山，牺牲前对战友的遗言却是："请告诉家里人，我是为革命牺牲的！"很多红军战士后来说，长征之所以能挺过来，是因为心中有着坚定的马列主义信仰。

长征途中过草地时，一个16岁的红小鬼腿一软跪倒了，他拄着当拐棍的树枝往起站，树枝深深插进土里，人却没能站起来。红小鬼长眠在插立的树枝下了。那树枝后来却在高原上生根发芽，如今已长成一棵大树，这便是红军长征必胜的"信念树"啊。

长征时，每到战斗最激烈的隘口，冲锋在前的一定是共产党员。夹金山上的皑皑白雪，毛儿盖草地上的丛丛野草，娄山关后的片片白云，大渡河旁的猎猎寒风，泸定桥悬荡的条条铁索，金沙江上壮士们猛摇的根根船桨……二万五千里征途，处处谱写着共产党员"相看白刃血纷纷，死节从来岂顾勋"的壮丽史诗。聂荣臻元帅生前回忆，每打一仗下来，党团员负伤人数，常常占到伤亡数的25%，甚至50%。

在中国革命史上，毛泽东6位亲人为革命牺牲了，徐海东大将家族为革命牺牲70多位，贺龙宗亲有名有姓的烈士就有2050人……我常想，这些前辈们不惜以生命为代价的精神力量源自何处？答案只有一个，那就是对共产主义的信仰。为信仰而奋斗到底是义不容辞、责无旁贷的。

什么叫“奋斗到底”？

用革命先烈刘志丹的话说：“加入党，就要为共产主义信仰奋斗到底。作为个人来说，奋斗到底就是奋斗到死。”革命老人谢觉哉在《怎样做一个好的共产党员》一文中说，仅为共产主义奋斗，不算好党员；只有为共产主义奋斗到底，长期苦干，除死方休，才算好党员。

诗人惠特曼说：“没有信仰，就没有名副其实的品行和生命；没有信仰，则没有名副其实的国土。”信仰的沃土上，活不了无根的植物，但可屹立起伟大的民族。历史早已证明并将继续证明：一个伟大的政党，得以勇往直前的力量，源自坚定的信仰。

信念如旗，它指引前进的方向；信念如火，它点燃生命的激情。

历史经验启示我们，不管对一个人、一个政党还是一个民族来说，信仰是指路明灯，是精神支柱，是最强劲的动力，是力量的源泉。

邓小平同志说：“为什么我们过去能在非常困难的情况下奋斗出来，战胜千难万险使革命胜利呢？就是因为我们有理想，有马克思主义信念，有共产主义信念。”正是基于这种信仰，中国共产党人靠小米加步枪就能打败国民党反动派的飞机和大炮。

张学良将军晚年回忆说：“红军为什么打不散，散了还会回来？主要是共产党、红军信仰他们的主义，甚至每一个兵都信仰他们的主义。”

《心胜》（作者金一南）一书说：真正的力量，首先发自内心。共产党转战陕北时，国民党军队20多万，共产党2万余人；解放战争开始，国民党军队号称800万兵力，共产党军队不及国民党的七分之一，可交战的结果，共产党以少胜多。为什么如此？因为共产党人选择了正确的信念，才能从1921年只有50多名党员开始，在28年后建立了新中国，带领中华民族从“东亚病夫”到东方巨龙，从百年沉沦到百年复兴，从苦难走向辉煌。

英国19世纪著名社会改革家塞缪尔·斯迈尔斯在《信仰的力量》一书中这样描绘："能够激发灵魂的高贵与伟大的，只有虔诚的信仰。在最危险的情形下，最虔诚的信仰帮助我们获得胜利。"

"石可破也，而不可夺其坚；丹可磨也，而不可夺其赤。"忠于信仰，就能入火海而不退缩，遇烟雾而不迷失，出淤泥而不染，面诱惑而不动摇，身陷囹圄而不辱其节。共产党人在走过的九十多年历史中，用身躯和鲜血书写了为共产主义信仰而奋斗的答卷，仅史册留下姓名的共产党员烈士就近五百万。

实践昭示，选择信仰难，坚守信仰更难。何以难？难在信仰的"纯金度"是绝无杂质的。既能"断头流血以从之"，亦能"名利如云亦去之"。

中共莲花县委书记刘仁堪，临刑前痛斥敌人，被敌人割掉舌头，血流满地，他蘸鲜血写下"革命成功万岁"六个大字，英勇就义。革命先烈伍若兰，用26岁的年轻生命呐喊："共产党员不怕死，若要我低头，除非日头从西边出！"这就是信仰支撑忠诚的境界和力量。

"人的一生应该怎样度过？"这是每个人都应该思考、回答和践行的问题。这里听听《红岩》中许云峰的铿锵回答。

在解放重庆隆隆炮声响起的一刻，国民党特务头子徐鹏飞来到许云峰的牢房问："共产党的胜利就在眼前，可是看不见自己的胜利，这是多么令人遗憾的事！我不知道此时此地，许先生到了末日，又是何心情？"

许云峰淡然笑曰："人生自古谁无死？可是一个人的生命和无产阶级永葆青春的革命事业联系在一起，那是无上的光荣！这就是我此时此地的心情。”

饱经沧桑的中华民族在近一百年的历史中，在国家民族遭遇挫折的危急关头，一大批共产党人前赴后继，以生命相争挽狂澜于既倒，扶大厦之将倾。他们的鲜血连同他们书写的“临难不顾生，身死魂飞扬”“戎马鸣兮金鼓震，壮士激兮亡身命”“金瓯已缺总须补，为国牺牲敢惜身”等悲壮诗篇捍卫了共产党人的信仰。

国之命，在人心

一

民心是国之天地。它是苍天，可明鉴为政者之得失；它是大地，能洞察治国之善恶。杰出的政治家都明白，人民就是国家的根本，就是国运之命门。

《尚书》上说："民惟邦本，本固邦宁。"意思就是人民是国家的根本，只有根本稳固，国家才会太平。南宋杰出爱国诗人杨万里说："国之命，如人之命。人之命在元气，国之命在人心。"

《左传·曹刿论战》记载的是公元前684年的长勺之战，它是我国古代战争史上以弱胜强的经典战例之一。战前，曹刿进见庄公，问"何以战？"庄公曰："衣着吃食的享用，不敢独自占有，必然分给别人。""祭祀用的牛羊玉帛，坚持实报，从不作假。"曹刿指出这些都不是根本。当庄公说到"大大小小的诉讼官司，虽不能一一明察，但一定做到合情合理"时，曹刿才点头说："这属于为百姓尽心尽力的行为，可以凭这个条件打一仗。我愿意跟着您上战场。"这次战争鲁国以弱取胜，其根本就在于鲁庄公的施政能以民心所向为宗旨。这正如墨子所言："上之为政得下之情则治。"

当然，历史上的帝王将相所谓的知民心顺民意，其目的不过是利用民心来为他们的家天下服务，与毛主席领导的中国共产党的"为人民服务"有着本质的不同，所以他们一个个"其兴也勃焉，其亡也忽焉"，成了匆匆的历史过客，并未真正赢得过人民群众的拥护。唯有"全心全意为人民服务"的中国共产党人，才与民众建立了鱼水相依的亲密联系。

记得一天，我与数人同行游览黄河。一位领导说，有人曾请教毛泽东同志，为什么能够打败蒋介石？他的回答言简意赅："共产党赢得了民心。"接着问我："你说实话，解放前你是拥护共产党，还是拥护国民党？"我脱口回答："拥护共产党。""为什么？""就我亲眼所见，国民党的士兵一进村来，要吃，要拿，打骂群众，'以民为土芥，是其祸也'。群众对他们恨之入骨，怨声载道。而共产党、八路军入驻乡村则是帮助群众扫地，挑水，担粪，种田。他们到野外捡柴，在院子的角落搭锅烧饭，不拿群众一针一线，把百姓当亲人。群众打心眼里把他们看成一家人，当成自己的子弟兵……拥护共产党，爱护八路军是百姓出自真心。"这大概就是古人所言的"利天下者，天下亦利；害天下者，天下亦害之"吧。

其实，解放战争中的国共较量，就是一次大势转换、人心转向的生死博弈。经过土改的解放区农民，发自内心唱出"边区的太阳红又红，咱们的领袖毛泽东"，墙壁上到处写着"翻身不忘恩，好汉去当兵！""保田保家，保卫胜利果实！"亿万农民和几百万士兵，"用脚投票"，自发站在共产党一边。

"将军盘"（1939 年贺龙在河北省肃宁大曹村为群众修好被日寇炸

毁的磨盘)、“抗战渠”(原名“荣臻渠”，是聂荣臻1940年亲自帮助群众修复被日寇炸毁的农灌大渠)的故事至今广为传颂，就是因为它们是人民军队把人民利益时刻置于首位的见证。人民军队为人民，把根子扎在人民心里，人民群众当然会把人民军队当成“国之干城，民之卫士”，由衷地对他们千秋万代进行赞誉。

1931年，国民党反动派对中央苏区实行经济封锁，不让“一粒米，一撮盐，一勺水”落入共产党手里。面对如此扼制，中央苏区百姓没逃离，不屈服，把粮食和盐藏进打通关节的竹杠之中，将食盐化成水浸于衣服之中，或者化装成乞丐，化装成出殡的队伍，巧妙通过敌人严密的封锁线，频频将这些“违禁”物品输入苏区境内。共产党人坚守“有盐同咸，无盐同淡”，毛泽东以身作则，执行最低食盐定量标准。掌握食盐分配大权的闽浙赣省财政部部长张其德，守着盐堆领着家人吃淡菜。他说：“这些白花花的盐巴是革命的本钱，我们决不能以权谋私，动用公家一粒盐！”

1945年，新四军攻打淮阳城时，6万支前民工自发支援，奋战三天两夜，挖出一条33里长的排水沟，赶在新四军攻城之前把淮阳城壕内的水放得一干二净，为新四军拿下淮阳城创造了有利条件。

据统计，三大战役中，动员民工累计达到880万人次，人民群众出动大小车辆141万辆，担架36万副，牲畜260万头。(《解放军报》2013年12月13日)

淮海战役，百万雄师过大江，国民党军队失败了，为什么？得道多助，失道寡助。老百姓厌恶他们，不支持他们。他们被围困几个月，没有人为他们送一粒米，一把草，士兵已饿得杀尽了战马，吃光了马料，援尽粮绝。而解放军的军粮储备却有约4.5亿公斤，除战斗中部队消耗2亿公斤外，战争结束还剩余2.5亿公斤。解放军能有如此充足的军需供应，照陈毅元帅讲，是百姓用十万小车推来的。

到革命圣地西柏坡参观的人，都会为战争时期当地老百姓的这几句话动容："最后一斗米，送去当军粮；最后一尺布，拿去做军装；最后一床被，盖在担架上；最后亲骨肉，送去上战场。"

抗日战争和解放战争中，百姓们冒着生命危险掩护、抢救伤员的事情和支前的故事数不胜数，就是因为共产党把生命之根植于百姓之中。

共产党的军队"来自五湖四海，为了一个共同的革命目标走到一起来了"，"胜则全力以赴，败则以死相救"，而国民党军队之间派系林立，勾心斗角，互相倾轧，见死不救，"你来我不来，牛拽驴不拽"的现象则十分普遍。难怪国民党中有将军说，共产党把心思都用到战场上，所以总打胜仗；国民党把心思都用在官场上，所以总打败仗。

莱芜战役结束后，陈诚怒骂属将："就是送五万只鸡去，让共军捉也要捉两天。怎么你们五万多人几个小时就叫人家解决了呢？"一些人不服气地说："打了败仗以后，人比鸡还好捉。鸡听不懂话，到处乱跑。人只要一喊，要他缴枪站队，就会老老实实照办。"人心散了，一触即溃，正所谓：兵败如山倒。

"青山遮不住，毕竟东流去。"遮不住的是大势，东流去的是人心。一旦大势所去，就如同大江东去，不可逆转；一旦人心丧失，就好比长河落日，不可挽回。

所以七十多年前，美国著名记者斯诺在陕北采访时，看到领袖与群众、干部与战士同甘共苦、艰苦奋斗的情景后，就断言"中国的希望在延安"。诗曰："重庆有官皆墨吏，延安无土不黄金。"

其实，中国共产党为人民的宗旨是从它成立那一刻就有的。在赣南沙洲坝，人们今天仍在颂扬“红井”的故事。那是毛泽东在任中华苏维埃主席时，在与乡下百姓交谈时了解到，当地干旱少水，百姓一直都在饮用涝坝污水，而群众又多认为“沙洲坝人喝不得井水”是天命。毛泽东就跟大伙说：“不要信天命，要信革命！还是打口井吧！”于是，毛泽东选定挖井的地方，亲自动手和大家挖。这口井有五米多深，虽然低矮并不显眼，却从此让群众喝上了清澈、甘甜的井水，改善了饮用水的品质。1956 年百姓为感恩毛泽东，在井旁立了一块木牌，上面写着：“吃水不忘打井人，时刻想念毛主席。”

当年，毛泽东曾多次对身边的工作人员说，他最见不得两件事：一是见不得老百姓吃苦，二是见不得战士牺牲生命。在这两种情况下，他就抑制不住要掉泪。可以说，群众的利益、战士的利益在毛泽东心中是至高无上的。群众与官兵的冷暖疾苦最让毛泽东同志牵挂。正因如此，毛泽东和他所领导的共产党才在群众心目中始终享有崇高的地位。

这一点，张学良将军也早看到了。1989 年 6 月 1 日，在台湾，他对一位从美国远道而来看望他的教授谈起西安事变时说：当时我跟蒋公讲，我不主张“剿共”，我并不是说同情共产党，而是咱们中国人打什么呢；而且我对蒋公还讲，共产党你也“剿灭”不了。他说为什么？我说共产党有人心，我们失却人心。

失民心者失天下。1949 年的最后一天，寒风萧瑟，蒋介石在日记里黯然写道：“过去之一年，实为平生所未有的最黑暗最悲惨之一年……”

而就在这一年，对于中国共产党领导下的中国人民和人民军队来说，却是最光明灿烂，最欢欣鼓舞的一年——“中华人民共和国成立了！”“中国人民从此站立起来了！”

那一年，蒋介石先生真该读读明代吕坤的《呻吟语·治道》：“无事时惟有邱民好蹂践，自吏卒以上，人人得而鱼肉之。有事时惟有邱民难收拾，虽天子亦无躲避处。”吕坤的意思是说，从吏卒以上的官，个个都可以欺压黎民百姓，那是因为处太平之世，只有百姓最好欺压蹂躏，而到了天下大乱之时也只有百姓最难掌控，纵然是真龙天子一国之君，也无处可逃，难以摆脱惩罚。

历史告诉我们，凡是将国家看作私有财产的，认为“普天之下莫非王土，率土之滨莫非王臣”的，人民必然与他们离心离德。当年日本鬼子敢于向中国发动侵略战争，除了它的国力强大和其他因素外，当时我国的统治者与人民离心离德当属真正的原因。甲午硝烟未散，一个日本官员溜到湖北沙市，惊讶地发现这座城市里，上至官员，下至百姓，竟然无人知晓那场还未远去的战争，只知沉醉过自己的日子。官员为私利计，民众作壁上观。再加上内战频仍、军阀割据的现状，尽管日本政府对中华民族几千年淬炼成抗击外侮的决心不曾真正了解，但客观上的“一盘散沙”助长了他们侵华的野心。所以战争一开始，日寇就狂嚣“三个月消灭中国”。这也从一个侧面告诉我们，一个国家能否战胜入侵者，民心是一个不可忽视的重要因素。

日本军国主义者的预言并没有实现，是因为中国共产党将“一盘散沙”变成了万众一心。“有钱出钱，有枪出枪，有知识出知识”，“士兵战死，有百姓来抵抗；丈夫战死，有妻子来抵抗”。这种力量排山倒海，国民一心无坚不摧。毛泽东对全国民众同仇敌忾、一致抗日的精神曾这样评论：“我们之所以不惜反反复复地说到这一点，实在是没有这一点就没有胜利。”

据日军战史记载：“共产党地区的所有民众，连妇女、儿童也用竹篓帮助运送手榴弹，我方的部队因无戒备而突进，被手执大刀的敌人奇袭包围而陷入苦战。”这正践行了古人所言：“夫与民共其乐者，人必忧其忧；与民同其安者，人必拯其危。”

在国家兴衰的诸多力量中，最强大的力量莫过于人心的力量。毛泽东一再强调，上帝就是人民，人民就是上帝。他说世界上什么力量最强？民众联合的力量最强。我们从拿起枪那一年起，即从 1927 年到 1949 年止，打了 22 年仗，基本上是和群众在一起的。

中国共产党从嘉兴南湖上的一条小船，到世界上规模最大的执政党，它的成长轨迹，标注着永不消退的人民的本色，始终以人民的需求为自己的出发点和落脚点。中国共产党的胜利是全国百姓共同奋斗的结果，这正是毛泽东说的：“军民团结如一人，试看天下谁能敌。”

民心如镜，不蒙纤尘。民心似铁，但比铁硬；民心是水，但胜似水力载舟。中国共产党全心全意为人民服务，所以赢得的是国运昌盛和自立于世界民族之林。

二

管子曰：“政之所兴，在顺民心。政之所废，在逆民心。”此乃立国之本。有个小品说得好：“人倒了，还能扶起来；要是人心倒了，就扶不起来了。”这话从一个侧面说明了民心的重要，与古人所言的“天下何以治？得民心而已”有异曲同工之妙。

关于民心的重要，历代典籍多有论及。

有一本《明心宝鉴》，大约成书于元末明初，流传至今有七百余年。作为一部修身养性、安身立命的国学通俗读物，在明朝就极为盛行，曾多次重刊、重印。此书长期广泛流传于日本、越南、菲律宾及中国其他周边国家。此书《天理篇》的开头几句是：“天听寂无音，苍苍何处寻？非高亦非远，都只在人心。”言简意赅，说明要知天命所在，不必求神拜仙，无须祈天卜鬼，只要看看民心所向就可明白。

《论语·颜渊》记载有子贡问孔子怎样理政的故事。孔子回答说：“足食，足兵，民信足矣。”孔子的意思是说，一个国家只要粮食充足，军事力量强大，百姓衷心拥护，这个国家就会稳固。子贡又问，如果要去掉其中一项，该先去掉哪一项？孔子回答说“去兵”。又问，再去掉一项呢？孔子说“去食”。以此可知，在孔圣人心目中的治国之道，最核心的就是赢得人心、取信于民。民心才是治国之本。

《韩非子·内储说上第三十》记载了卫嗣君以一个都邑换回一个奴仆的故事：卫嗣君执政时，一个奴仆逃到了魏国。卫嗣君派人用五十两黄金去了五次都没能够买回来，便决定拿一个都邑换回。左右大臣谏曰：“值得吗？”卫嗣君认为，在取信于民和占有都邑之间，前者更重要。丢了前者，虽有十座都邑也无益；守住前者，丢掉十座都邑也无害，治无小而乱无大。这个“治无小而乱无大”的故事值得记取。孙中山就曾说：“立国基础，万众一心。”

这也使我想起，曾任国家主席的胡锦涛同志说过：“群众利益无小事。”曾任国务院总理的温家宝同志不辞辛劳，去为农民工讨工钱。当今的中华子民无论在国内遭灾，还是在国外遇险，国家无不竭尽全力给以保护，使其财产和生命不受或少受损失和伤害。到2020年我国要步入小康社会，国家向全国人民庄严承诺：绝不落下一个人。这一切举措都使国人获得极大的安全感并引以为自豪。

我们不是要拾取圣人的余唾来忽悠谁，而是因为古今中外的无数事例，都说明了民心对于治国理政的重要性。

春秋时期，楚昭王遭受吴王阖庐带来的战祸，被迫出逃时楚国的许多父老都欲随行。楚昭王说：“父老们，你们回去吧，不要担心你们没有国君！”楚国的父老们却说：“哪里能再有您这样贤明的国君啊！”他们最终还是跟随楚昭王一起撤退。还有个叫申包胥的，则更是一口气跑到秦国的宫廷之上，哭了七天七夜请来秦国援兵，帮助楚王重返都城。

唐玄宗李隆基执政后期，“重色思倾国”，淫逸“不早朝”，渐渐民心离散。待到安禄山叛乱，“渔阳鼙鼓动地来”时他才惊慌失措逃离京师长安，可才到马嵬驿（今陕西兴平市西北 23 里）就遭遇“兵谏”，在“六军不发无奈何”之际，只好用“宛转蛾眉马前死”来安抚军心，处死杨国忠和杨玉环。堂堂“中兴之君”成了惶惶丧家之犬，此无他，盖失去民心之故也。

清代的康熙在对待“足兵”与“民信”上还算是清醒的一位。当时有大臣上奏折说，长城倾塌严重，多处破败，请求维修。康熙则在批复中写道：“秦筑长城以来，汉、唐、宋亦常修理，其时岂无边患？明末我太祖统大兵长驱直入，诸路瓦解，皆莫能挡。可见守国之道，惟在修德安民。民心悦则邦本得，而边境自固，所谓‘众志成城’者是也。如古北、喜峰口一带，朕皆巡阅，概多损坏，今欲修之，兴工劳役，岂能无害百姓？且长城延袤数千里，养兵几何方能固守。”从中不难看出，康熙在治国理政上，对“民信”重于“足兵”的道理是十分清楚的。他开启的“康乾盛世”，与其治国要取信于民的理念不能不说有很大关系。

西汉刘向在《说苑》中说：“国不务大而务得民心”。战国时有一滕国，北邻楚国，它方圆五十里，在大国兼并小国的大时代潮流下，它要生存下来是很难的。国君思前想后，觉得投靠谁都不行，就去问孟子，寻求良策。孟子告诉他，谁也靠不住，你只有发展生产，让国内人民衣食富足，安居乐业才可立世。滕君照孟子的指点治理国家，人民生活殷实，竟使如此“弹丸之国”在大国的夹缝中生存了七百余年。这大概就是“民心既得，虽危而亦安”吧。

刘备携民渡江的故事，千百年来一直脍炙人口。那是建安十一年（206 年），曹操率领百万大军南下征讨，刘备、诸葛亮在火烧新野击败曹军之后，移驻樊城。曹操不久即亲率大军直扑樊城。刘备在诸葛亮建议之下主动弃城，然不忍舍去跟随自己多年的百姓，乃携数万民众日行十余里渡江，向江陵转移。后人有诗赞曰：“临难仁心存百姓，登舟挥泪动三军。至今凭吊襄江口，父老犹然忆使君。”刘备创业之初势单力薄，惶无立锥之地，但最终却能够与曹魏、孙吴两家抗衡，成鼎足之势，顺应民心当是他成功的秘诀之一。

《大学》说得好：“得众则得国，失众则失国。”民心是最大的政治，失天下者，归根到底就是因为失去民心。但是，“天下之治乱，不在一姓之兴亡，而在万民之忧乐”（黄宗羲《原臣》）。这就是说，国之兴亡关乎民命，国之兴亡匹夫有责。如何唤起民众的爱国激情，对于为政者显得尤为重要。《群书治要·六韬》指出的“善为国者，御民如父母之爱子，如兄之慈弟也。闻之饥寒，则为之哀；见之劳苦，则为之悲”，此言颇有见地。那就是说治国必须与百姓同呼吸、共患难，想百姓之所想，急百姓之所急。

我们今天之所以要强调知民情懂民意，不仅仅是因为“以众人之力起事者，无不成也”（《管子》），而是因为我们的国家是人民当家做主的国家，人民是国家的主人，“人民是历史的创造者，群众是真正的英雄。人民群众是我们真正力量的源泉”（2012年11月15日，习近平总书记在会见中外记者时的讲话）。

《孙子·谋攻》指出，“上下同欲者胜”。如果把国家比作一棵大树，那民心就是树根，根深则能叶茂。兴国谋事者无论主观动机如何好，都要注意凡事必须顺民心、合民意，千万不要忘了“我们一切事情的出发点和落脚点都要为着人民”。对人民不能接受甚至是反对的，万万不可搞什么“理解的要执行，不理解的也要执行，在执行中慢慢理解”，借助行政命令强力推行。事实证明，逆民意而行是不会有什么好结果的。上级的决策，不管你主观意愿多么纯正和善良，抑或自以为多么英明，但不要忘了伟人的教导“群众是真正的英雄，而我们则往往是幼稚可笑的”，到头来，历史总是以民心之好恶来判决的——善者扬之，恶者弃之，不留任何情面。

灯下览卷，从秦皇汉武到唐宗宋祖，从“贞观之治”到“康乾盛世”，大凡社会发展步幅较大、经济繁荣者，其时的国策一定是受到百姓拥护的。新中国成立迄今大半个世纪，国家取得的巨大成就，也都与合乎民心民情有着直接关系。特别是到了20世纪80年代，改革开放的国策，使国家的面貌为之一新。经济发展突飞猛进，国力增强，人民富裕，亘古未有。之所以取得如此天翻地覆超乎人们意料的变化，是因为国策之英明顺应历史潮流，符合我国国情，是人们拥护、倾心力挺的结果。

如果把两千年来我们的先辈用石块砌成的万里长城看作是第一道长城，把那“中华民族到了最危险的时候，用我们的血肉筑成新的长城”看作是第二道长城，那么不言而喻，今日中国之崛起，就是中华民族五千年来要筑的第三道长城。虽然我们用肉眼看不到这座长城的长度、宽度和高度，但它的实际价值和历史意义，就是中华民族雄起于世界民族之林，造福于人类和平发展。

中国的前途在“全国人心定于一”。“实现中华民族伟大复兴是一项光荣而艰巨的事业，需要一代又一代中国人共同为之努力。”习总书记的召唤，郑重告知国人，“革命尚未成功，同志仍需努力”。中国梦的火炬，已经燃起，天时、地利兼之在即，国人携手鼎力，中国梦的实现，指日可待，并不遥远。

一个只知有家不知有国的民族，将是一盘散沙；一个只顾其家不思其国的人，那就是没有灵魂。所以，国家兴旺，民心为基。国家的前途和命运要融合全民族的智慧；要广纳群言，博谋良计，凝聚共识，齐心共奋。自古道，“皮之不存，毛将焉附”。

回首九十六载的光辉，中国共产党筚路蓝缕，不畏艰险，始终与人民站在一起，始终为百姓筹谋利益，用事实诠释了“国之命，在人心”。

走好自己的路

——说“定力”

每个人都是裹着是非来到人间的。

瞬息期颐，宛若白驹过隙，蓦然回首，身后留下的是一行行弯弯曲曲、深深浅浅的足迹。

“走自己的路，让别人议论去吧。”听起来，此言颇有几分傲慢，但这是做人的贴实体验，当然也略含在人生路上不得已的几分苦涩。

巴尔扎克说：“我这五尺二寸的身躯，包含着一切可能有的分歧矛盾。有些人认为我高傲，浪漫，顽固，轻浮，思考散漫，狂妄，疏忽，懒惰，懈怠，冒失，毫无恒心，爱说话，不周到，欠教育，无礼貌，乖戾，好使性子；另一些人却说，我节俭，谦虚，勇敢，顽强，刚毅，用功，有恒心，不爱说话，心细，有礼貌，经常快活，其实，都有道理；说我胆小如鼠的人，不见得就比说我勇敢过人的人更有道理。”

述说巴尔扎克对自己做人的评述，恕愚妄为一比，如果自己是巴尔扎克，面对如此截然相反而“都有道理”的议论，那该怎么做人，又该如何举步？真乃茫然无语，桑榆之年，钟鸣漏尽，也依然颛谨而少颖悟。

我经过一位领导，他常对自己的亲人们说，不管你们在外边听到他人对我有什么议论，都不要对我说。耳闻此言，虽然觉得这位领导似乎有些傲慢、自负、刚愎自用，然覃思可悟，他出此语也自有他的道理——做人只要迈步在阳光大道上，那就勇往直前，若是总去听路人的品头评足，是走不成路的。

马克思说："人的本质不是单个人所固有的抽象物，在其现实性上，它是一切社会关系的总和。"这就意味着，人在复杂的社会关系中，难免会成为他人议论的对象，所以，社会生活中，人人议论人，人人被议论就是再自然不过的事。这不管是常人、名人还是圣贤，都难以幸免。

马克思称林肯是"一位达到了伟大境界而仍然保持自己优良品质的罕有的人物。这位出类拔萃和道德高尚的人竟是那样谦虚，以致只有在他成为殉难者倒下去之后，全世界才发现他是一位英雄"。但就是这样一位得到极高赞许的伟人，他的多项决策也曾广受非议，以致最后被反对者暗杀。

对英国前首相撒切尔夫人，支持者认为她带领英国走出了经济困境，提高了英国的国际地位；反对者认为她是个不折不扣的独裁者，自大狂妄，几乎毁掉了英国的福利制度。英国广播公司举办了"100名最伟大的英国人"评选，她名列第16位；而一年后，在英国电视台第四频道举办的"你最痛恨的100个最坏的英国人"的民间调查中，她又排名第二。

就是得到毛泽东肯定过的，并且是给以极高评价的"中国的旗手"鲁迅先生，骂他的人，说他冷酷、尖酸、刻薄、多疑、易怒、有权力欲，说他的作品有毒气鬼气；而尊崇鲁迅的人把他说成神，说成完美无缺的人。陈独秀说："世之毁誉过当者，莫如对于鲁迅先生。"

马克思的一生坎坷、磨难，忍受着一般人难以想象的贫困、疾病、丧子、亡妻的苦痛，还承受着他人更多的嫉恨和诽谤。时代的巨轮早已把对伟人的流言击得粉碎，但恶意中伤马克思学说的粉末还在飞扬，有时还在漫卷，迷蒙人们的视听。

就是孔圣人，有时也会遭人非议。孔子见南子，子路是孔子的弟子，关系又亲如兄弟，可子路就发议论，说他言行不一，致使孔夫子无奈发出"天厌哉，天厌哉"的辩白。

人们对他人的评价议论，何以如此纷纭，有时甚至截然相反？窃以为至少有两方面原因。

一是被议论者的自身因素。人生尘世之中，灰屑覆身；穿越氤氲雾霾，污秽渍染难以荡尽，即使瑜瑾也都有瑕疵深浸。每个人的生性基因、家庭环境、所受教育、知识底蕴、成长历程、社会职业、政治信仰等等，多是各有各的路径，没有两个人会是从同一条路上走来。每个人的人生观和生活情趣，喜怒哀乐，常常是赤橙黄绿色彩迥异，这正像树叶没有两片完全相同的一样。所以每个人在人生舞台上展姿于观众的，当是千姿百态，各领风骚，瑕瑜互现。既然如此，当人们着眼于一个人的某一侧面或局部时，引起不同的认知和评议当是十分正常的。

二是发出议论的人更是千差万别，各行各业、形形色色哪个层次的人都有。所以面对同一事物，智者见智，仁者见仁，莫衷一是当自自然然。再者，任何议论都是个人行为，主观随意性很大，尤其是"社会人"的认识背景都各有政治、宗教、道德意识的印记，主观色调颇浓，甚至还可能夹杂着与被议论者之间的恩怨情仇等等，所以私下的议论当是众口不一，很难有异口同声的情形出现。

这正如台湾作家吴淡如在《玫瑰与荆棘》短文中写的：乐观的人看玫瑰，包容它多刺的美。/ 悲观的人看玫瑰，见到的是一株荆棘。在玫瑰不开花时，他们总是无情地诋毁它，说它与草无异。/ 而玫瑰并不因为有人赞美而美丽，它自有温柔的毅力，以荆棘的身份忍过寒冬，贮存能量，等待在春天的狂蜂浪蝶中展现它的奇迹。

人们对事物的议论，所以如此复杂，撇开诸多因素，只因视角不同，认识就会分歧。这正是“横看成岭侧成峰，远近高低各不同”。任何人去观察事物，尤其是在对人的鉴识上，受视野的局限很难一目清澈，秋毫历历。为什么足球赛场上设几个裁判，分站在不同位置，正是为了弥补这种视线上的缺陷。现代的足球赛场上还从不同角度安装了录像设备，即使面对同一镜头，有时也需经几次重放，裁判、球员、教练、观众在认识上常常各执一词，激烈相争，终不能达成共识。如此等等，足见人们对事物的认识若毫无分歧，那才是真的让人匪夷所思，抑或有极不寻常的原因。

实际上，人的一生也就是在他人的议论之中度过的。如果你总是十分介意他人的议论，不单是活得很累，常处于进退维谷的两难境地，有时还会对你产生干扰或误导，使你优柔寡断，畏葸不前或踟蹰中辍，从而铸成错失天时的错误。20 世纪 40 年代末，在解放战争进展到两种命运的决战时刻，有人指手画脚，要共产党止步，在中国实行“划江而治”。毛泽东果断发出解放全中国的号令，并挥毫写下《七律·人民解放军占领南京》：“钟山风雨起苍黄，百万雄师过大江。……宜将剩勇追穷寇，不可沽名学霸王。……”从而铸就中国五千年历史上的辉煌一页。所以，我们无力也没必要阻止他人的议论，但关键时刻且莫让议论困扰自己，成为前行的羁绊。

有道是“王扬卢骆当时体，轻薄为文哂未休。尔曹身与名俱灭，不废江河万古流”。伟人、圣人、仁人、志士之所以在人们毁誉之间依然七曜千秋，是因为他们有崇高的信仰、远大的志向作定力，一步一个脚印走好了自己的人生之路。

大画家齐白石有一座右铭：“人誉之一笑，人骂之一笑。”在很长一段时间里，他是一个有争议的画家。对他的画风和成就，有人大加赞赏，但也有人出于偏见，对他进行攻讦；有人出于嫉妒，给他泼上污水；或出于无知，对他妄加评论，但是白石老人一概置之不理，听之任之。他很清醒：学无止境，天外有天，画派纷呈，各有千秋，人家尊自己是大师，自己却不可欣然自居。他依然故我而不移初衷，不顾左右，双目紧盯足下，跋涉不止，终于获得了“人民艺术家”等荣誉称号。即便如此，他既不自视超群，也不固步自封，而总是洒脱通达地俯仰于杂然是非之隙，“一笑了之”。

鲁迅先生还有这样的话：“我的怨恨可谓多矣，倘有新式的人问起我来，怎么回答呢？我想了一想，决定的是：让他们怨恨去，我也一个都不宽恕。”这些文字是先生病重的时候写的，文中自然深含着有人对他的非议。其实，人活着为什么总要在别人指指画画中左右摇摆呢？自己总归是自己，他人总归是他人，他人与自己终归不能合二为一。心中常悬——自己的生存之道总沿着他人的轨道行进，让他人满意，是有点几近天真，是空想，也是徒劳。如此人生，不啻是活得不伦不类，茫茫然不知所向，甚至会手足被缚，活不下去。

跟着风走的叶子只会在空中打转，因为风总是从四面吹来。社会上品头评足之风乍起乍落，亘古依然。人生瞬间，唯有坦然面对，走好自己的路是也。

万事浮云过太虚

——慎对流言谤语

“木秀于林，风必摧之；堆出于岸，流必湍之；行高于人，众必非之。”这句话出自三国魏人李康的《运命论》。它从人生的视角形象地揭示了人类社会上的一种流弊：有些人看到周围的人在某些方面超过了自己，心理便特别不平衡，于是吹毛求疵、捕风捉影、想方设法制造流言谤语，使之污名化。这虽不属人间主流，但它的肆虐也给当事人、给社会进步和人类文明带来了不容忽视的消极影响。

如何对待这些流言谤语？曾国藩在给他弟弟曾国荃写的一首诗中是这样讲的：

左列钟铭右谤书，人间随处有乘除；
低头一拜屠羊说，万事浮云过太虚。

诗的意思是，当你的左面堆满了朝廷赐给你的功名利禄时，你的右边就会出现对你诋毁的流言谤语；你不必为之生气，因为“人间随处有乘除”，有人会用乘法放大你的功劳和优点，就会有人用除法对你进行贬低与矮化。我们不妨学习一下楚昭王时期的屠羊说，淡泊名利，把功名利禄都看成是天上飘浮的云朵，在烟消云散之后，依然会是湛湛蓝天。

曾国藩说止谤就要学习屠羊说（说，通“悦”）。就是说首先不要过高估计自己，不要贪天之功为己有，要知其不足，谢绝不属于自己的功名。我们知道，屠羊说是春秋时期楚昭王治理下的一个以屠羊为职业的个体户，伍子胥为报杀父之仇带领吴国军队攻破楚国时，他跟随楚昭王逃难到随国，途中大概给楚王吃过几碗羊肉汤吧，楚王复国之后决定赏赐他。他说，在文的方面，我没有保护国家的知识学问，在武的方面，也没有和敌人拼死一战的勇气。当吴国的军队打进我们首都来的时候，我只因为怕死，而急急慌慌逃走，并不是为了效忠而跟随大王一路逃的，请不要给我任何赏赐。现在，大王你把吴国军队赶跑了，我又能够在原来的店铺当我的老板了，就很满足，就很感谢你，千万不要赏我。

屠羊说拒绝名利了，所以没有人会心理不平衡，也就没有人对他嚼舌头。曾国藩说这是种釜底抽薪的止谤法子，但现实是他无法不接受朝廷给他的加官晋爵，也无法逃脱“左列钟铭右谤书”的窘境。

人是极为复杂的个体，又置身于极为复杂的社会环境，有时即使你没招惹谁，也会有人对你评头品足、说长道短，弄得满城风雨，而且这些议论净是捕风捉影空穴来风无中生有，让你哭笑不得、防不胜防。据记载，春秋时有个名字叫曾参的，他在费地的时候，那里有个和他同名同姓的家伙杀了人，就有人跑去告诉他老娘说是他杀了人。开始他老娘还不相信，泰然自若地织着布，但后来接二连三有人这样说，就不能不当回事，吓得她丢下织布梭子爬过墙头逃走。这个“曾母投梭”的典故就很能说明问题，即使你不争名逐利也未必就能远离被人嚼舌头的境地。

“三人成虎”啊，作为个人如果当各种流言谤语劈头盖脸向你袭来的时候，你虽然可以用“清者自清、浊者自浊”来安慰自己，但完全置之不理也是不可能的。

生活中的人们，面对关乎自身的蜚短流长，常见有这么几种表现。

一种是，耳闻他人非议，立马暴跳如雷，犹如跳蚤近火，腾空而起，急匆匆气咻咻找上门去，与人理论。如此一来，由于头脑发热，少有理智，往往出言不逊、行为过激，与对方唇枪舌剑乃至拳脚相加，结果多是事与愿违，非但没有讨得清白还落得一身臊，让人说他没涵养，说他素质不高，说他是地地道道的“二百五”。这种人看起来勇猛有加，究其实乃一介莽夫，缺乏“流言止于智者”的沉稳，常常也由此惹来意想不到的灾祸。

也有一些人对涉及自身的流言谤语一笑置之，颇显从容大度，沉稳练达，似乎深得“谣言止于智者”之要义。其实“谣言止于智者”并非让“智者”面对谣言不作为，而是说智者要用理智来对待流言谤语，用智慧来揭穿流言谤语。而且，“谣言止于智者”还有另一层意思，即智者不会人云亦云传播谣言，谣言之所以像苍蝇蚊子漫天飞舞，是因为社会上有太多道听途说的非“智者”和无事生非的心怀叵测者。面对流言谤语无所作为，让非“智者”们误以为你是在默认，让心怀叵测者自以为得计更加肆无忌惮。于是更多的污水铺天盖地向你袭来，弄得你灰头土脸声名狼藉，甚或淹死在人们的口水之中。王安石有一句名言叫“人言不足畏”，结果呢，他就是被小人们的“言”毁了变法大计和自身。面对阴风乍起裹着砂石的流言谤语，千万不可掉以轻心！

还有一种人，对待流言谤语采取的是“走自己的路让别人说去吧”。你说你的，我该干什么还干什么，全然不理会“瓜田不纳履，李下不整冠”的古训，大大咧咧，让人们的误会愈来愈深，让非议之风愈加猛烈，直到无法收拾的地步。这不但害了自己，也可能牵连到无辜的他人。报载，某君不拘小节，喜欢和熟识的女性开一些不荤不素的玩笑，因而他也常有一些自生自灭的绯闻缠身。他认为“清者自清”，依然我行我素。在一次同学聚会上他强与当年“同桌的你”喝交杯酒，结果不但自己被对方的丈夫捅了一刀，还让“同桌的你”家庭产生了裂痕。这就是教训!

还有一类人，在遭到贬损时则与上面那类人相反，走向了另一个极端。他们感到很委屈很生气，但又不知道该怎么洗刷别人泼来的污秽，不知如何面对外界异样的眼神，要么宅在家里羞于见人，要么远走他乡逃离是非之地，要么一蹶不振谨小慎微，要么以死来自证清白。其实，这正是那些兴风作浪者所急于得到的效果。当你瘫软缴械之时，那就彻底落入了好事者的圈套，成为他们欲意宰割的羔羊。这是做人的又一大忌。

以上几种态度都不足取，对待流言谤语我们不妨这样处理。

首先，面对流言谤语我们不能不作为。社会是复杂的，不是世外桃源，社会上的人鱼龙混杂，当然会有流言谤语。常言道“树欲静而风不止”，舌头长在别人的口中，我们无法不让别人说话，更无法不让别人信口开河嚼舌头，但对“谣言杀人”我们务必警觉，城门失火会殃及池鱼，我们不能不认真对待。

不能乱作为，要稳。常言道，任凭风浪起，稳坐钓鱼船。如果把“风浪”借喻流言伤人，那“稳坐钓鱼船”就不是对“风浪”的科学态度了。稳的载体就是事实真相，事实真相就是最好的压舱石。因为“风浪”裹身时，人仰船翻很有可能，人也坐不稳，更别说钓鱼了。可取的态度当是：在“风浪”到来之前，要洞察风云之变，做好应对准备（尽量翔实可靠的事实），采取防范措施，把“风浪”可能造成的损失降到最低。当“风浪”压顶几欲樯倾楫摧时，不是只去逆来顺受，而应看风使舵，因势利导，想尽各种办法（选定合适的时间地点、合适的对象、合适的方式公布事实真相）来化险为夷。当“风浪”消退之后，总结经验教训，以防“风浪”卷土重来，并尽力以积极的态度做好“风浪”过后的善后工作，把“风浪”袭击的损失尽力去弥补起来。

要透过现象看本质，冷静分析谤言缘何而起、所指何处，认真研判，精准施策。人常说，无风不起浪。虽然有些谤言是见不得阳光的涌动暗流，但谤言起处即有阴风。所以，面对谤言要寻本探源，方能对症下药精准施策。若系误会而生，不妨用婉转的方式让他人了解真相，使误会嫌隙冰释；若系恶意中伤，可借助法律维护自己的正当权益；若系不完全合乎事实的善意批评，当持“有则改之，无则加勉”的态度，不必对细枝末节的出入较真，而应把他人之议当成及时雨和求之不得的一剂良药，反躬自省防患未然。

“言者无罪，闻者足戒。”尤其是身居要职者，更要有宽广的胸襟和容众的气度，不要把群众过激的言辞当成“大不敬”的谤言；而要像齐威王纳谏那样诏告社会：“各级大小官吏和老百姓能够当面指出我的过错的，得上等奖赏；提出书面意见劝诫我的，得中等奖赏；能够在公共场所议论我的缺点，提出批评，传到我耳朵的，得下等奖赏。”即便不能做到这样，至少也要创造一种让民众敢于议论、敢讲真话的氛围。即使别人的“陋见”偏颇，但只要不含惑众之心、无图谋乱政之嫌，就莫行剪除之权。有道是“防民之口，甚于防川”，广开言道，大厦稳不可撼。对于“谤言”之谬，可汲取其益、剔其糟粕，那么必将于国于民大有裨益。

当然，对于政治谣言则另当别论。鲁迅先生在《三闲集·述香港恭祝圣诞》中言：“群言淆乱，异说争鸣；众口铄金，积非成是。”足见此类谣言对社会为祸之深，我们还是不可小觑的。

尤其在社会的湖水被风吹起褶皱时，那些魍魉之徒就乘机搅动湖水，推波助澜，向平日对他们的疮疤施过手术的刚正不阿、一心为公之士，施以匿名诽谤的卑鄙之伎，企图陷无辜于湖底，这更是做人磊落者需备加提防的。总而言之，人生能直面谤议也是需要能力和智慧的。

芸芸众生，百口百舌，见仁见智，莫衷一是，浊清往往一时难辨。所以，当身处此境时，莫狂躁，不疏视，以智应之。既不使其演化成前进的羁绊，也不必战栗驻足。目盼足下路，盱衡迈步行，可为良策。

乌鸦的唾沫涂抹不黑太阳的光辉，流言谤语是短命的，“万事浮云过太虚”，世界终究是光明的！

给“不知道”教授鼓掌

题中所说的“不知道”教授，就是美籍华裔科学家、诺贝尔物理学奖获得者丁肇中先生。

2014 年 10 月中旬，丁教授应邀到南京医科大学与学生们进行面对面交流。在相互交流中，有学生问丁教授对哲学有什么看法，他只简短答了一句：“没有看法。”有学生提到“物理研究的还原论内涵是什么？”丁教授一脸困惑地说：“什么是物理还原论？我不知道。”交流中，主持人和大学生们还提出了其他不少问题，丁教授也多是诚实地以“不知道”相答。

这看上去不太融融的学术交流会，也委实让主持者有些赧然，然在丁教授每次坦诚地回答出“不知道”之后，同学们又总是在善意的笑声中报以热烈的掌声，并亲切地称他为“不知道”教授。

毋庸置疑，这掌声是对丁教授的赞扬，赞扬他坦诚、谦逊的做人态度，赞扬他作为一位科学家的科学精神；这称谓也蕴含着对他真挚的敬意。

敢于以真面目示人，承认自己在许多领域的无知，是有自知之明的表现。人有自知之明，才可能有团队精神。汉高祖刘邦为什么能够战胜“力拔山兮气盖世”的西楚霸王项羽，夺得天下，就是源于此。他说：“夫运筹帷幄之中，决胜于千里之外，吾不如子房。镇国家，抚百姓，给馈饷，不绝粮道，吾不如萧何。连百万之军，战必胜，攻必取，吾不如韩信。此三者，皆人杰也，吾能用之，此吾所以取天下也。”而刚愎自用的项羽，自以为天下无敌，有一范增还不能用，结果在垓下（今安徽省灵璧东）遭到十面埋伏，在四面楚歌声中拔剑自刎。自刎前，他还说什么落得今日之下场，是“天亡我也，非战之罪也”，不亦惑乎！再伟大的天才，也有不如人的地方，要成就一番事业，就得有这样的自知之明。

敢于以真面目示人，在求知者面前承认自己的无知，是对莘莘学子的负责，是对社会的负责，是不误人子弟的表现。世界上只有教错的老师，没有学错的学生。老师若“强不知以为知”，传授给学生的只能是伪知识，那将会贻害无穷。所以，当学生樊迟请求学习如何种庄稼、种果蔬时，孔子坦诚地说：在这方面“吾不如老农”“吾不如老圃”，当不了你的老师。“知之为知之，不知为不知”，孔子不打肿脸充胖子，不糊弄樊迟，丁教授也是这样，他们做人的真诚、谦逊，值得钦佩。

敢于以真面目示人，承认自己虽然获得诺贝尔物理学奖，但也不是无所不知，这有助于破除人们对杰出人才的迷信，激励人们树立挑战权威不断创新的勇气。人类社会本来就是在“否定之否定”中不断向前发展的，任何权威都有时代性、局限性。智者千虑或有一失，愚者千虑或有一得，江山代有才人出，各领风骚数百年。丁教授现身说法，揭去了权威神秘的面纱，对于人们解放思想、破除迷信可以说是一件功德无量的善事。

丁教授的以真面目示人，坦然承认自己的“不知”，其实也是在告诉人们一个治学的道理：学贵专一。人的生命是有限的，未知的世界是广袤无垠的。正像“朝菌不知晦朔，蟪蛄不知春秋”一样，任何人都不可能全知全能。所以庄子说：“吾生也有涯，而知也无涯。以有涯随无涯，殆矣。”如果用有限的生命去追求无限世界所包含的无限知识，四面出击，顾此失彼，我们的人生将会废掉，一事无成。荀子在《劝学篇》也用形象的比喻告诫人们要“弱水三千，只取一瓢饮”，不要贪多。他说：“蚓无爪牙之利，筋骨之强，上食埃土，下饮黄泉，用心一也。蟹六跪而二螯，非蛇鳝之穴无可寄托者，用心躁也。”

可惜今天仍然有许多人不明白这个道理，对知识的追求热衷于“博”而忽视“精”。天文地理、经史子集、琴棋书画等等，门门蜻蜓点水，浮光掠影，一鳞半爪，不成体系，反以这些碎片化的知识为傲，自诩为“全面发展”的“杂家”，在人前卖弄，以知识“大家”自居，殊不知自己只是个“四脚书橱而已”。当一个人忘记了“邃密群科”的目的是“济世穷”而非卖弄时，那些碎片化的不成体系的知识多是无用的，是称不起知识渊博的。如果一个人把精力倾注于此，这样的知识碎片就像是随风飘逸的雪花，将无益于大地的滋润。这是违背求知之道的。尼采写过一篇文章叫“我为什么这么聪明”，其中有一句可谓经典之语：“我之所以这么聪明，是因为我从来不在不必要的事情上浪费精力。”

丁教授以真面目示人，坦然承认自己的无知，是因为他知道人格比知识更值得珍惜。他知道，学知识是为了济世救人，不是为了清谈，不是为了卖弄，不是为了用来贬损别人以证明自己比别人高明。

《列子》里有个故事讲“两小儿辩日”。说两个小孩在争论，太阳在早晨离我们近还是在中午离我们近。其中一个说早晨的太阳比中午的大，所以太阳早晨距离我们近；另一个说中午的太阳比早晨的热，所以太阳在中午距离我们近。他们要孔子给出准确的答案。孔子没法判断。于是小孩子就讽刺孔子说："谁说你知识渊博呢？"

明眼人不难看出，这是作者借"小孩"之口来贬低孔子，抬高自己。其实反而凸显了自己的浅薄。因为孔子很有自知之明，从来就没有说过自己无所不知。相反，他倒说过："吾有知乎哉？无知也。"因为，决定一个人的人生境界的不是知识的总量，而是另外一种东西——对自己在这个世界所处的位置是否有着更为清醒的认识。丁教授之所以赢得莘莘学子的尊敬，正是因为这一个个"不知道"所彰显出的坦荡的人格魅力。希腊大哲学家苏格拉底似乎也明白这一点，他说："我比别人多知道的那一点，就是我知道自己是无知的。"

大海默默无声，小溪哗哗作响。做人，知识渊博却总感自己是无知之人，那是高明；知识贫乏却总以为自己无所不知，那是愚蠢。圣人之所以不犯傻，就是因为他们视"强不知以为知"为浅陋。"草包"扮不出壮士，巫汉装不成大师，再美轮美奂的海市蜃楼，都不如诸葛孔明的茅庐千古留名。

"不知道"并不可怕，也不丢人。《礼记》有云："学然后知不足，教然后知困。知不足，然后能自反也；知困，然后能自强也。"

汉代思想家董仲舒也说："君子不隐其短，不知则问，不能则学。"其意就不仅仅是告诉人们正确的求知态度，而且还告诉人们，从一个人对待求知的态度也可看出他人品的尊卑。君子做人坦荡磊落，面对知识的欠缺也自然不掩其短。其实就个人而言，即使公认的学问"大家"，也只能是就某一知识领域与他人相比较而言，他就是付出再超凡的精力和代价，也不可能对该领域一览无余，精通至极；就是毕生博学，面对知识的海洋，也不过取一勺之水。韩愈说："闻道有先后，术业有专攻，如是而已。"

因此，不掩饰、不护短的"不知道"的求实精神不单是在科学领域要推崇，在其他领域都应当遵循。

著名漫画家丰子恺关于漫画《卖羊》的故事曾被传为美谈。他在漫画中画了一个农人牵着两只羊悠闲地走着，看起来似乎十分有趣。谁知道，一位农民看了这幅漫画却连连摇头发笑。丰先生觉得很纳闷，上前虚心请教。那农民说："牵羊只需牵头羊，不管多少只，只要一根绳子把头羊牵好就行了。"原来，没有牧羊经验而去画羊，是会出错的。丰子恺连连向这位农民道谢，感谢他挑出了画中的谬误。同时也为自己的无知而愧怍。丰子恺把这件事公布出来，却赢得了人们的敬重。

《东坡题跋》中记载，画家戴嵩画了一幅斗牛图，有人用金镶玉轴装好，视为珍宝。一个牧童看了画后不禁大笑：牛发力时，尾巴夹于两股之间，画上的牛都摇着尾巴，不合常理。苏东坡感叹："君子是以务学而好问也。"

《庄子》曰："真者，精诚之至也。不精不诚，不能动人。"自然之美在纯真，人性痼疾多虚荣。窥众生之瑕，不懂装懂，掩其无知者多矣。

《三国演义》中司马懿奉命统领大军开往祁山，诸葛亮派兵布好八卦阵。司马懿不懂破阵之法，却不懂装懂，硬着头皮派大将张虎、戴陵攻阵，结果二将被俘，司马懿损兵折将，大败而回。

抗日战争期间，当中国远征军的退路被日寇切断时，其直接上司史迪威（美国高级将领，曾担任过抗战时期中国战区的参谋长）命令部队撤往印度，而蒋介石并不知前线实况，仅以权高势威下令部队撤回国内。结果最后只有两个师的士兵撤往印度，其他的撤回云南。在退回云南的途中，远征军迂回穿越人迹罕至的原始森林，饥饿和疾病导致士兵大量死亡，10 万人的部队最后只剩下 4 万人。事实倒是撤往印度的两个师后来成为中国抗日最精锐的部队，蒋介石的瞎指挥丢掉了 6 万士兵的性命。

人们不会忘记中国工农红军在长征初期遭到惨痛的失败，军事上的严重失利与共产国际驻华军事代表李德的瞎指挥有直接关系。一个还称不上军事专家的外国人，对中国革命实际情况的了解几近空白，却来发号施令，并以粗暴的态度对待下级，动辄就是军法从事。如此来指导作战，面对比自己强大若干倍的敌人是注定要失败的。

1838 年 12 月 7 日的寒冬夜晚，俄国沙皇尼古拉一世和皇后及彼得堡整个上流社会的贵族，都在帝国剧院观看意大利著名演员玛莉·塔里奥尼参加演出的芭蕾舞。正值剧情高潮时，武官罗申向沙皇报告：冬宫失火！面对这非同寻常的失火，消防总队长把消防力量放在保护珍宝馆无疑是正确的。可沙皇却不懂装懂，插手指挥臣民东突西奔，延误了宝贵的灭火时间，致使大火烧了三天三夜，大量国宝焚毁殆尽。

书归正传，人称“不知道”的丁教授经常挂在嘴边的一句话是：“科学研究是一件非常严肃的事，‘知之为知之，不知为不知’，不能因为你在某个领域做出了一点成绩，天下所有的事你都知道，这有悖于一个科学家的行事原则。”

面对知识的海洋，敢于对自己不懂的问题说“不知道”，不仅是一种气量，一种品格，更是一种境界，一种追求。只有这样，才能脚踏实地，才会奋斗不息，直至登上成功的顶峰。

有鉴如此，我们怎能不为“不知道”教授鼓掌？

“观棋不语”之思

——说与“自以为是”者

我平日散步的道旁有一小卖部，它的门前有个小亭，亭下设有棋桌，经常有人在亭下对弈，并常有三五个围观者。

一日，红方的几位观棋者吸引了我。他们先是大呼小叫，帮着支招，继之越俎代庖，伸手挪车移炮。当了傀儡的红方棋手，无可奈何地笑笑，只好起身离座，让位给那位喜欢评头品足、动手动脚的“高手”。谁知“高手”不高，没有几个回合，便使自家的“红帅”困于麦城。刚才还神气活现的“高手”，转瞬便抓耳挠腮、出乖露丑……

这使我对“观棋不语”的含义有了进一步的理解。它除了对博弈的双方表示尊重、维护竞技的公平之外，还提醒观棋者不要忘记自己的身份：你不是裁判，不是教练，更不是某位棋手的高参，只是个观众，只是来观赏、观摩的，要虚心点，你不见得比人家高明，别自以为是。

清代史学家钱大昕在《弈喻》中讲述了自己的观棋经历，对我们这些自以为是的观棋者可能有所启发。他说，有一次，他在朋友家里观看两位客人下围棋，看到其中一位客人屡屡败北，就在心里嘲笑他的失误，甚至想动手把他布下的棋子换到自以为合适的位置，认为他是臭棋篓子不如自己。后来，那位客人邀请钱大昕与他对局，钱大昕虽然打心眼里轻视他，但出于礼貌还是答应了。谁知刚布下几枚棋子，客人就占得先手。钱大昕说："局将半，予思益苦，而客之智尚有余。竟局数之，客胜予十三子。予赧甚，不能出一言。后有招予观弈者，终日默坐而已。"

钱大昕由此反思，悟出"吾能知人之失而不能见吾之失，吾能指人之小失而不能见吾之大失"的道理，指出了人最大的缺点就是看不到自己之缺点、过失，反而对他人吹毛求疵。他告诫人们，不要"各是其所是，各非其所非"，"彼此相嗤，无有已时"，观棋如此，治学、处事亦当如是。因为"吾生也有涯，而知也无涯"，"金无足赤，人无完人"，自己再博闻多识，说到底也还是"沧海之一粟"，是不知天高地厚的井底之蛙。

如果自以为是，哪怕是出于好意，也难免会办错事，害了他人。

有则寓言就告诉我们这个道理。天空中有一只鸟儿在自由自在地飞翔着，看到河里的鱼儿，整天泡在水里，就想把鱼儿救上天来，让它享受"天高任鸟飞"的自由，饱览蓝天白云下的美景。于是，不管鱼儿怎么谢绝，这只自以为是的鸟儿还是固执地将鱼儿"救"到自己在林中树梢上的巢穴，结果葬送了鱼儿的小命……

大概正是因为这一点吧，清人王永彬在《围炉夜话》中讲："有为之人不轻为，好事之人非晓事"。有为之人何以不敢轻为，不敢妄自尊大?《孙子·谋攻》云："知己知彼，百战不殆；不知彼而知己，一胜一负；不知彼，不知己，每战必殆。"因为凡事有己有彼，知己不易，知彼也难，轻率而为，即使不会闹出"鸟儿救鱼"的悲剧，也会出现令自己尴尬的意外。

据说，曾在《石钟山记》中嘲笑“李勃之陋”、发出“事不目见耳闻，而臆断其有无，可乎”的大文豪苏轼，就遇到过因“不知己”而自以为是造成的尴尬。一次，他到王安石府上，看到王安石未完篇的诗稿“西风昨夜过园林，吹落黄花遍地金”，很不以为然。他以为天下的菊花都是“宁可枝头抱香死，何曾吹落北风中”。于是毫不客气地在王安石写的诗稿上续道：“秋花不比春花落，说于诗人仔细吟。”待他被贬黄州之后，一日偶入菊园，只见满地金黄狼藉，枝头无一朵枯花，顿时为王安石的博闻多识所折服，同时为自己的自负而汗颜。

能够让苏轼佩服，按说王安石应该称得上是博学的了，可他也并非是个无所不知的达人。据说，有个秀才写了一首诗请他指点，其中有“明月当空叫，黄犬卧花心”之句。王安石看后心想，“‘明月’怎会叫？‘黄犬’怎会卧在花心上？”于是提笔改成“明月当空照，黄犬卧花阴”。后来他游历南方，发现南方有一种鸟儿叫“明月”，叫声婉转动听，有一种昆虫叫“黄犬”，常在花心飞来飞去。这下子他才明白，那两句诗是对的。

达人尚且如此，况吾辈乎？看来，法国思想家蒙田说的“自以为是乃是我们天生而原始的弊病”，是有一定道理的。

“知己”不易，“知彼”也不易。有道是“画虎画皮难画骨，知人知面不知心”，“山外有山，天外有天”，“强中自有强中手，一山还比一山高”，似乎说的都是这个道理。前文的“观棋者”不明此理，已经自讨没趣，我们当引以为戒。须知当一个人自以为是时，就等于蒙蔽了自己的双眼，阻滞了自己的思维，这时他的所作所为就近乎瞎子摸象、盲人骑瞎马，栽倒和失败将难以避免。我国第二次国内革命战争时期，王明等标榜“百分之百的布尔什维克”的人，不了解中国的国情，排挤毛泽东等革命根据地的领导者，自以为是，盲目套用苏联的经验——“御敌于国门之外”，给革命造成的惨重损失就是不远的殷鉴。

战国末期思想家荀子讲：“凡斗者自以为是，而以人为非也。”常以己为是，以人为非者，对他人的意见和行为，往往先轻蔑，后贬损，吹毛求疵，百般挑剔，“以为天下莫己若”，“顺我者昌，逆我者亡”，最后只能“霸王别姬”“自刎乌江”，徒留笑柄而已。所以，英格兰哲学家、史学家大卫·休谟在《人类理解研究》里说：“我们自以为掌握一切，其实只是习惯而已。习惯到了最深的程度，不仅掩盖了我们的无知，甚至掩盖了习惯本身。”

要克服自以为是的陋习，首先得学学古人倡导的“吾日三省吾身”，即时时反躬自问，从自身查找原因。为什么？孔子曰：“不患人之不己知，患不知人也”，“不患人之不己知，患其不能也”。

曾读过一句话，“一个不懂得自省的人不配做人。”这句话也许刺耳，但却振聋发聩。因为那些自以为“高见”者，总是摆出一副盛气超人的官僚主义嘴脸，到处显示自己的非凡，从来不走群众路线，不听群众意见，遇事随心所欲拍脑袋，从而劳民伤财，让天下百姓“遑遑乎四海无所归，恤恤乎饥不得食，寒不得衣”。

自古以来，人们对刚愎自用、自以为是者深恶痛绝，因为人世间比比皆是的是非之争，失礼逾矩之为，其源盖出于斯。魏晋时期竹林七贤之一阮籍在《达庄论》中指出：“自是者不章，自建者不立。”其意是说，自以为是的人是糊涂，自我夸耀的人多无助。一个人如果只在自己的小天地里因孤芳自赏而又常糊涂到为所欲为，不知检点，那就如同井底之蛙一样，永不知绚丽多姿的大千世界。这种人一旦身居高位，“官僚主义、命令主义、主观主义”的“老爷”做派就要滋生。

所以，毛泽东曾经说：“共产党员决不可自以为是，盛气凌人，以为自己是什么都好，别人是什么都不好”（《在陕甘宁边区参议会的演说》）。

延安“五老”之一徐特立先生1942年4月1日在《再论我们怎样学习》中讲：“我们自以为知，自以为能，就会阻碍我们进一步学习，进一步检查自己的错误和缺点，就会拒绝他人的批评，就会忽视他人的一切科学的优点。”1953年4月16日，他在给《新观察》编辑部写的一篇短文中再次说道：“自以为是是思想生命的一个病态。生命是不断地新陈代谢，自以为是者，他保存旧有的东西不加自我批评，旧的物质不排泄，那就无法吸收新东西，就是思想生命的断绝。”作为一名领导干部，“思想生命的断绝”，也就意味着他带领大家前进能力的丧失。

美国第34任总统德怀特·艾森豪威尔常为自己钱夹里有一张他已保存20年的旧报纸而自鸣得意。这是何故？因为这张发黄的报纸登载了一个小小的寓言故事。故事的结尾是这样写的——

“尽你最大的可能去做，为你自己感到骄傲，但要记住，千万不要自以为是，因为在这个世界上，没有什么是不可或缺的。”

“器满则溢”二题

满则罹损

“日中则昃，月盈则食（蚀），天地盈虚，与时消息，而况乎人乎！”《易·丰》中的这句话以自然现象为喻，告诫人们不要骄傲自满。

类似的例子不少。例如《荀子·宥坐》中就有一个关于宥坐之器的故事。有一次，孔子带着一帮学生到鲁桓公的庙中去参观，见到一种叫“欹器”的器物。孔子就问看守庙宇的人：“这是做什么用的器物？”守庙的人回答说：“这是古时国君置于座位右边，用来警诫自己做事不要过或不及的器物。”孔子说：“我听说这种器物，空着的时候就会倾斜，装了一半水时就变得端正，装满水了就会翻倒，不知是不是真的如此。”于是孔子回头对学生说：“往里面灌水试一试吧。”他的学生就舀水往里面灌，灌了一半水时欹器果然就端正了，装满了水后欹器也真的就翻倒了，倒空了水它又倾斜了。孔子看后感慨地说：“唉，怎么会有满了而不倾覆的呢？”子路说：“请问有保持满而不倾覆的方法吗？”孔子说，办法是有的，那就是“挹而损之”。也就是说，保持盈满而不倾覆的关键在于添加水的时候要注意同步减少（即“损”）水。

孔子怕弟子不明白自己的意思，就引申解释说，就是“聪明圣知，守之以愚；功被天下，守之以让；勇力抚世，守之以怯；富有四海，守之以谦。此所谓挹而损之之道也。”孔子的这番话，用大白话说就是，聪明有智慧的人，就要时时提醒自己，“大智若愚”，因为在许多看似愚钝的聪明人面前自己才是真正的愚钝糊涂，千万别自以为是；功劳大过天下的，千万别居功自傲，要懂得谦退礼让，因为“一将功成万骨枯”“独木难支大厦”“一个篱笆三个桩，一个好汉三个帮”，离开了众人的帮扶，自己就算浑身是铁也打不成几颗钉子；凭借勇力震慑征服世人的，就要学会心有所怯，因为匹夫之勇不足恃，“天时不如地利，地利不如人和”，“上兵伐谋”“其下攻城”，“水可载舟，亦可覆舟”，“一夫作难而七庙隳”的事不是没有发生过；富有四海的，就要懂得谦恭，切莫为富不仁。

孔子的“挹而损之”，不失为“保持盈满不倾”之道的一剂良药。然世间闻之却很少有人服用，因而人们自恃其满的沉疴终难祛除。之所以如此，是因为人们并没有真正意识到：自满，是让人失去斗志的温床；自满，是让人不战而败的麻醉剂；自满，是让人丧失一切的天敌。此疾就像瘟疫一样，遗祸人间，给个人、家庭、社会乃至民族、国家造成莫大损失。

还是不说大道理吧，让我们先看看下面的实例——

一天，有个学生哭丧着脸走到著名的生理学家巴甫洛夫跟前，诉说自己一次重要的动物实验失败了。“从你上次实验取得成功时的那副神气，我就知道这次你肯定要失败！”巴甫洛夫教授瞧了他一眼，十分严肃地批评这个学生，然后语重心长地说，“你还年轻，别让骄傲占有了你，骄傲会使你拒绝有益的忠告和友谊的帮助，也会使你丧失掉客观的尺度。”

这是说做学问、搞科研因自满而受挫的，下面说说居功自傲的。

当年，拿破仑带部队翻越了阿尔卑斯山时，他踌躇满志地说：“我比阿尔卑斯山还高！”鲁迅对此发表议论：“这何等英雄，然而不要忘记他后面跟着许多兵；倘没有兵那只有被山那面的敌人捉住或者赶回，他的举动、言语都离了英雄的界线，要归入疯子一类了。”（鲁迅《坟·未有天才之前》）也就是这位自比山高，比天低的盖世英雄，转瞬之间，跌落在大西洋圣赫勒拿岛上，以囚徒的命运了却残生。

《三国演义》里的关羽，清人毛宗岗说：“历稽载籍，名将如云，而绝伦超群者，莫如云长。”温酒斩华雄、匹马斩颜良、偏师擒于禁、擂鼓三通斩蔡阳、百万军中取上将首级，犹如探囊取物耳。诸葛亮欲举马超时，他说马超何等鸟人，怎能与我老关并列？孙权向他攀亲家，他出口骂道：“犬子怎配虎女！”然而这位叱咤风云、威震三军的一世之雄，居然“南郡丧孙权，头颅行万里”，被东吴吕蒙一个奇袭，仓皇中兵败失地，被人割下首级。关老爷的自满直到即将被俘杀头时仍然“浓睡未消残酒”。罗贯中说关羽是“龙游沟壑遭虾戏，凤入牢笼被鸟欺”，其实归根溯源是“器满”害了他自己。

再看看清人年羹尧的表演。

在康熙帝执政时，年羹尧在平定四川、西藏等多地叛乱中多次立下战功，深得康熙帝信任。雍正帝能够顺利登上皇位，他更是功不可没。雍正晋升他为一等公，称年羹尧为自己的恩人，要求子孙后代记住年羹尧的功劳，要是违背他的谕旨就不是大清的臣民；甚至还对年羹尧说：“我如果不是一个好皇帝的话，你如果不是一个好大臣的话，就不能报答我对你的知遇之恩。希望我们俩能成为千古榜样人物。”

而年羹尧却因此头脑发热，不知天高地厚。他把朝廷派来的御前侍卫（本来是代表朝廷的）当奴仆使唤，两次接圣旨时也不按照礼仪下跪。他进献皇帝一书，自撰序言让皇帝认可。他给各地总督、巡抚下达公文，无不直呼其名。他进京时要求总督、巡抚跪着迎接，在京城里要有人给他清道。亲王、大臣去迎接，他从不拜谢，蒙古亲王见到他都要下跪，连驸马爷也不例外。他越权插手朝政，一度使雍正帝在用人上也得先征求他的意见，凡受他夸奖的就能升官，被他弹劾的无一难逃厄运。

雍正三年（1725 年）的时候，天空中出现了“五星连珠”的奇景，年羹尧为此专门上奏表示庆祝。但他却极不认真，把“朝乾夕惕”写成“夕惕朝乾”。雍正帝看后大怒，借此大做文章，斥责年羹尧故意把词写颠倒（“朝乾夕惕”，可以引申为白天得到了皇上的恩宠褒奖，晚上我要好好反省自己，警惕自己的不足之处。这是好的意思。而“夕惕朝乾”则可以理解为，我要每夜先想好，有所警惕，有所防备，以便白天去见皇上。这“朝”“夕”二字倒过来意思就完全不一样了，所以皇帝才会大怒）。很快，雍正帝就让岳钟琪接替了年羹尧的职务。“墙倒众人推”，大臣们于是纷纷上书告发他的种种劣迹。雍正帝看了那些奏章后大发脾气，把年羹尧的官职一降再降，最后全部罢免，下令年羹尧自尽，年羹尧 15 岁以上的儿子全部流放……

以史为鉴，可以知兴替。陈毅同志写过这样一首诗：“九牛一毫莫自夸，骄傲自满必翻车。历览古今多少事，成由谦逊败由奢。”英国思想家罗素说，对这种自满人只能告诉他：“在茫茫宇宙中一个小小角落里的一个小小星球的生命史上，人类仅仅是一个短暂的插曲，而且说不定宇宙中其他地方还有一些生物，他们优越于我们的程度不亚于我们优越于水母的程度。”有学者也说，人生可怜之处就在于放大自己的本分之为，从而冲昏头脑，飘飘然，视天下万物为草芥，观其掌心如天地，把自己置于显赫无上的位置。

这些话鞭辟入里，发人深思。毛泽东 1944 年 4 月 12 日在《学习和时局》中语重心长地告诫我们说：“我党历史上曾经有过几次表现了大的骄傲，都是吃了亏的。第一次是在一九二七年上半年。那时北伐军到了武汉，一些同志骄傲起来，自以为了不得，忘记了国民党将要袭击我们。结果犯了陈独秀路线的错误，使这次革命归于失败。第二次是在一九三〇年。红军利用蒋冯阎大战的条件，打了一些胜仗，又有一些同志骄傲起来，自以为了不得。结果犯了李立三路线的错误，也使革命力量遭到一些损失。第三次是在一九三一年。红军打破了第三次‘围剿’，接着全国人民在日本进攻面前发动了轰轰烈烈的抗日运动，又有一些同志骄傲起来，自以为了不得。结果犯了更严重的路线错误，使辛苦地聚集起来的革命力量损失了百分之九十左右。第四次是在一九三八年。抗战起来了，统一战线建立了，又有一些同志骄傲起来，自以为了不得，结果犯了和陈独秀路线有某些相似的错误。这一次，又使得受这些同志的错误思想影响最大的那些地方的革命工作，遭到了很大的损失。全党同志对于这几次骄傲，几次错误，都要引为鉴戒。近日我们印了郭沫若论李自成的文章（《甲申三百年祭》），也是叫同志们引为鉴戒，不要重犯胜利时骄傲的错误。”

如何防止骄傲自满?《格言联璧》中有这样一句话：“盖世的功劳，当不得一个矜字；弥天的罪过，最难得一个悔字。”人只有认识自己的不足，自始至终保持个人之“器”于不满，才能避免骄矜的恶习，才会稳步走向自己的终点。

平生坎坷，栽了不少跟头，受过不小的挫折，谁之过？耋年思忖：凡是自己碰壁时，多是忘记了谦逊，太自以为满了！

自挹其满

世上最难翻越的山，是“自我”这座山；最易满溢的容器也是“自我”这个“容器”。

古人云：“闻荣誉而不欢，遭忧难而不变者，审人也。”西方有句谚语也说：“谁能在凯旋之中战胜自己，谁就赢得了两次胜利。”世人中遭忧难而不改其志节者、“闻荣誉而不欢”者虽然常有，但在成功的鲜花簇拥之中往往忘却了原本的“自我”，不能让“成功”成为“再成功”之母，再接再厉，更上层楼，反而因“器满”而滞步者也大有人在。

人的劣根性，常常使自己在前进的路上稍微有点成绩就会自我陶醉、忘乎所以，不知道自己是几斤几两。有的妄自尊大，目空一切；有的孤芳自赏，拒谏饰非；有的作风专断，为所欲为；有的老子天下第一，凌驾组织之上；有的不思进取，躺在功劳簿上吃老本；有的追求享乐，贪污受贿……这些人，人们闻之悚然，避之不及。因其不能平和容众，自甘沉沦，其中“江郎才尽”者、众叛亲离者、锒铛入狱者、身败名裂者、遗臭万年者比比皆是。所以骄傲自满对每个人的修养、境界、品位和意志力都是严重的伤害。以人为镜，可以知得失。历历史册，那些看似貌寝口讷却能自挹其满、韬光养晦、恂恂待人、禅心面世的才俊，千古以来却一直受到世人的仰慕。

诗仙李白，登上黄鹤楼，举目楚地江水，诗情涌动，对他而言，赋诗畅怀，才情使然，可他没有挥毫泼墨，仅仅留下“眼前有景道不得，崔灏有诗在上头”两句肺腑之辞。历史没有见到哪位游人登临时发出“倘没有崔灏诗作在前，李白又会捧上何等惊世华章”的浩叹，倒是常常听到人们对李白这两句发自内心的啧啧称赞，赞他的谦逊、真诚、能够自挹自抑的高尚人格。

唐代大诗人白居易的诗，洗尽铅华，平易近人。相传他每当作好一首诗，总是先念给牧童或老妇人听，然后反复修改，直到他们认可方才定稿。像他这样以牧童和老妇为师的诗人，所写的诗歌当然很接地气，流传千古。

球王贝利超凡的球技不仅令千千万万个球迷心醉，也常常让场上的对手拍手叫绝。他为什么能够把球踢得好到极致？听听他接受采访时说的话你也许会明白。当贝利进球达到一千个的时候，媒体记者问他：“在这么多进球中，您最满意的是哪一个？”“第一千零一个。”贝利回答说。原来，贝利始终把自己已取得的成绩看成既往，在他个人的成绩簿上从来只有白页！

居里夫人发现放射性元素镭和钋，为人类作出了巨大的贡献。英国皇家学院颁发给她金质奖章，可她把这金质奖章让女儿当了玩具。当爱因斯坦看到这一场景惊讶地对她说：“这金质奖章是极高的荣誉，您怎能让孩子玩呢？”居里夫人答道：“我就是想让孩子从小知道，荣誉就像玩具，只能玩玩而已，绝不能看得太重，否则终将一事无成。”有人建议居里夫人申请专利，她却说：“我决定放弃。科研成果应该是全人类都可免费共享的财富。”对这位永不知满的科学巨擘，爱因斯坦在悼念她时说：“她在任何时候都意识到自己是社会的公仆，她的极端谦虚永远不给自满留下任何余地。”

人，就应该像居里夫人那样低调处世，不能简傲。《小窗幽记》云：

“简傲不谓高。”意思是说，轻忽傲慢不能算作高明，行为狂妄傲慢之人，自以为高人一等，其实在众人眼里只不过是个怪物罢了。

战国时魏国人杨朱对自己走过的自满之路颇有体会。他曾回忆说，当年我师从庚桑楚，学成以后归魏，践行老师之道。小有名气之后，又往畏垒山去见老师。一路上我洋洋自得，店家和客人都视我为大人物。进店前，主人出门来迎接；入住后，客人侧君避让，烤火者腾出灶台给我取暖。快到畏垒山时，老师下山接我，在桥上与我相遇，仰天叹息说，原以为你可教诲，今始知你不可教诲！我说，老师，我未置一词，就怎么惹您老人家不高兴了呢？弟子又错在哪里呢？庚桑楚说，你神志傲慢，目光骄矜，谁敢与你共处？师祖老聃有言，大白当如有污，盛德当如不足。你如此骄傲自得，岂是老聃之徒？老师的这番教诲，令我羞愧难当。返回魏国途中，我深刻自省，内省自满之心，外芟骄矜之形，不再以大人物自居。店主待我以普通人，不再迎送伺奉，客人与我平起平坐，甚至争抢座位。

刘邦虽然在历史上颇遭非议，可他在治国用人上的“吾不如”胸襟，反使群贤毕至，纳张良、萧何、韩信于麾下，从而助他成就霸业，为汉室天下居中国历史四百年之久奠定了根基。他能挹满的修养，为他史册留名添上浓重的一笔。汉末的刘备自谦不如诸葛亮，求贤若渴，三顾茅庐，终至天下三分有其一。

“山高路远坑深，大军纵横驰奔。谁敢横刀立马？唯我彭大将军！”这是毛泽东写给彭德怀的六言诗句。可就是这位战功赫赫、铮铮铁骨的“彭大将军”曾于大庭广众三次撕毁他自己的画像。

1949 年 9 月，彭德怀率领部队解放了新疆。10 月 1 日，乌鲁木齐数万人拥上街头庆祝解放，欢呼新中国成立。彭德怀应起义将领陶峙岳和包尔汉的邀请来到会场时，他一眼看见人群中抬着一张自己的画像，他的两道浓眉拧了起来，对身边的人说："胜利了，要警惕，万岁的口号，首先应该还给人民。要知道，一个阿谀奉承的傻瓜带来的危害，将比一百个敌人还要大。"这时，群众抬着巨幅画像向主席台前走过来。彭德怀大跨步走下主席台迎了上去，笑了一下说："我这模样长得不好，难为画家了，还是扯下来，不要抬着让它过闹市了。"说着，他伸手将画架上的彭德怀像扯了下来，撕了。游行队伍中的人们惊疑了，彭德怀说："同志们，我就是这个画像上的彭德怀，请不要抬着我的画像。"人们听到是彭德怀，都热情地拥过来，望着彭德怀，大声欢呼起来。

1949 年岁末，一野二兵团正在兰州召开扩大会议。这时，不知谁喊了一声："彭总到了！"代表们喜出望外，纷纷起立鼓掌。彭德怀含笑招手，可侧身一瞥，脸色陡变，驻足不前。陪同进场的兵团司令员许光达示意代表们安静。只见彭德怀手指主席台上的画像一声怒吼："快把靠边的那个猪头给我摘下搬走！"大家听后为之一震，全场鸦雀无声。彭德怀直言道："都摆摆看，我彭德怀吃多少干饭，有啥资格能抛头露面地和毛主席、朱总司令的画像并排起来？我说过不准挂我的像，为什么就白说？"这一问，许光达猛想起二纵挂彭德怀像曾挨过批，他立即让人把彭德怀像摘了下来。

1951 年，在朝鲜战场，有一次彭德怀到山洞里看望战士。谈话间，彭德怀的目光落在山洞墙上的一张照片上，脸色突然严肃起来。战士们面面相觑，莫名其妙。"挂我的像干什么？撕下来！"彭德怀下命令似地对战士们说。原来，一个战士在画报上剪下了一张彭德怀的像，贴在了墙上。看到彭德怀这么严肃认真，这个战士只好把画像揭下来，心里却升起对彭德怀的无比敬仰。

清朝名臣曾国藩说，人生的佳境应该是“花未开尽月未圆”，花开尽时遂凋谢，月圆之时亏已始。毛泽东拒授大元帅军衔。1950 年初，毛泽东故居前挂的牌匾写着“中国人民的伟大领袖毛主席的家”，毛泽东知道后，连声说：不妥，不妥！“伟大”两个字不是封的，我不敢当，哪里会有一写伟大就伟大呢？我建议换一块匾额。

有智者曰：“他人对自己的评价减两分，以求其实；自己对自己的估计降半格，以求其真。”而人生落幕的败北者，总是把自己供奉过高，反在众目睽睽之下成了靶子。人置身于万花丛中时，胜利的优越感常使自己昏昏不识其路，如不能自挹其满，那不管向哪里举足，都是下坡路。

人们喜爱大自然是因为它总以其本色平和示人。化了妆的演员比其本人丰满、高大也更靓丽，但他只能在舞台上表演，融不到日常生活之中，更不能在家里摇来晃去。

人们不喜欢夜郎自大的人，是因为它失真。不管他的精神以什么力量作支撑，他展现给众人的形象都是臃肿和虚胖的，他的言行都是发了酵注了水的，令人不堪忍受。

老子曰：“自伐者无功，自矜者不长。”骄矜自负者在谢幕时是没有掌声和鲜花的。

夯土筑坝是为了蓄水，但每当汛期将至，人们就不失时机开闸放水，以防洪水暴涨酿成巨患。人生修身亦同此理，披星戴月，衣带渐宽地勤奋，为的是充实和丰富自己，但一定谨记在成绩炫目、光环耀眼时，要及时自抑自挹，让自己的容器虽满不溢。

“我”之过

“我”与“老大”

“我”在人类史上功不可没。开天辟地，创造人类文明，推动历史前进，都离不开一个个“我”。可纵观人类历史，刀光剑影，群魔乱舞，“搅得周天寒彻”，似乎“我”也难脱干系。

语言中，自有“我”“你”“他”之分。“我”排行第一，似乎当为老大，于是有人在潜意识里就认为“我”是主，“你”和“他”是从；“我”讲的就是金科玉律，“我”做的就是天经地义，“我”的言谈举止就是圭臬，大家必须唯“我”马首是瞻；“我”可以我行我素，天马行空，唯我独尊；而“你”和“他”只有洗耳恭听的份，只有遵命奉行的份，没有插嘴置喙的份！如此一来，“我”就被宠到不知天高地厚、不知自己几斤几两的地步。

化学家王佛松曾听他的导师讲过这样一个故事。从前有一位资深的俄罗斯社会活动家、演讲家，能言善辩，到处讲演。有一次应邀到一个盛大集会上发表演讲，他口若悬河，滔滔不绝。可就是有一点，和以往一样，他在整个讲话中都是用第一人称（单数）“我”来表达自己的意思。动辄就是“我以为”“我支持”“我发现”“我证实”之类，无处不是“我”“我”“我”！演讲结束，当他走下讲台时，一位头戴礼帽的长者徐徐向他走来，摘下帽子并向他点头致意，接着慢条斯理、一字一句地说道：“尊敬的先生，你知道吗？‘我’在俄文字母中居末位，是倒数第一，没有什么了不起的，别老是挂在嘴上。”说完之后，长者转身离去……

这个故事是王佛松先生的导师、原苏联科学院院士多尔哥普洛斯克在听完他做的学术报告后给他讲述的。王佛松先生在那次报告会上，由于初到苏联不满一年，俄文并未完全过关，同时也因为颇有几分少年得志不知天高地厚，所以和那位演说家一样，不少地方都用“我以为”“我发现”等第一人称单数表达句式。当听完老师讲述的故事之后，他羞愧地低下了头。他后来曾感慨地说：是的，“我”字很简单，俄文只有32个字母，最后一个字母才是 Я，Я 还是一个词，意思是“我”……

中文的“我”也没有几笔，但要摆正这个简单的“我”字的位置，可就不是那么简单的事了。

在这个世界上，每天都会发生很多事。仁者见仁智者见智，但无论什么事，它的真相只有一个。常见人们因对同一件事认识分歧而争执不休，这从理性上讲，不是什么不可思议的咄咄怪事，但若刚愎自用，固执己见，不懂兼听则明偏信则暗，不知智者千虑必有一失、愚者千虑或有一得，戴着“我”的有色眼镜，一味用自己的经验、好恶和道德标准来观察大千世界，你非但得不到真相、真理，反将原本宁静的人间天地，搅和得乌烟瘴气，是非丛生。

于是莫总是说什么都是月亮惹的祸，须知，“我”之过很多，如苍穹繁星。这有史为证！

1898年9月21日，慈禧太后发动戊戌政变，囚禁光绪帝。9月28

日，谭嗣同等六人在北京菜市口被杀。轰轰烈烈的戊戌变法以失败告终，历时仅仅 103 天。

镇压了维新派，慈禧太后重新临朝训政。然而私下里，她却悻悻地说出了这样一句话："康有为想要变法，为什么不来找我呢？"这句话正道出了慈禧太后的独裁"老大"的曲衷。在封建专制的体制下，涉及谁当"老大"的问题，统治者是锱铢必较、寸步不让、水火不容的。

"老大"慈禧的发怒，导致维新志士断头流血。作为历史的后来者，倘有意去品读"康有为变法，为什么不来找我呢"这句话，或许会明白封建专制者之"我"的狰狞可怕。

为争"老大"之位，在封建专制时代有多少野心家曾兴风作浪，不择手段。他们大动干戈，掀起腥风血雨，弄得血流漂橹、尸积如山，生灵涂炭。抢到龙椅就是"王"，抢不到的便是"贼"。可要当好"老大"实属不易。封建社会两千多年，"老大"数百，真正为百姓拥戴的有几人？

20 世纪的苏联，自以为社会主义阵营的"老大哥"、世界上的超级大国，肆意干涉别国内政，结果呢，众叛亲离，分崩离析，成了历史上的匆匆过客。

邓小平饬厉党的第三代领导集体，我们不当第三世界的头。这既是对历史经验的总结，又是对后来人的真诚希望："老大"不好当。

彭德怀就"害怕"做"老大"。1952 年 3 月，作家巴金到朝鲜战场采访彭德怀后，写了一篇报道。彭德怀次日看到文章后，就给巴金写了一封信，提出了修改意见："巴金同志：'像长者对子弟讲话'一句改为'像和睦家庭中亲人洽谈似的'。我很希望这样改一下，不知允许否？其次，我是一个很渺小的人，把我写得太大了些，使我有些害怕！”彭老总的“有些害怕”，是因为把他写得“太大了一些”，是因为他知道自己是“一个很渺小的人”。要说他一生戎马倥偬，战功赫赫，“谁敢横刀立马，唯我彭大将军”，这是毛泽东对他的称赞和肯定。可他竟存在“把我写得太大了一些，使我感到害怕！”这种有功不倨傲的君子之识，至今仍让人们感叹不已。反常的是，有的人无功可居，不过是只识柴米油盐、只知吃饭睡觉的庸人，却总是妄自尊大，本是芦蒿不如，却总是摆起架子，目空一切，自视为栋梁之材，处处一副“老大”做派。臧克家在《有的人》中曾告诫这些人说：“有的人，骑在人民头上：‘呵，我多伟大！’/有的人，俯下身子给人民当牛马。”“骑在人民头上的，人民把他摔垮；/给人民作牛马的，人民永远记住他！”看来，做人，要警惕把自己看得太大，写得太大，说得太大。一个人不论官做多大、权有多大、能力多强、功劳多显赫，与人民相比，总还是“一个很渺小的人”。做“老大”忽视了这一至理，那就一文不值了。

在中国几千年的“普天之下，莫非王土；率土之滨，莫非王臣”的皇权政治雾霾污染下，“老大”意识可谓根深蒂固。我在八十余年的人生历程中，尤其是在解放前那十几年万马齐喑民不聊生的藉藉社会中，这些开口闭口“老子”的人物，曾频频给百姓带来罄竹难书的灾难。

在工作过的单位中，这种“老大”式的官僚作风、家长式的领导也不少见。他们平日里充“老大”，一言九鼎，同志们为维护领导的形象和权威，一般是不予顶撞，而采取容忍和服从。可有时“老大”的决策有明显失误，遵令而从势必影响工作甚至要造成损失时，就会有不乏真知灼见的同志提出质疑，陈述事理。当双方见地相去较远不能统一时，常见“老大”口出狠话：理解的要执行，不理解的也要执行。

倘对方不识时务还要争辩，“老大”就会祭起法宝：“你是领导，还是我是领导；是你说了算，还是我说了算！”至此，提不同意见的同志只好偃旗息鼓。

水泊梁山上的王伦，一直认为“老大”的交椅是自己的，嫉贤妒能，最终却让自己的脑袋从那把椅子上滚落了下来。后来在晁盖阵亡之后，宋江在哥们的欢呼和簇拥下当上“老大”，然而，依然专断，坚持他的投降主义路线，接受皇帝老儿的招安，弄得108条好汉在与方腊的相互残杀中死的死，散的散。

“老大”的位置似乎谁都可以登场风光一把，但毛主席在给江青的信中告诫那些想当“老大”的人说：峣峣者易折，皎皎者易污！

禅宗六祖惠能法师明白这个道理。他曾是一个厨下舂米的僧人，虽然是达摩禅师创立的禅宗的第六代接班人，却没有上西天的奢望。他说过：“如人人皆升西天，则西天将人满为患。”郭沫若就称赞他说：“惠能杰出处，不愿升西天。”

惠能在六祖坛经中说过“下下人有上上智”，意思和大家熟知的“卑贱者最聪明”差不多。“老大”不是苍天，普通人也不是白痴。十月革命之后，社会主义现实主义文学的奠基人，不是别人，而是胼手胝足的劳动者出身的高尔基；在美国最优秀的作家，像爱伦坡、惠特曼、欧亨利、杰克·伦敦、马克·吐温等人，也大抵都是出身下层。他们起初或是排字工人、码头苦力、水手，或是人微言轻的小小职员。

万物有序，老大不能缺，但“老大”不能狂妄自大。倘总以冷峻、狰狞的面目，以霸主之态而君临天下，那天怒人怨，将使其不得善终。

老大是大地，托举万物；老大是大海，容纳百川；老大是铁肩，可担人间道义……

老大是天时、地利、人和的赟贝，争不得，抢不得，积善成德，神明自得，待到黎民拥戴时，才是实至名归。

“我”与“分母”

在《光明日报》上读过一篇文章，题目是“看重你自己”。文章说，在某一高中，学生大多对自己的“校园出入证”进行涂改，在贴相片的位置撕下自己的照片换上影视明星的。文章指出：这看起来是件小事，可它说明了学生将自己放在什么样的位置。文章告诫说，无论何时何地，你都要看重你自己。

人把自己放在什么样的位置上和如何看待自己，确实是人生的重要课题。作者的议论无疑是正确的。但是人如果在所有事情上都“看重”自己，把“我”放在至尊或不恰当的位置，那对事物的认识就难免会出现偏颇。

对“我”的社会位置，列夫·托尔斯泰喜欢用数学原理打比方。他说：“一个人就好像一个分数，他的实际才能好比分子，而他对自己的估价好比分母，分母愈大，则分数值愈小。”

托翁这个比喻寓意深邃耐人寻味。分数值的大小，大抵学过分数的小学生都会懂得，但拿它来比喻人生，确实会让某些人瞬间智塞昏聩。人们对此一认知的第一反应，首先是分母比分子大。所以，在一次智力竞赛的抢答中，不假思索的选手都答错了。究其原因是人们平日在权衡自己的价值时，恰恰是应验了季羡林先生在谈到人对自己认识时曾说过的话：“依我看，大部分是不理解自己的，都是自视过高的。”季老此言意在指出很多人从来就没“有意识”地去认识自己；有些人对自己虽有所反省，但也肤浅得很。至于那些觉得“我对自己是清楚的”，也多是由“自视过高”所产生的幻觉：我的一切方面或大多数方面都优于别人，至少不在他人之下。

人为什么总是下意识地认为自己是分母，认为“我”不能等于别人、不能小于别人，而应该大于别人？其根源是个人的占有和支配欲望在制衡自己。朱熹曾慨叹：“名利本为浮世重，古今能有几人抛”，“世上无如人欲险，几人到此误平生”。当然，人不能不切实际不加区分地“灭人欲”，因为人跳不出三界外，身却常在五行中，所以虽是圣者也不可能没有任何欲望。

但作为人生价值，分子与分母是绝对不能错位的。大概是为了让人们懂得“定位”的重要，古人老早就对人际交往中的位置做了详细的规定，这在《周礼》中可以看到。《史记·项羽本纪》就特意描述了鸿门宴的座次：“项王、项伯东向坐，亚父南向坐——亚父者，范增也，沛公北向坐，张良西向侍。”这座次是很有主宾讲究的，可见“位置”作为礼仪文化的重要组成部分，对中国社会影响之深。就连足球赛，越位也是犯规要受罚的。

可日常站错位置的，大有人在。按说，人们在无意之中站错了“有形的位置”，赶快离开那个位置也就是了，可怕的是思想认识上把分子、分母的位置摆错了，那贻害就难以预料了。古人曰“不在其位，不谋其政”，若因认识上的错位而越俎代庖，那就可能破坏大局，搞乱秩序，招致无谓的麻烦。

思想是行为的先导，认识决定走向。欲做自我膨胀的“分母”者，必有凌驾于他人之上之心。这种不健康心态极易夜郎自大，产生容不得他人的劣行。所以，但凡有位居己右者，他就会觉得这是影响自己

“进步”的绊脚石，是抢占了自己的宝座，轻则感到失落、心灰意冷，重则对其冷漠、嫉怨、仇视，诋毁他人成绩，贬损他人形象的污秽之行随之而生。一位思想家曾说过，在人类的一切情欲中，乖戾的嫉妒之心恐怕是最顽强、最持久的了。由此思之，人生总以夸大“分母”之心处世，可以说，其人生之起步就站错了位置。

当个人把自己视为最大的“分母”时，往往就忽略了这个分数还有不可分割的另外两部分——分数线和分子。自视其大的心态会让人顾影自怜，总是在哈哈镜里自我陶醉，而迷失自我，失却原有的定力。那接下来他必然言语癫狂，行不守矩，距跌倒于沟壑也就越来越近了。

盲目强调人性中“我”的独特和重要，常常会让人被虚化了的东西搅得神魂不宁，为博取一些毫无实际意义的东西而不择手段。

曾有一位干部，在一年之内提升两次，就飘飘然不知自己几斤几两了。人前开口闭口总说：“你不懂！小字辈！”他似乎一下子成了“万事通”。曾有人凭着剪刀加浆糊，拼凑几篇报刊上的人物故事，就自诩知名作家。还有些“名人”（不管因何而成名），声名狼藉，劣迹斑斑，却雇用枪手把自己真真假假的私生活堆砌成书，在众人面前张扬自己的专著。更有令人不齿者，自己从无搦笔之能，却依仗自己的特殊身份，在他人著作上署名“主编”，以为天下人都是可欺的聋妪瞽叟，自己打肿脸充胖子，就可欺世盗名。

钱学森是令人尊敬的科学巨匠。国际技术交流大会授予他“小罗克韦尔奖章”时，他却说：“我只是做了一点力所能及的工作，只有芝麻粒那么大一点成绩。”同样可敬的是，真正拥有“大师”“国学泰斗”等多项桂冠的季羡林，多次要求把这些桂冠摘下来；王选院士面对荣誉时时告诫自己：“必须保持一种凡人的心态”，“（我）知道自己是一个过时的人。

别人尊重你，无非是你过去有点贡献，仅此而已，自己心里要明白。”

高尚的人总是兢兢业业在做大自己人生的“分子”，竭其力，施其才。焦裕禄心里想的是，自己是人民的儿子；雷锋做好事从不留名，“出差一千里，好事做了一火车”，他留给群众的是普通一兵的形象；中共湖南省委副书记郑培民，他忘记了自己是省里的大官，反复强调自己是“农民的朋友”。这种一心一意做大“分子”的精神，是对名利的鄙薄，是大写人生的不竭动力。

做人应明白两点：一是自己要紧紧融入群体，把群体当作释放能量的基地。没有坚固的发射基地，什么先进的太空探测器也难以升空；没有表演的舞台，再绝伦无比的演技也难以翩翩展姿；一个伟大人物的成长和铸就辉煌的业绩，无不是在人类大家庭的摇篮中孕育的。就说居里夫人、爱因斯坦等诸多诺贝尔奖获得者，他们哪一个不是汲取着社会的营养才绽放艳丽的花朵？任何自视高明、目无他人的人，是不会有什么惊人的成就的。二是做好群体中的一分子，这是做人的目标。就一个分数而言，不管分母如何变化，分子越大，分数值就越高。这就是说，把自己的才智放在分子的位置上，倾其才俊，竭其智慧，殚其能量，让这个分子变大再变大，你才真正能仰无愧于天，俯无怍于地。

大道理就不说了，就说说一个小小的家庭吧。家庭中的每一个人都是家庭的一分子，本领大小有异，但只要施其所能，就能增色于家庭。就连愚公在移山之前也知道不能单枪匹马，得召开个家庭会议，统一认识，发挥每一分子的力量。他是在“杂然相许”之后，才“荷担者三副”一起行动的。

人生要做大自己的“分子”，不要做大自己的“分母”。毛泽东说："群众是真正的英雄，而我们自己则往往是幼稚可笑的。"刘少奇说："好在历史是人民写的。"邓小平说："我是中国人民的儿子。"伟人之所以成为伟人，就在于他们能够清醒认识、正确"估价"自己这个"分母"，并且不遗余力增大"自己实际才能"这个"分子"。"我"之过也正是"过"于自我夸大自己的"分母"，而不愿做大自己的"分子"。这种人缘木求鱼，有机会就耐不住想通过展显自己那注了水分的"分母"来证明自己的雄才大略，证明自己是"救世主"，并由此目空一切，搞权为"我"服务，搞"一支笔、一言堂"，搞顺"我"者昌，逆"我"者亡。这怎么会得到大众拥护呢？怎么能不演出一折又一折可怜又可笑的悲剧呢？袁世凯做大自己的"分母"，坐龙椅 83 天就呜呼哀哉。以上例子足见做大"分母"者，天地混沌，山重水复；做大"分子"者，天高海阔，柳暗花明！

"我"莫做大自己的"分母"，因"我"的价值不在"分母"！

"我"与"中心"

"中心"，《辞海》释文为"环四周距离相等的位置"，还说"居于中心地位的，亦指事物的主要部分"。从某种意义上说，每个人在自己的某个小圈子里可能是"中心"，但绝不可能是人世间所有大大小小的圈子的"中心"。如果不明白这一点，自我膨胀，以为自己就是太阳，就是宇宙能量的源泉，周围的一切都得围绕着"我"旋转，一切都得听命于"我"，那么就可能蚂蚁缘槐夸大国，拉山头、搞宗派、毁大局，成为阻挡历史车轮的小丑，徒留笑柄于人间。

以自我为中心形成的大大小小的"圈子"，实际上就是毛泽东主席批评的“山头主义”“宗派主义”，危害性极大。山头林立，纷争四起，各自为政，则民无宁日。三千多年前的华夏大地就有一千五百多个小国，实际上就是割据一方的一千五百多个独立的山头。他们为争夺主宰天下的“中心”霸主相互拼杀，使华夏大地烽火连天，狼烟四起，血流成河，白骨累累。这种惨不忍睹之状延宕千年，直至春秋五霸、战国七雄，不但没有停息，反而愈演愈烈。从两汉到隋唐宋元明清，这种为争“中心”霸主的战争起起伏伏，连绵不断。“兴，百姓苦；亡，百姓苦。”这三千多年因争“中心”而殒命的到底有多少无辜良民，仅“成吉思汗的军队征服时进行过大规模杀戮，丧生者不下 1 亿。（当时世界人口不过 4 亿）”（《解放军报》2017 年 11 月 6 日）偶翻一本人口资料，得知汉朝末期，魏蜀吴三个集团为争“中心”连年混战，致使中原大地，在他们三个集团管辖区内的人口仅剩老弱病残五百多万！“风云突变，军阀重开战，洒向人间都是怨”，毛泽东主席一针见血指出了这种自诩“中心”、独立“山头”的罪恶。倘若以天下生灵为重，以天下大局为重，审时度势，果断放弃自家“山头”，走出自我的“中心”，则不失为“识时务”的俊杰。

我很欣赏历史上“纳土归宋”的吴越国三代五王的开国者钱镠。他在位四十年，战争很少，百姓安居乐业，其后几代都在祖辈治世的基础上有所变革和发展，成为五代时期最富有的国度。

钱镠于乱世中为保家园，打造出了一个吴越国。他寿高 81 岁，临终遗言：“凡中国之君，虽易异姓，宜善事之。要度德量力，而识时务，如遇真君主，宜速归附。”不要固守“山头”。他告诫子孙：圣人云，顺天者存；又云民为贵，社稷次之，免动干戈。

钱镠的孙子钱弘俶遵循祖训，在赵匡胤统一中原后挥师南征，欲统一中国的历史大势之下，他带着全族三千余人赶赴开封，面见宋太祖，俯首称臣。这就是“纳土归宋”。

值得注意的是，吴越王始终未称帝，一直臣服于当时的北方中央政府，他的归宋不存在民族问题。他不比一般的亡国之君，没有陈叔宝的荒淫，也没有李后主的怯懦。这里要提及这段历史，是称道钱氏一族，尤其是钱弘俶以百姓利益为上，不争“中心”，不居“山头”，以民为贵，不为一家社稷而动干戈的大义之举。钱氏功德之行赢来其后裔繁茂，人杰辈出。我们熟知的三钱——钱学森、钱三强、钱伟长，以及学者钱钟书、诺贝尔奖获得者钱永建（钱学森堂侄）、国学大师钱穆等，便是钱氏家族的后起之秀。钱氏家族有“一诺奖、二外交家、三科学家、四国学大师、五全国政协副主席、十八位两院院士”之美誉。除上述钱姓外，诸如钱其琛、钱俊瑞、钱正英、钱复……据统计，当代国内外仅科学院院士以上的钱氏名人就有一百多位，分布于五十多个国家。

三国时，刘璋闻讯诸葛亮要攻打于彼，拒绝了臣子们的计谋：或曰迁百姓家业，毁掉家产等可用之物；或曰推百姓于阵前，陈兵将于其后，与敌决一死战。长叹道：“我父子在此几十年，不曾造福于民，反要让民去横遭涂炭，实为不忍。”

刘璋之谋逊于孔明，但他能舍己之“山头”，去顾及天下苍生，他宁愿放弃自己已立之“中心”，不战而降，换得城中黎民安然无恙，这比为争“山头”而让百姓殒命于战火者不知要英明多少倍。

当历史翻到中国人民抗战结束的一页，中国共产党和各民主党派奋力呼吁和推动组建民主联合政府。在组建此一政府的 40 个议席中，共产党提议，各民主党派包括中国共产党在内应保留三分之一（即 13

个）席位，可蒋介石断然拒绝。共产党提出将自己的军事力量——原有120个师减少至24个师，蒋介石坚决不准。转瞬之际，蒋介石不顾全国人民的反对，撕毁国共双方谈判达成的“双十协定”，磨刀霍霍，开始向解放区进攻了。自以为这样可以保住蒋家的江山、自己的“中心”。然到“问苍茫大地，谁主沉浮”时，自然得民心者才是真正的中心。

20世纪爆发了两次世界大战，挑起国的目的是想使自己成为世界的中心霸主，但到头来天怒人怨，一个个战争狂人被钉死在历史的审判柱上。20世纪下半叶，美苏两家为坐上“我是中心”的交椅，冷战阴云密布。在苏联解体之后，美国自以为就是当然的中心了。谁知21世纪刚掀开新的一页，发生于美国的“9·11”事件让它手忙脚乱。在“9·11”三周年之际，世界掀起了一股铺天盖地的反思浪潮。在这个浪潮中有两个论调颇为人瞩目：一个是这个世界怎么会“越反越恐”；另一个是，“9·11”事件时让人同情的美国，为何如今在世界各地却让人如此普遍地厌恶和反感。美国的有识之士撰文指出：“我们美国人的思维模式有的类似古希腊天文学家托勒密。也就是说，我们将美国视为宇宙的静止的中心，认为其他国家和事件都围绕着我们旋转。”“美国的问题在于，我们的心目中自我形象和世界其他人民对我们的看法之间存在偏差。在其他国家的民众眼中，美国不再是理想主义的灯塔，而是危险的存在。”他们指出，“无论美国多么强大而重要，它都不是世界的静止中心。很多国家都在自己的轨道上运行，他们拥有自己的文化、传统和价值观，不容忽视”，“我们首先需要承认，无论美国得到怎么样的祝福，上帝都没有赋予我们对别人指手画脚的权利，美国一旦抱有这种态度，便很容易制造敌人。”此言不谬啊！膨胀了的“自我中心”者，必然招致他国人民的反感与厌憎。谁如果以为“我”就是中心，谁就必然滑到孤家寡人的一隅。无论什么人若总想凸显“我”的伟大，如果没有广大人民的认可，那他早晚也不过一抔黄土。

谁是世界的中心？答案在世界人民心中。

1987年，刘心武在美国哥伦比亚大学演讲时说了一件事：到了罗马尼亚，在那儿看见一张地图令他大吃一惊。我从小看惯的地图，是中国在中央，美国在右方。而眼前这幅地图，中国在最右边，美国在最左边。我惊讶地表现出我的思维方式——中国是世界的中心，古代文明的中心，当代革命的中心。这张地图让我深切地认识到，地球是圆的，处处可能为中心，而哪里也不是中心。多中心就无中心，争中心是愚蠢。

苍茫大地，万物包容，还是和谐相处为好。战国时期的名家惠施说，天与地卑，山与泽平。他立足于宇宙宏观去看，事物没有什么两样，谁都不是中心。

为人莫作井底蛙

儿时读过《伊索寓言》，记得其中有一篇《青蛙和公牛》的故事。故事说，有一天小青蛙看见公牛在旁边的草地上吃草，就问旁边的伙伴自己是不是比那头公牛个头大。看到伙伴怀疑自己是不是有病的目光，它就憋足了气，把肚子憋得鼓鼓的，连耳膜眼睛都鼓了出来，但是同伴还是不认可。于是它就憋啊憋，可能憋得太久，使劲儿太大了，忽然，“啪”的一声，把肚皮给涨破了。这时候公牛正吃得香，虽然听到“啪”的一声，但根本就没在意，依旧甩甩尾巴，摇摇脑袋，又继续吃草，根本不知道这只跟自己比个头的小青蛙的存在……

故事中的小青蛙很像毛泽东主席批评的井底虾蟆。毛泽东 1935 年 12 月 27 日在《论反对日本帝国主义的策略》中说：“马克思主义者看问题，不但要看到部分，而且要看到全体。一个虾蟆坐在井里说：‘天有一个井大。’这是不对的，因为天不止一个井大。如果它说：‘天的某一部分有一个井大。’这是对的，因为合乎事实。”

井底蛙是幼稚可笑的。为人莫作井底蛙，这个道理人人都懂，还有许多类似的故事表达这个道理。例如《北风和太阳》的故事。

故事是这样的。一天，太阳和风在争论看谁的力量大。风说：“你看下面那个穿着外套的农夫，我打赌可以比你更快地让他把外套脱下来！”说完后，北风便使劲地向农夫吹去，想把农夫的外套吹下来。但它越吹，农夫将外套裹得越紧。后来，北风吹累了，只好无可奈何地停了下来。这时，太阳从云的背后走出来，将温暖的阳光撒在农夫的身上，没多久，农夫就开始擦汗了，并把外套脱了下来……

北风的狂妄惹来尴尬，北风的浅薄留下笑柄。它不知宇宙之辽阔，还有比它神通更广大者。

可惜，正像杜牧在《阿房宫赋》中所说的“秦人不暇自哀，而后人哀之；后人哀之而不鉴之，亦使后人而复哀后人也”那样，我们这些后人在嘲笑北风和青蛙的同时，也往往“‘笑’之而不鉴之，亦使后人而复‘笑’后人也”。

南怀瑾先生，当代名宿，曾对时下流行的“值得骄傲”一语发表评论，指出这是根据外国文字翻译错了。照中国文化规矩翻译，应该是“欣慰”就对了。这是几十年前翻译过来的东西，将错就错，积非成是，一下子没办法改过来，但为了维护我们中国文化的传统精神，还是应想办法改的。作为一家之言，南先生的见解无可厚非。在古代，“骄傲”一词确实是贬义，如屈原《离骚》中的“保厥美以骄傲兮，日康娱以淫游”，就有注者曰“倨简曰骄，侮慢曰傲”，句中的“骄傲”是简慢、怠慢的意思。但语言是发展变化的，不能以古绳今，像“呆如木鸡”“两袖清风”之类古今意思已大不同，再指责今人误用要求复古就未免迂腐。何况，“骄”和“傲”在以单音节词为主的古汉语中并非只有一个义项，“骄傲”由贬义到褒义也是有迹可循的。《汉书·匈奴传》中的“胡者，天之骄子也”、晋代郭璞《游仙诗》中的“漆园有傲吏，莱氏有逸妻”、苏轼《赠刘景文》中的“荷尽已无擎雨盖，菊残犹有傲霜枝”、宋代戴埴《鼠璞》中的“李白不事权贵，人称有傲骨”等，其中的“骄”或“傲”就属褒义，所以今天的《现代汉语词典》等工具书说“骄傲”有“自豪”或“值得自豪的人或事物”何错之有？唉，南先生以古绳今之见当是微瑕。

大师尚如此，何况吾等芸芸众生？

所以，毛泽东主席再三告诫我们：“群众是真正的英雄，而我们自己则往往是幼稚可笑的，不了解这一点，就不能得到起码的知识。”（《〈农村调查〉的序言和跋》）所以，启功先生也为诗曰：“气傲皆因经历少，心平只为折磨多。”

当代作家张贤亮对此深有所感。他说，一次在列车上听到一群青年在热议他的《在西去的列车上》，于是便凑上去问，你们还读过张贤亮的哪些文章？谁知这一问，青年们竟很愕然，反问道“张贤亮是谁？”一盆凉水使他清醒了许多，意识到自己就是《伊索寓言》中的那只小青蛙，于是写下了《不要以为你是谁》这篇短文以自省。

宋代大文豪苏轼也曾为自己的“井底蛙”行为而赧颜。据说，苏轼年少时，博览群书，才思过人，在自家门上写了副对联：“识遍天下字，阅尽人间书。”一天，一位老者拿一本书来请教，结果苏轼很多字不认识，于是，便赶紧向老人道歉说“学生狂妄”，并立即把对联改为“发愤识遍天下字，立志读尽人间书”。

据陆游《老学庵笔记》记载，沈元用也犯过此类错误。一次，肃王和沈元用一起出使到北方金国，寄住在燕山的愍忠寺。其间，偶然发现唐朝遗留的一块石碑，文辞非常优美，共有三千多个字。沈元用记忆力很强，于是将碑文朗诵两遍。肃王边听边走，好像全不在意的样子。沈元用回到住宿的地方，想要炫耀才能，就拿笔将文章默写下来，记不起来的地方就空着，一共缺了14个字。肃王看后，拿笔把所缺的字全部补上，又将沈元用四五个错误的地方予以修正，改完将笔放下，和别人谈其他的事，脸上没有半点矜骄之色。沈元用既惊讶又佩服……

明朝理学家陈几亭说："君子有两种羞耻"，一是夸耀自己的长处，二是掩饰自己的缺失和不能。他又说："君子有二恶"，一是嫉妒人之所能，二是彰扬人之所不能。

生活中像沈元用这种心态的人可谓多矣。只要有一丁点草萤之光，就要到处显摆，以"夸耀自己的长处"，"彰扬人之所不能"。

曾在一个市级电视报上读到该报编辑在自家小报上撰文，其文在"鼓励创新"的大旗之下，肆意贬损我国20世纪文坛的几位巨擘，如鲁迅、巴金、冰心，还有季羡林等，说什么他们的作品并无独特之处，"读来读去，一般而已"。其轻薄之气跃然，仿佛贬损了名家自己就是名家了。这真应了杜甫《戏为六绝句》所说的："王杨卢骆当时体，轻薄为文哂未休。尔曹身与名俱灭，不废江河万古流。"

这使我想起，一位退休教师写了几页文稿拿到街上一家打字店。因文稿中有不少文言字词打字员不认识，影响了她打字的速度，于是在打稿子时，便不停地嘟嘟囔囔。后来，她索性不打了，顺手把稿子推落在地，气冲冲地斥责那位退休教师："写的这是啥东西！"

凡是自己看不懂的文字就不是"东西"？以"彰扬人之所不能"来"掩饰自己的缺失和不能"，从不反躬自问，发愤而起，我真替这类人悲哀！我真的希望他们能够向下面这些名流才俊大师伟人学习，虚怀若谷，谦逊做人。

达·芬奇是文艺复兴时期意大利最著名的艺术家，同时是画家、雕刻家、建筑师、工程师、音乐家、哲学家、科学家。可他在生命即将走到尽头时，很痛苦地对身边人说："我这一生不过是一次睡眠罢了，我一生一事无成。"

荷兰画家凡·高的许多作品价值连城，虽然他在世时无人喝彩。他没有孤芳自赏，当生命即将落幕时，他对自己的弟弟说："我很痛苦，我一生一事无成。"

20 世纪 60 年代中期，我国"两弹一星"研制成功，这"是划时代的伟大壮举，一举改变了国家面貌和国人心态，足以与解放战争三大战役媲美，永载史册。"(《解放军报》2015 年 12 月 27 日）而钱学森是这一壮举的开拓者之一，也是奠基人之一。在他 96 岁华诞时，《科技日报》举行了"学习钱学森，培养科技领军人才"研讨会。对此，钱学森一再表示，"向我学习，我不敢当"。在他与别人的书信中，反复强调，"两弹一星"的研究、设计、制造和实验是几千名科学技术专家通力合作的成果，不是哪一个科学技术专家独立的创造。他说："这种大事业，一两个人是无法完成的，一切成功归功于党，归功于集体，我是恰逢其时，做了应做的事"，"我只是沧海一粟"。

朱老总"是我国民族英雄璀璨群星中的一颗巨星"（习近平在纪念朱德同志诞辰 130 周年座谈会上的讲话），可他生前却从不觉得自己是什么英雄。他常说："我不算英雄，只是一个在战场上没有被打死的普通士兵，为革命牺牲了的烈士才称得英雄。"1946 年 12 月 1 日，中央决定为朱总司令庆祝六十大寿，当时的《解放日报》还专门出了一期特刊。毛泽东给他的题词是"人民的光荣"，周恩来赞誉他是 20 世纪中国革命的里程碑。朱老总在答谢辞中说："我是农民的儿子，所有农民的儿子都是要革命的。"面对人们由衷的敬爱，他真诚地说："离开了群众，我们什么事也做不出来。"他还经常对大家说："一定要记住，如果有功，功是党的，是群众的。”

朱老总成就如此非凡，而自叹“一事无成”，却把功劳归于党和人民。孤陋寡闻的我们，又有什么资本向世人夸耀的呢？

桃李不言，下自成蹊。自我赏识的人性，无可厚非，但若总是把自我有意无意去拔高，像孔雀一样，只要有客人对它驻足观赏，就不失时机舒翼展翅，以炫耀自己独有的风姿，则难免浅薄和可笑。

“自谓予智，终是糊涂。”（《围炉夜话》）有些人以为自己真是学富五车，满腹经纶，智慧卓然，其实是糊涂到极点的井蛙之见。苏格拉底早就提醒人们要懂得“自知己之无知”是做人的美德。

切莫“闻道百，以为莫己若”。就算人知识再渊博，也没有谷歌和百度知道得多，况且谷歌和百度还在不停地更新。学界大家张颔说：“学问像高山大海，自己不过得其皮毛，顶多就是个开皮包公司的。”黑格尔说，任何个体都是有限的，人是个体，因而也是有限的。人的生命有限，活动范围有限，因而人的知识也就有限，人必须认识这种有限性才能获得相应自由。

为人莫作井底蛙。任何自视为“人物”者，都必将“长见笑于大方之家”。无论自己在哪个领域有了怎么耀眼的建树，都不可自诩成“人物”，更别说是什么“了不起的人物”。毛泽东同志当年告诫领导干部说：“群众是从实践中来选择他们的领导工具、他们的领导者。被选的人，如果自以为了不得，不是自觉地作工具，而以为‘我是何等人物’！那就错了。”（《第七届中央委员会的选举方针》）诚望我们都能够记住毛主席的这番话，“俯首甘为孺子牛”，夹着尾巴做人！

有恃无恐常贾祸

读到这样一则报道。

2010 年 10 月 16 日晚，一辆黑色轿车在河北大学校区内撞倒两名女生，一死一伤。司机不但没有停车，反而继续去校内宿舍楼接女友，返回途中被学生和保安拦下。该肇事者不以为意，态度甚为嚣张：“有本事你们告去，我爸是李刚！”后经了解证实，该男子名为李启铭，父亲李刚是保定市某公安分局副局长。此事一出迅速成为网友和媒体热议的焦点。“我爸是李刚”一语也迅速成为网络最火爆的流行词。

读完这件事，使我想到一个成语：有恃无恐。

恃：倚仗、依靠或凭借。恐：害怕。合起来，就是因为有依仗而无所畏忌。这种理念是做人的大忌，人要患此毒瘤，离发恶病就不远了。

一生中，只要这个成语撞入眼帘或闻之入耳，毛骨悚然的一幕就历历于我的脑际。

解放前夕，我们当地一村曾发生一起特大血案。

该村有两户人家。甲户人多势众，有恃无恐，滋事扰民，无人敢撄其锋。乙家有弟兄若干，破枪数支，气焰熏天。平日里两户人家井水不犯河水，倒相安无事。

一年冬季，甲户放牧牲口啃食麦苗，乙家发出通牒：不许甲户如此。甲户不予理睬，我行我素，乙家便开枪将牲口击毙。顷刻间两家怒火顿生，剑拔弩张。而两家势力在伯仲之间，势均力敌。后经多方斡旋调解，乙家虽然勉强设宴道歉，但祸根由此埋下。时隔不久，一天深夜，甲户院内枪声骤起，全家老小三代十二口人倒于乙家枪口之下，血溅四壁，惨不忍睹。更恐怖残忍的是，当晚甲户出嫁的闺女带着儿子正住在娘家，也一并遇难，十四口人就这样瞬间丧生。

这一骇人听闻的血案，因发生在社会急剧动荡的解放前夕，当时并无人过问。解放之后，在镇反运动中，参与杀害甲户的凶手，国家依法让他们都付出了该付的代价。

这场血案让人沦肌浃髓。假如当初两家都不凭仗势力，或者两家都无势力，或者一家不以势欺人，这场马啃麦苗事件大概不会出现这种两败俱伤的结局吧？

再回头看看上面那位李“衙内”。他在校园内胆大妄为，开着豪车横行无忌，视人命为草芥，所“恃”的就是“我爸是李刚”。这“李刚”是谁？是公安局副局长。在他眼里，他爸就是他的尚方宝剑，就是他可以为所欲为横行霸道的通行证，就是他杀人放火之后不受法律惩处的“免死牌”。他的放荡也让人不能不想其父平日的作为和对儿子的言传身教。如果李“大人”平日里不是官威四射，而是“俯首甘为孺子牛”的真公仆，或者是“爱民如子”惩恶扬善的“清官”，根本就没有什么可以让自己家“少爷”可以依恃的劳什子，那么李“衙内”还能如此无法无天吗？

莫怪当今在小学乃至幼儿园的小朋友，动辄就要比一比父母的官谁大谁小，要怪就去责怪那些给儿女积下可以“依恃”资本的“李刚”

式的娘老子。

有了“李刚”式的娘老子，就必然会有“李衙内”式的恶少。从这个角度来说，整顿吏治，反腐倡廉，“打虎拍蝇”真是一件正本清源、惠及子孙的功德无量的大好事。这也就不难理解，为什么党中央反腐倡廉的法规一颁布，严惩贪官污吏的风暴一掀起，全国人民都拍手叫好了。

自古道：谦冲自牧真君子，有恃无恐乃小人。

春秋时代，楚国有个著名的令尹（国相）斗子文，生活简朴，从不依仗高位施威、谋私，连自己的生活都弄到“饔飧不继”，就是吃了上顿没有下顿。但他体恤百姓。不是楚国穷到连国相也吃不上饭的地步，而是斗子文严于律己，从不把国相之位当成可倚仗的权势，心里常常思考的是如何为百姓效力。楚成王得知他如此清贫，就提出为他加薪。可斗子文一听这事就提出辞官。成王误以为是加薪少了，于是给他一再加薪，斗子文于是干脆不上朝了。楚成王不解，众大臣也不解，于是就有人问斗子文：“人生求富，而子逃之，何也？”斗子文诚恳地说：“夫从政者，以庇民也。现在老百姓大都贫困不堪，我若依权聚敛财富，把自己的富裕修筑在百姓苦难的堤上，那我就离死不远了。我是在逃避死的威胁，不是在逃避富贵啊。”

斗子文身居庙堂之高，在某些人看来可谓真的有“恃”，但他不是面对此“恃”而无恐，而是把此“恃”当成了恐怖的“死神”，因而身在高位却事事恐、时时恐。他彻悟，“谦冲而自牧”；居高位，常怀戒惧之心，是今日为官者的一面镜子。

也许有些官员能廉洁自律，但其亲属以为有势可恃而胡作非为，对这样的亲属该怎样办呢？吉鸿昌先生为我们做出了榜样。《吉鸿昌将军》一书中写有这样一件事。1928年吉鸿昌回故乡探亲，听说堂侄吉星南仗势横行乡里，鱼肉百姓，当地百姓敢怒而不敢言。吉星南在吕潭镇姘上一个女人，两人合伙用砒霜毒死那女人的丈夫全家七口，被押在扶沟县城。吉鸿昌的祖母不明事理，强令保释，县衙惮于吉鸿昌的名声，对此案拖两年之久不敢定案。吉鸿昌写信质问县官说："我当师长，他杀人全家，你不问罪；如我当了军长、总司令，他岂不要杀死人家全村、全县吗？"他让副官拿着信到县城，将吉星南从监狱里提出来就地枪决。百姓闻讯，无不拍手称快。

对于有"一人得道，鸡犬升天"思想的亲属部下，该怎么办呢？毛泽东主席以实际行动告诉我们：济亲而不为亲撑腰。新中国成立之初，毛泽东的表兄文运昌给他来信，随信附上远亲近邻14人的姓名，请他照顾，给以安排工作、职务或保送升学。毛泽东说："共产党是为人民谋幸福的，而不是为自己的私利去奋斗。"并在名单上批示"我不能给亲友介绍工作"。（周人杰：《不该忘的是哪个"本"？》，《人民日报》2015年1月16日）

长征过藏区时，贺子珍的弟弟贺敏仁，在一个团里当司号员。因饥饿难耐，就在喇嘛寺擅自拿了一些铜板，想换粮食。后事情暴露，贺敏仁被处以极刑。贺子珍没有求情。毛泽东闻知此事只说：红军应该有铁的纪律，我们应该用红军铁的纪律来要求自己的亲人。

"一人得道，鸡犬升天"，自古为人所讥。它不啻破坏公平正义，冲击社会公序良俗，败坏社会风气，更是因为这些"鸡犬"多属椎鲁无能之辈，文不会搦管展卷，武不能运筹帷幄，展翅难及箩筐，伸肢爪不过尺余；既无救民济世除暴安良之心，也无推云拨雾播洒阳光之力；仅能攀附主子想不劳而获、借势扶摇直上；一旦得势，只会飘忽半空高傲神气，反把屎尿拉到平民百姓头上，祸害天下。

史籍历历。江山坍塌，神器易主，多与主子的“鸡犬”飞扬跋扈，肆意荼毒生灵有关。蒋家王朝为什么犹如疾风中的残枝败叶哗啦啦瞬间飘零？就是“国民政府”的大厦之中豢养了太多的“鸡犬”。这些“鸡犬”闹腾得“千村薜荔人遗矢，万户萧疏鬼唱歌”，令人苦不堪言。于是“红旗卷起农奴戟，黑手高悬霸主鞭”，“万木霜天红烂漫，天兵怒气冲霄汉”，“枯木朽株齐努力”，“遍地英雄下夕烟”，“要扫除一切害人虫”，“敢教日月换新天”！

权不可恃，势不可恃，钱不可恃，物不可恃，有恃无恐多贾祸。东汉末年，汉灵帝驾崩，大将军何进贵为国舅，又是辅政大臣，可谓权倾天下。这时，有人提醒他：宦官张让、段王圭等人（即“十常侍”）要谋反。可何进并不以为然说：“吾掌天下之权，十常侍敢待如何？”其结果，时间不长，何进就身首异处，杀他的人正是“十常侍”。

吕布常恃赤兔马，以为有了此马就可以无敌于天下，对部下暴虐成性，终被缚于白门楼上；赵括与马谡自恃熟读兵书，战无不胜，其结果却是一人因“纸上谈兵”导致四十万赵军被坑杀于长平，一人因失街亭而丢掉性命，且坏了诸葛亮伐魏复汉的大计。

孟子提出对五种人不教：自恃地位高者，自恃才干高者，自恃年纪大资历深者，自恃有功劳者，自恃交情深者。此乃圣贤之言，虽时逾千年，但光焰犹存。国人理当铭记，它有益做人，更增益于国泰民安！

《易经》曰：“亢龙有悔”。即使位居庙堂之高，玉玺掌中，也应战战兢兢如履薄冰，因为依势而为，天怒人怨，难逃正义的严惩。天理昭然，有恃无恐者最终会掉入自掘的坟墓之中。

盱盱当今，仗势欺人的封建幽灵依然时隐时现。恃权敛财、贪赃枉法的“老虎”“苍蝇”远未绝迹，新的冤假错案还时有发生，反腐还在路上。所以众踵企望，正纲肃纪，对根除这种病毒蔓延之源，切不可心慈手软，优柔寡断。

蟒豹争食的悲哀

有这样一则故事。在一个原始森林里，一只巨蟒和一头豹子同时盯上了一只羚羊。豹子想，如果我要吃掉羚羊，必先消灭巨蟒。巨蟒想，如果我要吃到羚羊，必先消灭豹子。于是，几乎在同一时刻，豹子扑向巨蟒，巨蟒也扑向豹子。双方经过几个回合的你撕我咬，难分胜负。这时双方都在想，生死攸关，没有退路，只有你死方能我活。于是各尽平生之力争斗，最后，双双倒地而亡。然而就在它们战得难分难解的当口，羚羊安详地踱着步走了。

猎人目睹此景，甚是感慨：如果两方同时扑向猎物，而不是扑向对方，然后平分食物，两方都不会死；如果它们同时走开，放弃猎物，两者也不会死；如果其中一个避让走开，仅一方独享猎物，两者也都不会死；两者若懂得以生命为代价去换取一口之食，实属得不偿失时，中止拼杀，那么两者也都不会死。可现实没有“如果”，这血腥的一幕，就在于毒蛇猛兽的本性里仅有“弱肉强食”的因子，而不晓得相互残杀的成本大于生命。

这则故事与成语“鹬蚌相争，渔翁得利”寓意看似相近而实际上又不尽然，它给人们的启迪起码还有以下几点。

首先，它让人明白，人生一世不可奉行“独食”主义，把天下万物都当成自己的盘中餐。爱吃独食的人，往往与天下人为敌，被天下人视为独夫民贼，其下场既可笑又可悲。

杜牧在《阿房宫赋》中，曾怒斥吃“独食”的秦始皇说：“嗟乎！一人之心，千万人之心也。秦爱纷奢，人亦念其家；奈何取之尽锱铢，用之如泥沙？使负栋之柱，多于南亩之农夫；架梁之椽，多于机上之工女；钉头磷磷，多于在庾之粟粒；瓦缝参差，多于周身之帛缕；直栏横槛，多于九土之城郭；管弦呕哑，多于市人之言语。使天下之人，不敢言而敢怒；独夫之心，日益骄固”，并用“戍卒叫，函谷举；楚人一炬，可怜焦土”嘲讽了他枉费心机的可悲下场。

黄宗羲也曾给这些帝王画过像。他在《原君》中指出，奉行“独食主义”的封建帝王，“以为天下利害之权皆出于我，我以天下之利尽归于己，以天下之害尽归于人”，“以我之大私为天下之大公。始而惭焉，久而安焉，视天下为莫大之产业，传之子孙，受享无穷。汉高帝所谓‘某业所就，孰与仲多’者，其逐利之情，不觉溢之于辞矣。”他们在未得到天下之时，“荼毒天下之肝脑，离散天下之子女，以博我一人之产业，曾不惨然，曰：‘我固为子孙创业也。’其既得之也，敲剥天下之骨髓，离散天下之子女，以奉我一人之淫乐，视为当然，曰：‘此我产业之花息也。’然则为天下之大害者，君而已矣！”

黄宗羲还用历史事实证明了他们的必然结局。他说，这些独夫民贼“既以产业视之，人之欲得产业，谁不如我？摄缄縢，固扃鐍，一人之智力，不能胜天下欲得之者之众，远者数世，近者及身，其血肉之崩溃，在其子孙矣。昔人愿世世无生帝王家，而（明）毅宗之语公主，亦曰：‘若何为生我家！’痛哉斯言！回思创业时，其欲得天下之心，有不废然摧沮者乎！”

启迪之二，人类社会中的悲哀多由“争”而引起。

春秋时期，齐景公时齐国有三位力士，公孙接、田开疆、古冶子三人常抱一团，景公恐其久之闹事，找来国相晏子计谋。

晏子利用这三人好争虚名的人性之短，请三位力士进宫论功品赏新桃。案几上只有两枚桃子，公孙接自表功高抢走一个，田开疆不示其弱，历数自己向来为国冲锋陷阵，数次杀败敌军，也顺势拿走一个。轮到古冶子时，已无桃可取。于是他慷慨陈辞，述说自己在大河之中与老鼋搏斗，拼死救出国君的功劳，又说功高如此却没能得到应得的桃子的屈辱，便拔剑自刎。此时公孙接与田开疆也觉得自己不够意思，为了桃子不懂谦让、不讲义气而让哥们丧命，于是也拔剑自刎。这就是历史上“二桃杀三士”的故事。

这一恶性后果，固然是晏子人生中最不光彩的败笔，但面对一桃之食，三位力士之举也过于不值。如果其中一人能够一笑弃之，焉会留下这让人痛惜难已的人间悲剧呢！虽然此类悲剧在现实生活中并不鲜见。因为蝇头之利，兄弟阋墙，置父母饿死于门庭、冻死于街头的有之；姊妹断襟对簿公堂的有之；夫妻之间不懂弃让之理，因鸡毛蒜皮而非争出个你是我非不可，结果轻则离异，重则反目为仇，甚至鲜血涂地的亦有之。

美国女作家、精神心理分析学家朱迪斯·维尔斯特，在她的《必要的丧失》一书中这样说：“人的发展之路是由放弃铺筑而成的。我们终生都通过放弃成长着。我们放弃与他人一些最紧密的联系。我们放弃曾经拥有的部分。在我们的梦幻和亲密关系中，我们必定面对我们永远不会拥有的事物和我们永远不会成为的人，情感的注入使我们易于丧失。有时无论我们如何聪明，我们都必定要丧失。”

翻阅史书，读到司马迁“范蠡三迁皆有荣名，名垂后世”的史论时，不禁掩卷沉思。范蠡是我国著名的政治家、杰出的军事家、谋略家。他的做人做事的成功得益于他的选择与放弃。首先是他在翼羽丰满将展鸿图时，选择了越国而放弃楚国。其次是越国败于吴国“勾践请为臣，妻子请为妾，尽善宝器，求存越嗣”的情况下，勾践欲使他回国主持政事时，他却推荐了另一重臣文种。他说：“甲兵之事种不如蠡；镇抚国家，蠡不如种。”他选择了随勾践夫妇留于不测之吴国为人质，放弃了执掌国家大权的机会；勾践在回国之后，卧薪尝胆，经过十年生息，十年教训，终于报仇雪耻，封他为上将军时，他却向勾践告辞，放弃了功名与享受，选择了经商。他来到齐国，经商致产数千万，被齐国国君拜为相国时，却感慨地说：“当百姓致产千金，为官员位至卿相，已经达到最高要求了。物极必反，不祥。”于是又选择了散尽财产于亲友邻人，改名陶朱公隐退。

范蠡在名利面前的几次放弃，给人以启迪。人生路上，主动地放弃头脑中的世俗观念、陈腐偏见等，尤其是已经拥有的名利地位，是一件非常艰难的事。因名利的占有，可以满足人们在精神与物质方面的支配权。而放弃欲求上的享受与舒适，浴火重生，是要经过痛苦的思想碰撞的。但真正能够彻悟身外之物如过眼云烟，人生就是一个得与弃的反复转换过程，最终还是“赤条条来赤条条去”的，毕竟不是多数。这一点，连古代“圣明”的帝王也不能免俗，有几个帝王不是把大批奇珍异宝带到棺材里去，惹得盗墓者怦然心动的？可历史也明明白白向人们昭示，这些人的想法做法多么幼稚而可笑，有的连几根尸骨也保不住，秦皇汉武也不例外，作为常人还有什么不能放弃呢？

“安其心而后动，易其心而后语，定其交而后求。”《易经》中这句话，告诉人们在浩渺的宇宙空间，在自己的支点上要站得住，以宁静的心态面对异彩纷呈的生活，以平常的心态对待不平常的事情，以安静的心态对待嘈杂的外界，以平和的心态对待世界的炎凉。追求与放弃都是正常的生活态度。有价值的人生，需要开拓进取，成就未来，更要懂得必要的放弃。人生百年，关键处就是几步，甚至只有一步。适时的放弃，常带来辉煌与精彩。伽利略放弃了自己的生命，誓死捍卫自己的学说，才使牛顿得以站在巨人的肩膀之上；比尔·盖茨放弃了自己在哈佛大学的学位，投身商海成就了20世纪商界的一个神话。

“安能摧眉折腰事权贵”是李白对污秽官场的放弃；“不为五斗米而折腰”是陶渊明对官位的放弃。当然他们的放弃，经历的痛苦曲折也是常人难以想象的，但是如果没有放弃便不会凝结他们人生的精彩和事业的璀璨。

当然，长路漫漫，在风雨人生的浪涛之中，总是俯首屈膝，也失之于偏，还要明白狼是不会怜悯温顺懦弱羔羊的。一味退缩将无生存之地。所以有时必须以争求存，为国家疆土的完整，面对异族的入侵，那就寸土必争；为维护民族的尊严，争则不受其辱；为人间的沧桑正道，挺身而出，争得光明磊落，那更是生命价值的另一种展示方式。

人生一世，有道是：“仁”植于胸是神圣；不滋秽心是贤达；芟除邪念真君子！

狮子为何不吃人

荀子认为："水火有气而无生，草木有生而无知，禽兽有知而无义。人有气、有生、有知、亦且有义，故最为天下贵也。"但是，随着人类对自然界万物认识的不断深入，今天看来，荀子的上述论断并不完全正确。

虽然，人们根据所谓大自然的"丛林法则"，对兽类没有什么好感，一提到狼就会想起蒲松龄在《狼》中的议论："禽兽之变诈几何哉，徒增笑耳！"但现实中，禽兽家族的许多"人性化"的表现，却不能不使人们对"禽兽有知而无义"的论断产生怀疑。

且不说西汉初期韩婴在《韩诗外传》中说鸡有"五德"："头戴冠者，文也；足搏距者，武也；敌在前敢斗者，勇也；见食相呼者，仁也；守夜不失时者，信也。"把它视为世俗的"太阳鸟"，称之为"德禽"。我们就再看看下面的两则故事，然后再作结论吧。

古罗马的大斗兽场上，一只饿极了的狮子瞅见远处缩在墙角的囚徒罗支莱斯，身边放着戈矛，便迫不及待地猛扑过去。然而扑到罗支莱斯前的狮子却忽然停了下来，围着罗支莱斯打起了转转，后来竟然缓缓地在罗支莱斯身边卧下，温顺地舔着他的手和脚……

全场顿时鸦雀无声。不一会儿，猛地爆发出热烈的欢呼声。罗马皇帝也大为惊讶，破例把罗支莱斯叫到看台上来询问缘由。原来在一年以前，罗支莱斯在路边发现这只受了重伤的狮子，便小心翼翼地给狮子包扎了伤口并照料它直到伤口愈合，才送它回到森林。

故事之二见于《特别关注》2016年12月刊发的一篇文章，题目是“西伯利亚的熊妈妈”。故事梗概是——

一只饥饿的母熊带着自己饥饿的熊仔，与一个带着饥饿且腹泻脱水儿子的猎人在山间狭路相遇。熊若抓住他们就可使自己和熊仔免受饿死的威胁，可也许是惧怕猎人的猎枪而没有行动；当然，猎人也想除掉熊，但是因为没有把握一枪打死母熊，担心那母熊会趁他装子弹的间隙扑过来一掌打死自己的儿子，因此也没敢贸然行动。

僵持中，母熊的眼睛始终警惕地看着猎人的枪，猎人举着枪，缓缓退向悬崖边。为了不激怒母熊，猎人在石头上把枪摔碎，扔下悬崖。母熊见到这个情景，头不断往地上撞，似乎在感激猎人的不杀之恩。猎人这时能看到它流出的眼泪。

但是，熊没有走，不过也没有扑过来，显然是想为它的幼仔谋一点食物。为了让它们走，也为了自己的儿子，猎人闭起眼用刀把小臂割断扔过去……

母熊却走过来舔猎人的伤口为他止血。猎人闭着眼睛对熊说：“吃掉我吧，但别伤害我的儿子……”

猎人昏了过去，但又被母熊的吼声弄醒。它看了看猎人，然后，疯一样奔跑，从悬崖上跳了下去。

事后，猎人说：“我费了很长时间才弄明白，母熊自杀了。要知道动物从来不自杀……”

以上两则故事中，狮子和熊为什么没有伤人呢？在人们的惯性思维中，在那种情况下，人与野兽是“势不俱生”的。之所以结果都匪夷所思，是因为人先救助过野兽，或者先放弃了猎杀它们的恶念，使它们有了生的可能。假如没有先前救助狮子的事实，假如罗支莱斯在斗兽场上拿起戈矛首先向狮子发起进攻，那还会出现上面那一幕么？从这个角度来看，真正救活罗支莱斯的是罗支莱斯自己。同样，在熊和猎人之间的生死较量中，不是熊不吃猎人的父子，而是猎人先割下自己的左臂救了将要饿死的熊仔，感动了母熊，所以也可以说，是猎人拿自己的血肉之躯救了自己父子。

数千年来，人们在与飞禽走兽打交道的过程中，逐渐意识到，人与它们是相互依存的共生关系。无数有野性的飞禽走兽，如果人们不打扰不破坏它们的生活，它们是不会主动伤害人类的；倘若在它们的身体受到伤害，或是生命受到威胁的时候，能够得到人类的救助，它们是可以与人类建立起感情的，有的甚至还可能把这种感情发展到相依不舍的程度，譬如，虎、豹、狼、蟒、鳄鱼、天鹅、大雁等等。《光明日报》2017 年 1 月 7 日有篇《老虎融入中华文化血脉的珍稀物种》的文章说：“老虎喜欢吃野猪，民间故事里传：人给老虎拔去脚爪上的掌刺，它就叼着咬死的野猪，丢到人家的门口表示酬谢。”

这当是事实。从央视纪录频道看到的画面可以印证这些。一条受伤的唤名“波丘”的鳄鱼，在生态保护工作者泰山·奇托的精心呵护下，恢复了健康。于是它对泰山·奇托俯首帖耳，特别温顺友善，几乎形影不离，致使泰山·奇托的妻子抱怨丈夫对家庭的淡漠而离异。

在同一频道，还有类似感人的画面。一位女主人，在家里突发疾病，倒在走廊的过道上，无人知晓。这时，她饲养的一头猪发现了，就急速跑到离家不远的公路上去拦挡汽车，并把汽车司机带领到女主人身边。女主人被及时送到了医院，化险为夷。

读到这些故事，看到这些视频，我就反思起自己两次被狗咬伤的事。

一次是邻居家的狗把我的左手腕咬得鲜血直流，为什么？原来，有一次我上菜地去，扛着钢锨，路经邻居家门口，惊动了邻家树下拴着的狗，它就对我狂吠不止。于是，我就用钢锨向它耍横，逞强，威胁它，侮辱它。后来一天，我赤手空拳又从那里走过，谁知那只狗那天正巧没拴，突然从我身后扑来，把我的左手臂咬了几个窟窿。

另一次是自家的狗咬了我，这又是何故？原因是这只狗刚到我家不久，它吃了邻家的小鸡，我用钢锨打了它几下。它不会说话，可它对我教训它的事应该是耿耿于怀。

原来动物也是记仇的。两只狗咬伤自己，也分明是对逞强于它的我进行报复。自己虽不懂狗的生性，但从事实看来狗是有情感有尊严的，狗对威胁、施暴于它的或人或其同类，也会记恨在心，并会伺机报复。

当然，善待动物，动物也会投桃报李的。孙子把养了好几年的心爱小乌龟送到黄河之滨去放生时，小乌龟在入水之前的一刹那，抬起头，转过来，对养它的主人望了又望。小乌龟是不会说话，但我猜想，它该不会对主人有所忌恨吧。

由此思去，狮和熊都有强而不霸之时，而人类的秉性中却常潜着强者必霸的毒瘤。放眼西方世界，近五百余年间，16 世纪，西班牙、葡萄牙两个国家建立海洋霸权瓜分世界；17 世纪，“海上马车夫”荷兰异军突起称霸世界；18、19 世纪英法争霸世界；19 世纪末到 20 世纪初，德日相继崛起妄图征服世界；之后便是美苏争霸的世界。

今天的那个所谓“超级大国”，依然秉持国强必霸的“西方思维”，在世界上到处横冲直撞为所欲为，肆意干涉别国内政，策划“颜色革命”。动辄祭起“制裁”法宝，威逼“弱国”就范，到处炫耀武力，威胁别国安全，全然不知事到终极则必反的天理。当年，秦国“追亡逐北，伏尸百万，流血漂橹。因利乘便，宰割天下，分裂河山。强国请服，弱国入朝”，“胡人不敢南下而牧马，士不敢弯弓而报怨”。可结果呢，“一夫作难而七庙隳，身死人手，为天下笑”。今天的霸权主义行径也必然是搬起石头砸自己的脚，是不会有什么好下场的。历史雄辩地证明，践踏天道，蹂躏正义，泯灭人性者，谁都长久不了。因为自然界孵育万物的同时，也赋予每种生物一把求生的钥匙和供给一份生存之需，强者侵吞不得。

人可强大，但不可以强凌弱；人可能会得势一时，但不可依势欺人。虽然恃强傲物是人（包括动物）的本能，然而，强大往往内含着毁灭，这样做是危险的处世之道。

道家始祖老子说：“物壮则老。”强壮的事物跟随的是衰老和死亡，故难长久；另一方面，老子又从柔弱之水的优越性中发现了“天下至柔，驰骋天下之至坚”的道理。在强与弱的两相比较中，他认为“坚强者死之徒，柔弱者生之徒。”强大者不得其死，而弱小者寓有生机。并据此提出“知其雄，守其雌”的持柔守弱的方法，意在保持长久的优胜。人何不遵其道而践其行呢？

在世界大家庭里，人们种族不同，肤色不同，语言不同，信仰不同，但“人”的情感是相同的。拳头硬了莫打人，实力强了莫扩张。棍棒可以把人打倒，但征服不了人心。毋庸辩驳的现实是，反其道而行之都是自掘坟墓。

古希腊《伊索寓言》中有一则“鹰和蜣螂”的故事。

鹰在追一只兔子，兔子求援蜣螂，蜣螂说情于鹰，鹰当然看不起太小的蜣螂，依然把兔子吃掉。蜣螂忌恨于心，只要鹰生了蛋，它就设法把鹰的蛋推出巢穴打得粉碎。

鹰无奈求助宙斯（因为鹰是宙斯的神鸟），宙斯许可鹰把蛋产在自己的膝盖上。蜣螂就把粪团从高处落到宙斯的膝盖上。宙斯为了拂落粪团，起身一站，鹰的蛋还是落地了。

话也许扯得远了，还是“书归正传”吧。我自己被狗咬了，那是咎由自取，活该！可也虔诚地希望，如若不是在捍卫国家的使命，不管面对什么“猎物”，当我们在扣动扳机之前，一定要想想上面那个“熊妈妈自杀”的故事。因为那不只是个故事，而且是一个真实的事件，就发生在南西伯利亚。文章原题是“西伯利亚的熊妈妈”，作者鲍尔吉·原野，猎人是德维·捷列夫涅。这头熊妈妈的头颅标本，德维·捷列夫涅把它挂在自家墙上。它微张着嘴，一边的牙齿断折了，头顶戴一只新鲜的花环。凡到此游客无不目睹了这一标本，并在离开之时总还要转回身子对这位“西伯利亚的熊妈妈”看了再看，虽然它只是标本……

板子该打谁

——说与受骗者

什么是诱骗，为什么人那么容易受骗，读一读这则趣闻，或许会有所感悟。

据说，太平洋拉斯岛的深海处有一巨大方石，被称为“魔方石”。方石会发光，能够利用鱼儿趋光的好奇心诱使其向它靠近；然后方石凭借自身特有的吸附力，把那些靠近的鱼儿吸在壁上，经过氧化变成能够引起其他鱼类食欲的可口美味，诱使这些贪吃的鱼儿向它聚拢，从而获取更多的“食材”；而且，方石的缝隙还有温泉喷出，能够诱使贪图温柔舒适的鱼类自投“陷阱”……

原来如此！和社会上形形色色的骗子所设的骗局毫无二致，都是利用了受害者的弱点——好奇心、口腹之欲、贪图安逸享受等等，使他们从视觉味觉到触觉感到舒服不已，让他们在私心和贪欲的驱使下，兴奋异常，魂难守舍，然后就像飞蛾扑火一样落入圈套。

不信么？让我们从《猩猩贪杯》的寓言故事看看人类是如何骗猩猩的。

猩猩喜欢喝酒，猎人投其所好，在山下摆放了许多酒。猩猩下山时闻到酒香，知道猎人是想用酒做诱饵，于是大骂猎人的狡猾，但又禁不住酒香的诱惑，于是便上前尝了一小口，警惕地离开。第二天，猎人仍然在原处摆放了美酒，猩猩虽然仍大骂猎人的狡猾，但想到昨天尝一口也没什么危险，就多喝了两口骂着离去。在侥幸心理的驱使下，猩猩一天比一天喝得多，并慢慢放松了警惕，最后醉成一摊泥，被猎人轻而易举地捕获。

猩猩的落入圈套，印证了人类中的骗子行骗手法并不高明，万变不离其宗，还是利用了被骗者的贪欲与侥幸心理。换句话来说，是被骗者的贪欲与侥幸心理把自己送进了陷阱。下面这则报道似乎也印证了这一结论。

报道来自央视某频道上的一档节目，时间记不准了。

一伙人于大庭广众前煞有其事地宣布：为了扩大商家的知名度，他们决定把原本准备用于电视广告的巨额资金让利给广大顾客，只求大家给传个名。办法是，今天从他们商店买走促销商品的顾客，明天凭购物小票前来，他们会把今天支付的货款全额退还，商品则仍归买主所有。促销活动时间仅限十天，欢迎大家踊跃参加！如此天上掉馅饼的好事，虽然令人将信将疑，但也难免心动。许多人在观望中，有人则抱着“万一是真的，岂不白白丢失了一次发财的机会”的侥幸心理，试探性地购买了点标价只有一二十元的“促销产品”，心想即使上当也只是损失点皮毛而已。结果，第二天还真的如数拿回了货款！一连八天，天天有新的“促销产品”推出，标价也有高有低。由于商家“从未失信”，所以前来购物者也渐次增多。到第九天，这伙人亮出人见人爱的“促销产品”，价值 1980 多元。因为明天是“促销活动”最后一天，所以，前来购物者出奇的多。人们像疯了一般争相抢购，捡这“天上掉下的大馅饼”，几乎买空了货架上的所有商品……第十天早上，当购物者带着购物小票前来准备领回昨天的巨额货款时，猛然发现人去楼空，这伙人已全部人间蒸发……

唉！被人卖了还帮人数钱，怪谁呢？毛毛细雨湿衣衫，丝丝贪念毁名节。骗子固然可恨，受骗者若没有不劳而获贪图小便宜的心魔作祟，怎么会屡屡上当呢？

其实，要想不上当受骗，也很简单，《特别关注》（2016 年 10 月）中的《狼王》就告诉我们什么是防骗秘籍。兹从中选录少许，以飨诸位。

在墨西哥北部的柯伦坡牧场区，有这么一群狼，一共五只，个个体形硕大，威力十足。五年来，它们每天都会咬死一头牛或羊，算下来，已经伤害了近两千头牛羊，并且都是最好的。它们的口味十分挑剔，对老牛和病牛，从来都不屑一顾，只挑选一岁的小母牛，吃其身上最鲜嫩的地方。牧场主为了除掉这群狼，悬赏金高达一千美金。之后，先后来了两拨猎人，使用猎枪、猎狗、毒药等，结果都很让人失望。牧场主和当地猎手不甘心失败，绞尽脑汁用上等（狼最爱吃）的鲜牛肉，分割成四块，装进毒药，把有毒牛肉做了精心包装，最外面涂上诱惑力极高的牛油之类。他们自以为下这等功夫当是天衣无缝，一定可以让狼上当。然而出乎意料的是，第二天他们发现四块毒牛肉被狼叼到一块，叠加起来，非但没被吃一口，上面还多了一股狼尿的骚味，显然，狼在如此这般地戏谑他们……这等事着实让牧场主既十分恼火又无可奈何。之后经深刻反思和缜密观察，终于发现这群狼活动的两条铁律：一是见人就跑；一是只吃自己杀的动物。加上他们特别发达灵敏的嗅觉和辨识人迹的独特本领，所以它们从不受骗，生存得很安全。当地猎人乔卡隆对此尤感无奈地说：“我真是不知道该怎么办，跟它们比起来，我就像个大傻瓜。”

人是灵长类动物中智商最高的，然而在狼面前何以自叹是“大傻瓜”呢？狼用行动告诉我们：要自食其力，不是自己捕获的猎物不食。世界上从来没有免费的午餐，天上掉下的馅饼旁边一定布满了陷阱；无缘送上门的礼物背后一定有阴谋。千万别相信自己是天底下最了不起的，要远离充满诱惑的是非之地是非之人，千万别轻信未经考验过的人，不管他们是笑容可掬还是道貌岸然。

人之所以会成为屡屡上当的“傻瓜”，往往是因为自以为聪明绝顶、谁也骗不了自己。

《慧语》中有则短文就很能够说明这一点。

一位科学家得知死神正在寻找他，便利用克隆技术复制出了12个“自己”，想在死神面前以假乱真保住性命。面对13个一模一样的人，死神一时分不出哪个才是真正的目标，只好悻悻而去。但是，没过多久，对人性弱点了如指掌的死神，想出了一个识别真假的好办法。死神又来到那13个一模一样的科学家面前，说：“先生，你确实是个天才，能够克隆出如此完美的复制品。但很不幸，我还是发现你的作品有一处微小的瑕疵。”话音未落，那个真科学家暴跳如雷，大声辩解道：“这不可能！我的技术是完美的！哪里有瑕疵？”“就是这个！”死神一把抓住了那个说话的人，把他带走了。

这位科学家的上当，真乃颇具讽刺味道吧。这不是死神太狡猾了，而是科学家太自负，觉得自己太了不起了。

战国时苏秦可是了不起的人物，一度曾身佩六国相印。晚年到了齐国被人行刺，虽身负重伤，但没有立即死去。而齐王很赏识他，对此大为震怒，下令全国缉拿凶手，可就是抓不到。为此苏秦临死前告诉齐王：你只要通告苏秦是坏蛋，他是为燕国来做间谍的，杀死苏秦者是为国除奸，齐国可以安定。齐王照苏秦的话一宣布，凶手果然出来了。齐王不费吹灰之力就把凶手给杀了。

凶手何以上了苏秦的当而身投罗网丢了性命，这还真是给人们上了一堂太值得深思的如何防骗的人生课。

真正聪明的人，应该学学狼的警惕，“见人就跑”，远离诱惑。希腊神话中的英雄奥德赛，对付海妖西壬的办法大概就是从狼那里学来的。

海妖西壬是一伙专以美妙的歌声诱惑水手的女妖。她们住在一个海岛上，每有船只经过就放声高歌，水手们一听到她们那天籁般的歌声，就倾心跳入海中向海岛游去，结果一个个被她们害死。英雄奥德赛由于事先得到了警告，所以在率领船只从这里经过时，用蜡把同伴们的耳朵都封起来，使水手们什么都听不见；并命令同伴把自己绑在船桅上，好独自既可听到妖女们的美妙歌声，又不能擅自行动。当他们的船经过女妖们的海岛时，海面上飘来充满柔情蜜意的歌声时，他还是禁不住心旌摇荡，几次要求同伴们把他从船桅上放下来，但被他用蜡封住耳朵的同伴们却把他绑得更紧，而且划桨更快，加速前进。就这样，全船人平安地通过了危险地带。

呵呵，神仙奥德赛都抵挡不了女妖的诱惑，我们何德何能，何不像狼一样远离诱惑呢?

我们家乡有一长者，是现实版的奥德赛，从来不占人便宜，也很有自知之明。一天他在自家门口碰上三位过客。其中一人掏出一块长宽各六厘米的黄灿灿的东西，说是金砖，急于用钱，能给三千元，就把黄金给他。老人没听他们说完，扭头就走。后来有人知道了这件事，问老人他怎么知道对方是骗子。老人说："我不知道那东西是不是金子，更不知道他们是不是骗子，只是我不想占人便宜。我怕继续听下去，对那东西动了心，坏了一辈子的名声。"

话说到此，就不再啰嗦了。倘若要问"面对骗子和受骗者，板子到底该打谁"，我想，你懂的。

灾难之后话“认真”

“祸患常积于忽微”，凡事不能不认真。

何谓认真？孔子说的“事思敬”（做事要敬业，要严肃，要一丝不苟），荀子说的“用心一也”（专心致志、心思专一），“心不使焉，则白黑在前而目不见，雷鼓在侧而耳不闻”（如果人不用心进行思考，黑白颜色摆在人眼前也看不见，雷声鼓声在你耳边响着也听不见），就是对“认真”的很好诠释。

当今时代对认真的要求，就是对事业的一种专注，一种坚韧，乃为可贵的精神品质，也彰显着对职业的忠诚，做事的严谨，追求的执着。换句话说，认真就是无论做好一项工作，还是一番事业，无不做到精细、精准、精深的全程投入。众多事实警示人们：事不认真以待，祸患则隐伏其中！

1993 年 2 月 14 日，唐山林西百货大楼，无证焊工黄建平违章操作，就因没控制好一朵焊花，结果吞没了整个三层大楼，造成 80 人死亡，53 人受伤，直接经济损失 40 余万元。

1994 年新疆克拉玛依“10·8”特大火灾，造成 325 位中小学生、教师、干部死亡。查其原因，是负责安全通道的值班员擅离职守，未能及时打开安全通道的锁钥。

这样的灾难造成的损失是怵目惊心的。

《人民日报》(2001年9月6日)《大地漫笔》栏目里短文《黑洞何其多》就曾披露:“近年来,我国连续发生多起特大恶性伤亡事故,其中引起全国震惊、举世瞩目的就有克拉玛依油田大火案、洛阳大火案、烟台沉船案、石家庄爆炸案、江西一小学爆炸案、重庆沉船案、河南某村庄爆炸案、徐州煤矿爆炸案、广西南丹矿井透水案等等。据国家有关部门统计,仅今年上半年,全国就发生伤亡事故三十五万多次,死亡四万七千人,其中死亡十人以上的特大事故六十四次。”

而引发这些社会悲局的原因竟都有“不认真”的幽灵。对此,该文的另一段原文是这样写的——

“根据调查,每一次事故后面都隐藏着一个个大黑洞。有的‘黑洞’并不黑,而是人们熟视无睹的‘明洞’。有些群众已反映多次,有些安全管理部门监督也早已发现,还发过限期整改或停产整顿的文件,有的还被媒体曝过光。但‘洞’却没有堵住,终于在人们想不到的时候酿出塌天大祸。”

文中有“黑洞”“明洞”之说,不用解释,谁都明白。

这篇短文发表已经15年了,躲在“洞”中的那个幽灵还时时出来作祟。2015年就又发生了两起震惊全国的特大伤亡事故。一起是深圳“山体滑坡”,一起是“天津滨海新区爆炸”。单从事后被依法逮捕的当事者之多,就可知道“认真”二字在许许多多当事者心中并没有扎根。假如在这一系列当事人中,有一人认真履事一丝不苟,那么就可能会让灾难发生的链条中断,使事故“短路”。可偏偏没有,那些具有高智商的人们睁一只眼闭一只眼,竟让理当中断而且必须中断的隐患畅通无阻，直至灾难发生。

一件事无论大小，都是由一个个前后相连的环节有机组成的，就像千里之行是由跬步积累一样，就像机械是由一个个部件有序组成一样。缺了任何一个环节都可能导致功亏一篑。只有这些部件都在各自的程序正常运作，而程序之间的链条环节是丝丝相扣的，在统一动力下才有可能正常运转。如果链条的任何环节存有隐患，机械在运转中断链子是迟早会发生的。所以，事无大小，在起动和运作过程中，不以一丝不苟的态度对待、运作和处理，出问题是必然的。

人类社会的活动也是如此，从单个的小家到单位的大家，再到整个国家社会，许多灾难的发生都是人们在履行时不认真造成的，或者说，灾难的酿成，恶果的出现，其中总依稀可见不认真办事之人的影子。君不见，一个县财政局的小小股长，竟然能够神不知鬼不觉地在一个个把关人员的眼皮底下，把近一个亿的资金盗出国库，由此折射出多少把关者的工作态度是在敷衍塞责。试想，如果这些把关者中哪怕有一个人，能够像焊接火箭“心脏”的高风林那样一丝不苟，或者像把十几万个零部件组装成潜水器的顾秋亮那样认真负责，那么这起“小官大贪”案就不可能发生。

时下，许多行业和单位，都把“求真务实”四个大字作为座右铭，提醒工作人员对待工作务必做到事事时时认真不走过场。这非常必要。倘能从思想上、行动上照此训诫去规范言行，去对待每一项工作，对每件事讲真话，出真招，办实事，求实效，不唯书，不唯上，只唯党的宗旨和人民的利益，并能坚持原则，脚踏实地，力戒浮夸，不图虚名，不谋私利，那么这些本不该发生的事故就可能消弭于无形。

不认真不只是疏忽大意，还有不作为、懒作为，虽然导致后果相近或相同，但从性质上还有区别。前者多是虑事不周，为而不细；但后者则是知而不为，知而怠惰，是缺乏担当责任之心，是渎职，是人品和做人的德行问题。

事业就是责任，担当务须勤勉。在人生历程中，压根只有认真，没有“凑合、随便、差不多”。正确的理念不是“差不多”，是凡事一点都不能差；无论大小事情，务求步步留痕，善始善终，经得起时间和历史的检验。

要办事认真，就要提升人的思想意识修养和道德品质。实践告诉人们，没有优秀品质的养成，就没有认真负责的基础，犹如离开地基要建设空中楼阁一样不可能。

做事不认真的人，首先是他的思想出了问题。毛泽东在《反对自由主义》中就曾指出：这些“差不多”先生，“办事不认真，无一定计划，无一定方向，敷衍了事，得过且过，做一天和尚撞一天钟。”其思想根源就是“小资产阶级的自私自利性，以个人利益放在第一位，革命利益放在第二位”。对此类人当晓之以理，提高认识，帮助他们树立大局意识，养成事事肃严、谨慎，杜绝纰漏的良好习惯。当然，思想境界往往影响人的品行，私心作祟，往往会“因为是熟人、同乡、同学、知心朋友、亲爱者、老同事、老部下，明知不对，也不同他们作原则上的争论，任其下去，求得和平和亲热。或者轻描淡写地说一顿，不作彻底解决，保持一团和气”，会“事不关己，高高挂起；明知不对，少说为佳；明哲保身，但求无过”，会“见损害群众利益的行为不愤恨，不劝告，不制止，不解释，听之任之”，会“见群众不宣传，不鼓动，不演说，不调查，不询问，不关心其痛痒，漠然置之，忘记了自己是一个共产党员，把一个共产党员混同于一个普通的老百姓”，会

“听了不正确的议论也不争辩，甚至听了反革命分子的话也不报告，泰然处之，行若无事”。这种自由主义的处世哲学，其结果“是十分有害的。它是一种腐蚀剂，使团结涣散，关系松懈，工作消极，意见分歧。它使革命队伍失掉严密的组织和纪律，政策不能贯彻到底，党的组织和党所领导的群众发生隔离。这是一种严重的恶劣倾向”，切不可等闲视之。

克服不认真，我想，不妨借鉴汪中求先生在《零缺陷工作》中倡导的“零缺陷”的工作态度。

“零缺陷”的工作态度，就是把小事做细，把细事做透。随着社会的发展，分工越来越精细，这就要求处在每一个枝端末节岗位上的人，必须以“零缺陷”态度完成自己的工作。即使往日的成就再辉煌，也不能成为未来工作中可以有瑕疵的借口。比尔·盖茨说过：“工作需要100% 的热忱，100% 的努力。能完成 100%，就不能只完成 99%，虽然只有 1% 的差距，但正是这 1%，不但会反映出你的工作态度、作风，而且会彻底改变你的人生。”“零缺陷”就要求我们的工作达到“竭尽全力”，而不是“尽力而为”。其实，许多人往往也就在“尽力而为”的掩遮下，让成功与自己失之交臂。美国著名投资专家约翰·坦普尔顿通过大量的观察研究得出的“多一盎司”定律说：“取得突出成就的人与取得中等成就的人几乎做了同样的工作，但前者仅仅是多了一份努力，却取得了与后者有天壤之别的成就。”99℃的热水就不是开水，功亏一篑其值是零。所以汪中求先生说：“凡事无小事，简单不等于容易。”做任何一件事，跂望达到极致，没有认真的实践就可能只是奢望。

毛泽东讲：“世界上怕就怕‘认真’二字，共产党就最讲‘认真’。”（1957 年 11 月 17 日毛泽东对留苏人员讲话）如果我们把这句话中前一个“认真”宽泛地理解为尽管世间万事千头万绪，但只要认真对待还是可以理出头绪，说得清楚的；那后一个“认真”就突出了有些越是看来烟雾缭绕的事，就越是需要较真了。敢于较真，是一种执着的人生态度，一种高尚的精神操守。因为较真，司马迁不畏权贵，秉笔直书，成“史家之绝唱，无韵之离骚”；李四光敢于较真不信邪，打破了“中国是贫油国”的定论；中华儿女自强不息，研制出震惊寰宇的“两弹一星”，创造了世人瞩目的辉煌成就，用无数事实告诉我们：务求较真，才能够推动人类的进步、社会的发展、文明的延续。

中国共产党认准了马列主义真理可以救中国，就认真坚守，认真实践。他们从不动摇，从不妥协，从不示弱和后退，认认真真地沿着在马克思主义思想指导下的中国共产党的思想路线前进，终于从弱小到强大，赢得今天中华民族的崛起。

“天下之至拙，能胜天下之至巧。”认真彰显的是笨功夫、长功夫、真功夫。有了这种内心的修炼，滴水可穿石，铁棒可磨针，铁树可开花。

“万事得其本者生，百事得其道者成。”我们未来的事业，任重而道远，唯得其认真之“道”才能保证“英特纳雄耐尔一定要实现”。

明眸之瑕

——“以貌取人”戒

眼睛对人的重要和为人一生所作的贡献不言而喻，无管怎样饰辞称美都不过分。然它以貌取人，把人的颜值与人的品德相混淆，令人为它怅惜。

春秋末期鲁国武城有一位姓澹台、名灭明、字子羽的人，天生相貌丑陋。当他去拜见孔子时，孔子热情不够，子羽决然离去，刻苦潜心自学。

待澹台灭明自学成才之后，并没因在孔门受到冷遇而对孔子不尊，而是仍以孔子为师积极传播儒学。跟随他读书的有三百多人，之后几十年内，他在江南培养了一批又一批好学生，他的名气也因此传遍了当时的诸侯各国。孔子闻之，幡然悔悟，不胜感慨：“以容取人乎，失之子羽。”（意为凭长相判断人，看错了子羽。）

由此而思，以貌取人圣贤依然，此乃人性瑕疵，做人应当慎之戒之。

苏格拉底长相十分丑陋，扁平的鼻子，大腹便便，粗矮的身材，还有些秃顶；总是穿着褴褛的衣服，光着脚到处走。然而只要他一出现在雅典的广场上，整个城市似乎都动起来了，人们立刻从四面八方围拢到他的身边。他立刻就成为城市的核心，但不是被围观者嘲笑的对象。大家都静静地听他演讲，感受他的智慧。

在当时的雅典城都，他丑陋的相貌与他睿智的哲学同样享有盛名。人们知道雅典有一个长相十分丑陋的苏格拉底，当然，也有人问他：你长得这样丑陋，怎么丝毫没有羞耻的感觉？苏格拉底这样回答："每个人的容貌都是天生的，生得美或丑都没有必要炫耀或自卑，再漂亮的面孔也会衰老，只有美化自己的心灵，用自信和智慧去塑造你在每个人心中的形象，才会具有永恒的魅力。"面对苏格拉底，人们容易想到这样一句话：上帝是公平的。上帝给了他无比丑陋的外貌，同时又给了他超凡绝伦的智慧。

其实，长相并无美丑的标准，有的人以小巧精致为美，有的人以强悍粗壮为美，有的人欣赏杨柳细腰的纤弱，有的人喜欢丰腴富态的高贵。我们大家都是其中美的一种，没有真正的丑陋，美是一种你在他人心中的感觉。所以，当苏格拉底出现在城市街头的时候，人们关注的是他的智慧，而不是他的容貌；人们只对他的智慧津津乐道，而没有人因为他的丑陋而否定他的哲学。苏格拉底没有考虑自己的容貌会引起什么议论，而是考虑如何用自己的智慧和口才吸引他人，征服他人，引领人们走进自己的心灵，获得心灵的快乐和幸福。

许广平在《鲁迅回忆录》（手稿本）中，在描述鲁迅的外貌时，她说鲁迅是个平凡的人，走在街上，无论面貌、身形还是衣着，都不会引起别人的注意。假如有人淡淡地扫一眼，得到的印象是，旧时代里一个迂腐、寒碜的人，一个刚从乡下来到城市的人，甚至于"乍一看似长期吸毒（鸦片烟）的瘾君子"。鲁迅外表的卑微，使他第一次去内山书店的时候，因他衣着朴素和"寒碜相"，店员差点把他当贼防着。

许广平在回忆录中说，鲁迅逝世后，一位姓王的店员告诉她："当打量了鲁迅这般模样之后，店里负责的一个日本人向王说，注意看着这个人，他可能会偷书。"结果，这个看来不像会买书的人，一下子买了四本。后来鲁迅多次来买书，店员报告给老板内山完造，内山先生日后和鲁迅成了好朋友。

读着苏格拉底的故事，思绪重返六十多年前。那时我正在河南省省立灵宝师范读书。苏育英是我的老师，苏老师的容貌要比苏格拉底好得多，但要比其"沉鱼落雁之容，闭月羞花之美"的女性也确实逊色不少。她身高不及一米五，发型不整，眉目也欠俊秀。她初次给我们讲课，她的颜值让同学们心里有点疙疙瘩瘩。这自然对课堂秩序似乎有点影响，至少大家听课一时难以安静，可这一切并不影响苏老师的教学。

她因个子矮，板书靠下，对后排同学抄黑板是有影响，但她字迹工整清晰，板书行款规范对同学们还是很有吸引力的。她教学态度十分严谨，对知识的传授一丝不苟。加之她口辞清晰，声音洪亮，教室外边都能听得一清二楚，这对她的组织教学起到了很好的辅助作用。她教我们的"小学数学教材教法"，讲课十分重视数学的逻辑语言，所以同学们随着她的思维听得条理分明，犹如醍醐灌顶，甘露沁心，在润物无声中吮吸着她的智慧。

其中有一节课，几十年后我依然记忆犹新。

对于分数除法的运算，同学们并不陌生：被除数不变，将除数的分子与分母上下位置颠倒与被除数相乘即可。但为什么必须这样运算，同学们无一能解答出所以然。苏老师带着这个疑问给出两点理由，同学们听后豁然开朗，不约而同地给苏老师鼓掌。这也是我一生仅有的一次在课堂上听到会意处给老师的掌声。自此以后同学们对听苏老师的课，无不专心致志，聚精会神，唯恐听得不详、不清，有所遗漏。

苏老师的教学魅力令所有同学折服，每次在校院里碰到她，同学们打心里向她施礼致敬。她在同学们心里好似知识的宝库和传播知识的天使，她容貌的不完美完全被她的人格、教学能力、知识和智慧所弥补。

实际上听过她讲课的同学和对她教学水平了解的人，一提到这位老师无不赞赏，至于她的容貌，早已淡出了人们的心怀。她的人格和工作，实实在在地给学生们在对人的长相什么才是美，上了生动而又朴实的一课。

20 世纪 70 年代，报端曾有这样一则报道。

某部一位将军因公外出，晚经一市需要住宿。他走询几家旅馆，住宿费都在十元以上。这位放牛娃出身的将军怎么都不忍心花费那么多钱去住一宿。几经寻找，终于问到了一家一宿只收三元钱的旅馆，他满心高兴。

当将军端立服务台前进行例行登记时，服务员怔住了。顷刻间满腹狐疑，她下意识地带着审视的眼光认真打量这位身着普通民服、体貌粗拙、一身土气可竟然掏出将军证件的顾客。她心里嘀咕着：将军怎么会住这等小店，定是冒充无疑！于是服务员一边有意“稳”住这位可疑将军，一边暗中与当地派出所联系。就在将军准备就寝之时，房间门突然被打开，进来几位公安人员，不由分说，把将军毫不客气地“请”到了派出所。折腾了整整一个晚上，几经查询与核实，才知道他是一位名副其实的将军。

仅就这件事本身，服务员和公安人员的初衷无可厚非，但他们以貌取人的意识也是很明显的。特别是查看将军证件之后，仍然疑虑重重，当夜又在派出所折腾将军那么长时间，说明他们宁信其貌不信证件的观念还是很深的。

无独有偶。

我国有几位在世界上都称得起“杰出英才”的军事专家，一次从荒漠高原完成试验后回归西安。途中在一个火车站的一间茶馆门口被拒绝入内，原因是服务员观其貌担心他们付不起消费。因他们长时间在戈壁滩上摸爬滚打，蓬头垢面，面肌粗糙，几近浪迹漂泊的潦倒之人。其实当时这几位貌不惊人者，恰是正住在西安某宾馆的某国军事代表团翘首以待的座上宾。这其中的余利风，是新型导弹发动机的总设计师。他为这颗“大弹”已经运筹谋虑了十几年。就在发射那一天，作为技术总指挥的他，毅然拒绝他人劝他隐蔽的要求。他就在距发射场百米远的地方，平静而又镇定地说了这样一句话：“几分钟检验一生。成功了，不负此生；失败了，抱憾终生！”

就是这些国家的宝贝，因其体貌颜值而被挡于茶座门外时，他们一笑了之，最终也只得拖着风尘中长途跋涉的疲劳身子另寻他家茶坊去落脚。

人的相貌是先天基因的传承，它与一个人的智商、品性、道德、做事为人是否有生理上的渊源，我不懂。但古今人人，从没有两人长得一模一样的，就连连体同胞长相也有差异。人们视觉里的美丑是随着每个人自己的视觉感官裁决的。它没有统一的标准，所以同一物品在每个人心里是美是丑的感受没有完全一样的，有时甚至是截然相反的。甲以为美的，乙以为丑或很丑。常言道“情人眼里出西施”就是人们对美丑差异的反映。

更何况有人长得仪表堂堂，姿色羡人，举止风雅，道貌岸然，堪称美男艳女。可就在此一族谱中，有些在幕后台下，其作为秽言弊行，犯天道，失人伦，心灵龌龊，让人们闻之股栗，见之生厌。如果这些人是演艺界的明星，连他们所演剧目和代言广告，人们都不愿入目，至于这些人的“鸿篇巨制”，在人们心目中更是大打折扣。

人的长相上苍赋就，但人的善恶贤淑当是后天熏陶培养的结果。“人之初，性本善；性相近，习相远”。人生理念与后天成长环境有密切的关系，而不是先天容姿决定的。更不说人们体貌还有后天的原因，如天灾、疾病使它改变的，这与他的为人雅俗不存在直接关系。所以要以相貌去扭曲思维，去裁判别人的善恶、好坏，那错误就在所难免。这不只增添笑话，而且也造成对他人的不尊和伤害，影响人与人友善相处。尽管它是人们的心理意念，不受法律干预，但有时确实直接伤害着他人。像以上两例，就给老将军以羞辱，给几位军事专家带来工作、生活上的不便。

孔夫子的长相如何，历史不曾留下写真，如今大家看到的是后人想象出来的体态。据说他身高九尺六寸，人家管他叫“长人”，他出生时头上又长个黑疙瘩，正中又是凹下去的，像尼丘山，才名曰孔丘。由此可知他的仪表也不会比苏格拉底强多少。可也就是这位其貌不扬之人，竟成为中华民族无可替代的精神根柢和心魂所在。华夏子民给他以最高的褒奖是：“天不生仲尼，万古如长夜。”

诺贝尔文学奖获得者莫言说：“我生来相貌丑陋，村子里很多人当面嘲笑我。我感到痛苦，母亲对我说：‘儿子，你不丑，你不缺鼻子不缺眼，四肢健全，丑在哪里？而且只要你心存善念，多做好事，即使是丑，也能变美。’后来我进入城市，有一些很有文化的人依然在背后甚至当面嘲弄我的相貌，我想起母亲的话，便心平气和地向他们道歉。”

这真是：以貌取人谁可笑，以貌取人可笑谁？

莫要“看人下菜碟儿”

天人合一，以人为本是中华民族的思想根脉，所以尊重他人是做人的重要道德素养。但社会进化中的诸多因素使待人接物上的陋习时有所见。不少人见到地位比自己高的、权力比自己大的，则奴颜婢膝点头哈腰，而对地位微贱、布衣敝屣者则颐指气使倨傲睥睨。

“坐请坐请上坐，茶敬茶敬香茶”，这是苏东坡游山，给山寺主事者挥毫留下的一副对联。对此联的不同理解那是仁智之见，但苏东坡笔墨之中对主事者片刻之间看人下菜的不恭之意是显而易见的。

初中语文教材里，有一篇课文《藤野先生》，是鲁迅先生写的。其中写道：“这藤野先生，据说是穿衣服太模糊了，有时竟忘记带领结，冬天是一件旧外套，寒颤颤的。有一回上火车，致使管车的疑他是扒手，叫车里的客人大家小心些。”我当时读来只作笑料而已，然风雨耄耋，回想平素因出身苦寒、简朴成习、衣着一般而常受冷遇则感触良多。外出工作，或车站，或码头，或宾馆曾多次被阻止步，遭盘查，寻根问底，领受白眼。愚司空见惯，常坦然以应，笑而了之，不过也让我从一个侧面管窥到人心的“五彩斑斓”。

有趣的是，一天，我上衣穿的是劳动布衫子，敞着怀，大汗淋漓，因刚从粮店扛面回来，衣服上、脸上、手上都粘些白面。老伴的几位同事恰在此时登门来找她，在院子里玩得很有兴致的孩子们回答妈妈不在家。来客带着狐疑的神情对我上下几番打量之后问：你是他家的什么人？我也就顺着他们的神态和语气说：我是她们家的邻居，今天是来帮她家干活的。几位来客转身辞别，走到大门口，又转过身来对我审视了一番，才走了。他们走出院子后，几个孩子哈哈大笑，我也跟着笑了……

披览黄卷，看衣待人的陋习，古亦有之，并不罕见。北宋年间，河南府举行宴会，前任宰相杜衍应邀出席。他戴着居家便帽，穿着便装，端坐一隅，不作声响。凑巧河南府太守有事出去一会儿，府里的差役也不认识这位曾名声显赫的老宰相。恰于此，门口的差役禀报本路运勾到。当时的“路”相当于现在的省。河南省隶属京西北路，运勾是京西北路转运使司属官，官不大，实权大。于是，在座者都纷纷起身向他打招呼，唯杜衍端坐未动。运勾少年得志，目中无人，见此状不禁火冒三丈，厉声问：“足下前任甚处？”杜衍头也不抬，轻声回答：“同中书门下平章事。”年轻官员顿时面红耳赤，呆若木鸡。

一则寓言曰：有一贤达，听说某人以慷慨、好客闻名遐迩，便破衣烂衫去这人家拜访。主人对来者睥目而视，甚不为礼。

翌日，贤人又穿了一件华贵的衣服，第二次登门。这一次，主人视之若贵宾，又是请他吃饭，又是留他过宿。贤人微微一笑，把几个钱扔在富人面前的桌上。富人惊奇地问：“你为什么给我钱？”贤者曰：“昨天我穿得不好，你对我不闻不问，今天我穿着好衣服来，你就把我当贵宾。这么说，你尊重的不是我这个人，而是衣服！”

“一个聪明的人可以用聪明的话来感谢你，而一个富人，就用钱来感谢你。所以，这几个钱不是我给你的，而是贵重的衣服给你的。”

贤人说完，就从桌边站起来走了。

穿衣戴帽，各有所好。这是个人的生活习惯，要说它的好与不好，与这个人的道德修养、干事本领、学养才华等人生理念是不搭界的。可人们在日常生活中又常根据衣着去打量人的品位高低和才学深浅。

爱因斯坦在成名之前，生活拮据，衣着随便寒酸。有一个朋友曾劝他说，你应该添置一件大衣，否则难以进入社交界。他笑着答道：“我本来就默默无闻，就是穿得再漂亮也没有人会认识我。”几年后，成了大科学家的爱因斯坦和从前一样，依然衣着简朴。那个朋友再次提醒他，快去做件像样的大衣，以便与自己的身份相符。他还是笑着回答说：“现在即使穿得再随便些，同样也会有人认识我。”所以他前往诺贝尔授奖大会时，“众里寻他千百度”，他却头戴一顶破草帽慢步走向领奖台，众人见此哗然愕然。当确认他就是提出“相对论”的那位诺贝尔奖获得者时人们便掌声雷动，经久不息。大家由衷地赐他桂冠——“戴草帽”的诺贝尔奖获得者。

贝多芬穿衣不讲究，尤甚于田间的稻草人：事实是有一次他竟被当作流浪汉给抓了起来。因为警察不肯相信穿得这样破破烂烂的人竟会是一位大作曲家，更不能相信这副躯体竟能容得下纯音响世界最奔腾澎湃的灵魂。

梁漱溟盛赞教育家陶行知的人品。他说，一般留洋的学生都是西装革履，而陶行知却穿农民衣服，穿草鞋，在农村带领一帮人，自己盖房子，创办学校，实行平民教育，“在留洋学生中没有看见像他那样的人”。

像爱因斯坦、陶行知这类人，社会中还是很多的。这些人除了因经济原因衣着随不上“上流人士”的“流”，还有一个重要原因，就是他们太看重事业，无暇将心力投注到衣着上。这本是不难理解的，所以对他们的偏见就显得有点浅薄了。

再者，衣着简朴，或曰不修边幅并不一定真的都是经济拮据。赵匡胤当上皇帝依然穿着洗了多次的旧衣服。1997 年 5 月，德国总理施罗德与微软公司总裁比尔·盖茨会面。当时比尔·盖茨就穿着一条洗得发白的牛仔裤和一件破了洞的毛衣。投资大王沃伦·巴菲特名下财富仅次于比尔·盖茨，然穿着随便，滴酒不沾，对奢侈品毫无兴趣，至今还住在一处 20 世纪 50 年代的普通住宅里。他做出声明，夫妇去世后将财富留下一些做善后正常开支外，其余全部都捐给慈善基金会。

社会中太多的富人不一定衣着高档，像比尔·盖茨等世界级的富豪，把财富回馈社会，几乎忘却自身，他们的人生境界也由此跃入圣洁高雅的殿堂。当然“井蛙不可以语于海”，那些手中有几两银子就大肆在仪表上投注心力者对此是难以理解的。

作为人，孔子提出谋道与谋食问题时说：“君子谋道不谋食”（《论语·卫灵公》），提倡君子用心力于求真，不用心力于衣食。又说：“士志于道，而耻于恶衣恶食者，未足于议也”（《论语·里仁》），意思是说对于以穿破衣服吃粗粮为耻辱的人，是不值得与他谈论探寻真理的。因为做人重在人品，衣着说到底是附着于心灵之外的东西，不管人们倾其心血去装扮、美化，它对人的质地是丝毫没有改变之力的。“把美的形貌和美的德行结合起来吧。只有这样，美才会放射出真正的光辉。”（培根语）摒弃“看衣下菜”的陋习吧，因为这种人心低俗的劣根性像流行性病毒一样，浸染人们的思想，增添着人们心灵的隔膜，像沉渣一样不时泛起使原本清澈的水变得浑浊起来，像幽灵一样使原本和谐静谧的人际关系罩上一层模糊不清的阴影。

北宋著名文学家王安石（也是政治家、思想家），虽然位极人臣，两次为相，高官厚禄，但其日常生活却是布衣蔬食，自奉俭约。他的这种淡泊，后人多以美谈著述，而从未因其衣着而对他的能力和人品有所质疑。

现实生活水平提高了，衣着讲究无可厚非。笔下更无意让人们去装穷，或宣扬依恋苦日子。但富裕之后，一味迷恋奢华生活，每天三换衣，对着镜子度人生，是不可取的。尤其让人痛心的是某些少男少女，不思事业，不在人生阳光道上下功夫洒汗水，却常奢望高档衣着，在奢侈欲望不能满足时，要么跟父母讨要，要么走上黑道，无视法纪，坑蒙拐骗，抢劫行窃，最终身陷牢狱，毁弃人生。当一个人把衣着视为尊贵象征之时，那也就是迷失人生方向之日。培根在《论美》中说："美犹如盛夏的水果，是容易腐烂而难保持的。世上有许多美人，他们有过放荡的青春，却迎受着愧悔的晚年。"

几千年来，衣锦还乡的封建病毒时时泛起。当今，少数领导干部又把用名牌看作是身份的象征，甚至不顾自己是贫困县的"父母官"，外出旅游还要用公款添置风光的衣物，这就难怪百姓对这些不作为的政府官员深为不满了。

1936年，美国著名记者斯诺到延安采访。他所见到的毛泽东穿着膝盖打补丁的土布裤子，住着简陋的窑洞，周恩来睡着土炕，彭德怀穿着用缴获的降落伞改制的背心，林伯渠的耳朵上用线绳系着断了腿的眼镜……对这一群衣不嫌俗的共产党人，斯诺非但无轻视之意，倒是从这穷装衣着中发现了共产党人的一种伟大力量，他称其为"东方魔力""兴国之光"。

1949 年 7 月，粟裕兼任南京市军事管制委员会主任、市委书记、市长。为了方便工作，后勤部门拟为粟裕做一套毛料便服。粟裕知道后说：“不行！为什么要毛料的呢？做套布的不行吗？讲究穿着不好，要脱离群众的，人民群众不是看我这个市长穿得好不好，而是看我们的工作做得好不好，是不是为他们服务。”粟裕把干部衣着看作是能否联系群众的观念问题，实在深刻。共产党人的这一传家宝永远不可丢。

穿衣戴帽是生存需要，着装整洁美观得体当属正常情理。但华丽的外表绝不代表纯正的人品、善良的心底、满腹的经纶、超凡的才能，更不显示一个人为社会贡献的大小。“看衣下菜”是眼睛中的斑块，是心灵中的疾疴，是造成人际隔膜的腐蚀剂，但愿人们能摒弃这一人性中的偏见，让一视同仁的豁达心态光大人间。

知“变”少生烦恼

——从“一天三遍看人”说起

“一天三遍看人”是句俗语。像变色龙奥楚蔑洛夫一样的人在待人接物时的势利善变，像《范进中举》中的胡屠户在范进中举前后对范进态度的变化，像《我的叔叔于勒》中的菲利普夫妇在得知于勒贫富的真实情况前后对于勒的态度变化等，就是对这句俗语的生动诠释。而人们在说这句话时往往流露出一种对炎凉世态和人心不古的无奈和感叹。

知道了这句话的意思，句中“三遍”之“三”的意思就无须再来解释，它不单指变化的次数多，还包含着变化速度的快。其实，社会中人看待人时一天之内态度的变化又何止三遍！这一人性痼疾，不会因人们的抱怨谴责而自行消除。君不见，陈涉为人佣耕时信誓旦旦地对伙伴说“苟富贵，无相忘”，后来当了“陈王”时呢，却对当年的弟兄痛下杀手！“贵易交，富易妻”。鲁迅先生说：“一阔脸就变。”此话没错。大千世界，每个人都在变，没必要因别人的变而耿耿于怀。毛泽东诗曰“牢骚太盛防肠断，风物长宜放眼量”，我们只管走自己的路，让别人说去吧。待到我们变强大了，别人对我们的态度自然会改变。

其实，不光人在变，世间万物时时刻刻也都在变。古人云：“变者，天道也。”“日月不新，何以光明？”塞万提斯在《堂·吉诃德》中也写道：你别妄想世界是永恒不变的。是的，世界在变，我们唯有把自己变得更好，才能改变别人对我们的看法。

回眸 1840 年，英帝国挑起中英鸦片战争，在坚船利炮之下，强迫中国割地赔款；看今朝，习近平出访英国，这个老牌帝国反以最高国宾之礼盛情款待。这是何故？是“大英帝国”变了态度了吗，可以这样说。但我觉得更主要的是中国变了，变强大了，英国才不得不刮目相看。20 世纪日本法西斯把侵略的铁蹄踏进中国，杀人放火，无恶不作。可就是在 2016 年 G20 杭州会议前夕，日本首相安倍晋三修书派亲信到北京，迫切希望能够在该次会议期间与习近平会面，这又是因何？这不仅仅是时迁、事徙，一切事物无不瞬息在变，关键还在于今日的中国一天天变得强大起来了。

世界上没有永远的敌人，也没有永远的朋友，一切都取决于利益。当你强大到不可战胜之时，敌人也会找上门和你交朋友。

土耳其原本是美国的盟友，可土耳其一场突如其来的未遂军事政变，却使土俄关系迅速转暖，原因是美国有支持政变的嫌疑，如此跌宕转圜，实际也就在一瞬间。莫道国际风云变幻，当用“利益”的魔镜来分析时，你就会对“不是我不明白，这世界变化快”一语有更深刻的理解。

在动荡十余年的中东，早就流传着这样一句话：当美国的敌人是可怕的，可当美国的朋友也是可怕的，因为你不知道美国的政策什么时候会发生改变。为什么如此战战兢兢，就因为奉行“强权即真理”的美国，强大到中东国家无法战胜的地步。

要想不受制于人，要想改变别人对你的看法和态度，别指望别人良心发现，只有改变自己。毛泽东告诉我们：“除了别的特点之外，中国六亿人口的显著特点是一穷二白。这些看起来是坏事，其实是好事，穷则思变，要干，要革命。”（《介绍一个合作社》）邓小平告诉我们，要改革开放。

如何变？《楚辞·渔父》曰：“圣人不凝滞于物，而能与世推移。”其意就在告诉人们，要有变的智慧，不要抱残守缺，不要死板教条。

记得读小学时，老师在教育学生为什么“不拿别人东西”之后，又举出这样一个例子。他说，一个因饥饿奄奄一息的人，看到路边地里的萝卜时该怎么办？学生们各执一词，争辩激烈。老师最后说：如果不吃这个萝卜就会死去，那就把萝卜吃掉，等待惩罚；如果不吃这个萝卜可以活下去，就不要吃人家的这些萝卜。这让我想起孔子和弟子们困于陈蔡之间的故事。一天，子路从外面弄回来一只烧猪，孔子不问猪是怎么来的就吃了，弟子们大惑不解。其实，没有什么好问的，先填饱肚子保命要紧。如果猪的来路不对，那过后可以设法还钱给人家，还有机会补救。如果死守礼数，非要坚守不合礼数饿死也不吃的教条，那与傻子没什么两样。

孟子告诉我们，在守经达权的时候，要懂得识别轻重，才能做出合理的判断。经，常代表原则；权，代表变化。人生社会，事物纷纭，不懂权变，路是难走通的。平常人说的做人要懂“内方外圆”之理，就是告诉人们要懂“变”的道理。

台湾大学教授傅佩荣在《孟子的智慧》一书里写过两个事例。一是古人淳于髡问孟子，男女之间“授受不亲”，相互不能够亲手递接东西，这是礼数的规定吗？如果这样，当嫂嫂掉进水里，我就不能用手拉她；可如果不拉，就是见死不救，就是豺狼，太狠心了。孟子说：男女之间不相互用手递接东西，是礼制规定；嫂嫂掉进水里，用手去拉她，就是“权”，就是变通的做法，这没有什么不妥。另一个事例是，一个小伙子走在大街上，对一个漂亮的姑娘，突然上前拉了一把，女孩子第一反应是此人无礼，但后面接着是一辆小汽车疾速而过，女孩子当即就理解了，遂致谢意，感激相救之恩。这就是在坚持原则时也要懂得灵活应变的智慧。

《易经》的八卦里就有卦变（现代语说成变卦）。比如☰乾卦，它代表宇宙大现象的天体；☷坤卦，它代表宇宙大现象的大地。将乾和坤两个卦重叠起来上乾下坤即为天地否卦，“否”是倒置的意思。如果把这个卦再倒过来上坤下乾就成了地天泰卦，“否极泰来”，倒霉到极点就又转好了。《易经》就是讲天地间的变道。宇宙间的事物，随时随地，在时、空以内没有不变的。

中国文化里有《反经》一书。这个“反”字是说天地间的人情、事态、物象，没有绝对不变的。“塞翁失马，焉知非福”。老子曰：“祸兮福之所倚，福兮祸之所伏。”宇宙万物有正必有反，有好必有坏。简言之，有阴就有阳，有阳一定有阴。当阴的时候，阳的成分就涵在阴的当中。所以春风得意时就会出现得意忘形的苗头，遭逢失败时，失败又是成功之母。“是非成败转头空，古今多少事，都付笑谈中”，此言对事物变化的概括可谓一语中的。所以人要知变、懂变，并会随之而变。对此南怀瑾先生这样概括：第一等人晓得要变了，把握机会领导变；第二等人变来了跟着变；第三等人是事都过去了，他还在那里骂变，其实已经变过去了，他也被时代遗弃了。

历史上每一次江山易主，社稷更迭，前朝遗老遗少总怀抱旧经去观察新的事物，从而不辨清浊，作出乖戾的抉择，演绎出一则则固守窠臼的故事，徒留笑柄于后人。

“新故相推，日生不滞”（王夫之《尚书引义·太甲》），就是说天地间的事物既有旧的也有新的，新的东西必然代替旧的东西；这个永无休止的变革过程就是“动以入动，不息不滞”。王夫之大为赞赏《周易·系辞传》中的“日新之谓盛德”。他说：“守其故物而不能日新，虽其未消，亦槁而死……故曰‘日新之谓盛德’。”中国文化从周朝开始的礼乐道德的政治制度，到了春秋就变了，“礼崩乐坏”。这不是由于某一个人或几个人的败坏而变的，而是时势所趋，非变不可。中国的皇权社会从秦始皇到清朝末代皇帝溥仪已是尽头，再也延续不下去了。之后袁世凯称帝，张勋复辟，都失败了。可笑的是，梦寐皇位的人不懂，被历史的车轮碾得粉碎！

变，是时代潮流。2016年，国家语言资源监测与研究中心、商务印书馆和人民网就把“变”字遴选为年度的国际汉字。窥一斑而知其全，知道顺应“变”不啻是少生烦恼，也是时代的需求。

“天地氤氲，万物化醇”。自然万物因相互作用而变化生长：大自然风雨阴晴，花开花落，月圆月缺；树叶绿了，树叶黄了，树叶落了。人们从产房走到太平间……万事万物瞬瞬不一，这才有千姿百态、精彩纷呈的人类社会。可憾的是我等的思维意识又常常是滞后于事物的演变。

人们生性窳惰，耽于苟且偷安。对挑战生存的奋进之为，徘徊者众，持异议者大有其人。人们的习性钟情于穿旧鞋，走老路，原因是穿旧鞋舒服，走老路省心。

穿新鞋怕脚疼，走新路担心有风险，实际上是不懂得事物无不在演变的道理。一个人做自己原来一直做的、一直都习惯做的，会没有那么多的不习惯和压力，自感舒坦轻松。可那就只能是过去的自己，不会有发展有创新，更不会有突破，这自然就窒塞了变的智慧。所以，当碰上天气由晴转阴、狂风骤袭、路径陡窄、船驶潮头时，就会举目茫茫然然，紧抱陈年簿子，手持念珠，念念有词，祈求鬼神佛仙保佑，实际上是坐以待毙。

因时而化，与时俱进，才能永葆活力。20世纪80年代，中国历史翻开崭新的一页，国家的大政方针由“抓阶级斗争”转为大搞经济建设。因受旧思维的禁锢，许多人故步自封，犹疑观望，牢骚满腹，舍不得丢弃人浮于事的“铁饭碗”，不敢摸着石头过河，只是长吁短叹。这不能不说是一大缺憾。

圣严法师告诉人们，任何事情的“不变”都是“暂时”的，不可能有绝对不变；如果执迷于永恒不变，那就什么都会放不下，那就会使人陷入矛盾重重、烦恼多多的怪圈。他举一个最直白的例子，就是男女之间的爱情。很多人坚信海枯石烂永不变，却不知道其实爱情时时刻刻都在变，有可能变得更好，也有可能变得更差。要使爱情常鲜常新，唯一的办法就是接受和包容这种改变的“智慧”。

圣严法师告诉人们，社会上有人就有事，有事就会有不同的意见，这时就要用“四它”来解决：“面对它、接受它、处理它、放下它。”他举台湾省近期出现的父亲杀子、携子自杀、苦恋自杀等社会案件为例，说这都可用“四它”来解决。其实“四它”的核心就是要用“懂变”和接受“改变”的智慧来指导人生。

以恋情悲剧为例。即使双双情重如山，意深似海，但毕竟是有思想有个性的两个人。由于成长历程的差异，个人素养、人生观念、家庭影响的不尽相同，面对客观世界的立足点、认识问题的角度、处理问题的方式方法就会有轩轾之分。个人内心的变化和复杂的感情世界由炎夏转凉秋，时时都可能有水波涟漪和浪花激荡，这就是情感的常态。所以，当自感恋情大不如昔，甚至发现裂痕，也不必张皇失措六神无主，以僵化的思维只指责对方的改变而不自省自己的改变。倘不明这一点，十有八九会在冲动之中铸成大错、酿成悲剧。圣严法师认为，正确的路径是，二人世界对情感的培养也要倾心尽力，一旦不能重归于好就分道扬镳，因为聚散皆是缘，任何不理智行为都是缺乏通变的常识和理性。

面对变化，大可不必焦虑、瑟缩无主，大可不必视“变”如虎，要以平常心对待。其实不管什么事，每一次改变都是对陈规的挑战，也都是为创新带来一次机遇，也都是对自己旧思维的一次冲击和洗涤，同时也是激活自己思维潜能的良机。

有这样一则寓言。一只鸟儿栖息在沙漠中的一株枯树上，这是它唯一可栖息之处。突然有一天，飓风吹倒了枯树，可怜的鸟儿悲痛不已，只能飞到百里之外寻找新的栖息地。来到一片森林之后，它才发现这才是真正的天堂。

思路变则天地宽。解放思想永无止境；思想破冰，突围可行。古人说，“因循苟且，逸豫而无为，可以侥幸一时，而不可以旷日持久”。

回望近百年的峥嵘岁月，中国共产党闯关夺隘，不畏险阻，一步步引领中国迈向复兴。试想如果思维僵化，怎么能冲破敌人的围追堵截，开辟农村包围城市的成功之路呢？所以，毛泽东告诫全党：“脑子一固定，就很危险。”（《人民日报》2016 年 7 月 1 日）

人生要丰富变的智慧，不是为了明哲保身、不持节操、苟窳偷生，不是让我们在大是大非面前放弃做人的原则；而是要直面现实，紧随时代潮流，直挂云帆济沧海，与时俱进，驶向更加光明的彼岸。

“小狗追尾”的痴想
——简约生活

一则寓言说，有一只小狗，不停地绕着自己的尾巴转圈，最终也没追上，直累得精疲力竭地躺在地上喘气。

一位博士目睹此状，询问小狗何以如此。小狗沮丧地说：“朋友告诉我假若我可以追到自己的尾巴，我便永远得到幸福和快乐，所以我才这样。”

读来颇有感触，我想到了莫泊桑笔下的那个整天唉声叹气的路瓦栽夫人：她觉得自己本来就是为了一切精美、豪华的事物而生的，因此往往感到痛苦。由于自己房屋寒伧、墙壁粗糙、家具陈旧、衣料庸俗，她非常难过。这一切，在另一个和她同等的妇人心上，也许是不会注意的，然而她却因此伤心，又因此懊恼，那个替她照料琐碎家务的布列塔尼省的小女佣的样子，使她产生了种种忧苦的遗憾和胡思乱想。她梦想着那些静悄悄的接待室，如何蒙着东方的帷幕，如何点着青铜的高脚灯檠，如何派着两个身穿短裤子的高个儿侍应生听候指使，而热烘烘的空气暖炉使两个侍应生都在大型的圈椅上打盹。她梦想那些披着古代壁衣的大客厅，那些摆着无从估价的瓷瓶的精美家具；她梦想那些精致而且芬芳的小客厅，自己到了午后五点光景，就可以和亲切的男朋友在那儿闲谈，和那些被妇女界羡慕的并且渴望一顾的知名男子闲谈……她又梦想那些丰盛精美的筵席了，梦想那些光辉灿烂的银器皿了，梦想那些满绣着仙境般的园林和其间的古装仕女以及古怪飞禽的壁衣了；她梦想那些用名贵的盘子盛着的佳肴美味了，梦想吃着一份肉色粉红的鲈鱼或松鸡翅膀的时候，带着朗爽的微笑去细听情话。

就像小狗追不上自己的尾巴一样，路瓦栽夫人最终也没有追求到自己所谓的幸福，反被一条项链压得喘不过气来。

当今一些人对快乐和幸福的追求也酷似小狗追尾巴，那尾巴就是物欲。想通过满足物欲得到幸福和快乐的人同样找错了路径，可惜他们并没有意识到这一点。君不见，那些“剁手党”走进琳琅满目的商店，见什么都想买；出得商场，大包小包，满载而归。每逢长假，跨出国门，漂洋过海，抢光澳大利亚奶粉，把日本的马桶盖整箱整箱地发回……

他们的家里，家用电器从空调、冰箱、电视机到厨房灶具本来已经应有尽有，衣服更是春夏秋冬件件皆备，但是他们还是买买买，买个不停。这种“小狗追尾巴”式的疯狂，把那有限的空间堆积得满满当当，进到屋里，让人备感压抑。但是他们仍不开心，为不能得到一幢5000平方米的宅子或者“覆压三百余里，隔离天日”的阿房宫，供自己装尽天下奇珍异宝而不开心，就像莫泊桑笔下的路瓦栽夫人那样为不能满足日益膨胀的欲望而伤神。

作家毕淑敏对这种近乎不理性的生活态度是这样讲的：“比如牙膏管子不论多么丰满，但你只能在牙刷上挤上1.5厘米到2厘米的膏条，而不是一尺长，因为你用不了那么多，你不能把自己的嘴巴变成螃蟹聚会的洞穴。再比如，你无论如何拥有多少柜衣服，当暑气蒸人时，你只能穿一件T恤衫。如果把貂皮大衣捂在身上，轻者长满红肿热痛的痱毒，重者就会中暑倒地一命呜呼。”

时下，“活得很累”的叹息声不绝于耳。是为工作学习而累吗？显然不是。那是为什么而累呢？不言而喻：不断膨胀的物欲，欲壑难填嘛。

物欲是人生的一种不必要的负担。从前有个年轻人觉得生活很累，就去请教哲人，以求超脱之策。哲人给他一个篓子让他背在肩上，指着一条砂砾路说，你每走一步捡一块石头放进去。年轻人照着哲人说的去做。过了一会，哲人问年轻人有什么感觉，他说觉得越来越重了。哲人说，这就是你为什么感觉生活越来越沉重的原因。我们来到这个世上，每个人都背着一个空篓子，如果每走一步都捡一样自己喜欢的东西放进去，这就会越来越累。善于清空篓子的人，不仅会感到生活的轻松，而且能顺利地到达目的地。

这则故事很有禅意，看来快乐和幸福与财富多寡没有必然联系。“庭院深深深几许，帘幕无重数”给人的是压抑孤寂，“一寸二寸之鱼，三竿两竿之竹”则让人神清气爽，心旷神怡。有一字诗曰：“一菜一汤一碗饭，一荤一素养生餐。一茶一酒一报刊，一床一被夜静安”；“一纸一笔一方砚，一书一画一诗篇。一曲高歌一壶酒，一人独钓一江寒”，倒让我们体验到一种简约生活之美。

人生两翼，一曰生活，二曰做事。如果醉心于生活“舒适”的追逐与铺陈，事业的蒙损当不待言，所以，大凡毕力于做事者，多不齿于小狗追尾巴式的“为五斗米折腰”。

孙伏园在《哭鲁迅》一文中写道：成名后的鲁迅极其简朴，穿的还是留学时的裤子，鲁迅的母亲让作者劝劝鲁迅穿做的新棉裤，鲁迅的回答是：“一个独身的生活，绝不能常往安逸方面着想的。岂但不穿棉裤而已，你看我的棉被也是多少年没有换过的老棉花，我不愿意换。你再看我的铺板，我从来不愿意换藤绷或棕绷，我也从来不愿意换厚褥子。生活太安逸了，工作就被生活所累了。”

居里夫人潜心于镭的探索，食居简朴。结婚时她妈妈为她的婚礼忙碌不已。居里夫人看到此一情况，诚恳地跟妈妈说，我什么陪嫁都不要，你心意要过不去，只给我添一把椅子就可以了，因我的办公室里还差一把椅子办公。

爱因斯坦是诺贝尔奖获得者，然而他却没有一件贵重的物品和像样的衣服能显示他鼎鼎大名的身份。他走上领奖台时，还有人在用目光搜寻领奖者的身影，因为他衣着过于普通，头戴一顶大草帽，让人几乎不相信他就是获此殊荣者，所以后人就敬称他为“戴草帽的科学家”。爱因斯坦曾应邀到荷兰莱顿大学执教，他对宿舍的要求是，有牛奶、饼干、水果，再加一把小提琴、一张床、一张写字台和一把椅子即可。后来为躲避法西斯的迫害，他移居美国。普林斯顿大学以当时最高年薪 16000 美元聘请他，他却说：“能否少一点？给我 3000 美元就够了！”人们大惑不解，他解释说：“每件多余的财产，都是人生的绊脚石；唯有简单的生活，才能给我创造的原动力！”当时，美国的中产阶级都以拥有小汽车为时尚，他居然不要。从宿舍到研究所的两公里路程，他坚持安步当车。他在《我的世界观》一文中说：“安逸与享受与我无缘，照亮我前进，并不断给我勇气的，是善、美、真……除此之外，在我看来都是空虚的。”这与亚里士多德早在几百年前说的“需求是人们生存所必需的东西，而欲求则是我们想要高人一等的东西”有异曲同工之妙。

牛玉琴在我国改造自然生态方面取得了世界瞩目的成绩，获得联合国拉奥博士奖。出席颁奖大会（地址在泰国曼谷）时，她因经济窘迫，衣着低档，临行时，在他人鼓动下，她添一件12元的衬衣、一条6元的裤子和一双2.5元的绣花鞋，总共花了20.5元。泰国公主诗琳通给她颁奖时，好多外国记者蜂拥而上，抢着与她合影，对她那双绣花鞋赞不绝口。

《易经》有言：“乾以易知，坤以简能。”毛泽东一代伟人，生活非常简约。吃，最奢侈也不过一碗红烧肉而已；穿，粗布衣服缀补丁；住，以书为伴度终身；行，常到百姓中间拉家常；说，一语破底见真理；写，文章哲理启后人；干，简要精通气魄大。自新中国成立后，衣服两三套：除礼服一套外，接见外宾时一套，平日一套，家里一套。内衣是补了又补，上面有补丁72处，他一直穿到终年。皮鞋没有超过4双。

谈及简朴的生活，林语堂对陶渊明赞誉有加：“陶渊明是整个文化传统上最和谐完美的人物，他的生活方式和风格是简朴的，令人敬畏，使那些聪明与谙于世故的人自惭形秽。”又说：“在陶渊明的身上，我们看见那种积极的人生观已经丧失其愚蠢的满足，而那种玩世的哲学也已经丧失其尖刻的反逆性，而人类的智慧第一次在宽容的嘲弄的精神中达到成熟期了。”

触摸生活简繁，著名学者余秋雨先生曾有高论：“一个成功的大企业，它的经营模式一定很简单；一个伟大的人物，他的人际关系一定是简单的；一个危机处理专家，他抓问题的核心思路一定是简单的；一部划时代的著作，它的核心理念也一定是简单的。”一个能够取得惊人成绩者，他的生活也一定是简单的。有一句惊世骇俗的名言：真理总是简单的。

你要活得随意些，你就只能活得平凡些；你要活得辉煌些，你就只能活得痛苦些；你要活得长久些，你就只能活得简单些。

为物质的最大满足而诱发烦恼、苦闷、失望、焦躁、嫉妒、愤怒、诅咒、怨恨，陷人于不良的心境之中，即使物质财富再丰厚，也一定是惶惶乎食不甘味，丝毫领略不到人不为物累的自由、爽快和欢乐。

能做到简单生活是一种高尚的精神境界，是对人生彻悟的智慧。能在前进路上剪除纷杂，才能品出人生的滋味。不为物喜，超然物外，人生就会多一份淡然，多一份从容，燃灯续火，砥砺前行。

人要生活，就要像“清水出芙蓉，天然去雕饰”，“悄悄来去静无价，只把清晖留天下。来，无牵挂，去，无牵挂。”（《山坡羊·明月》）要做到“生活之光斑斓兮，我只索一缕；生活之水浩淼兮，我只取一瓢。”人生期颐，所需之物寥寥，古人曰：“少则得，多则惑”，“欲求不得，苦之本也”。小狗累倒，终不解因，人笑其愚。可人知之乎？

咬尾巴的狗

学学瑞士人

——说与“暴富者”

钱对于每一个社会人而言都不可或缺，所以，它使太多的人们恓恓惶惶终生为之追求，而又总渴望多多益善。

但在钱的使用上，常折射出一个人的人生观念、价值取向和道德修养，有时它还左右着人生成败和人生走向。尤其在暴富之后该如何支配自己的黄金白银，诚然是一门值得研究的学问。不妨我们先看看瑞士的富翁是什么态度。

据说，走在苏黎世、日内瓦、伯尔尼的街上，和你擦肩而过的人中十有二三是百万富翁。那些穿着随意、步履蹒跚的老头老太，似乎不起眼，但他们的口袋装的却是真金白银。他们低调生活，大有“韬光养晦”“守拙抱朴”的素养，他们对钱从不事张扬，并恂恂以“小国寡民”自谦，有时还乐以“阿尔卑斯山山民”自嘲。

瑞士富翁对待金银的平静和淡然，给人们该如何看待财富还是很有启迪的。当然在对待财富上也还有比他们境界更高的。

印度首富普雷姆吉，财产近百亿美元，在《福布斯》杂志的世界富豪榜上排名第 38 位。他一个月有三个星期出差在外，可他并没有专机，在国内出差坐二等舱，到国外时坐商务舱。他的办公室很是整洁，装饰也极为简约，连一台台式电脑都没有——他更喜欢轻便的手提电脑。

1993年，77岁高龄的荣毅仁在第八届全国人民代表大会一次会议上被选为中华人民共和国国家副主席。他在中国20世纪该是大有钱人。在外国人的眼中，民族资本家能当共产党领导的国家副主席，百思不得其解。可毛泽东、周恩来、邓小平、江泽民等党和国家领导人对荣毅仁关爱备至，何也？新中国成立后，在国家发行胜利折实公债时，他积极认购650万份。在抗美援朝中，他又捐献七架半飞机和大量衣服。

南怀瑾先生在台湾有许多头衔："教授""大居士""宗教家""哲学家""国学大师"等等，还一度名列"台湾十大最有影响的人物"。他的书在大陆已印行了几十万册，拥有相当数量的读者，但他的身世人品还鲜为人知。他没有高官厚禄，也没有腰缠万贯。出于对家乡的厚爱，出于对中华民族繁荣富强的踵望，南老师在海外筹集巨资，建立了几个投资公司和基金会。在国内开办或筹建八个合资企业，合资修建温州至锦华的铁路项目。他慷慨解囊在全国二十多所高等学校设立奖学金或提供资助。但他不让宣传，连他亲近的人也说不清有多少人得到过南老师的扶植。

这些闻名于世的富有者，虽资产栗栗，可淡然于简约而又俭朴的生活。他们把黄金白银馈赠于社会，践行着"富有四海，守之以谦"的儒家精神，名留千秋，受人敬仰。然凝眸时下少数的暴发户，以把玩钱币的惊世之举来彰显自己的高贵，既令人瞠目，也使人不齿。诸如——

有父母给女儿过生日，每桌菜19.8万元，大摆几十桌；

有人99999元买下一盒月饼，眼都不眨一下；

有人订下几十万元一桌的年夜饭，说吃的是情调；

有人求爱买了7000元的玫瑰和38.6万元的花篮，说图的是浪漫；

山西一煤矿的老板一次买下20辆劳斯莱斯；

一次汽车展销会，某老板一单开出20辆宝马，价值1亿多元；

上海的奢侈品展览办了两届，一位买主不到10分钟就买下了一辆价值几百万元的迈巴赫；

浙江C市，一个“88888”的汽车号牌，有人花了166万元拍得……

婚丧嫁娶，车队必不能少，而且车的档次要高，款式要一律，数量越多越威风，直至在大街上堵塞交通，才觉得过一把出尽风头之瘾。给新娘的大红包其状如席，上写“99999”，婚庆司仪大声呼喊：十万挑一。

更为放浪不羁的暴富者，就凭借有几个“钱”，脾气见长，狂妄自大，目无法纪，泯灭人性，成了魔鬼。

某土豪杀气腾腾蛮横地闯入学校，在光天化日之下殴打女教师，并叫嚣什么：“我只要有钱买‘宝马’！我就敢打她！”

某富翁用钱从贪官那里买来个“村支部书记”的乌纱，作威作福，横行乡里，霸占村中良田20亩为自家营建祖坟，并大肆扬言：“谁敢管我！”

以上从媒体扫视中录下这少许“新闻”，很可能是冰山一角，也似乎离我们远了一些。真让我惊诧不已的是眼前发生的一幕。

一年春天，我与几位学友乘公共汽车到城外踏青，途中上来一位怀抱婴儿的农村妇女。因无座位，她只好站着。紧跟着又上来一男一女，女的在取下外套披肩时肘部碰到婴儿脸上，婴儿发出哭声。婴儿的妈妈低声说了句“慢一点，打着小孩脸了”。女郎杏眼圆睁：“你说谁？你不认得我？到县城平板桥（街名）打听打听去！”接着又狠狠补上一句，“想挨揍，吭一声！”车内顿时杀气腾腾，好在那位抱小孩妇女没敢再吭声。这位“女狼”也因嫌车拥挤，不远便悻悻下车，车上的气氛才渐渐缓和。

目睹其人，我按捺不住心头之愤、之惑，便问同行者：“那位‘孙二娘’是何方神圣？”车内有人高声抢答道：“先富起来的阿Q！”

这个“孙二娘”的无理行径，今天还能看到让我震撼。解放之前倒不少见，那时有钱人对穷苦百姓和无权无势者，动辄辱骂拳打是家常便饭。不过我的记忆那多是野性男子，女子“耍大牌”（泼妇撒野）实属鲜见。可这一类人横行霸道、肆虐乡邻的恶行，也十分短暂，随着人民当家作主之后，一个个灰头土脸，像人们喊打过街老鼠一样，耷拉脑袋，夹起尾巴，轻者被赶台下，面隅抽泣，罪大恶极的也都受到了国法的严惩。我不懂善恶相报之缘，但人间现实是作恶多端的大多是下场凄厉，少有善终。常是过早地在正义的呐喊声中被驱逐出阳光的舞台。

管子曰：“君子使物，不为物使。”其意是说，人不能成为物奴。人性如果沦为钱的差役，或者说人性被钱所锈蚀，那挥霍之风就会演化成疯狂之为。而这些恶俗所以从不被社会认同，是因为在中国人的意识形态里，不管居庙堂之高，抑或处江湖之远，哪怕是目不识丁的山村老农，也乐于被人看作君子，而绝不愿意被看作小人。也就是说，人们对这些豪掷金钱的人，不管他钱取何道，对其人品都打上“小人”的黑印。因为社会常识给人民的观念是，凡是用自己汗水挣来的钱，即使万贯充栋，使用起来总是锱铢必较，从不悖出悖入，即使珠宝栗栗也从不随心非为。所以对这些大手大脚不眨眼的暴富者的人品总是疑窦重重。因为社会上常见肆意焚币燃烟、酒池肉林、醉生梦死之徒多是从绑架、抢劫、盗窃、贩毒、赌徒、贪污、受贿的黑道上走来。

所以，这等富则施滥者是自污其人！

“今日有酒今日醉”，是这些暴富者的禅语。但在常人看来他们恰是不值一齿的“败家子”，因为在他们的生存观念中，对五谷丰登与颗粒无收、风调雨顺与旱涝频频、阳光明媚与乌云滚滚这些人命关天的头等大事是从来不会放在心里的。可他们反过来又去指责瑞士人是酸相十足，是在装穷，是“守财奴”。这些“败家子”因不循以勤俭持家之道，不懂以丰补歉之理，不愿过细水长流之日，他们首先是捣毁自家避风的港湾。如果把家庭看作是社会的细胞，他们的挥霍就是在破坏社会的根基，滋生社会不安定因素。这些狂躁的“消费”雾霾，不啻在敷衍自我，骀藉生命，它对社会的潜在危害，立足国泰民安的高度，当不可视之若无，轻慢怠忽的。

笔下所以把挥霍之风看得如此严重，是因为不曾远去的历史还在提醒着当今的人们：“成由勤俭败由奢”是王朝覆灭的死结。蒋家天下的沦丧，苏联的解体，无不与社会上层的奢靡之风紧紧相关。

俭以成廉，奢以成贪。从国家反腐披露出的大案要案中，这些腐败分子的个人罪过国法难容，但少数先富起来的阿Q们为了填满自己的欲壑，也真是挖空心思，无所不用其极在使尽手段去腐蚀这些意志薄弱者，拉他们下水，推他们于泥淖，他们在腐败之风肆虐中兴风作浪，推波助澜的作用是完全不可低估的。

任何一个社会一旦被歌舞升平的氛围所笼罩，一旦被酒气烟雾所弥漫，这个社会就患上了癌变的因子，若不及时遏制它的浸淫，恶果将逐日逼近。所以，面对时下少数先富起来的阿Q们，因为多了几个钱而污染社会的清澈，甚者有的以钱为势，欺凌弱小的霸道恶迹，是切不可任其恣肆妄为的。

中华民族起步于茹毛饮血、刀耕火种；我们国家是历经战火和分裂，从无数次的磨难中才走上统一的。我们不要忘记了百姓从几千年踵决肘见、筚路蓝缕的时日里苦苦熬到了今天；不要忘记了我们国家是在与外域列强的浴血奋战中，从丧权辱国的千古屈辱中站立起来；不要忘记了自然灾害、社会动乱给我们每个家庭带来的苦难。世界上比我们富有的国家比比皆是，我国的基本国情是“仍处于并将长期处于社会主义初级阶段”。国力并不雄厚，而国际环境也不是可以让我们高枕无忧，还远不到马放南山、铸剑为犁的那一天。所以，小富即奢，是万万不可的。

每个有良知的中国人，有政治头脑的中国人，有历史常识的中国人，有民族自尊心的中国人，有爱国之心的中国人，理当清醒，我们只是比过去好了一点点，恰当的位置是实实在在的发展中国家。所以要少点狷急之气，需要的是每个人立足本职、兢兢业业、俯下身子，为国家实实在在做出贡献。

人生要想清楚、弄明白自己这一生真正想要的是什么？更要想清楚、弄明白自己这一生朝着哪个方向前进；也要想清楚、弄明白，自己这一生该怎样度过，该给社会、给国家做点什么？尤其是在国家刚刚富起来的今天，自己腰包鼓了，这些金银该怎么用到于国于民最有价值的刀刃上。这道考题是不该答错的。

黄金可贵，但无生命；拱璧之宝，缺乏灵性；珍珠再美仍是把玩之物；而做人的狷急是人品中的瑕疵。炫富并不能赢得他人的敬重，在他人眼中那不过是沐猴而冠的小丑而已。

二月河在央视《开讲啦》（2017 年 11 月 19 日）栏目中讲：腐败是一种没有文化的野蛮行为。由此思之，挥霍和奢侈无疑是一种罪过。

守住清贫精神

人世间唯有精神永恒。

“人无精神则不立，国无精神则不强。精神是一个民族赖以长久生存的灵魂，唯有精神上达到一定的高度，这个民族才能在历史的洪流中屹立不倒，奋勇向前。”（习近平《在纪念红军长征胜利80周年大会上的讲话》）窃以为清贫精神则是民族精神不可或缺的元素。

人们面对物质、生命和精神三者，每个人的取舍角度可能会有差异。但客观事实是，物质随时日而枯朽，生命随岁月而殒逝，唯充满阳光的精神能够流传千古。大禹治水，苏武归汉，文天祥魂驻汗青，“铁人”王进喜为创业而奋不顾身，刘胡兰铡刀下颈血溅敌，中国工农红军的长征等等精神之所以能与日月同辉，与天地齐寿，是因为这些精神之中都蕴含着清贫精神。从做人到治国，守住清贫，就犹如人有了脊梁，缺失了它，人将倒下，国将不国。

方志敏讲：“清贫，洁白朴素的生活，正是我们革命者能够战胜许多困难的地方！”当今的中国更应坚守这种精神，弘扬这种精神。

清贫精神就是嚼得草根的精神。坚守这一精神可以生存，立世，进可以发展壮大，走向鼎盛，使我们永远立于不败之地。所以我把这种精神称之为人生的底线精神。人能守住这一精神也就守住了根本。

子路问孔子“君子亦有穷乎”时，孔子就毫不委婉地回答：“君子固穷；小人穷，斯滥矣。”其意是说：“君子固穷”，但穷且益坚，穷不失志，穷有尊严；他的人格不会因为穷而堕落，他的精神不会因为穷而萎缩，他的气质不会因为穷而委琐。这就是说“君子”即使处于穷途末路，仍要固守其节，安守其贫困。而小人一旦“穷”，就会失去方向，就会无所不为，用孟子的话来说，就是“放辟邪侈，无不为已”，就会下流，就会堕落。

而享乐主义只能消磨人的斗志，玷污人的品质，涂泥人的德行。人生观中若打上这种烙印，就是吞下慢性毒药。此风蔓延，势必贻误事业，动摇根基，覆竦社稷。商纣王走过的路，当是淫欲无度者的殷鉴。

中华民族，从漫漫长夜走到今天，只可说是熬过了忍饥挨饿的日子，人民并不够富裕，国家也不够强大。可如今享乐之风乍起，挥霍暗流涌动，未来的一代在这种污泥中已经遭受浸染，社会上的“小皇帝”“小公主”并不少见。从他们的生活态度和待人接物的细节折射出的精神状态来看，享受思想已在侵蚀着这些祖国花朵的成长。古人早就有“毋以货财杀子孙”的诫训，我们不能充耳不闻啊。子孙因财物之骤富，容易变得骄奢淫逸、唯物寡情，切切不可等闲视之。

可惜，放眼社会，鼓吹享乐人生的奇谈怪论充斥于我们的媒体报道、电视画面和形形色色的文艺作品。“享乐才是人生”的毒雾在吞噬着我们老老少少的灵魂。试想，在如此大环境中成长的孩子还能守住清贫精神吗？个人守不住清贫精神要走错路，国家守不住清贫精神，就会迷失方向。

生活的内容并非仅仅是物质。物质是维系生存的前提，但不是生存的唯一追求，更不是目的。也就是说人不是只为物质的多少而活着，更不是务必要追求到所需之外的若干倍，乃至全家几代人都不可能用得完、用得着的堆积如山的财物，以致成为人生的累赘和灾难。

这个话题或许不合时宜，也难免让那些好了疮疤忘了疼痛的和从不知什么叫苦日子的，会觉得言者不是“迂腐”就是思想过于滞后。

今天谈清贫，不是倡导人们再去熬食不果腹、踵决肘见的苦日子，而是想告诉人们，倘若能够不时回望我们从清贫走过来的路，或许能让我们保持清醒的头脑，更稳健地向未来走去。

因为从各种传媒的报道中看到，从 2013 年至 2016 年公布之日，仅国家公职人员因受贿索贿、违纪违法而受到党纪政纪处分的就有 101 万人（2016 年 10 月 21 日央视《午间新闻》报道）。而普通人中，因吸毒、赌博、抢劫、绑架、诈骗、拐卖妇女儿童等刑事犯罪的人数几何虽然没有看到有关报道，但人数肯定也不会少于百万。这些失足者，尽管具体细因千差万别，但他们邪侈之念、污秽之行中的显著共性，就是对人生要“守住清贫精神”这道题答错了。

方志敏是革命年代的“财务高干”，可他的座右铭是：“良田万顷，一日不过三餐；广厦万间，夜寝不过六尺。”笔者不是鼓吹要人们的日子依然滞留在方志敏时代那个生活水准上，那不是我们革命的目的，也不符合社会发展和人生奋斗的要求，人们生活的品位当然是愈高愈好。但如果碰上困苦的时日，或生活的欲望不能得以满足时，能不突破这一底线，守住草根心态，过着普通人的生活，那总比在囹圄之中苟活着要好得多强得多吧？更何况，当今国民中绝大多数人的生活水平要比方志敏时代的生活状况不知优越多少倍。

常言道，“月满则亏，水满则溢”，盛极必衰，乃“天之道”也。

黄卷之中清晰可见，“君子之泽，五世而斩”，还有所谓“一代苦二代富，三代吃花酒，四代穿破裤，五代宿街头”的现象更是屡见不鲜，当然这是社会大背景下的怪物，或许当代中国不会再现这些乖戾之象。可天地逆转，河水倒流既不为人知，也不为人控，臆想的有无多是浅见和短视的产物。

唐代王勃有言曰“君子安贫”，宋朝曾巩推崇“富贵不足慕也，贫贱不足忧也”。

人生在世，有福不可尽享，福若享尽缘必孤矣，须知“奢靡之始，危亡之渐”。个人或国家耽于奢侈，就要吞噬信仰，忘却根本，迷失方向。历史上历朝历代，大凡国君沉醉享乐的，无一不是江山坍塌身败名裂。

五代李存勖得位之初，负矢前驱，南征北战，建立了后唐。此后他耽于逸豫，忘栉沐之艰难，纵色禽之荒乐，以至“身亡国灭，为天下笑”。作为普通人若挥霍无度，虽不会直接动摇社稷，但人生之途却潜藏着船覆车倾的危机，这并不是耸听之危言。世上唯物质淫娱为上者，轻者伤及一身，重者殃及亲朋，家破人亡，这并非个例。

老子有言：“知足常足，终身不辱；知止常止，终身不耻。”我们不妨这样理解：物足而不知足，必受其辱；物足当止而不知止，必遭其耻。

由此巽思，人们能把个人生活置于简约之境并不容易，尤其在今天，随着物质财富的陡增，使许多人如走进太阳山中的老大，面对忽然遇到的漫山遍野的珠宝黄金，心旌摇荡、眼花缭乱，恨不得全部塞进腰包据为己有，结果因贪欲被太阳之火化为一缕青烟。

把生活安排得舒适一些乃人性使然，无可厚非。然若衣着非名牌不穿，头发非色彩斑斓，眼皮必由单变双，鼻子崇尚欧式，胸乳要回归大唐，身高不到一米七就向腿骨开刀……如此这般美其体肤空乏灵魂，那真的叫生活吗？叫享受吗？

享乐之风骤起，几乎把中国人民清贫精神的围城吹得千疮百孔。头昏脑涨的富人，在家里设置健身房，在跑步机上跋涉，在充满氯气的池子里浮沉；在人造的雪花和冰面上打滚；在矫揉造作的水泥峭壁上攀爬……用作家毕淑敏的话说："这真是愚蠢的奢侈"。照科学家的说法：除了疾病造成的肥胖，而个人超标的体重是因为收入得多、支出得少。到屋外走走就会让身上的脂肪变成健美的肌肉，何乐而不为呢？

《鸟类的飞翔》是一本科普读物，其中有一则关于鸟类的故事。有一种很小的海鸟，它能飞行几万里，跨越太平洋，可它只需要一截小树枝。它把小树枝叼在嘴上，飞累了就把树枝扔在海面上，落在小树枝上小憩，饿了就去捕鱼，困了就在树枝上休息一会儿。一截树枝就够鸟儿飞越太平洋了，可愚蠢的人们总以为房子愈多愈好，把一生的精力都用在购房之上。其实，华屋千间，只卧一床。秦始皇阿房宫"覆压三百余里，隔离天日。骊山北构而西折，直走咸阳。二川溶溶，流入宫墙。五步一楼，十步一阁；廊腰缦回，檐牙高啄；各抱地势，钩心斗角。盘盘焉，囷囷焉，蜂房水涡，矗不知其几千万落。"可他人呢？房呢？

圣严法师说："其实我们需要的不多，想要的太多。"古语云："有求皆苦，无欲则刚"，"清心寡欲方得道，人到无求品自高。"人生有"江上清风，山间明月"足矣。

《红楼梦》中言："守得贫，耐得富"。守住清贫，不仅是人品修养，更是一种精神力量。守不住清贫，走到人生的节骨眼上，就难免或因贫贱易节，或为富贵易心，被物欲所囚，乱了方寸，丧失清醒，举步邪孽之途，从而晚节不保。西方哲人说：“甘于守贫者是一个人的巨大财富。”

李商隐《咏史》说得好：

历览前贤国与家，成由勤俭败由奢。
何须琥珀方为枕，岂得真珠始是车。
远去不逢青海马，力穷难拔蜀山蛇。
几人曾预南熏曲，终古苍梧哭翠华。

耐得清贫，不仅要在困顿窘迫之际笃志躬行，更要在既富且强之时，不忘初心；不仅要在逆境中孜孜奋进，更要在坦途前自省自警。

愿大家能够真正读懂李商隐这首诗。倘能懂得清贫之道，常葆清贫精神，则苦累荡然，生活怡然，不以物喜，不为物忧，免负物的赘疣，畅享人生清贫之愉悦！

“神树”之死的幽思

在非洲尼日尔，有全世界唯一的在1:100万的地图上标出的一棵树。这棵树叫金合欢树，因它生于寸草不生的特内雷地区，人们又称它“特内雷树”。

这棵树在沙漠里活了1800年，虽然主干已经弯曲，伤痕累累，树叶也不茂盛，但生命力依然勃勃不减，年年生枝发芽，是那里唯一生存下来的古树，尼日尔人称它为“神树”。

科学家从对它的研究中发现，那里的气候条件绝不适合它的生长：沙漠终年干旱，日夜温差又大，天气几乎难以预测，倏忽之间可由骄阳似火变成疾风暴雨，有时还夹着冰雹。由此可见金合欢树能生活千年确是奇迹。

然而，经历千年干旱、风霜摧残屹立不倒的这棵“神树”，却在1993年因遭遇过汽车的一次撞击而丧生，令人感到诧异和困惑。其后经深入研究，科学家们发现，原来自从“神树”出名之后，路经这里的车队和骆驼队都自发地去维护“神树”——修剪残枝败叶，在它的根部培上泥土，并拿出珍贵的饮用水为它灌溉，还精心为它竖立屏障遮挡风沙和冰雹。这样做的结果使“1800年来，那棵已经习惯了恶劣的生长环境的古树，因不必再与环境抗争而丧失了生命。它不是死于风沙、干旱、高温、严寒、冰雹的摧残，而是死于人们精心的护理”。

还曾在《新民晚报》(2014 年 3 月 2 日）上读到：我国中药里的附子，因为生长在长年冰雪不化的寒冷环境里，所以才练就了它抵抗寒冰的本领，使它具有回阳救逆、补火助阳、去寒除湿的功效，成为中药中回阳救逆的第一药。但经研究表明：如果把附子移植到阳光充足的肥沃土地上，它虽然长得很好，产量也很高，但只有第一、第二代的附子还能保持其原来的药效，到了第三代，其药效就基本上消失殆尽，与普通的红薯相差无几了。这足见要保持附子的药效，只能让它生存于严酷之境，而不能让它生长于安乐之地。

人们对“神树”的善意呵护本来无可厚非，但忽略了它在恶劣环境下适宜生存的性能。人们对它厚爱的初衷实际上是在强行改变它的生长习性，这反倒使它因不能适应这“优越”的生存环境而遭厄运。这事与愿违之举该是让人有所覃思的。

“神树”的生死传奇告诉人们，有些社会实践活动，哪怕是正义的、善意的，但脱离事物的本质和特性，其危害依然是巨大的。这也让我油然忆起，20 世纪 70 年代初在《参考消息》上读到的两则报道。

一则是苏联为拦洪蓄水，筑坝修建了一人工湖。该湖规模宏大，气势壮观。设计的初衷是既可灌溉农田，发展生产，又可美化生态环境，让人们游览观光。然以巨大的人力、物力建成后不久，就发现当地天气变化状况与昔日大为异常：大风多了，坏天气多了，雨量非但没有增多，反而减少了，既没有给农业发展带来益处，还因气候失常、生态恶化、灾害频发，使此地不适宜人们观光度假。随后几年，经科学家考察论证，结论是从长远利益看，不得不炸坝放水，恢复原来的地貌特征。

另一则是墨西哥修筑人工屏障引发的灾难。墨西哥是海洋性气候，每当微风吹过，尾随其后就有细雨，又因雨水绵绵而使河水充沛，鱼儿盛产。鱼资源的丰盛，每年都吸引来1400多万只鸟儿到此繁衍生息。当然因鸟儿多了，河岸上鸟粪厚积，无成本的鸟粪又成了发展农业生产的天然肥料。可就因为人工修建屏障，挡住了自然风向的流动，使雨量减少，从而导致鱼儿少了，鸟儿少了，鸟粪少了，农业生产的发展受到影响。出于国家长远利益考虑，墨西哥政府又不得不忍痛拆除这道人工屏障。

这些也都是主观主义惹的祸，尽管当时决策者的初衷都是美好的。因为事物之间的联系是相当复杂的，人对这些事物的认识是有限的。有道是“横看成岭侧成峰，远近高低各不同。不识庐山真面目，只缘身在此山中”，要防止片面性，就应该牢记“兼听则明，偏信则暗”的箴言，多听听反面的意见，三思而后行。

河南西部渑池县境，靠黄河南岸的西山底村有一棵古柏，仰视其高，约现代七层楼房，侧视树围有12米之多。传说这棵古柏是商汤王的妃子黛眉所种（古柏就生长于千年所称的黛眉山上），距今有三千多年的历史，它也见证了古往今来太多的历史风云和人间悲喜。据说，当年日本鬼子侵略到此，曾想砍倒此柏取其珍贵之材，然一刀砍向树身，刀口竟流出了“血”。鬼子害怕了，再也没敢打它的主意。后来人们才知道，这“血”其实只是古柏分泌的胶汁。当然，后来也不时有人主张卖掉此树为当地谋取经济利益以解燃眉之急，或是将其移走在原处搞开发房地产，然当地主政者在听取村民强烈反对的意见后而作罢。如今，古柏成为黛眉山的著名旅游景点。

郑州市文化路与大河路口西北角两百米处，位于惠济区东赵村的一株古槐，随着村子改造，面临着砍伐或移栽。开发商们闻讯先后来了几拨，愿以高价欲购其树。73 岁的树主人，东赵村村民王金水说，我们王家祖先在明朝初年迁到这里时，这棵古槐人们传说已有几百年了，到今天它已是一千多岁的“老人”了，不能卖。开发商问他想要多少钱，愿拿出一万元要他卖掉此树，王金水动情地说：“你们给再多的钱，我也不卖！古槐是王家的历史，也是附近最年长的生命，是文物。”

近日，惠济区有关部门听取并采纳王金水与族人以及古树名木保护志愿者的意见，多方协调，决定将这株历经千年沧桑的古槐就地保护，并挂上惠济区颁发的“古树名木　严加保护”的牌子。

我们应该为渑池黛眉山和郑州惠济区的主政者们点赞，他们在处理眼前利益与长远利益的矛盾时，能够广泛听取不同意见，使不可再生的文物及千年古木免遭劫难。

世上的事情不全是你想着好，它就一定是好，它就一定会好。纯朴的愿望和后果相背而行是常有的事，善意的初衷与人想象不到的结局（多是苦果）实在不胜枚举。从“神树”到世间万事万物，都像一枚硬币有正反两面，倘若只以观其一面的偏见去处理社会上的事情，常会事与愿违，不只是徒增烦恼，无谓消耗，也显示着人们智慧的缺憾。

耳闻一位干部，天冷了，自己的单元房内有暖气，可父母长年住在半山区。一到冬季天寒地冻，他回家接父母到自己这里住，这片孝心可嘉。虽然父母说，我们几十年就生活在乡村老家，不怕冷，习惯了，可儿子还是执意把父母接了过来。父母来后不久，身体就感不适，还想回去生活，儿子不肯应允。月余，父母真得病了，到医院看了几次，并使用上现代化的医疗检查，也没有查出所以然，但父母身体状况确实不如来时。这时母亲发话了：“让你爹快回去放他的羊，什么病都没有了。”

由此想来，我们的干部在为人民办“实事”时，一定要充分征求人民群众的意见，否则，你会发现多少人抱着美好的愿望贸然行事，换来的是始料不及的令人沮丧的结果，就像路人呵护“神树”一样，造成的损失将永远无力弥补和挽回。不了解群众所需的好心，给群众带来的只能是痛苦……

要防止“神树”之死的悲剧，就必须摒弃想当然这种思维方式。可惜今天仍然有不少人没有意识到这一点。

试看今天的家长。由于当今生活条件的优裕，太多的父母恨不得将天下最有营养的美食全部塞进自己“宝贝”的腹中，其结果不是造成孩子偏食、挑食的不良饮食习惯，就是因营养过剩造成小小年纪的孩子也有了“三高”疾患。更严重的是，有的糖尿病患儿只有两岁，有的出现个头矮小、身体发育慢和性早熟的恶果。还有的父母对儿女们是有求必应，百依百顺，结果使儿女养成自私、乖戾、暴虐的人生品性。如此一来，因过度呵护子女父母为此犯法的有之，坐牢的有之。更令人毛骨悚然的是孩子为满足自己的贪欲，丧失天良，野性膨胀，残忍伤害亲生父母的亦有之。

想当然的思维方式，又造成多少女性为提高所谓的“颜值”而走入美容机构，不计后果地进行微整容手术，其结果“微”整容成了“危”整形，毁容的有之，致残的亦有之。这又是何苦呢？其实，人不存在绝对的貌美和貌丑，那是人们一时的感官刺激。我们仅凭自己的美好愿望就轻率地毁掉自己固有的容貌，损害自己的健康，值得么？

这里介绍一个关于“黑痣”的故事。

美国有几个模特公司经纪人，面对伊利诺伊州一位唇边长着一颗黑痣的女孩，有的说她粗野，有的说她恶煞，也有的当面指着这个女生的黑痣说：“你需要把这颗黑痣给我拿下来。”可女生却说：“去你的，我就是不拿。”可另一模特公司经纪人安德森却坚定地告诉这位女孩说：“你一定要记住，千万不能把这颗痣摘掉，全世界凭这颗黑痣来识别你，在你出名以后。”

果然，几年后这个女孩成为天后级人物，每天收入三万美金。她就是名模辛迪·克劳馥。

随着社会的发展和科技的进步，如果人类从物质财富到精神领域都得以丰厚的不计后果的呵护，那人类又会是什么结果？作家王蒙先生在《进步的危险》一文中写下这样几段话——

人类用各种手段减轻或取代自己的天然义务与必要劳作，过去每天要跑许多路，现在有各种各样的代步工具了。过去要强记许多知识与信息，现在有手机就行了。人们沉醉于海量的信息里，以致许多人患了“信息肥胖症”。过去要练功夫，学习阵法、战法，现在都不用了，人们的体能其实是在走下坡路。过去是母乳喂养，现在被牛奶、羊奶和各种添加剂合成的婴儿奶粉替代了。

进步是巨大的，竞争是激烈的，科学技术正在取代人的努力，取代勤奋与思考。不幸的是，辛勤付出的过程中饱含着爱。当人们掌握了一个又一个先进的技术后，原有的、更接近人类天性的本领与情感，会不会逐渐式微？

毫无疑问，科学技术在很多方面可以造福人类。但是，人们应该有自己的底线：腿应该能够走路、奔跑与跳跃；胳膊应该能够推举重物；手指应该能够精工细作；皮肤应该能够感知冷暖；头脑应该善于和勤于学习、思索、记忆、计算、想象；尤其是心，应该能够爱人，能够付出，能够不忍，能够自省，能够贡献与燃烧。

大家的忠告值得覃思：人类社会，不该让“神树”之死的现象再发生了。

神奇的大树

谁能“潇洒走一回”

题目是从电视剧《京城四少》主题歌词的最后一句想到的，和电视剧无关。

就人生来说，如果就“谁能潇洒走一回”做一次社会问卷，我猜想，许多人会认为“富人”和“当官的”一定是概率很高的。可我的答案是：否！

先说，富人一定能活得潇洒吗？

中国有个典故叫“华封三祝”。是说华州这个地方，老百姓给尧有三个美好的祝愿：“多富多寿多子。”尧听到后不以为然，说：多富则多事，多寿则多辱，多子则多惧。他并不认为“富”就一定能够快乐潇洒。

他的话很耐人寻味。

遍观形形色色的富人，且不说《荀子·荣辱》中指斥的那等为有足够多的财富满足口腹之欲而“争饮食，无廉耻，不知是非，不辟死伤，不畏众强，恈恈然唯利饮食之见，是狗彘之勇也”的富人，他们机关算尽、脑汁耗干、寒暑错乱、寝食颠倒、越货杀人、胆大妄为的本身，就没有快乐潇洒可言；且不说那等为守护其财而活得像葛朗台一般没有人性的变态狂人，一毛不拔，舍一羽为天下就会忧心如惔，如丧考妣；且不说怕因富招来盗贼绑匪，风声鹤唳、疑神疑鬼，一天到晚处在忧心惙惙之中，如坐针毡般的生活本身也没有什么快乐潇洒；且不说那等怕露富惹麻烦而装穷者活得如何不舒展潇洒；更别说因为社会财富分配不公引发的仇富现象，是如何让为富不仁者惶惶不安；更别说富人的子孙兄弟，为财产的分割和继承，同室操戈，祸起萧墙，惨状难堪，让他们九泉之下不得安宁。就是那些炫富的大腕土豪，看起来人五人六，前呼后拥，风光无限，但只要看看他身边的那些高大威猛的保镖，你就知他内心是何等的恇怯。

至于那些财富来路本身就不正大光明的，他们敛财的过程更是自制木枷、自加心磅，会压得他们喘不上气、挺不直腰；精神上的折磨，心灵上的蚕食，让他们生存在重负之下，纡轸于胸，比普通人更早地走向坟墓。更何况由于历史的诸多因素，这些富有者往往还会因财富而遗祸子孙。如此看去，他们短暂的风光潇洒，恰是在谱写祸端的前奏曲。正因为如此，白居易才正告世人："只见火光烧润屋，不闻风浪覆虚舟。"是啊，人们常看到富贵人家华丽屋舍被大火烧毁，却从未听说过空船在水上沉没。要辩证地看待财富，财富带来的不一定是快乐潇洒！

再看看，当官的就一定能潇洒吗？

有资料显示，天下众生愿意当官的比例是99%。我们不考究这个数据是否准确，但至少说想当官的人是绝大多数。可当了官是否一生就真的能潇洒？有资料显示，在我国两千多年的封建社会里，611个皇帝中有43%不得善终（《黑资治通鉴》）。又有资料说，从1946年6月9日算起，到1993年5月1日的47年里，全世界有57名总统（元首）

被暗杀。(《参考消息》1994 年 3 月 28 日）中国在“十八大”以来掀起的反腐风暴中有 153.7 万人受到处分，有 5.5 万多人入住“高墙大院”。(《央视栏目》报道，2017 年 10 月 17 日）这些人多是各级官员。由此看来，“官”当属“高危职业”。

录下这组数据，我想到清朝雍正皇帝。他在位时，内有兄弟阋于墙，外有民怨沸如汤，故而书匾额“为君难”悬于殿堂，这当是他内心不潇洒的真实写照，不会是在矫情作秀。

站在客观的角度，盱衡为官者的人生轨迹，居官与潇洒人生并没有直接的渊源关系。什么是官？照《辞海》的解释，官是在国家和政府担任职务的人。用现在的说法，官就是国家公务员，也称人民公仆。“公仆”，在古代就是衙门里的“公人”，就是差役。而“仆”是封建社会对奴隶的称谓。而奴隶的社会地位和身份与牛马等同，它的本质含义就是生之只有辛劳、付出或牺牲。“公仆”用现代人的理解就是人民大众的勤务员，或曰“为人民服务”。

为官就是从“政”。要明白“政从正来”,“政”与“正”在具体实践中不可分离，“正”是“政”的根本和源泉；“政”是“正”的躬行与实践。

只要涉“政”就不能有私心杂念，而应想的是大局，思的是公共，念的是大众，忧的是集体。共产党人从“政”，应想百姓之所想，急百姓之所急，忧百姓之所忧，为民请命，为民解难，为民谋利，要有“先天下之忧而忧，后天下之乐而乐”的高尚情怀。也就是说，要用“正”的要求来规范和塑造自己，做到以正带人、以正服人、以正资政；用“正”的威力折服人、影响人、感染人、吸引人、教育人；用“正”的形象在百姓中树起良好的口碑。简而言之，为官的天职就是“俯首甘为孺子牛”，丝毫没有私己的因子，也更不容个人的潇洒。

从政则务廉。“廉者政之本也”。“廉”的本义为“堂之侧边”，引申为“清也，俭也，严利也”。有个成语“砥砺廉隅”，是说房屋的边为“廉”，角为“隅”，用以形容有棱有角、正直不阿的做人原则。廉的品格，正是君子修身正己的目标。谦谦君子的儒雅，淡泊如水的友情，拒奢节俭的美德，穷且益坚的清志，如此为官当是与潇洒无缘的。

一位古代名臣说过：“做官都是苦事，为官原是苦人，官职高一步，责任更大一步，忧勤便增一步。”为官，就要保持“朝食不免胄，夕息常负戈”的精神状态，就要有“马踏三秋雪，鹰呼千里风”的吃苦耐劳。倘如此，何来文恬武嬉的潇洒？

展卷史籍，睚睚现实，官可粗分三类，即清官、赃官、庸官。但不管为官者归属哪类，无一可以潇洒。

赃官，亦称贪官，元代小令《醉太平·讥贪小利者》曾对他们作过形象的描写：“夺泥燕口，削铁针头，刮金佛面细搜求，无中觅有。鹌鹑嗉里寻豌豆，鹭鸶腿上劈精肉，蚊子腹内刳脂油，亏老先生下手！”因为他们的人生哲学就是“千里做官，为的吃穿”，“三年清知府，十万雪花银”，所以为了财富，不择手段，道德沦丧，人品龌龊，贪赃枉法，祸国殃民，愆尤累累，罄竹难书。他们擅权时的呼风唤雨为所欲为看似潇洒，其实那只是“最后的疯狂”。有道是天网恢恢疏而不漏，他们最终会身陷囹圄受到国法严惩和千夫所指，被钉在历史的耻辱柱上。这个阵列的“领军”人物，大概当属贪赃纵敌、害贤祸国的伯嚭；乱政专权、大肆搜刮的蔡京；制造党祸、残害忠良的秦桧；争权夺利、败坏朝纲的杨国忠；卖官鬻爵、富可敌国的和珅。鲁迅先生曾一针见血地指出他们心理的卑怯：“他们分明地感到：天下已经没有自己的份，现在是在毁别人的、烧别人的、杀别人的、抢别人的。越是凶，越是暴露了他们卑怯和失败的心理！”一个心理如此卑怯的人，何来潇洒？

庸官，就是尸位素餐、占着茅坑不拉屎的官员，就是党中央批评的那种遇事不作为、不担当的公务员。他们和赃官实乃一丘之貉，其本性唯己而已。清末的叶赫那拉·那桐（1856~1925）堪为此类人物代表。1912年2月12日，清帝退位，宣布共和。而对这一旷古巨变，那桐在日记里写道：“昨日呈进皇太后、皇上如意二柄，今日蒙恩赏还。风定天晴，气象甚好。此后遵照临时大总统袁通告，改书阳历。”江山鼎革，王朝倾覆，这位叶赫那拉·那桐却像什么也没有发生一样，心情依然“风定天晴，气象甚好”，为二柄玉如意的去而复归而沾沾自喜，在他心目中有的只是个人利益。这种人，不求有功但求无过，为的只是保住乌纱保住自己的金饭碗，看起来似乎悠闲自在、闲云野鹤，似乎很惬意潇洒，但内心并不踏实，得小心翼翼地察言观色、揣摩上司的心思，生怕越雷池一步而前功尽弃，内心的煎熬远超过表面的“潇洒”。

清代金庸斋所撰《居官必览》中说：“当官者，一日不勤，下必受其弊”，“此身苟一日之闲，百姓罹无涯之苦”。庸官在其位而不谋其政，平平安安占位子，疲疲沓沓混日子，形如“政坛摆设”，状若“公堂木偶”，用着纳税人的银子，却不为纳税人办事，不仅蹉跎个人岁月，庸碌无为，而且使“民困日深，民生日艰”，其与赃官不是一丘之貉又是什么！所以人们说“贪官猛如虎，庸官害如狼”，一点不错。

再说清官，也包括勤政为民的好官。能获此赞许的，一定是“居庙堂之高则忧其民，处江湖之远则忧其君”的官员。清人郑板桥名留青史，他为官的体悟是：“衙斋卧听萧萧竹，疑是民间疾苦声。些小吾曹州县吏，一枝一叶总关情。”他还有言：“人皆以为做官为荣，我反以为做官为苦，既不敢贪赃枉法，积造孽钱以害子孙，则每年廉奉所入，甚属寥寥，苟不入仕途，鬻书卖画，以入较多于廉奉数倍……”看来他当官并不潇洒。诸葛亮为兴汉室，事必躬亲，致使他积劳成疾，仅五旬有余便英逝北伐途中。他一生“鞠躬尽瘁，死而后已”，看来为官也不潇洒。

白居易为官，履职尽责，下恤庶民。“月惭谏纸二千张，岁愧俸钱三十万”，“今我何功德，曾不事农桑。吏禄三百石，岁晏有余粮。念此私自愧，尽日不能忘”。他始终以深恐愧对朝廷俸禄有负百姓所望之心来为官，“三年为刺史，饮冰复食蘗”（《三年为刺史》）就是他为官的真实写照。从诗歌之中，你能够看到所谓的“潇洒”么？

历史上真正的良吏所奉行的是“宵衣旰食，夙夜在公”，没有一个是追求“潇洒走一回”的。曾有个“三命而俯”的故事是这样说的。春秋时期，宋国大夫正考父曾辅佐几代国君，但他对自己要求很严，在家庙的鼎上特意铸下铭训：“一命而偻，再命而伛，三命而俯。循墙而走，亦莫余敢侮。馆于是，鬻于是，以糊余口。”意在铭戒家族之中的为官者，逢任提拔时，首次提拔要低头，再次提拔要曲背，三次提拔要弯腰，连走路都要靠墙走。清代官吏于成龙从七品知县到一品大员，官位越高，他越发如履薄冰，一生为民请命，廉洁奉公，落下的是两袖清风，被人称为“于青菜”。

习近平曾强调：“当干部不要当得那么潇洒，要经常临事而惧，这是一种负责任的态度，要经常有睡不着觉，半夜惊醒的情况，当官当得太潇洒准要出事。”（肖华：《当干部不要太潇洒》，《中国纪检监察报》2015 年 9 月 15 日）

以解放全人类为己任的共产党人与封建官吏当不是一个概念。他们把全心全意为人民服务确立为人生信仰和做人的准绳，他们把自己的身份定位为人民的公仆，生活中讲究“官兵平等”。在革命战争年代，为人民廉洁奉公，一尘不染，克勤克俭，为革命事业牺牲一切，献出生命的共产党人数以百万计。毛泽东生活俭朴，一件睡衣补了 72 处补丁；周恩来忠心耿耿，鞠躬尽瘁；邓小平历经磨难，不改初心；以朱德为代表的革命将帅身经百战，出生入死，于枪林弹雨之中迎来新中国的朝阳……这些为革命事业献身的人是我们的楷模，我们应继承他们的优良传统。

恩格斯曾说：“我将以我还余下的有限岁月，和我还保有的全部精力，一如既往地完全献给我为之服务已近五十年的伟大事业——国际无产阶级的事业。”（《马克思恩格斯全集》第 22 卷）这是恩格斯的人生宣言，我们该如何走好自己的人生路呢？相信你会做出正确的判断与抉择。

再说“潇洒”人生

再说一遍，题目中的“潇洒”来自于电视剧《京城四少》主题歌的歌词。

因为“潇洒”是个多义词。它既可形容“洒脱不拘、超逸绝俗的样子”，如唐朝李白《王右军》诗中的“右军本清真，潇洒在风尘”；也可表示“凄清、寂寞的样子”，如宋代苏舜钦《湘公院冬夕有怀》诗中的“去年急雪寒窗夜，独对残灯观阵图……禅房潇洒皆依旧，世路崎岖有万殊”和元代无名氏《猿听经》第一折中的“俺这山林潇洒，古寺荒凉，惟仙人能往，岂俗士能通”；还可以表示“幽雅、整洁”，如唐人姚合《溪路》诗中的“此路何潇洒，永无公卿迹。日日多往来，藜杖与桑屐”和宋代文天祥《官籍监》诗序中的“予监一室颇潇洒，明窗净壁，树影横斜，可爱也”及元代王实甫《西厢记》第一本第二折中的“塔院侧边西厢一间房，甚是潇洒，正可先生安下”；还可以表示“清凉”的意思，如唐李白《游水西简郑明府》诗中的“凉风日潇洒，幽客时憩泊。五月思貂裘，谓言秋霜落”和唐代司空图《歌者》诗（之三）中的“清回烦暑成潇洒，艳逐寒云变惨凄”；有时也可以表示“雨落下的样子”，如唐人权德舆《和李大夫西山祈雨》中的“潇洒四冥合，空濛万顷连”

和元代揭傒斯《黄鹄山听雨》诗中的“潇洒松上来，瑟缩花间鸣”；当然，也有表示“何不潇洒走一回”中的“潇洒”含义“悠闲自在”的，如明代高攀龙《与卞子静书》：“兀坐家中无事，襟怀虽得潇洒，而触目民艰，未免时复攒眉”。

老实说，我是不喜欢上面歌词中那个玩世不恭的“留一半清醒留一半醉”、拿着“青春赌明天”的“潇洒走一回”的。人生苦短，生命至贵；神龟虽寿，犹有竟时；能健步春秋，幸甚至哉！曹操说；“老骥伏枥，志在千里；烈士暮年，壮心不已。”一个人年纪轻轻的，却发出穷途末路的哀鸣，什么“天地悠悠，过客匆匆，潮起又潮落；恩恩怨怨，生死白头，几人能看透”，什么“岁月不知人间多少的忧伤”，借机鼓吹及时行乐醉生梦死的“潇洒走一回”，有意思吗？常闻哲人之言：“人生最大的胜利是管理好自己的梦想，人生最大的遗憾是失去自己努力的方向。”那奢望在“留一半清醒留一半醉”中的“潇洒”，是人生追求的方向吗？

不是啊！因为你追求的不是“虎啸山林，马驰原野，鹰击长空，鱼翔浅底”的那种“潇洒”，不是“指点江山，激扬文字，粪土当年万户侯”的“潇洒”，不是“到中流击水，浪遏飞舟”的“潇洒”，而是“今朝有酒今朝醉”的颓废！

人生一世，潇洒不易。稍有历史常识的都会知道，华夏子孙能够走到21世纪的今天，几千年的历史是一部“血战前行的历史”（鲁迅《记念刘和珍君》），从三皇五帝到夏商周，从秦汉三国到元明清，从旧民主主义革命到新中国的建立，“人世难逢开口笑，上疆场彼此弯弓月。流遍了，郊原血。”（毛泽东《贺新郎·读史》）上至九五之尊，下及黎民百姓，可以说步履维艰，灾难深重，就连史家笔下的贞观之治、康乾盛世，庶民百姓的生活状况充其量也只能是填饱肚子，或战火烽燹稀疏而已。就是在今天，我们每前进一步也非常不容易，我们的国歌还在时时提醒我们：“冒着敌人的炮火，前进！前进！前进、进！”我们怎么能在“民族最危险的时候”“留一半清醒留一半醉”，高唱着“红尘啊滚滚痴痴啊情深”，去潇洒走一回呢？

常识告诉人们，人的生命历程当有少年、青年、中年、老年几个年龄阶段。谁能在这四个时段都走得春风得意呢？不要说全程绿灯、傍花随柳、云淡风轻，就是真有一两程畅通无阻、阳光灿烂，那也是苍天睁眼施恩了。人常言，家家锅底都是黑，人人都有难念经。无论哪路神仙，哪家超人，面对自然灾害，频冗兵荒，衣食短缺，瘟疸痼疴，谁都难以恬然、淡然、超然，谁都不会没心没肺地“潇洒走一回”。

天下众生，无不希冀自己的一生举步平坦，衣食无忧，神情愉悦，可是不要忘记，当你从啼哭的第一声起，老天就赋予了你三大使命：一是要对自己的生存和生命负责；二是成人之后要担起家庭的重担；三是要服务社会，为民族和国家效命。而这三宗使命没有任何一款是可以敷衍塞责和稍许推卸的。且莫说怠惰失职，就是履行责任有瑕，也要罹遭谴责、鞭策和惩罚，它是不会让你高枕入眠、潇洒混日的。

主张人生“何不潇洒走一回”者，不足为伍。

首先是这等人生理念远离现实。人生况味，千姿百态，生活境况虽彼此各异，但脚下之路无不充塞酸甜苦辣，无不交织着挫折和无奈。天有不测风云，有时会遇上冰雪盖地、沙飞石走、山体滑坡、乱石塞道；有时会遭遇无情的洪水冲塌房舍、吞没良田，困人于荒山孤村。此时你“何不潇洒走一回”的嘶鸣又有什么实际意味呢？“桃花源”是人们的理想，是苦难顶级时人们的心理幻觉，总渴望没有矛盾，没有争斗，没有惙怛的日子和社会的从天降落。可事实是大千世界人丁杂居，人际交往各有所思，人事繁芜难循一轨，众口难调爱好各异，见仁见智各执一端，人心难测瞬间倏变。在人生的舞台上，各类角色云集，各种容颜迥异。不管是白领还是蓝领，也不管是富豪还是平民，不管你扮演红脸、黑脸或白脸，也不管你演男演女、演老演少，舞台上出将入相、你方唱罢我登场。人只要跳不出三界外，身在五行中，奢望万事如意、心想事成、潇洒一生，只能是痴人说梦。

既然人生真实的生活不是梦幻中的天堂，那就实实在在地活着，实实在在地说话，切勿无病呻吟，更勿胡言乱语，把原本与消极颓废、醉生梦死、苟且偷生风马牛不相及的“潇洒”，用作及时行乐的遮羞布来自欺欺人。君不闻两千多年前的伟大爱国主义诗人屈原在《离骚》中的长歌当哭：“长太息以掩涕兮，哀民生之多艰”。听闻此等发自肺腑的振聋发聩之言，谁若还没心没肺地狂嚎什么“何不潇洒走一回”，那才真是枉在人世活一回！

人呱呱坠地，来到尘世间，犹如草木破土，若欲成参天大树，必经风霜雨露、酷暑严寒，这是天命，亘古不变。欲成栋梁之材，又想“潇洒走一回”，“过把瘾就死”，人世间绝无此等“好事”。每个人都懂得现实社会“福无双至”，人生一世不可能“天下之美尽在己”（《庄子·秋水》），“祸兮福之所倚，福兮祸之所伏”（《老子》五十八章），千万不要再白日做梦，闭目长啸，摇头晃脑咿咿呀呀什么“何不潇洒走一回”，那对社会尤其是对阅历尚浅的青少年的健康成长来说未免有误导之嫌。

我没见到过具体数据，仅从媒体的报道中琢磨，当今社会走入高墙之内的人群中，尤其是这个群体中的年轻人，多是因不谙世事，好逸恶劳，被灯红酒绿纸醉金迷的花花世界所诱惑，既不愿“躬耕垄亩”，又不齿“汗滴禾下土”，在“娱乐至死，空心搞笑，低级趣味”（作家王蒙语）的雾霾中，一步步走入邪途的。由此思之，“何不潇洒走一回”，送给这些稚嫩的正在成长的青少年的不是“心灵鸡汤”，而是“精神鸦片”。一个人自己吸毒上瘾那是自食其果，那是咎由自取，如果是我们被称为“灵魂工程师”的文艺工作者有意无意间将毒液喷洒于社会的“苗圃”之内，那与诲盗诲淫的魔鬼又有何异！

行文至此，忽忆起清人左宗棠教子的故事。他戎马一生，从不曾疏于家教，其言曰：“断不可旷言高论，自蹈轻浮恶习，不可乱思乱作，致为下流之归。”他在写给儿子的信中说：“尔年尚少，正立志读书之时，非讲交游结纳时也。同人燕集时，举动议论，切勿露轻浮光景，勿放浪高兴；时时提起念头，检点戏动，内重则外轻，而过自寡矣。”

我敬重左公的教子之道，鄙薄“何不潇洒走一回”歌词的误人子弟。

歌词声嘶力竭地鼓吹及时行乐“潇洒”一回，把这种百无聊赖的人生虚无说得天花乱坠、铿铿锵锵、理直气壮，不啻背离人生的现实，也是明目张胆地在歪曲人生的意义和蚕食人生的价值。睽睽天下苍生，行业鳞次道路纵横，但不管你在哪个岗位、从事何种职业，只要你唯己为尚、胸无他人，心不系民族和国家，行不为大众谋福祉，就不可能功劳卓著业绩熠熠，也不可能潇洒快乐。孟子曰：“‘独乐乐，与人乐乐，孰乐？’曰：‘不若与人。’曰：‘与少乐乐，与众乐乐，孰乐？’曰：‘不若与众。’”不能与大众分享的人生快乐，即使富冠天下，乘自家火箭飞船飘逸太空，你也难以品尝到真正的人生快乐，在自己回到大地之时，周围依然是黑黢黢的惨淡晦暗。

“何不潇洒走一回”，听起来确有几分“惬意”，究其实不过是自我麻醉。君当晓，得意失意并蒂，苦乐本同手足，潇洒未必是福，而福又常孕育苦中。更何况天下兴亡匹夫有责，“覆巢之下无完卵”。国弱则列强蹂躏，国贫则民不聊生。没有国家的富强，何来个人的安居？没有国家的昌盛，何来个人的幸福？

当今世界，冷战思维阴魂犹在，战争乌云飘忽东西。中国的崛起，令世人瞩目，可也让某些“亡我之心不死”的国家如坐针毡五味杂陈，不时弄出些鬼蜮伎俩来捣乱遏制。曾任国务总理的温家宝同志多次谆谆告诫国人，要牢记“思所以危，则安；思所以乱，则治；思所以亡，则存”之道。皮之不存，毛将焉附。只图个人享乐者，小心你在“潇洒走一回”时崴了脚！

借问“潇洒”何处有？古人苏东坡答曰，“把酒问青天”，“人有悲欢离合，月有阴晴圆缺，此事古难全。”

人生不过百年，其生活轨迹多是与躯体的苦痛、精神的折磨伴随，所以放浪纵呼“何不潇洒走一回”，只不过是人生苍白与空虚的无聊宣泄而已。

人的一生，顺其自然，或平坦一程，或越岭翻山，能稳步走向终点就属不易。鲜活的现实昭示人们：人生天马行空不如脚踏实地，疾步如飞不如稳步前行，潇洒放浪不如朴朴实实。

不拘小节难成君子

——文明做人

大概是对《史记·项羽本纪》中樊哙那句“大行不顾细谨，大礼不辞小让”名言的误解，许多人便把“君子不拘小节”当成了为人行事的圭臬。认为不论做什么，只要大方向正确，就不必在细枝末节上求全责备吹毛求疵。其实，只要看看樊哙说话的特定背景就会明白，他绝对没有否定细节重要的意思。

当时的背景是这样的。鸿门宴上，杀机重重，范增指使项庄舞剑，意在刺杀沛公刘邦。沛公得张良暗示，借“更衣”出避，张良等劝沛公赶快离开这个是非之地，回到霸上大营。沛公担心不告而别会激怒项羽，樊哙才说了“大行不顾细谨，大礼不辞小让。如今人方为刀俎，我为鱼肉，何辞为”这番话。意思是，现在是特殊情况，我们是鱼和肉，人家是刀和俎（切割肉的案板），谁见过鱼和肉向屠刀告别的？这个时候不是讲究繁文缛节的时候，赶紧走吧。沛公虽然采纳了他们的意见，但在离开之前还是把善后的细节考虑得十分周到，譬如，张良在什么时候去代他向项羽献上礼物，用什么托词解释自己的不告而别等等。如果没有这些善后的细节，谁敢保证项羽不会翻脸不认人？

实际上，君子向来都是注重从细微之处做起的。荀子在《劝学篇》中就形象说明了细节积累对道德修养的重要性。他说：“积土成山，风雨兴焉；积水成渊，蛟龙生焉；积善成德，而神明自得，圣心备焉。故不积跬步，无以至千里；不积小流，无以成江海。骐骥一跃，不能十步；驽马十驾，功在不舍。”

因此，请别再说什么“君子不拘小节”，正确的认识应该是：不拘小节难成君子。

中国世贸组织首席谈判代表龙永图讲过这样一个故事。一次在瑞士，他与几个朋友在公园散步，上厕所时，听到隔壁的卫生间里“砰砰”地响，他有点纳闷。出来之后，一个女士问他有没有看到她的孩子。她的小孩进厕所十多分钟了，还没有出来，她又不能进去找。这时龙永图想起了隔壁厕所的声音，便进去打开厕所门，看到一个七八岁的小孩正在修抽水马桶。原来，小孩解过手之后，怎么弄都冲不出水来，急得满头大汗，但小孩觉得上过厕所不冲水，就是违反了规则，所以他千方百计想修好这个抽水马桶……

这个瑞士小朋友之所以令人感动，是因为他告诉我们，文明品德的养成并不难，只要自觉从遵守社会行为规则的小事做起就行。

文学家夏衍先生临终前，感到十分难受。身边工作人员说“我马上去叫大夫”。可就在那人开门欲出之际，夏衍先生艰难地说了句“不是‘叫’，是‘请’”，就又昏迷过去，而且再也没有醒来。

夏衍先生的改“叫”为“请”，不仅仅体现了他的语言素养和文明教养，也告诉我们文明品德的养成并不难，只要从讲好尊重别人的一句话做起就行。

宾馆的服务人员告诉过我，她们非常感谢这样一些客人。每次离开宾馆时，总把床铺整理一下，把摊在桌面上的东西整理好，尽量把房间恢复到刚进来时的样子。她说，这样做在客人看来也许是举手之劳，但却体现出了对我们服务人员人格和职业的尊重。也许这些客人和我们服务人员只是一面之缘，以后几乎不能见面，但给我们服务人员留下的良好印象永远不会磨灭。

习近平总书记每次出访，在他国机场临别时，总会与东道主国家在机场上为保护他安全的机场人员一一握手表示感谢并合影留念。也因此习近平在各国人民心中不啻是中国人民的元首，更是一位可亲的和平使者。

于是，我明白了，文明品德的养成并不难，只要从能够体现对他人尊重的细微小事做起就行。

据说，日本有一种文化，叫作“不给别人添麻烦”。比如不小心把水洒在了地铁座位上，即使下一站就要下车，也要想办法擦干净，不给下一位乘客留下不便。

这等事不管是不是真的，起码传达了这样的信息：文明品德的养成，就要从“不给别人添麻烦”的细枝末节小事做起。

个人的文明行为就这么简单，自觉遵守社会行为规则，尊重别人的人格尊严，尊重他人的劳动成果，处处替别人着想，不给别人添麻烦。勿以善小而不为，勿以恶小而为之。

令人遗憾的是，我们中的许多人受“君子不拘小节”的污染太深，常常对“小恶”不以为意，自觉不自觉地“以恶小而为之”。在我们这个素以“文明礼仪之邦”著称的锦绣大地上，在四十年经济腾飞的壮丽画卷上，留下了斑斑点点的低俗污迹……

在旅游景点，损坏文物、私刻乱划者有之；翻越护栏、掐花折枝者有之；排队加塞、高声喧哗者有之；践踏草坪、乱抛杂物者有之；强买强卖、坑骗游客者有之……

我所在的小城，有一不起眼的公园，四周栽植着一米多高的常绿灌木，既美化了环境又起着围栏的作用。可总有人走进公园时为了少走几步，硬是踏坏这景观带，造出一条条“捷径”入园。虽然公园管理者为此在缺口处多次补栽小树、种上鲜花，甚至拉上铁丝网、插上“足下留情”的牌子做温馨提示，但都无济于事，总挡不住这些人的双足。

2011 年 3 月 27 日，全世界占地面积最大的博物馆——中国国家博物馆整体向公众开放。开放首日观众就达近万人次。但让人大跌眼镜的是，有观众竟把座椅当成自家的床榻，四仰八叉地躺在上面打盹儿；在展厅大堂，还有些大爷大妈把这儿当成了广场，兴致勃勃地跳起了健美操；甚至还有人把这儿当成自家厨房，旁若无人地择菜唠嗑……免费博物馆遭遇的诸多尴尬，使有识之士担忧。有人在《人民日报》（2011 年 12 月 30 日）上说，真不知道这样的尴尬，还会不会在图书馆、美术馆、文化馆再现！

再看县城里大街小巷，凡是较为醒目的白墙上，都有造假证、卖迷药、提供“特殊服务”者留下的电话号码。城管不管，公安不问，人们也见怪不怪。好端端的城市环境被涂抹成五颜六色的牛皮癣，与悬挂在街上“争创文明城市”的鲜艳横幅形成了极具讽刺的反差。

这不禁使我想到南怀瑾先生在《诗的人生》一文中对“厕所文学”的讽刺。说是几十年前，在江南一带，像茶馆等处的公共厕所墙上，乱七八糟的字句，写得很多。这些字句，因无以名之，有人就称它为“厕所文学”。有人看了这些文字，实在看不下去了，就写了一首诗，其诗曰：“从来未识诗人面，今识诗人丈八长。不是诗人长丈八，为何放屁在高墙？”这是当时人们对“厕所文学”的讨伐。今天面对像“牛皮癣”这类伤俗败雅的情形，我们许多人却如此淡定，如此麻木，足见提高精神文明素养的重要性、紧迫性！

这绝不是危言耸听！看看我们周围不文明的表现吧：有人为了自己一时之便，把高速公路、陇海铁路两边的铁丝网撕个大洞，从中钻来钻去；有人把公路、铁路边上的路灯，一次次用石子打碎！这到底是为什么？这种行为是理性之举，还是人性该为？应该说，只要称得起“人”字的，无须受什么教育和专业培训，一定会明白这是什么德行！

当然，这只是人群中的极少数，可危害作用实在不可小觑。但是，发生在社会生活中擢发难数的打架斗殴、坑蒙拐骗、杀人越货、制毒贩毒、贪污腐败等等，有几个犯罪者是天生的坏人？他们走上犯罪的邪路，最初也往往是从对自己不文明、不道德行为的放任开始的。

一个人，只要他的言行给他人造成麻烦、困难、伤害，而他又无所顾忌、不知悔改，那么不管他对自己行为的后果是不是明知故犯，起码说明他人格上出现了问题，缺失了起码的同情心。而有无同情心，无论是东方哲学家还是西方哲学家都认为，那是人和动物区分的开始。孟子说的“恻隐之心”“不忍人之心”就是同情心，如果没有同情心就不能称其为人，孟子曰“其异于禽兽者几希”（《孟子·离娄下》）。

虽然有学者把人生分为欲求境界、求知境界、道德境界、审美境界四个境界，而且说人的一生即使能够修炼到道德境界和审美境界的人，他的灵魂里也不可能没有低级境界的因子，人性的疮痂是不可能从人生中荡涤干净的，要想禁绝人的欲望是不切实际的。但是我们也绝不能因此就在自己有限的人生中，放荡不羁，为了追求物质享乐而任由人性劣根萌恶芽，开毒花，结苦果。既玷污自己形象，也污染社会。

古希腊哲学家赫拉克利特谈到那些只知追求物质享乐的人时说：“驴子宁要草料而不要黄金。”这句话不管别人怎么解读，反正我觉得是在劝诫人们，对物质的追求要有个度，能够满足生存需要就可以了，这是驴子都知道的常识，人为什么要追求那些无用的身外之物呢？有人穿金戴银，光怪陆离，炫惑于人，但不一定代表文明高贵，精神文明与物质财富之间没有天然的、必然的等号。

当今社会，人生理念受到追求物质最大化洪流的冲击，加之低俗的娱乐活动和劣质文艺的污染，许多人变成了英国人所说的“文明的野蛮人”。英国人这样说的意思是，人们的物质富裕了，文化知识提高了，可人们的精神空虚了，灵魂越来越龌龊了。

汉密尔顿在《希腊精神》这本书中说：“文明给我们带来的影响是我们无法准确衡量的，它是对心智的热衷，是对美的喜爱，是荣誉，是温文尔雅，是礼貌周到，是微妙的感情。如果那些我们无法准确衡量其影响的事物，变成了头等重量的东西，那便是文明的最高境界。”

人的道德修养是后天淬就的，是“刻意”锤炼的结果。刻，镂也；雕刻，用刀子挖。用“文明”之刀挖去人身上多余的东西——不文明的言行。可以想见，“刻”，是一种极度认真而又有痛感的灵魂修炼，这种修炼也像树木芟夷斜枝一样是刻意修剪树身，而后使其成材的。

“仓廪实而知礼节，衣食足而知荣辱”。今天的华夏子民，物质需求已得到极大的满足，小康的时光指日可待。笔者由衷期盼，让物质富裕与精神文明，联袂载歌步入灿烂的新时代。

吹尽狂沙始到金

——文明重在陶冶

马克思说过，文明如果是自发的发展，而不是自觉的发展，则留给自己的是荒漠。虽然人的文明和不文明行为都不是与生俱来的，但不文明行为不经洗礼和剪修它是不会自行匿迹的。

孔子曰："质胜文则野，文胜质则史。文质彬彬，然后君子。"你是一个有修养的君子，你的言谈举止自然也会是文质彬彬的君子。可人何以滋生形形色色几近荒诞的粗鄙之行，污秽之言，非礼非义之举，原因是复杂的、多元素的。思之梳理，大概有这么几种源头。

有一种人张口粗言，不合礼仪；行为鲁莽，不成体统；举手投足，有悖规范；然询问其故，实属无知之为。有一种人生性傲慢，不尊重人，出入社会言谈举止总着意凸显自己之高贵，而常常展露出失礼欠雅的"风姿"。娱乐圈里有一种人，偶有机会稍露头角，就心潮澎湃、狂躁难安，到处翩翩起舞、施展才艺，为提高其知名度，殚精竭虑，出"绝招"、探"幽谷"，渴望一夜成名。然而欲速则不达，纰漏连连，多少心血化为伤风败俗之伎，不啻封杀前程，连亲人们都为他的做人败笔而颜面无光。也有人我行我素，举止随欲，逍遥恣睢，对什么都秉持无所谓的态度，那低俗之为在所难免。也有人失礼伤雅是利己之心太重。这种人也并非一点不懂文明之道，而只是在他的人生理念中，唯利是图，利是他人生的全部，所以，只要瞅见利的微光，那他就飞蛾投火了。对他来讲，只见其财，不惜其面，什么文明做人都将化为乌有。

当然，还有两种人，一种是愚钝颟顸，不能明辨是非之人，一种是权势并重，欺压百姓之人，他们的行为逾越规矩，践踏道义，他们的处世行事汪洋恣肆，与文明做人从根本上讲就不属于同一概念，那就另当别论了。

凡此种种不文明作为，不管何种人，也不管以何种形式展现，对社会而言它是病毒，危害健康社会的肌体，社会上太多的是非、恩怨、格斗，直至酿下血腥的罪行，其最初正是做人不讲文明惹下的祸。对个人而言它是瑕疵，它贬损自己的形象，贻误自己的事业。所以作为社会是不该有这种失人性、缺理性者的席位，作为个人对这种瑕疵还是要下狠心剜掉的。

人生短暂，做人当先，要把做一个文明高雅的人当作是自己对外的窗口时时擦拭，因为这个窗户是洁净靓丽，绿灯晶莹，还是尘灰覆面，红灯闪烁，它与个人处世谋事息息相关。试想，社会上有谁乐意去和一个不懂文明、不顾俗雅的人倾心共首呢！

容其笔下不敬，坦言两则实例。

某人早晚出行，随手总带上一个提包。据知情者说，他不论是为公办事或到他人家做客少叙，临走时多少不等，大言不惭，总要掠走些许投入包内匆匆而去，久久为习。

某人每天从自家出门，借口走入别人家卫生间方便，别人直面拒之，然他却从无羞惭之色。

恕我直言，谁愿与这二位“窗口”挂黑旗者共事呢?

盱盱社会，文明的缺失俯拾皆是。

若把目光专注到人们交际的语言，这些年来，几乎无所禁忌，无所规避了。部分文艺作品，诸如电影、电视剧、小品、小说还有那铺天盖地的商业广告，其中的粗俗语言对社会文明的荼毒真可谓登峰造极。就是那些严肃的有一定级别的报纸杂志，刺耳的“粗话”也不胜枚举，很是影响了一些读者和观众的语言习惯，乃至于他们起而效尤。说起脏话来不以为丑，反以为荣，至少，总觉得“说粗话不犯法”。就像著名语言学家吕叔湘先生说的:“现在有些青年，脏话不得了！本来不大听得见女孩子骂脏话，现在也经常听见。听的人觉得不堪入耳，她们却好不害臊”。(吕叔湘《希望讨论一下脏话》)

讲究说话文明，并不是虚伪，这既表示对他人的尊重，有时也为避免尴尬。如果说话不分场合情景，在大庭广众之下满嘴跑马，连说到隐私之事，也总是赤裸裸、直通通的，就给人以粗鄙和不雅之感，令人侧目，让人甚感不适。

古训“君子于其言，无所苟而已矣”，是说“文明人对于言谈措辞不能马虎”。即使上厕所也多用“委婉语”。为话婉转优雅而不粗俗，不会令人产生不愉快的联想。老子说“美言可以市尊”。“美言”不是虚伪，而是内心对人的一种尊重，反过来自己也会受到别人尊敬，何乐而不为呢?

倘信步众生藉藉的场合，会看见一些社会人的斑斑劣行。

有报道说，北京七旬刘姓大妈在天安门广场捡垃圾，坚持 17 年，最多一天捡烟头两万个。

行为是心灵的窗口。在为刘老太太点赞的同时，我从这个窗口看到了“千万人随意丢弃，一个人弯腰捡拾”的尴尬现实。我们的社会还有太多的不文明现象，还有太多的人，楚楚衣冠之中却包藏着一颗缺失文明的心。

文明修养的缺失，源自心无他人的私念，源自对公众利益的漠视。试想，如果乱丢垃圾的人是刘大妈的儿子，当他看到自己满头银发的母亲在一次次弯腰捡拾自己丢弃的烟头时，还会不脸红、还会不改陋习、还会我行我素地顺手乱丢么？如果他还是个孝子。

在不少场合，对有些陌生人的善举，连声“谢谢”都听不到，好像对方根本不存在、这个事根本没发生一样，甚至连个笑脸也看不到。其实微笑是自己文明窗户上的一朵玫瑰，是文明生活中一道亮丽的风景。微笑是一个标志，它标志着面部的武装已经解除，嘴上的哨兵已经撤岗；微笑是一种宣示，它昭告着与人疏远的沉默已经结束，与人接近的叙说已经开启；微笑是一面旗帜，它表示亲和友善，常言道，笑从喜悦来，相由心头生。

早在 1900 年，法国学者柏格森在其出版的《笑之研究》中就认为：笑是对不合和谐、不合生命、不合社会的惰性、刻板、造作等现象的一种智力反应和纠正，具有使人恢复灵活生命、适应社会的功利性。一笑失百忧，生命如逢春。

真诚一笑，成功不远。微笑，在某种特定环境中，特定情况下，是人生中的赟贝。可惜，太多该有微笑的地方是冷冰冰的面孔。

荀子曰：“干、越、夷、貉之子，生而同声，长而异俗，教使之然也。”人的品质修养不是先天的，而是在后天成长中修练的。“蓬生麻中，不扶而直；白沙在涅，与之俱黑。兰槐之根是为芷，其渐之滫，君子不近，庶人不服。其质非不美也，所渐者然也。”多少成年人对自己身上的不文明尘滓浑然不觉，其源盖于此乎。

人是环境的产物，老子曰：“阴阳陶冶万物。”陶冶，乃造就培养之意也。这就是说，人的文明素养不是生而俱之，而是在后天成长中逐日习练的结果。行别人之所行，是别人之所是，几乎无师自通。

“养不教，父之过”；欲齐家必修身。克己修身，养成文明的好习惯，不是突击一阵子就可以完成的“临时任务”。那种拿文明给自己镀金，把文明举止当成表演的做法是不足取的。那种临阵磨枪式的文明更是让人觉得可笑，就像家里要招待客人时，才慌忙打扫卫生，“文明”一阵；要举办大型活动，比如奥运会之类的，才突击一阵，来个“洁城行动”，来个“文明服务月”，让国际宾朋领略一下五千年文明古国的魅力；而客人一走，则一切照旧，烟头遍地，纸屑随处，奥运场馆鸟巢的草坪上横七竖八躺满了游客……真的是自欺欺人。因为这种带有强制性制造出来的短暂“文明”，不是来自习惯，自然也难以行远。

我在公共洗手间看到一句广告语，觉得说得非常好：“上前一小步，文明一大步”。文明的大步，正始于寻常的小步。就在这不大的一步之间，个人的文野判若云泥。

遗憾的是，许多人在公共场合却不肯“上前一小步”，对这类发生在自己身上的不文明行为，认为是生活中的琐屑，不以为意。这是为什么呢？我曾目睹一个七八岁小孩，在自家铺着地毯的住室，虽然进出不脱鞋子，但却是双膝着地，把两条小腿跷起让鞋底向上，手膝并用爬出爬进，生怕弄脏地毯；而在姑姑家里，虽然同样是铺着地毯的住室，他却像他父亲一样，进进出出穿着鞋子随意踏践。我还曾看到，有些家长，因自家两三岁的儿子会背诵什么“床前明月光，李白在喝汤，喝了一大晌，尿了一裤裆”之类，在人前夸赞不休……

如此美丑颠倒，香臭不分，在这样家庭环境中成长起来的孩子，长大后的人品实在让人担忧。所以每每听到放浪狂为的年轻人对批评他们的人口出乖言，“你管得着吗？我在家就是这样，我父母从不曾管我，你算老几”之时，我便想到鲁迅先生的名言：“娘老子教的！”

可怕的“娘老子教的！”

《颜氏家训·慕贤》中说：“人在少年，神情未定，所与款狎，熏渍陶染，言笑举动，无心于学，潜移暗化，自然似之。”

由此可见，对人的文明行为的熏陶作用不可小觑。俗谚云，兵家儿早识枪棒。所谓“早识”就是家庭环境对他的熏陶，成人的一举手一投足，都在那个幼小的心灵里投下光影。现在很多事讲求“从小抓起”，这是极具眼光的观念，但也要看到，人的文明程度并不是“抓一下小孩子”，什么问题都解决了，而是和成人密切相关。只要心性正常，故意教导孩子与人为敌的成人基本不会有，但若成人视别人为沟壑，在此环境下长大的孩子，不管听了多少与人为善的劝告，也不会很好地与别人合作。因为活生生的事实更具感染力和征服力。

文明习惯的养成，其本在心。鲁迅先生提出了一个概念——立人。他说“立人”的关键是先立其“心”。“心”是一切文明之始，它是“里”，其文明仪态是心迹的展露，是自然流露出来的“里子”。古语曰：“源浊者流不清。”“里野”，流不出“外文”。如果“里野”而“外文”，必是装饰出来的，一定有假。现实生活中那些口里说着马列主义、背地里迷信风水“大师”的，那些表面上勤勤恳恳、背地里吃喝享乐的，那些口头上爱党爱国、背地里将家属移民的，那些口头上大讲特讲精神文明、背地里卖淫嫖娼的，那些会议上信誓旦旦反腐倡廉、背地里贪赃枉法的，就是这类人的代表。老百姓说他们是“两面人”，是“文明的野蛮人”，就是因为他们虽然言谈儒雅但心灵龌龊。

可见，要养成文明习惯，必须学习做人这门必修课，要对照党中央的八项规定“日参省乎己”，要着力“善养吾浩然之气”。墨子曰：“名不可简而浅也，誉不可巧而立也，君子以身戴行者也。”当我们把道德当作必修课时，随着灵魂的逐渐净化，举止自会文明起来，楚楚动人的心灵之花就会悄然绽放。

当然，文明生活方式的养成，与健康文化的潜移默化密不可分。

让正能量的文艺繁荣起来，让高雅的文化产品丰富起来，让健康的文娱活动开展起来，让大众的心里都播下善良向上的种子，那么文明必会开花结果。“木直中绳，𫐓以为轮，其曲中规。虽有槁暴，不复挺者，𫐓使之然也。”当文明习惯磨砺成人生理念之后，文明行为就发乎自然，毫无勉强，人们临事就会真的心平气和，举止高雅。

古人云：“从善如登，从恶如崩。”养成一个好习惯很难，养成一种坏习惯却很容易，而要改掉一个坏习惯难上加难。所以文明举止要植根于心，修己于行，立足于人品。要让文明处世成其内在修养，成为陶冶心灵的熔炉，洗礼精神世界的一面镜子。作为个人在社会生活中，要温情待人，礼让在先，提升自己的做人境界，做一个有涵养、知礼义、讲廉耻的文明人。

其实，要拭去心灵窗口这些不文明的尘滓，孔子早就教给了我们一个十分简单的办法，那就是“己所不欲，勿施于人”。当你讨厌别人在你的“地盘”（家里）随意丢弃垃圾时，那么就不要在公众活动的“大地盘”乱丢垃圾，而迈动双腿多走几步，把垃圾丢进附近的垃圾筒里；当你对别人在你的“地盘”随意吐痰感到不快时，那么就不要在公共场所无所顾忌地到处吐痰；当你不想让自己抽烟产生的烟雾，伤及自家的妻儿老小时，那么在公共场所也应该不旁若无人地吞云吐雾；当你为室外的噪音污染而心烦意乱不能专心做事静心入眠时，那么就不要在公共场所或别人的家里也做出类似的不文明行为。拭去不文明的尘滓就这么简单，就看你肯不肯。

承诺当如履冰

——谨慎承诺

承诺，即表示对自己说过的话照办。说“承诺”当如履冰，既不是危言耸听，也没有饰语夸张之嫌。

巽思“承诺”的分量，它俨然如自戴紧箍咒，倘承诺而不予兑现，紧箍咒将永远戴在自己头上；承诺更像是合同和契约，一旦承诺，永远不能撕毁与失约。

承诺的价值在于承诺者的诚意。言不由衷，缺乏诚意的承诺犹如鸿毛。当其把应许视如云烟时，承诺者的紧箍咒非但摘不下来，“两面人”的帽子戴之无疑。此一时，承诺者的品格也随之由清而浊，油然蒙尘。由此思之，信口承诺宛如置自己于薄冰之上，随时都有沉溺冰窟之险。

若是君王开口，则绝无戏言耳。

春秋时，晋文公带兵攻打原国，只带了够吃十天的粮食。因他和大夫们约定，在十天里攻下原国。可是打了十天却没能攻下，晋文公便下令退军。有人不解，怎么能说十天回就十天回呢？再坚持两三天，原国城里粮食吃光了，兵用尽，就攻下来了。可晋文公不以为然，说：

"为了得到原国而失信，我办不到。"依然坚持撤兵。没多久，原国的百姓纷纷归顺晋国，相邻的卫国也投降了晋国。原因就是这两国的百姓感到，晋文公如此讲信义，不可不归附于他。对此孔子也有评论："晋文公攻打原国竟获得了卫国，只因为他能守信诺言！"可见，信守并践行诺言的威力有多大。

英国作家哈伯特说："失掉信用的人，在这个世界上已经死了。"这种死亡当然不是身躯的死亡，而是信用、名誉、人格上的死亡。由此当知不能信守诺言，后果多可怕。

人常言"一诺千金"，实际上承诺比金子更贵只是比喻，二者并不同类。金子虽贵，但无灵性；而承诺是人的理性之为。人有人性，物不及也，一言既出，驷马难追，所以在是否答应他人所求时，一定要备加谨慎。

现实生活中，万事不求人是不可能的，求助与被求助是人皆难免之事。正如手有五指，伸一指难束草虫，然五指协力，文能绣锦书卷，武可刀枪剑戟；虽敛掌可以成拳，然出一拳势单力薄，倘双拳相协，那就如虎添翼，"可上九天揽月，可下五洋捉鳖"。人生处世，亦如此理：独木难以擎天，只身难旋地坤。虽说助人与求助是生存常态，但对他人的求助答应与否，倒还真有不少讲究。

大凡开口求助者，没有不是渴望被求助者慷慨应允的，这种心情是可以理解的。但能否满足求助者的愿望，被求助者是应该度其分寸的。

说承诺当如履冰，是因为承诺蕴含着当事双方的人品和德行。求助者登门前无不三思，它的前提是对被求者的信任，或曰高度信任。而应允者多是从求助者的人品优劣去权衡的。从表象看是当事者双方的"就事论事"是"求"与"诺"的关系，其实对双方而言虽有多种因素交织其中，然最关键的因素还是人格分量。

对他人所求，答应与不答应的决策权始终在被求助者一方，所以，面许他人之求，就是向有求者表示：即使千钧之担，也一定排除万难，力争应允之事成为现实。

对他人之诺，不论事情大小，一旦许应了，对方都会记得一清二楚，哪怕是托嘱屑微之事，他都渴望你的允诺付之于行。所以承诺别人的事，切不可心存敷衍。古人早有训诫："口惠而实不至，怒及其身。"这就是说，生活中对他人寄托之愿，不可小觑，更戒嬉戏。要明白，前来启齿者，多是以应诺为希冀，得诺则喜，拒诺则怨。所以，对已经承诺的事情，既不可因自己事务繁忙而疏忽，也不要潜意识中把承诺当成只是随便说说而不以为意，从而误了他人的事。常言道："成人事小，误人事大"，这就会使对方从最初对你的希望、期待和信任，变为失望、绝望和怒怨。倘如此，他对你的信任指数就难免由高而低，甚或怨怼早已滋萌。此刻，不管你如何巧言饰语，也都是徒劳的。即便是圣人、君子、伟人，对失信者也难以淡然一笑，即便他们喜怒无形于色。因为他们也是人，他们的心理变数与普通人一样，只是处事方式更谨慎，更拘泥于礼仪而已。说实在话，不论对谁承诺的事，如果一诺了之再无下文，其结果都是对相求者的伤害，都会在求助者的心理上、情感上留下永难复平的疤痕。

对许诺的原则，《管子·形势》中有段精辟的论述："圣人之诺已也，先论其理义，计其可否。义则诺，不义则已；可则诺，不可则已。故其诺未尝不信也。小人不义亦诺，不可亦诺，言而必诺，故其诺未必信也。故曰：必诺之言，不足信也。"其意是说，圣人的承诺，先考虑理和义，而后决定是否应许。符合义就承诺，不符合就算了。能做到就承诺，不能就算了。所以他的承诺没有不被相信的。小人对不义之事也承诺，不能做到也承诺，只要说了就承诺，所以他的承诺人们未必相信。所以说：必然的诺言，不足以相信。

读来思之，古人把诺言置于区别君子与小人的高度而慎重待之。所以盱盱社会，一个处世做人十分严谨的人，对于应诺之事无不是深思熟虑的。

一思他人求助的事是否合乎道义法纪。承诺要有原则。这里说的原则，就是天有道，地有规，人间有义，用时髦的语言讲，就是助人一臂之事，也要有底线——于他人，于社会，于人类有益之事可以答应，倘是伤天害理、危害社会的事概莫能允。2003 年 3 月，美国要借土耳其领土入侵伊拉克，土耳其断然回绝。倘若不辨是非抛弃处世原则率性助人，那就有可能助纣为虐、为虎作伥，就将自己置于帮凶的角色。这样的承诺，对求助者来说，客观上就起到了推人于水火，陷人于邪恶。试想若没有你的相助，他可能会因底气不足而收敛恶行。反之，倘你不分是非，只顾有求者是老乡、同学、亲朋，就头脑发热，感情用事，颔首默许甚至两肋插刀，那后果将不堪设想。现实中，因率然许诺酿成的既害亲朋也害自己的惨剧，层出不穷：身陷囚牢者有之，走上不归路者也有之，到头来无不追悔莫及。所以对他人所求，凡不能携扶的，不管何许人，哪怕亲生父母、刎颈之交，也当直面陈言，断然拒绝参与，即使因此反目或渐生携贰，也谨当不迈雷池半步。

二思自己有无承诺之能。成事必有成事之能。俗语说“能吃几个馍，喝几碗汤，自己最清楚”。倘文韬武略，不具其一；权力财力，二者俱无；手无缚鸡之力，拔一毛犹难为，那就千万不要答应自己力所不及的事。常见一些人对他人相求之事，不假思索，齿启应承，只图当面风光，逞能显摆，事后真到“结果”之时，枝枯叶落。这就难免给人留下吹牛的屐痕。这正是：无臂何擎天柱，断肢奢驰千里，终将自讨没趣。

三思对来者所求之事，自己心里是否情愿去做。对他人托嘱之事倘乐意为之，那不必待言，自会开启智慧，不惜时力，甚至甘愿赴汤蹈火，这样的承诺多会令求者欣慰。若对相求之事有难言之隐，不乐意而为，自然难以全力以赴，因为情不悦者，事成概率是不会让人乐观的。如此这般就当或明示或委婉让来者感知：相求不能满怀。这从面子上也许有些尴尬，但远比违心承诺，终不能鼎力为之的后果要好得多，这至少是不误求者之时，少损求者之事。

四思求助者的人品。一般情况下，求人者多是举步维艰，无力渡过难关，但也不乏困难本来不大，自己咬咬牙就可以挺过沟坎，却偏把所谓的难题转嫁他人的懒惰者、自私者，甚至还有戴着面具装可怜的，花言巧语让你为他火中取栗的。所以在客人摆出一副可怜相时，或是用极具诱惑性的言辞“祈求”时，而自己一时对难以看清面目的人或拿不准的事，还是婉言谢绝为好。君不见，有些人借钱时装孙子还钱时成大爷么?

社会交往中，无情的事实向人们历历警告：帮助不该相助的人，是愚蠢；承诺不该承诺的事，是罪过。因为世事朦胧，人心雾霭，有时即使身居其中，目睹手抚，也未必识其真伪，辨其赤黑，所以，凡求不拒，颇有城府浅薄之嫌。因贸然承诺，惹灾招祸，咎由自取，留下的只能是笑料。

人非神灵，难释众生之忧，不可能有求必应。但对望托之事，要认真静听，慎重权衡，可为的则诺，不可为则拒，不为不义，不算悖理，乃天理使然。

清人沈涵光说：“人有求于我，如不能应，当直告以故，切莫含糊。”这是一种诚实的处世态度，也是对他人负责的态度，值得借鉴。

恪守承诺，是中华民族悠久文明史上最有价值的传统，是中国人民最看重的节操与人格。“得黄金千两，不如得季布一诺”，以生命相托，以名节担保，一诺更胜千金；信任与承诺在瞬间凸现的侠肝义胆，回肠荡气的故事，世代相传，“千载之下，犹难为怀”。而轻诺寡信，庙堂江湖则皆不齿也。

当然，承诺了的事，有时因客观条件的制约或情况复杂而倏变，即使主观上殚精竭虑不遗余力，也无法变成现实。那就要如实、及时向对方解释清楚，免误人事，以企求助者谅解，从而不失诚意，不伤情谊。

军令状不是鸡毛
——践诺重于泰山

读过《三国演义》的人大概都知道，当年蜀国将领马谡主动请缨要去守街亭，并说“若有差失，乞斩全家。”诸葛亮说：“军中无戏言。”马谡说：“愿立军令状。”诸葛亮答应他的请战要求，马谡遂写了军令状呈上。后来街亭失守，诸葛亮不得不军法从事，挥泪斩了马谡。

在另一则故事《草船借箭》中也提到了军令状。周瑜为了杀害诸葛亮，让诸葛亮监造十万支箭，诸葛亮答应三天完成任务。周瑜说：“军情紧急，可不能开玩笑。”诸葛亮说：“怎么敢跟都督开玩笑？我愿意立下军令状，三天造不好，甘受惩罚。”周瑜很高兴，叫诸葛亮当面立下军令状，又摆了酒席招待他。诸葛亮巧施妙计，利用大雾，用草船从曹营“借来”了十万支箭，使周瑜杀他的计谋落空。

从上面两则故事可以看出，军令状的起源和军队行军作战有着密切的关系，其目的是为了加强指挥官的责任感，确保战斗的胜利。现在，人们把接受某项重大任务（不管是主动还是被动）后写的保证书，也称之为“军令状”。

军令状不是鸡毛。立军令状，贵在自我加压，不留后路。敢立军令状，也是一种高度自信的表现。稍有常识的人都知道，立军令状是有极大风险的，因为军中无戏言，立下军令状，白纸黑字，那是要兑现的。

说军令状不是鸡毛，只是一种比喻。因为有句俗语“拿着鸡毛当令箭”，形容一个人凭着某上司（或某人）的一些无关痛痒的话命令这命令那，指使这个指使那个。其中的“鸡毛”就指“无关痛痒的话”，和上面两则故事中的“戏言”“开玩笑”意思差不多。换言之，这句话的意思就是：不要把自己作出的保证（书面的或者口头的承诺）当成“无关痛痒”的“戏言”或者“开玩笑的话”，人前之“诺”当如立下的军令状，必须兑现。用巴尔扎克的话说，信守诺言，是人生价值的山巅。

我国传统道德里，把一个人能否兑现人前之“诺”，历来看作是君子与小人的分水岭。“季布一诺，千金不易”这是君子，“食言自肥”，斯为小人。孔子说过：“人而无信，不知其可也。大车无輗，小车无軏，其何以行之哉？”意思是，人们若相互间没有诚信，我不知还能做得了什么。正如车上的辕木与横木间，若没有了个灵活的接榫，无论大车小车，试问将如何行进呀？践诺者诚，食言者伪。允而不做，即使口吐莲花，在相求者眼里他已贱如鸡毛。

“君子重然诺，至死不相负”，中华民族是世代以信守承诺为美德的民族。“尾生之信”（“抱柱之信”）这个成语就源自尾生守信的故事。尾生与一女子约好在桥下见面，那女子没有来，河水却涨了起来。尾生却一直坚持等在那里，最后他抱着桥桩被淹死了。当然今天尾生的故事不会再次发生，但尾生守诺的精神依然在传承。商鞅变法的“徙木立信”及“曾子杀猪”的教子故事，历几千年而传诵，就是中华民族把“言而有信”“一言为重百金轻”的德行融入自己精神灵魂的最好说明。

允诺就是责任，是对他人托付的担当，没有塞责的余地。有时个人的承诺就是他人的生命。

1989年美国洛杉矶发生了一场大地震，不到4分钟，使30万人受到伤害。一位年轻的父亲闻讯飞奔儿子读书的学校。在他跪地大哭之后，他猛地想起自己常对儿子说过的一句话：“不论发生什么事，我总会跟你在一起！”他遂即动手挖掘。这期间，有行路人，有学生家长，也有前来抢救的警察参与。在挖30多个小时后，人们都劝他不要再挖了。意思是他儿子生还已无希望了，可他仍然坚持不止，挖到了第38个小时，听到废墟中有孱弱的喊声——是儿子的声音。儿子在废墟中也一再用他爸爸许诺过他的这句话去鼓励废墟中的其他同学，相信他爸爸一定会救大家出去。时间又过了50分钟后，这些孩子们终于得救了。

试想，如果这位家长平时在自己孩子面前老把诺言当戏言，那么他的孩子在危难时刻，还会相信他那句“不论发生什么事，我总会跟你在一起”的承诺吗？还会把他那句话当成坚持下去一定会得救的求生信念和动力吗？如果他的孩子平时不是一个“言必信，行必果”的人，那其他被困的孩子会听信他孩子鼓励的话吗？正因为他平时的“一诺千金”，才创造了这一人间奇迹！

“重然诺”是要付出代价的，兑现诺言的过程不仅是考验自己人品的过程，也是自己人品升华的过程。1927年，29岁的丰子恺拜弘一大师为师，正式皈依佛门。就在这年秋天，师徒商定一个宣传仁爱的大计划——编绘《护生画集》，由丰子恺作画50幅，弘一大师为每幅画配诗并书写。十年后，丰子恺为给大师祝贺六十大寿时，绘成60幅。弘一大师阅后给弟子写信：“朽人七十岁时，请仁者作护生画第三集，共七十幅；八十岁时，作第四集，共八十幅；九十岁时，作第五集，共九十幅；百岁时，作第六集，共百幅。护生画功德于此圆满。”丰子恺当即郑重答应。大师圆寂后整整45年，《护生画集》共计六集。丰子恺的守诺非同平常，尤其在“文革”中，他历经苦难，《护生画集》也被列入“反动书刊”黑名单，但他铭记自己向大师许下的“世许所寿，定当遗嘱”。为使《护生画集》功德圆满，他在极度恶劣的环境中，冒着危险，每天拉严窗帘，凌晨即起，天亮收笔，在狭窄简陋的寓所秘密从事着《护生画集》第六集百幅的工作。

丰子恺以自己的生命践行着对弘一大师许下的诺言，当然在这个过程中也使他加深了对佛学的理解，陶冶了自己的性情。他的“重然诺”也告诉我们：任何一个人，面对他人许下的诺言，不能是作秀，而必须用心血去实实在在地实现。

“重然诺”不是名人的专利，寻常百姓中许许多多的事例更是可歌可泣。

广东省乐昌市梅花镇住着廖氏一家。1931年2月3日，红七军二十师师长李谦带领部队连续打退敌人八次进攻后壮烈牺牲。受红军托付，住在石子坳山上的农民廖成文将李谦遗体埋在自家屋旁，由于怕暴露，廖成文不敢给烈士刻下碑文。每遭匪军前来搜山询问时，他就称那坟是自家的祖坟。80年过去了，廖成文故去多年，儿子廖更新已82岁高龄，现年38岁的廖聪挤成了廖家第三代守墓人。他们一家住着用泥垒砌而成的土屋，在土屋旁开垦了两亩地，种了些庄稼，又承包了一片山林，平时靠伐木烧炭生活。由于家里只有他一个劳力，全家收入一年仅有千元。可对廖聪挤来说，最大的心愿就是多挣点钱，把烈士墓地好好修葺一下。当亲朋好友劝他们搬到山下去住有利于改善生活时，廖聪挤言辞恳切地说："只要烈士的坟墓一天没迁进烈士陵园，我们家就会将这守墓的事世代传下去。我爷爷、父亲说了，他（李谦）为了让穷人过上好日子，连命都舍得，我们做这点事算得了什么？"

全国优秀共产党员林秀贞，一诺履行30年，赡养了6位孤寡老人，资助了14名贫困学生上学，又在自家门口的工厂安排了8名残疾人。

还有一位，令我感动不已，虽然记不清是哪一年登载在《解放军报》上的，但我清楚记得那篇文章的题目是"生死之约"。

那篇文章说，在五十多年前的朝鲜战场上，有两位志愿军战士在战斗即将打响的时候相约：如果有一方在战斗中牺牲了，另一方在回国后将承担起儿子的责任为其父母养老送终。上战场前，他们相互留下了对方的家庭住址，而且，为防遗失，他们都将那张薄薄的纸片小心翼翼地装在一个弹壳里保存。

后来，其中的一方在那一次战斗中牺牲了。另一方则信守承诺，转业后便义无反顾地来到千里之外的江苏泰州——他那位牺牲了的战友家乡，去照顾一位自己从未见过面的母亲。这一去就是50年！

50年后，电视台采访这个当年的战士时，他已是一个年逾八旬的老人了。

据老人的儿子讲，自当他父亲从山东老家到苏北农村后，很快便成了那个牺牲战友家中的"大儿子"和顶梁柱。他侍奉老人，照看小辈，与这原本没有任何血缘关系的大家庭风雨同舟，患难与共。尤其在战友母亲卧床难起的最后几年里，已不很年轻的父亲，不仅整日陪护床前，还为老人擦澡洗脸，端屎倒尿，直至战友的母亲安然辞世。

在采访现场，老人只是偶尔地说一声“那有什么”，“谁都会这样”之类的话。但一提到他的战友，他激动不已，流着泪说，用一辈子时间信守对战友的承诺，自己没有丝毫后悔，从中却有一种幸福感……

之所以不厌其详地述说这个故事，是因为我实在无法用言语来表达自己对这两位志愿军战友之间的承诺与践诺之为的感动。说到这里，我还想再啰嗦几句：“允诺是言，践诺是行；承诺是始，践诺是终。始终相一，让人激励，而有始无终，就是忽悠他人。践行诺言宛如镜子，它映示做人的准则，透出做人的境界，彰显人品的轩轾。”

当今华夏，人们的物质生活已得到极大的丰足，可遗憾的是，有人却因物欲而让轻诺寡信吞噬了心灵。在一个小小的山城，大街的公告牌中赫然在列的失信者就多达几百名，电视里长达数月在敦促着这些失信者兑现诺言。放眼社会，有些名人“英姿飒爽”“衣冠楚楚”，竟然脸不红心不跳地替虚假广告做着代言人，利用他们的“名人效应”和高超演技，忽悠善良的人们落入唯利是图者的陷阱。

据报载，全国企业家的合同中每年有30%不兑现，互相扯皮；每年为追讨不履约的三角债，又消耗了多少人力物力，只有失信者双方清楚。更有甚者，在全国性救灾义捐舞台上，有企业和个人，高举义捐几百万元的牌子，赚取全国亿万观众雷鸣般的掌声。可走下舞台之后，竟然迟迟不兑现，甚至找出种种荒唐的理由为自己的失信开脱，宁可当老赖，就是不履约。这些形形色色的诈捐者，为了免费为自己打广告，宁可自污形象，自损人格，不要颜面，自以为得计，其实是把“人”字淡忘得一干二净。

行文到此，思绪脱缰，请恕吾直抒胸襟，坦言不谨：那些积极要求、自愿加入中国共产党者，在你面对党旗，举起右拳，庄严宣誓时，可否再一次敲击心灵，扪心自问，能否做到视“宣誓”重如泰山，践“誓词”犹如军令？

欣闻以习近平为核心的党中央开展“重温入党誓言”的党员教育活动，我举双手赞成！

光荣的荆棘路

——无惧“失败”

题目源自一个故事。

显微镜在今天的社会生活中并不算神秘，但它的发明却并不容易。据说很早以前，在荷兰的一个小镇上，有一位初中文化的年轻农民，在为镇政府看大门的工作之余，热衷于磨镜片。为此，他求师访友，常在寂寞的深夜磨个不停，其中的艰辛、枯燥和乏味自不待言，失败多少次更是指不胜算。可失败到60年后，他磨出的镜片放大的倍数居然超过了专业技师，最终制出了无与伦比的精细显微镜，也从此揭开了当时人们尚未知晓的微生物世界的面纱。他也因此被授予巴黎科学院院士的头衔。英国女王访问荷兰时，还专程到这个小镇访问了他，英国皇家学会也选他为会员。（摘自《成功》）他就是鼎鼎大名的列文虎克。他这60年所走的路，被人们称为“光荣的荆棘路”。

写下列文虎克的“荆棘路”，也让我想到中国的徐霞客，他的一生步履之艰辛，毫不逊色于列文虎克。

提及徐霞客，人们只记得他是旅行家，其实他首先是科学家，是一位在地质学、地理学、生态学方面有独特发现、突出贡献的专家。

他于公元1607年，20岁出头，离开家乡江阴，开始了长达30多年的科考之旅。他到过今天19个省份的100多座城市，探过500多个岩洞，后人整理的《徐霞客游记》中提及的桥有1000多座。

他留下的记录内容之丰富，涉及文化、经济、历史、民族、宗教、地理、地矿、水文、气象、动物、植物、风俗等多个领域。既是文学著作，更是科学著作、哲学著作。他是我国古代科学精神的集大成者。

公元1616年、1618年，徐霞客两次游黄山。是他最早发现并记录了光明顶、鳌鱼背等处是黄山最高处的古夷平地，考证出黄山是长江水系和钱塘江水系的分水岭；是他第一个详细系统勘测并记录下天都峰、莲花峰、光明顶、飞来峰等诸多标志点的地形地貌。登顶天都峰徐霞客感觉“万峰无不下伏，独莲花与抗耳”。再爬上莲花峰顶，果真发现“其巅廓然，四望空碧，即天都亦伏首矣”，因而得出莲花峰是黄山最高峰的结论。

这一伟大发现令今天的测绘专家们啧啧称奇，因现代化技术测定，莲花峰海拔高度为1864米，天都峰海拔为1810米，相差54米，而两峰相距1100米。

徐霞客不啻是中外历史上第一个系统考察丹霞地貌的专家，他又是把科学、哲学、文学有机整合在一起，形成独立的学科体系。有专家评论，“徐霞客的精神不亚于伽利略、哥白尼、布鲁诺等科学先烈。”“徐霞客的科学之旅揭示了世界的本原是物质，而非超物质、超自然神力这一真理；揭示了世界是运动的结果、变化的产物，静止是相对的，运动是绝对的这一规律，具有朴素的辩证思想。”（《人民日报》2017年5月25日）

徐霞客是一位野外地质调查科学家，但是他没有必要的安全保障、作业条件，缺乏足够的自救能力、避险知识。他遭遇过“路棘雪迷，行甚艰”；攀登过“阔仅尺余，凿级其中，仰之看若天梯倒”的悬崖；潜入过“陷身没顶，手足莫施”的深洞。电闪雷鸣的雨夜丛林中，衣衫褴褛的他靠野果充腹，盼风歇雨停；风雨如磐的断路绝壁前，瘦骨嶙峋的他咬紧牙关，胼手胝足而行。他逢险必探，遇洞必入。在株洲探险，洞深水湍，“归途莫辨”，当地人“无敢导者”“无肯为前驱者”，但徐霞客毅然“解衣伏水，蛇行以进”。他到过老虎“月伤数人”的梁隍山；深入过“豺虎昼游，山田尽芜”“俱不敢入”的云嵝山“虎窟”；在河南嵩山“忽见虎迹大如升”、湖北武当山“且闻虎暴”；闯荡过“十人去九不还”的广西北流“鬼门关”；穿越过“瘴疠甚毒”的云南澜沧江畔；举烛进入柳州真仙洞，猛然发现“石下有巨蛇横卧，以火烛之，不见首尾”，何等惊悚！他五次遇劫，在湘江水面被盗贼“刀戟乱戳”，但侥幸跳水逃命，而随行的静闻和尚为了保护经书和徐霞客的手稿等，受了两处致命伤。他在这条真实的荆棘路上遭了多少磨难该是不言而喻的。

一位科学家这样写道：科学的探索者就像不谙山路的漫游者，在荆棘丛生的小路上缓慢而吃力地攀登，不时扭身回步，有时甚至陷入绝境。当他历经千难万险登上顶峰时，发现原来有一条比较顺当的路直通山巅。但在他的著作中，往往只字不提所遇到的挫折和发生的错误，描述的只是读者可以毫不费劲就可攀上同样高峰的路线。其实，探索者能把失败的细节都记录下来，或许给后人的启示更大。因为“成功往往是人从厄运中走出来的”。

狼可谓是自然界中效率最高的狩猎机器，可它们在十次狩猎中只有一次可能成功。它们在每一次狩猎未果后从不垂头丧气，并不视之为失败，而是把未成功的教训当作生存知识又增添了新的内容。它就像往计算机的芯片中输入数据一样，将这些知识一直储存以备将来之用。九次未果的狩猎不会让狼气馁，因为它们知道还有第十次，或者第十一次、第十二次，胜利最终总会属于它们。

而人类中的许多人在这方面不如狼，常将一次失败视为人生的全部，尤其是在前进中的初次失败。这种入世理念是十分有害的。卢勤在《写给年轻妈妈》一文中说，要学会说“太好了”，凡事朝积极方面考虑，在失败的时候要看到光明，看到希望，不气馁，不抱怨，让心情的天空总保持着晴朗。

假如你沮丧自己做人老是失败，不妨造访一下美国网上杂志《失败》。它会使你豁然开朗，让你感到你并非世间最倒霉的人。它的创始人杰逊·扎斯基指出：“我们不是为失败者创造一个逃避的乐园。我们只是要让人明白，失败到底是怎么造成的。我认为事实上我们介绍的不是失败的人，而是成功的人。因为这些人敢冒风险，为梦想奋斗，即使他们失败了。”

《失败》创办者的主旨明确昭示求生的人们：失败者都是敢对风险说不，不向风险折腰的人，都是为生存敢于走前人未曾走过的路的人。这些勇于探索未知的人，也是有着落水或被水淹没或被激流卷走的思想准备的人。因为他们明白，人类求生之路不能靠苍天的恩赐，不能靠所谓天子之类的权贵的封赏。人类的前行，社会的发展，若不是具有强烈的一往无前的搏击精神的人们去开辟出一条条生路，那社会永远是死水一潭，人类早就在倒退中走向毁灭了。

无论在自然科学领域还是在社会科学领域，一次性成功，一蹴而就的可能性都是很小的。孙中山为推翻清王朝，先后发动 11 次武装起义，前10次都失败了。孙中山说：“革命不怕受骗，也不怕失败。哪怕一百件革命事业有九十九件失败，而只有一件成功，革命就可胜利。”辛亥革命的成功正践行着孙中山的革命壮志。20世纪60年代，我国在一次火箭发射中，导弹在离开发射台600米时就落下。正当在场的人们沮丧不语时，钱学森却宽慰大家说：“我在美国的时候写过一篇很重要的论文，写成了只有几页，可我写的底稿纸，却装了满满一柜子。到底失败了多少次，连我自己都数不清了。”

地质学家李四光为了证实中国是否存在第四纪冰川，带领学生跋山涉水，四处考察，将调查结果公布于世后，却遭到国内外某些地质“权威”的非难和攻击。为找到更多更有说服力的证据，年近半百的他，再一次带领学生攀登黄山始信峰顶，采回了珍贵的岩石标本。事后他对学生说：“一个科学工作者，要想有所作为，必须有韧性，并要作出随时献身的准备。”这里的韧性就是坚韧不拔的精神，不惧失败的精神。“水稻杂交之父”袁隆平说：怕失败就不要搞科研。

徐特立先生曾说过：“不仅要当胜利的英雄，也要当困难时候的英雄，真正的英雄是在困难中考验出来的。”生活中不合常规的事并不鲜见，它往往以另一类形式出现。所以，生存中太多的失败是人们不可测的，虽然各个系统都把安全放在首要位置并设有专管机构和专业人员，可一次次失败仍是猝然而至让人们目瞪口呆，有时甚至让人不知所措。

如果害怕失败而抱残守缺，因循守旧，不越雷池，人类社会恐怕迄今还滞留在混沌的原点，因为社会的发展和人类的文明就是经历一次次失败一步步走向成功的。任何事物在前进过程中都裹挟着失败，有时几乎是以付出生命为代价的失败，别无选择。高空超高压的带电操作、火箭的发射、战争中前沿制高点的抢夺、核电站心脏的焊接等等，都是生死一线的考验。没有不怕失败的精神，前进和发展、发明和创造就是一句空话。科学史上无数事实表明：成功的金粒是从失败的砂砾中千淘万滤而来，真理的光芒在谬误的背景下会显得更加耀眼，阳光总在风雨之后更加灿烂。英国物理学家开尔文认为：在自己的科学探索生涯中，失败是“最艰辛的工作特点”。通往事业的凯旋路是由失败的顽石铺成的。如果你想拒绝直面谬误，那么真理也就被你关在门外；如果你想避免任何失败，那么成功将永远不会与你谋面。在任何一条人生之路的探索中，没有被失败的苦恼折磨过并善于总结经验的人，是享受不到成功的欢乐的。失败者所以可敬，是他们在前进的岔路上，插上“此路不通”的路标。

电影《喜马拉雅》中有一位喇嘛对他的弟子说：“当你眼前有两条路时，要选择困难的那一条。”这话表面上有悖常理，尤其在疯狂追求享乐者的人生观里，这就简直是歪理邪说，但幽思之中则会让人悟出此语别有一番智慧。

毋庸置疑，前进中的失败，会给社会带来损失，会给人们的精神造成创伤，但对勇往直前、不惧失败的人来说，它又是无比宝贵的。因为它馈赠给你的是让你在失败处长智慧，不再走错路，避免遭更大损失，而且使你向正确方向更靠近一步。

人生路上，近路、熟路不走，去选择一条满是荆棘的路，这或许需要一些情怀与勇气，然而如此选择，也会有意想不到的发现助你走向成功，迎来一束天赐的玫瑰。

以“失败”为师

——在失败中学习

辞书上将“失败”诠释为:（1）在斗争或竞赛中被对方打败;（2）工作中没有达到预定的目的;（3）事情的结果令人不满意。(《现代汉语词典》第6版）其实，这些解释并不确切，因为它将“失败”与“没有成功”混为一谈。我觉得，因决策或行动中的失误而导致事情暂时没有取得成功，是不能称之为“失败”的。正是基于这样的认识，我将文题中的“失败”加了引号。

辞书中所说的“失败”，只是我们在向成功进取路上的挫折，与“一败涂地”无关。不要觉得这两个字不吉利，面目有点可憎：冷峻、尖刻、冷酷和无情。其实，人生在前进的路上，它还的确是一位不可多得的、不可或缺的“先生”。

关键是我们要理解这位“先生”，以“失败”为师，并以虔诚之心向它学习、请教，丝毫不可怠慢，它会使我们受益无穷。

“师者，传道、授业、解惑也。”“失败”先生，堪此大任。

通向成功的道路并不总是光明的，会有黑暗，需要我们“摸着石头过河”，这就难免会走弯路，会遇到挫折，出现迷茫困惑。这时，如果我们能够用辩证唯物主义和历史唯物主义的观点向“失败”先生请教，认真总结经验教训，那就一定会矫正错误，一步步走向光明。“前车之覆，后车之鉴”，它是以失误做教材告诉我们此路不通、须赶快转换思路，它会教给你走出迷茫的真实、具体而且是活生生的知识。

从这个角度来说，人生越早找到这位叫“失败”的先生越好。

曾有人这样说“失败”：“我的老师曾经跟我说，一个人起码要在感情上失恋一次、在事业上失败一次、在选择上失误一次，才能长大。不要说失败是成功之母那样的老话。失败来得越早越好，要是 30 岁、40 岁之后再经历失败，有些事，很可能就来不及了。”这话虽然有点绝对，但起码告诉我们，“失败”对于人生成长来说是一笔重要的财富，人应该坦然接受、乐观面对。

乔布斯在回忆其一生中最大的失败时说：“在 30 岁的时候，我被炒了鱿鱼。在而立之年，我生命的全部支柱离自己远去，这真是毁灭性的打击。我当时没有察觉，但是事后证明，被苹果公司炒鱿鱼，是我这辈子发生的最棒的事情。因为，作为一个成功者的负重感被作为一个创业者的轻松感所代替，没有比这更确定的事情了。这让我觉得如此自由，进入了我生命中最有创造力的一个阶段。”

读过“失败大学”的学生，才真正懂得，“失败”并非一文不值，相反，它往往就是下一次成功的基石。它在告诉你，眼前的迷茫或黑暗正是曙光将要喷薄之时。人生经历过“失败”，才能找到走向成功的通幽之处。每一次“失败”，都是向成功的台阶上又迈一步，真正的成功者从来就不会在遇到“失败”时垂头丧气，而会以乐观的心态把每一次“失败”当成宝贵的解惑和智者的指点，因为前进中的“失败”是走向成功弥足珍贵的资本。

如果一个人能尊“失败”为先生，或者说，你能被“失败”先生收为弟子，那也是难得的缘分。它会坦诚地将最本质的东西毫无保留地奉献给你。

“天有不测风云，人有旦夕祸福。”一个人在什么时段、什么事情上“失败”，恐怕无人能未卜先知。从做人到做事，或许有人想过“失败”，但没人愿意“失败”，可一生中从无失败的人又偏偏没有，所不同的只是“失败”的程度和为“失败”付出的代价不同罢了。

所以，人之初要上好“失败”课，锻铸面对“失败”时“愈挫愈勇”的正确心态。这一课读得越扎实，在人生路上就会走得越稳、越远。有人说，爱迪生是实验“失败”次数最多的人，他为了找到不易燃断的灯丝，进行了很多次实验都没有成功，许多人为他的“失败”叹息。可爱迪生却说：“失败了1000次并不可怕，最起码我知道这1000次努力是不行的，于是我就做出了1001次的努力。”爱迪生最后的成功固然值得祝贺，可先前“失败”先生对他“1000次”的提醒更是功不可没。

生活就是这样，一个成功者的错误往往要比失败者多。有人说，错误其实就是生活对我们言行的反馈，犯的错误越多，得到的反馈越多。如果你能正视这些“失败”中给你的知识，就能从中汲取到有价值的东西。这也可以说，失败在推动着社会发展，而且它的作用正是像IBM的创始人华特生曾经说的那样：“成功的法则就是把错误的速度提升一倍。”因为我们从“失败”中学到的远比从成功中学到的多。大自然恩赐给人们的任何一条路都不是红毡铺就的，那些一眼望去似乎平坦的路，往往是最容易走上去就摔跤、栽跟斗、隐藏着不易发觉的陷阱、会让你七损八伤的路。这路，就是“失败”先生给我们的“练习题”——要勇敢面对“失败”，畏惧就是投降，驻足就是待毙，你没有走这条路的勇气，就难以生存；要生存，那就只有在这条不知还有多少大大小小“失败”的路上走下去。

1969年7月20日人类首次成功登上月球，可多数人不曾知道，人们所以称布劳恩为“火箭之父”，是因为他在研制火箭的过程中，曾遭遇65000次的失败。如果布劳恩及其团队没有一颗勇于面对“失败”的坚强之心，畏首畏尾，那么成功一定与他们无缘。

世界上很多事情，因自己总怕失败而不去做，很可能你的一生哪一件事都做不成。人生就是做事，但不会事事心想事成马到成功。人常说“好事多磨”，在通往成功的漫漫征途中，不历经“九九八十一难”的风雨是不能见到彩虹，也成不了正果的。人生于社会之中就是置身各种事情成败的漩涡之中，而这些成与败的碰撞又是异乎寻常的激烈和残酷，有时甚至还夹杂着血腥的味道。但为了成功，就要有“明知山有虎，偏向虎山行”的精神，就要有愚公移山那种“下定决心，不怕牺牲，排除万难，去争取胜利”的毅力。现实中更不乏这样令人肃然起敬的英雄。他们在行动之初，就预见到了征途的险恶，可事情的发展，妥协不得，止步不得，于是“明知征途有艰险，越是艰险越向前”，常常在为了伸张人间正义，为了民众的生死存亡和国家的安危，“自反而缩，虽千万人吾往矣”（语出自《孟子》，意为：反躬自问，正义确实在我手里，就算对方有千军万马，我也要勇往直前），以牺牲去换取更有价值的东西。“生命诚可贵，爱情价更高。若为自由故，二者皆可抛”，“砍头不要紧，只要主义真。杀了夏明翰，还有后来人”这绝不是个例。所以要想成功，就要从“失败”先生那里汲取“为有牺牲多壮志，敢教日月换新天”的浩然正气，和“红军不怕远征难，万水千山只等闲”的“在战略上藐视敌人”的乐观主义精神及打持久战的毅力，唯其如此，我们才能“更喜岷山千里雪，三军过后尽开颜”。

要以“失败”为师，还必须认真总结“失败”的教训，不要在“同一个地方跌到两次”。1950年10月，中国人民志愿军第三十八军第一批入朝作战。第一次战役，他们部队未按时到达指定位置，影响了整个战役的预期效果，军长梁兴初受到彭德怀的严厉批评。到第二次战役，三十八军铭记“失败”先生之训，大胆穿插迂回，切断敌军退路，一举扭转战局。彭德怀在嘉奖令的结尾，亲笔书下“三十八军万岁”。从此，“万岁军”名扬四海。

以“失败”为师，就要戒骄戒躁，任何时候都保持清醒的头脑。向“失败”请教，就不能对往日的伤痛讳疾忌医。毛泽东主席是世界军事家中的翘楚，中国人民更是称颂他“用兵如神”。可他曾多次说过：“我是犯过错误的。比如打仗。高兴圩打了败仗，那是我指挥的；南雄打了败仗，是我指挥的；长征时候的土城战役是我指挥的，茅台那次打仗也是我指挥的”。（1956年9月10日毛泽东讲话）毛泽东主席敬畏“失败”，用“失败”惊醒自己，才使他在军事生涯中演绎出一幕幕“横扫千军如席卷”的胜利。

据军事专家统计，我军建军以来，大规模的败仗超过10次，胜仗400多次。对此毛泽东深有感触地说：错误和挫折教训了我们，使我们变得比较的聪明起来。

以“失败”为师，就要严于解剖自己。为失败找借口，是事业成功的毒瘤。2014年是中日甲午战争爆发120周年，关于那场战争的细节人们今天还在一次次念叨，似乎无法释怀120年前的那次失败，只是源于敌人的强大、狡猾、装备的先进以及海况的恶劣等等客观或偶然因素，仿佛再来一场同样的战争，研究透了这些的人们便能轻而易举赢得那场战争。

面对失败，适当分析外部因素是必要的，但不敢或不愿正视自身的原因，不自省，不敢于下刀子解剖自己，缺乏“刮骨疗毒”剜除病根的决心和行动，也实在是无补于事的。

1894年1月，日本陆军司令官大山岩与联合舰队司令官伊东佑亨在联名写给清朝北洋水师提督丁汝昌的劝降信中说道：“贵国败至今日，非君臣一两人之罪过，实为墨守成规之制度所累……今日变化之大千世界，夜郎自大，孤陋寡闻之国，焉能不败乎？”中日甲午海战，实质是一个落后的、涣散的封建王朝与一个新兴的现代国家之间的较量，那是一场必然要发生的战争，又是一场不“变法图强”就必然要失败的战争。中国民主改革的先驱者正是从“失败”中自省，想到如何强大自己，所以才有了一代代人前赴后继的浴血努力，才有了后来赶走列强、“中国人民站起来了”的胜利。

我们知道，中草药水，其味苦涩，令人蹙眉难咽，可希望浴火重生的病者仍能一饮而尽。这是因为“失败”先生告诉人们，喝下去，药到病除，可以赢得健康生活的欢乐。所以，以“失败”为师，就要认识到“失败”犹药也，为了面庞能够绽放健康灿烂的笑容，就应该勇敢汲取其中抗病毒的因子。

“失败”先生谆谆告诫我们：人不怕失败，就怕失掉刚毅之志，失去对未来的希望；人不怕失败，但怕掩饰失败、讳疾忌医。每次失败都是它布置给我们的新课题，我们要研究它，解读它，破译新的密码，向成功一步步逼近。

“贪泉”侧畔话“慎独”

“慎独”之意重在“慎”，就是告诫人们在独处之时尤其要谨慎自己的言行。社会实践告诉人们，人的私欲具有十分顽固的劣根性。它像水缸底的沉滓一样，只要投其一石，它就会迅速泛起搅浑一缸清水。而人类的生存属性和生理需求里的私欲酷似水中之滓，只要碰上不良诱因的干扰，应当说大多数人理智就会弱化，私欲就要发酵，道德堤坝就会裂隙开口，就会做出不该做的事来。

刘少奇同志在《论共产党员的修养》中强调：一个共产党员应该没有私心，“没有个人的得失与忧愁。即使在他个人独立工作、无人监督、有做各种坏事的可能的时候，他能够‘慎独’，不做任何坏事。”一名共产党员，也是务须达到这个境界的。

20世纪50年代，曾在某大报上读到这样一则新闻。一位农民大伯在自家地里掘到一方黄金，惊喜之余觉得应该交给国家。但是面对黄灿灿的金子，这位大伯难免也会动心，交与不交让他举棋不定，寝食难安。之后，老人召开家庭会，决定交予国家。可在临出门时，鬼使神差，老人又背着家人用锤将黄金敲下一角。这时老人又自感弄巧成拙，缺少一角的黄金印痕清晰可见，谁都会看得出是自己动了手脚。

老人几经踌躇，最终还是拿上掉角的黄金和敲下的部分，鼓足勇气送交国家并袒露了当时的心迹。对此事国家不仅登报表彰老人的国家情怀，还奖给现金两千元。这件事当时也引起广大群众的纷纷赞许。

像这位大伯这样，在自家地里偶遇身外之物，引发良知与私心激烈碰撞让他犹豫难决的事，常人也会遇到。当然结局不像大伯这样处理的也有。不管类似此事有多少处理方式，但都不能得出人在独处时就一定会做坏事的结论，因为人在独处时如何做，主要取决于个人的道德修养，与客观诱因没有必然联系。这正如喝“贪泉”之水的未必就贪是同一道理。

国人熟知广州石门有一泓泉名曰“贪泉”。据说，凡是喝过“贪泉”水的人，都会变得贪婪。因此，路过此泉的官吏即使再渴，也没人敢喝这“贪泉”之水。

可东晋元兴年间，吴隐之奉命赴任广州刺史，正路过此泉。他走到泉边，舀了满满一钵，仰脸欲饮时，身旁一官员提醒说：“大人，饮不得！这水只要沾唇，就会在心中萌发贪欲。”吴隐之笑了笑，举钵中之水一饮而尽，并在泉水旁一块大岩石上挥笔题诗一首：“古人云此水，一歃怀千金。试使夷齐饮，终当不易心。”意思很明白，就是说廉洁与否，主要取决于自己是否有一身正气，和贪泉没有一文钱关系；品德高尚的伯夷、叔齐即使喝了此水，他们的廉洁之心也一定不会发生移改。吴隐之到任后严于律己，住简陋的土房，吃的多是青菜咸鱼，勤政廉洁，成为一代廉吏，名扬千古。

《晋书·吴隐之传》的这段记载生动地告诉我们：廉者自廉，贪者自贪，贪婪与廉洁的决定因素不在外部，而在于人心是否守正，做人“清正在德，廉洁在志”，并非他因可夺。

遗憾的是许多贪腐者常拿“近朱者赤，近墨者黑”“入芝兰之室，久而不闻其香”“入鲍鱼之肆，久而不闻其臭”来为自己辩解。而不从自身找原因，喋喋不休地强调什么自己内心并不想贪腐，只是受平时“独处”的外部环境影响丧失了警惕才铸成大错。这真是与“老婆不生孩子就怨床不好”一样荒唐！这种思维逻辑正是“喝了贪泉水就变得贪得无厌”的翻版，只是时代不同而已。

事实是什么？当下那些落马的“老虎”“苍蝇”们，他们的犯罪真的应归咎于“独处”的外部环境吗？

《礼记·中庸》告诫人们：“君子慎其独”。其意是说，君子即使在无人睽视的情况下，也能做到不放下做人的戒尺，不起贪念，不存侥幸，不越雷池。坚守做人之德，让私欲冰凝，使邪侈自敛，近诱惑寒冽，也就是当今讲的，无管外部因素如何变化都要恪守做人的本分，双足不越过做人的底线。

古今许多名留青史的廉吏用他们的言行拆穿了今日“老虎”“苍蝇”的谎言。

东汉杨震五十多岁时由荆州刺史转任东莱太守。赴任途中经过昌邑，以前他所举荐的荆州茂才王密正好在昌邑做县令。王密为了感激他的举荐之恩，就在夜里给他送上黄金。杨震对他说：“我了解你的为人，你却不了解我的为人啊！你为什么要这样呢？”王密说：“现在是深夜，没有人会知道的，请放心笑纳。”杨震严肃地说：“天知，神知，我知，你知。何谓无知？”王密非常惭愧地带着金子离开。这事《后汉书》《资治通鉴》均有记载。

元朝的元明善以副使的身份出使交趾国。交趾国国主欲意讨好元朝，就送给元明善一些金银，却遭元明善婉拒。送者说：“你们的正使都收下了，你是副使缘何拒收？”元明善回答说：“正使收下是安小国之心，我谢绝是严守大国之体。”这件事见于《元史》，人们十分敬仰元明善在独处时，既能保持自己品德的玉洁，更能维护国家的尊严。

古人许衡面对满树香梨不受诱惑，他说：梨虽无主，我心有主。这事也见于《元史》，人们称道他的“我心有主”，在独处时能够慎独，明白自己该怎么做、不该怎么做。有了心中的“主”，人生一世，就能够做到非己之物不取、非义之利不获，这无须全赖环境与律令——不管是有人监督还是无人监督，是白天还是黑夜，只要重视修炼其心，鞭策个人，就能够做到独行不愧影、独寝不愧衾。无论何时何地，心灵总是充满阳光，矜持而不昏聩，何忧独处与鳞众之分？

梨子好吃，非己莫食；宝物无穷，非己莫取。取之不义，终为孽根。非礼非义之为，即便是独处而为，一时人所不知，但自身被精神枷锁的囚禁则须臾难脱。由此思之，人谨慎独处，仍不失一种消极防御。所以，人要狠心刈除损公肥己的龌龊之心。

古人说：“操守要有真宰，无真宰则遇事便倒，何以植顶天立地之砥柱？”真宰是一种信仰，它具有巨大的无形力量，可以操持人们的内心，主宰一个人的灵魂。

能够慎独者，百毒不侵，六根清净。白居易在《伤唐衢二首》中说的“自我心存道，外物少能逼。常排伤心事，不为长叹息”，就是明证。

《读者》(2016 年第 2 期）有一短文，题目是“笨马不知”。其中这样写：这匹马以为马车由它决定，它在不停地走，以为离了自己车就不能动。事实上，马车走到哪里不是由马而是由车夫决定的。聪明的马知道这一点，不聪明的马还以为自己有自由“意志”。

“其实，决定马车最终到哪里的也不是车夫，而是那个客人。客人说要到哪儿，车夫就得驾着马车到哪儿。所以有时候人们觉得自己挣扎、痛苦、有很多烦恼，就像一匹愚蠢的马，老以为自己可以主宰命运，而不知道真正决定命运的东西就藏在心中。”

天下是非杂然，人心为渊；个人功过，全赖自己心田。外部环境只是变化的条件，内因才是变化的根本。没有内心的安宁就没有内心的清静，更难有“心远地自偏”的洒脱和风骨；没有信念的坚守，就难以在喧嚣的尘世中守住心灵的净土，就难免在繁杂的人海中做出越规逾矩的事来，那就更不是唯独处才会如此了。

“弃车之上无仲尼，覆舟之下无伯夷。”谨于修德之人，常是矜持不苟。他们明是非，辨美丑，知善恶，懂廉耻，提升道德境界，保持良好品行，养足浩然之气，一日不曾忘怀；他们的人生时时都在锤炼“不以物喜”“不为欲驱”的人生信念。倘如是，“贪泉”之水畅饮，独处之境畅行，有何惧哉？

独处者戒

曾于某大报读到这样一篇文章，标题是“离开监督，没有人不是受害者”。文章开头一句是：“离开监督的权力，必然导致腐败；权力离开监督，没有人不是受害者。”该文的主旨段是这样说的：“一般情况下，制度健全完善，掌握权力者就会老老实实，规规矩矩。这就好比一个人在道路上行走，起初并没有盗窃的心思。过了一会，看见道旁有一间屋子，里面堆满了耀眼的珍宝，而篱笆被拔去了，门窗被毁坏了，盗窃的想法和计谋也就产生了。”

原文以人只要失去监督就会恣意非为来论证制度的必要、监督的重要，确实无可厚非。当今社会，有些人确实是利用制度的漏洞、监督的缺位来贪赃枉法、行贿受贿、中饱私囊的，所以扎紧制度的笼子、强化监管的力度也确实是必要和重要的。因为外因是诱发内因变化的条件，不给心有恶念的人提供作恶的外部条件，许多恶行就可能胎死腹中。

但是，纪律、制度和监督，只能使人不敢作恶、不敢腐败，却不能保证他“不想作恶”“不想腐败”和自觉抵制腐败抵制作恶，因为内因是起主导作用的。诚然，尘世宛如九重之渊，人生处之不得不步步小心；律令有如樊笼，令人不能为所欲为。但人毕竟不是“久在樊笼里”的小鸟，有自己私人空间的“暗室”。一旦独处“暗室”，有了“我的地盘我做主”的感觉，如果没有“君子不欺暗室”的定力，失去对行为自我约束的警惕，弱化了做人的原则，那么越轨逾矩的恶行就难免不会发生。所以先贤谆谆告诫：一定要“修身”，一定要加强思想道德修养，做人要慎独处之时。《大学》说“诚于中，形于外，故君子必慎其独也。”意思是，人们内心的真实一定会表露在外面，所以独自一人时也要谨慎从事，严格要求自己，不要掩耳盗铃。何谓“慎其独”？子思在《中庸》说：“是故君子戒慎乎其所不睹，恐惧乎其所不闻。莫见乎隐，莫显乎微，故君子慎其独也。”他警示人们，在别人看不见的情况下，要格外谨慎；在别人听不到的情况下，要切勿放肆。郑玄解释说：“慎独者，慎其闲居之所为。”因为此时，没有比隐蔽的东西更容易表现出来，没有比细微的东西更容易显露出来，所以君子独处时，应以如临深渊、如履薄冰的警觉告诫自己遵守道德规范和法律制度。宋代学人陆九渊有解释说：“慎独即不自欺。”宋人袁采也说，慎独即“处世无愧于心”。

“慎其独”，是对法规律令的一种自觉敬畏，是自我净化灵魂的一剂良药。无数先贤用自己的行动告诉我们：它可以帮助我们增强抵御萌生邪念的定力，使我们“处”污泥而不染。

明朝主考官李汰，拒绝趁夜色行贿的学生后写诗抒怀：“义利源头识颇真，真金难换腐儒心。莫言暮夜无知者，怕塞乾坤有鬼神。”

清代河南巡抚叶存仁，一次离职至他地赴任时有同僚深夜用小船送他一批礼品，他以诗婉辞：“月明风清夜半时，扁舟相送故迟迟。感君情重还君赠，不畏人知畏己知。”

还有，清代江苏巡抚张伯行也能做到“慎其独”。一日，六合县县令将自己绘的一幅画悄悄递到他的府上。他回家后拿起画卷，竟从画轴里抖出一根金条。张伯行找来县令，还赠一幅字画，县令欣喜收下，回家后竟也从画轴里抖出一根金条来，再看张伯行所题墨宝：“一丝一粒，我之名节；一厘一毫，民之脂膏。宽一分，民受赐不至一分；取一文，我为人不值一文。”县令阅后，愧汗不已。

能够“慎其独”的不独是古圣先贤，在革命战争年代，无数革命者用自己的行动使这一美德薪火相传，看今朝，平民百姓之中这样的人物又何止万千！

在1945年春夏之交，我10岁，读小学四年级，院子中住着八路军。晚上有十几个人在开会，会上有一人表扬他们中的一个同志在负责粮草的收集中账目清楚，分文不差。而那个时候，老乡们收钱后打的都是白条，签个名都行，是没有什么发票、盖章之说的。而负责这项工作的只他一人，可以说是完全无人监督的，但他做得干干净净，因而得到领导和同志们的高度信任。当晚我看不清被表彰的是哪位，但这个事几十年来仍然深印脑际。每当读起方志敏的《清贫》时，我就想到这位八路军，想到这和他一样的共产党人，无论何时何地，哪怕是独处都能自觉严守组织纪律，不违规，不逾矩，不拿群众一针一线，个个一身清白，一尘不染。他们为革命真是全心全意，为国愿捐七尺躯，视钱财为敝屣尘土，哪里会牟取私利。

我在电视上也曾看到，原籍东北的一个中年男子被亲友蒙骗落入武汉传销魔窟。他不愿同流合污，冒死逃出虎口，但因受传销团伙的威胁，怕祸及家人，于是在外流浪乞讨数年。一天他在垃圾堆里捡取食物时，偶然打开一污渍斑斑的布包，发现内装人民币五千元，于是毫不犹豫地把钱原封不动地送到附近派出所……

所有这些都说明，注重思想道德修养、有正确信仰的人，不是关在笼子里的虎兕而是黄莺，他们即使离开笼子也不会伤天害理胡作非为。

当然，社会偌大，鱼龙混杂，良莠不齐。贪财者有之，盗窃者有之，杀人越货者亦有之。这些虽然不是主流，但对社会的危害不容小视。为防患于未然，制度的笼子、法令的天网断不能少。价值观扭曲的人，利令智昏，为了私利，不要说在无人监督下会为非作歹，就是在光天化日众目睽睽之下，以身试法的也不在少数。对这些败类，仅靠说教是不起作用的，必须依法惩治。

所以，加强法制建设与加强思想道德教育要双管齐下，两手抓，两手都要硬，不可偏废。对于我们自身来说，“慎其独”更是不可或缺的。因为“独”易生淫，“独”易生非。诺贝尔文学奖获得者萧伯纳说过：“每一个人的内心，都隐藏着一匹脱缰的野马，如果你不去紧勒缰绳，时刻都会大祸降临。”所以，常怀律己之心，常修做人之德，常鸣克己之钟，庶几可增强我们的免疫力，做个大写的“人”。应明白独处是检验自己品行最好的准绳。这正是美国人汤姆斯·麦考莱说的：“在真相肯定永无人知的情况下，一个人的所作所为，能显示他的品格。”

独处是人欲望的诱发因素，它是外因，人心是内因。人知者，他律；己知者，自律。独处守心，人何以只有在枷锁下去跳舞，在箩筐内生存，闻独处而色变，处独境而忧心惙惙?

正是基于上面的认识，对本文开头提到的那篇文章的观点，某实觉有失偏颇。

如果片面强调人们的一切社会活动都必须在制度的束缚之下才能

进行，那就彻底否定了人们的主观意志力、自我管控力，否定了人的政治信仰力。彻底泯灭了“良心”的存在。古语有云：“求个良心来管我”。讲良心实际上是做人的基础工程。英国小说之父菲尔丁说得好：“纵使在一个法纪最松弛的国家里，一个有良心的人也不会胡作非为的；他会替自己订出立法者所忘记订的法律。”有了良心的约束，起心动念举手投足，无不是善，自然就会像时代英雄模范那样“仰不愧天，俯不愧人，内不愧心”。所以，只强调制度、监督的约束力，也就把人视为唯条件而变异的物奴，把人的理性全抹杀了。

法规律令的执行，要靠人的自觉。加强思想道德修养，养成遵纪守法的自觉，才是实现“社会主义核心价值观”的根本之道。只要我们不放松这一工作，就会有越来越多的人可以做到非己所有不谋，非我之财不取，那么传说中的“夜不闭户，路不拾遗”也一定会变为现实。

知止不殆

陕西汉中有一座张良庙，庙中石碑上刻着一副对联，上联是“掷秦一锥”，下联是“辞汉万户”，横批“知止”。这副对联用八个字概括了张良的一生，“知止”的评价耐人寻味。

据《史记·留侯世家》记载，张良在帮助刘邦打败项羽夺得天下之后，刘邦因为他有“运筹帷幄之中，决胜千里之外”的大功，让他自己在原来齐国的地盘选一处拥有三万户的好地方作为封邑。但是张良谢绝了，他说：“当初我在下邳起事，与皇上你会合在留县，这是上天把我交给陛下。陛下采用我的计谋取得成功，那是陛下的英明，我哪里有什么功劳？如果非要赏赐我，那若能够把留县赏给我就足够了，我可真的不敢接受三万户。”在被封为留侯之后，他一再对人说：“我家世代为韩相，到韩国被秦灭亡后，我不惜万金家财，替韩国向强秦报仇，天下为此震动。如今凭借三寸之舌为帝王军师，封邑万户，位居列侯，这对一个平民是至高无上的，我张良已经非常满足了。我愿丢却人世间的事情，打算随赤松子去遨游。”而且张良说到做到，远离官场，一门心思研学辟谷之术。在汉初“三杰”中，韩信被杀，萧何被囚，他却始终毫发无损。

荀子说："天行有常，不为尧存，不为桀亡。应之以治则吉，应之以乱则凶。"意思是说，大自然的运行变化是有规律（即"常"）的，不会因为尧的圣贤而存在，也不会因为桀的暴虐而消亡。人类，作为自然界的"万物之灵"，其行为如果能够遵循天道（大自然运行的规律和社会发展的规律），那么万事亨通的可能性就会大一些，否则就会处处碰壁、厄运连连。换言之，大凡天下之事，都是有规律可循的，而人在待人处事时，要遵循规律，当行则行，当止则止，逾之则殆。

"知止"一语，早见于《礼记·大学》的开头："大学之道，在明明德，在亲民，在止于至善。知止而后有定，定而后能静，静而后能安，安而后能虑，虑而后能得。物有本末，事有终始，知所先后，则近道矣。"这段话是讲，大学的宗旨在于弘扬光明正大的品德，在于使人弃旧图新，在于使人达到最完善的境界。知道应达到的境界才能够志向坚定，志向坚定才能够镇静不躁，镇静不躁才能够心安理得，心安理得才能够思虑周详，思虑周详才能够有所收获。每样东西都有根本有枝梢，每件事情都有开始有终结。明白了这本末始终的道理，就接近事物发展的规律了。文中的"止"不是"停止"，而是"停在何处"，即所要达到的目标；"知止"就是知道目标所在。知道了目标所在，就有了努力的方向和期许。"知止"是纲，"定、静、安、虑、得"是目，只有遵循这一过程，人才能实现目标，才能步入完美的境界。因此说，人只有"知止"，才能"止于至善"。

"止"，《辞海》解释为：止，趾的古今字，足也。如果端详"止"字的结构，其状像禽类的脚趾。它在社会语言的交际中有止步、停息之义。

"止"的义项并不复杂，但它蕴含的人生哲理却丰富而深邃。隋代有个名叫王通的大儒，潜心“止”字研究。他在《止学》中告诉人们：“大智知止，小智惟谋，智有穷而道无尽哉。”就是说，大智慧的人知道适可而止，小聪明的人只是不停地谋划，智计有穷尽的时候而天道却没有尽头。知止方能谋划长远，过于聪明就是愚蠢了。如果一个人只强调智谋，忽视品德修养，他势必会失去仁爱之心，于德有亏，失德必败。

王通把道理已经说得很明白，按说“历史的经验值得注意”，我们做事应该“知止”。可古往今来，因不知止而强越红线造成的灾难性事件屡屡上演，斯可痛哉！

拿破仑，历任法兰西第一共和国执政、法兰西第一帝国皇帝，出生在法国科西嘉岛，是一位军事天才。他多次击败保王党的反扑和反法同盟的入侵，捍卫了法国大革命的成果。他颁布的《民法典》更是成为后世资本主义国家的立法蓝本。但是，他忘记了自己给法国人民的许诺——将给法国带来和平，不再向外扩张，而且他不会再实行专制统治，而是改为君主立宪制，确保人民的自由。可是他在执政期间，穷兵黩武，多次对外扩张，虽然造就了一个庞大的帝国体系，创造了一系列军事奇迹，但 1812 年兵败俄国，元气大伤。1813 年被反法联军赶下台。1815 年复辟，可惜好景不长，随后又在滑铁卢之战中失败，被流放到圣赫勒拿岛，在度过长达六年的囚禁生活之后，一命呜呼。这一切就是因为他不知止——不知法国人民渴望和平、反对战争，渴望民主自由、反对专制统治的愿景而惹的祸。

也许有人说，知其该止自然就止，但有些人是不知天高地厚、不知什么是该止之处（而没止），那该怎么办？其实也好办，看了《烛之武退秦师》中的秦穆公的表现，你会明白该怎么做。秦穆公本来是带着军队帮助晋文公攻打郑国的，但听了烛之武的一番分析之后，明白灭亡郑国只能增加晋国的实力，对秦国的长远利益只有损害没有任何益处，便果断终止助晋伐郑的行动，转而与郑国结盟，帮助郑国守城。也就是说，如果自己在决定采取行动之前，能够广泛征求各方面意见，特别是与自己不同的意见，冷静地加以综合研判，那就可能避免使自己的根本利益受到损害。那么晋文公呢，面对秦穆公的出尔反尔，面对部下要求趁秦兵撤退时攻打秦军的强烈呼声，为什么能够冷静地作出“我们还是撤兵回去吧”的决定呢？他说得好：“假如没有那个人（秦穆公）的力量，我是不会在晋国得到政权的，依靠秦国的力量做了国君如今又反过来损害他们，这是不仁义的；与秦国为敌而失掉自己的这个同盟者，这是不明智的；用制造混乱的局面代替原本秦晋同心的局面，这是不符合武德的。我们还是回去吧！”不难看出，晋文公之所以能够“知止”，是因为他能够从晋国的长远利益考虑，全面权衡利弊得失，不想因小失大。如果我们在做事之初，能够先想一想对自己有没有危害，听一听别人的不同意见，那么就会少些冲动，少些遗憾。

接下去要说的是有些人在明知当止而不止。人生途中，道德法纪是不可逾越的红线，因为红线之外，往往有魔鬼幻化出来的金银财宝、裘马声色在向人招手。我们千万别希图侥幸，要知道天网恢恢疏而不漏，“越规者，规必怨之；逾矩者，矩必匡之”。红线处有看不见的荷枪卫士、冥冥中的“神明”，敬畏者胜，触犯者败，前者成人，后者成鬼。要明白这里是不流血的鬼门关，只要你强行跨出跬步，就偏离人间正道，跌下万丈深渊，一切都悔之晚矣。

但是，明知自己的作为悖情伤理，危害社会，而且也有能力遏止自己的污秽行为却仍然一意孤行的，无一不是私欲膨胀利令智昏者。

这些人模人样者，在光天化日之下，把违天良、噬人道的野性之为，在股掌中要弄得也实在过分。他们制假贩假，拐卖妇女儿童，吸毒贩毒，结伙抢劫绑架，搞电信诈骗，利用高科技手段和现代媒体滋生事端，为所欲为，破坏社会安定。能说他们是法盲吗？能说他们是不知不该止吗？非也！

“知止”，“知”是前提，“止”是核心。老子曾问世人：“名与身孰亲？身与货孰多？得与亡孰病？”现实中很多人没有回答好这三个问题。有的耐不住寂寞，迷失于权力的“金字塔”；有的抗不住美色，栽倒在石榴裙下；有的管不住小节，乃至深陷酒色财气的“自诛阵”不能自拔……种种世相告诉我们，人知其止，“当止则止”可谓人生的命门。正所谓“知止当止，终身不辱”是也。

在落马的“老虎”“苍蝇”之中，有相当一部分人是有知识、有文化、“业务能力强”、“涵养很高”者。他们中，绝大多数是掌握一定权力的人。据国家公布的数字，在这落马的13万多人中，县处级干部7000余人，其余大部分是乡科级领导。这些人中不乏立过功、得过奖者。凭他们的智慧，该不会不知人到何处该止步，该不会不知越过警戒线要付出何等代价吧？

现实中还有另一类人，既无德又无才，他们心知肚明，自己不是“治国平天下”那块料。可他们“三年清知府，十万雪花银”的私念，让官欲的烈火炙烤得像热锅上的蚂蚁疯狂奔跑，在求官发财的路上不止步。他们从不思量自己这个“人”字是正是歪还是早已横倒，而为做官挖空心思，忘却尘世之羞，攀龙附凤，奴颜婢膝，去谋得乌纱。可也因他们文韬武略皆无，为民之心不存，虽然有的也争到一把破交椅，可早上黄袝加身，中午刮地三尺，日不落山他落马，进入班房蹲身，其变化之快太像街头杂耍中的猴子换帽，给人们徒留下几多笑料而已。

对于这类明知当止而不止的衣冠禽兽，只能送他一句话：莫伸手，伸手必被捉；再多的金钱也不能带进你的棺材，但不义之财却能够把你早早送进棺材，何苦呢！

当今有些领导退休之后，本该颐养天年，怡然自乐，可偏恋权难舍，不肯宁静淡泊，总还利用自己长期积累下来的所谓“人脉”，到处伸手谋私，全然忘记了“不在其位，不谋其政”的古训，到头来作奸犯科，亵渎自身。人们不禁要问：何故如此显能呢？

唠唠叨叨，无意宣扬做人要明哲保身，见风使舵，更不揄扬做人如蚁附膻，遇事袖手旁观，恝然置之。而是诚望做人要典守人间道义，当止欲望之火。在歧路之旁，在法纪线前，在不良之念萌芽时，要有勇气抽出“知止”之剑，横心断妖，这不失为做人的上策。

弘一大师有幅字，就是“知止”二字。余床笫幽悟，觉得知止比知足的境界更高一层。知足是不贪，知止是不随、不要、够了。够了，够——了，一“够”就“了”。人应该对烦恼和痛苦说“够了”，对财富和名望说“够了”，对安逸和欣悦说“够了”。

四季都懂“知止”“够了”之理。夏天热够了，秋天来了；花开够了，便谢了；冬天冻够了，春天便到了。

老子云：“知止不殆，可以长久。”何谓止？心之所安是也。

古人曰：“鸢飞戾天者，望峰息心。”富有智慧的人们，在名利权色等猎物面前，当心若止水。

人生一世，唯其知止而不逾者，方能赢得人生。

天高任鸟飞

——说“自由”

凌云之鹰，翱翔自如，令人仰首跂望。

但鹰的自由是有限度的，并不像人们想象的那样随心所欲。伟人毛泽东诗曰：“鹰击长空，鱼翔浅底，万类霜天竞自由。”诗句明白地告诉人们，鹰的自由只限于“长空”，鱼的自由仅限于水域，有谁见过“鱼击长空，鹰翔浅底”？

谈及“自由”的话题，人们常常会提到匈牙利爱国诗人裴多菲的《自由与爱情》：“生命诚可贵，爱情价更高。若为自由故，两者皆可抛。”但许多人并不知道，他说的自由是匈牙利民族独立与解放，而不是自由恋爱的自由。为了前一个“自由”，他抛弃了爱情和生命，26岁就战死在与沙俄军队的大血战中。

法国思想家卢梭说：“世界上，没有人不热爱自由。因为放弃自己的自由，就是放弃做人的资格，放弃人类的权利。”但自由，从来都不是抽象的。西方哲人黑格尔有言，“自由是精神的最高定性”。中国近代启蒙思想家梁启超认为，“自由”的内涵应包括个性独立与思想自由两个方面。他们从不同角度给我们解读了“自由”的内涵：自由的最高境界是精神方面的“思接千载”“视通万里”“精骛八极，心游万仞”，而不是放浪形骸随心所欲。“自由是做法律许可的一切事情的权利。”（孟德斯鸠语）

无产阶级革命家叶挺对自由有着清醒的认识。他在《囚歌》中鄙弃“躯体的自由”，掷地有声地向世人宣告：“为人进出的门紧锁着，为狗爬出的洞敞开着，一个声音高叫着：爬出来吧，给你自由！/我渴望自由，但我深深地知道——人的身躯怎能从狗洞子里爬出！/我希望有一天，地下的烈火，将我连这活棺材一齐烧掉，我应该在烈火与热血中得到永生！”诗句告诉人们，人类和禽兽对“自由”的理解是完全不同的。所以，一个人的“自由”行为也彰显着一个人的品格。

当然，人们对自由真谛的理解是有一个过程的，我们没有必要把某些年轻人的幼稚偏激视为洪水猛兽，对他们加强教育就是了。瞿秋白曾在狱中接受记者李克长专访，在谈到丁玲时，他说：“丁玲原为上海大学学生，我当时有一爱人与之甚要好，故丁玲常在我家居住。丁玲是时尚未脱的小孩脾气，常说：‘我是喜欢自由的。要怎样就怎样，党的决议的束缚，我是不愿接受的’”。（《知识博览》2012年9月）但后来丁玲不是明白了“个人行为自由必须服从国家、民族利益的大局”（梁启超语）的道理，变成了真正的革命文艺战士、写出《太阳照在桑干河上》这样的好作品了吗？

今天，人世间像“未脱尽小孩子脾气”时期的丁玲那样，认为自由就是“要怎样就怎样”的人还真的不少，我们有必要帮助他们澄清糊涂的认识。

人需要自由，这没有错。但自由不是没有边际的，永远不可能随心所欲、为所欲为。因为自由是人的自由，但人不是抽象的人，而是社会关系中的人。每个人的自由既要通过他人的自由来实现，也要通过他人的自由来加以限制。总是由自己凌驾于一切之上，那祸害也就随之袭身了。梁启超先生说得好，自由的实质，必须以不侵犯别人的自由为前提。就像在马路上开车行走一样，如果每个人都是想走就走想停就停，倒行逆施，那么难免就要妨碍别人的自由通行，形成拥堵，造成混乱，酿成灾难，不但谁也自由不了，弄不好还会整出个车祸、丢了小命。

自由是动态的，因人、因事、因时而异，受主观和客观诸多因素的制约。你想下五洋捉鳖，如果你没有捉鳖的能耐，没有捉鳖需要的工具，没有适合捉鳖的气象条件，你的“想怎么就怎么”的自由也只能是痴人说梦。马克思告诉我们，人的自由与发展的程度取决于现实生产力的发展水平，也就是说自由是受生产力发展程度制约的。你想上九天揽月，在科学技术不发达的情况下是不可能的，因为靠揪自己头发是离不开地球的。古戏中有“一两星星二两月”之说，在那时是痴人说梦话，强人所难。然而在今天，中国人是可以办得到的。所以自由不能脱离时代，不能脱离实际，追求超现实的自由只能是一种无知。自由是不可逾越法律底线的，正所谓天网恢恢，疏而不漏，只有在法律框架内行动，才能保障个人的权利，享受个人的自由。

自由的实现要靠法治护航。只有敬畏法治，才能获得最大的自由。古人云：“畏则不敢肆而德以成，无畏则从其所欲而及于祸。”1993 年 4 月 6 日，新华社播发长篇通讯《国法不容》。报道了天津市静海县大邱庄党委书记禹作敏的犯罪事实。《人民日报》为此发表社论《前车之鉴》，其中严肃正告：“决不允许在党内和人民政权内出现谁也管不了的土围子、土皇帝。”天津市中级人民法院以窝藏罪、行贿罪、妨碍公务罪、非法拘禁罪，一审判决禹作敏有期徒刑20年。这位“土皇帝”所以名裂天下，身陷牢狱，失去自由，就是因为在他掌控的领域没有法度，可以为所欲为、胡作非为。他追求绝对的自由，想不受任何约束，翻手为云覆手为雨，置他人的自由和利益于不顾，置国家和人民的利益于不顾，结果反而丧失了自身的自由。

自由不是想干什么就干什么，这不是人类的自由，这是低级动物的本性，也是它们的野性。而人有自我认知，有自己的尊严，也有诸多规范，才使人脱离了低级动物的生存状态。对于受人睥睨，不被社会尊重的人，是该反思自己的言行举止有没有不该是“人”之为的低级行为。人只有尊重社会规范的约束，在法律框架下把道德准则内化为自觉行动，才会获得真正的自由。德国哲学家康德说：“在限制中方能显出身手，只有规律能给我们自由。”任何人在限制之外的“壮举”和“杰作”，可能就是社会的灾难，你的不凡身手，也会把自己驱逐出“人”的范畴。

绝对自由是没有的。看看标榜自由的西方世界的种族歧视、文化歧视，看看枪支泛滥下美国校园的枪击惨案，看看在西方所谓“自由”的蛊惑下搞“颜色革命”的国家的战乱不断、民不聊生，你就会清楚西方国家的自由也是充满血腥的，你就会清楚某国那些输送“自由”者的祸心——“某国利益优先！”所以，对那些打着“自由”的旗号，叫卖“自由”的政治商人，我们切不可贸然从之。一定要记住哲人所言：绝对的自由，就是将自己变成行尸走肉的另一种地狱。遗憾的是常有人一闻到“西方自由”的鸡汤，就昏昏然不知自己的走向了！

真正自由快乐之人，必是敬畏法度之人；敬畏法度之人，必是严于自律之人。诚如马克思所言，法典是人民自由的圣典。维护自由就必须遵守法典。那些鼓动一帮无知青年在香港非法“占中”的幕后黑手，他们用面具掩其龌龊的本质。他们是一伙十足的教唆犯，他们这样做不过是把这帮无知青年当成干涉中国内政的棋子而已。要知道，无所限制的自由必然是扭曲的，不真实的，只能存留于想象之中。谁真是如此任性地看待自由，无所顾忌、不知敬畏，谁就终将付出惨重的代价。

天高任鸟飞，但若突破大气层，那就是毁灭。

天高任鸟飞

海阔凭鱼跃

——说“约束”与“自由”

大海为鲸鲲铺陈畅游的温床，但也无声地告诉它们，须臾不可游离大海。人生宛若鱼生水中，时时要受社会之“水”的约束，否则就无以为寄。

自然界空旷无际，可鱼儿只能在海里穿梭，这看似大海对它们自由的限制，但实际是保护了鱼儿安全的自由生长。

对个人来讲，自由和约束这一矛盾同时存在，它们是辩证的统一关系。它们的同时存在，看似相对相反，但常态下它们更多的是并行而不相害，在个人智慧的运筹之中发挥着相辅相成的作用。作为个人如何使它们少一点对立，多一点相向，长处于和而不同的境界，对己、对社会都是大有裨益的。这对一个人的生存智慧和驾驭人生的能力都是不小的检验。

“约束”，在《辞源》里的释义是缠缚、限制。它在实际运用中的功能就是“纪律”的内涵。纪律就是终极、限度之义。就鱼而言，大海就是鱼必须遵守的纪律，也就是鱼儿自由的终极。古语曰：“军中纪律严，至死无敢弃。”也就是说，纪律是军人的终极，用现代的语言去表述：军人以服从命令为天职。

由此覃思，约束对人而言就是社会纪律，人人只能遵守不能违背。听起来“约束”让人肃然，执行起来，人们从情感上略感无情和冰冷。可作为一个社会，约束之规必须设置，而且其规要健全，要细化，应包括社会各个角落。任何约束之纪的些许纰漏都是隐患的种子，它都会生芽、蔓延、邪孽连理其害不断；它更像火星，燃及其它，就会燎原。

约束对社会的作用就是人们最安全的保护网。社会没有约束这个网的保护，就会动荡不堪，险象丛生。社会就成了丛林，弱者就先受其害。可当弱者不复存在时，强者的生存也好不到哪里去，它们的时日也走不了多远。历史也一幕幕上演，当社会失去法规约束时，就会有大量黑暗龌龊之事发生。在丛林法则中，各种禽兽不存在统一约束之规，有时豺狼也可以把大象吃掉，也可以把狮虎之食掠走。所以失去约束的社会，公平、公正、道义就荡然无存，或者说，一切人间道义、事理、文明等等都只能在社会有约束的规则下，才能得以正常展现。

这就像在足球场上，裁判的哨声、手势和舞旗，看似打乱了运动员的“自由”驰骋，但却保证了比赛的公正与公平。

某地为招商引资，给投资方开出了免税、免费，审批手续可“先上车后买票”等优惠政策，然恰是这些优惠把投资者跟吓跑了。因为来者懂得，人不尊重法律和规则，社会就不可能有良好的秩序。在任何一个环境里，当个人的意志和行为高于社会规则，凌驾于制度的约束之上，一切资源都将耗费。就是天资非凡者也难有施展的空间，这些人的才华会被混乱的环境淹没而难有建树。这正像再优质的桶板，若没有牢固的桶箍去把它们束之成桶，桶板不能成器，它的价值就无从得以发挥。

法律和规则是社会的基石，它是社会有序运转，人与人和谐相处的基本元素。衡量一个国家的发展前景，看一个城市的文明程度，一个重要标志就是每个公民有无法律、法规来约束自我的意识。

《论语》里说："以约失之者鲜矣。"意思是说，一个善于约束自己的人，是很少犯错误的。管好自己的言与行，不为小恩小惠所惑，不为人情搅扰所动，在独处时，做到慎独慎微，就会使自己俯仰坦然，进退无愧怍。

而人的天性中，似乎独来独往、天马行空的因子又总是十分活跃。正如诺贝尔文学奖获得者萧伯纳说的那样："每一个人的内心世界，都隐藏着一匹脱缰的野马，如果你不去抓紧缰绳，时刻都会大祸降临。"这就是说人生于世，必须制约自由因子的泛滥，若让它恣肆妄为，祸必降临。

有一则寓言：玻璃抱怨窗框的约束，总想着要挣脱它。有一天，它如愿了，但它没有想到，刚离开窗框，就"哗啦"一声摔成了碎片。

蜕变成"老虎"与"苍蝇"者，虽然背景和栽倒的细节各有各的版本，但共同的特点都是自拆围栏，让自己内心世界那匹脱缰的野马跑出了它不该跑出的牧场。

曾读过一个人追求自由自在的生活而讨厌生活中各种束缚的故事：他讨厌理发师对他头颅的摆弄而拒绝理发，任由头发疯长。他讨厌洗澡时皮肤受热水的冲刷和毛巾的搓擦而拒绝洗澡，任由污垢酸腐，虱子嚣张。他讨厌鞋子、袜子对他的脚的束缚，而拒绝穿鞋袜，可赤脚让他苦不堪言。他扔掉上衣，只剩下腰带和裤子时，又对皮带说："你给我滚开吧！”皮带不解地说：“假如你失去我这个唯一的约束，就可能丢光了你做人的尊严。”他还是一意孤行，找来一把剪刀，剪断了皮带。皮带断了，裤子当然也脱落了。他为摆脱了全身的束缚而兴奋异常，然而此时的他因干扰了别人的生活而被送进了精神病院。

看来还是卢梭说得好：“人生而自由，却无往不在枷锁之中。”鲁迅先生说：“贪安稳就没有自由，要自由就要经历些危险，只有这两条路。”这些经典之言在忠告人们：自由与约束是相反相成的，或者说，天下只有约束之中的自由，没有不受约束的自由，这两者看似对立，其实是统一的，而且是互为一体，结合得又非常完美。我们可以关注一下自身的各个生理部件和自身整体的关系，自然就明白自由与约束之间的巧妙结合。还可以说，人只有在一定的约束之中，才可以自由驰骋，也才能领略和享受到真正意义上的自由；反之非但没有自由，很可能到处碰钉子、撞墙壁、寸步难行。规则之外的狂放无忌，只能是折足覆餗，它和在约束之内的自由是截然不同的。

毋庸讳言，一个人内心里自由和约束的斗争也常是非常激烈的；尽管悄无声息，不会流血，但实际也是十分残酷的；尤其在“野马”的肆虐被无情的缰绳勒住喉管时，个人的痛苦也并非心理学家可以看得透、体会得到的。

严于约束自己的人，对于事业的成功也是大有裨益的。我从多年担任班主任的经历中观察到，道德品质和学习成绩走在前列的学生大都是自我约束力比较强的学生。其中有一届的学生班长，他始终对个人的行为管束很严，即使有时班上纪律不好，甚至大多数同学行为失控，经过努力他驾驭不住全班的乱局，但自己从不随波逐流。也就是这位班长，据知他从事工作后，也成为团队里的优秀人才。

眙目社会，凡成就事业者，尤其是成大事者，必须具有高度自控能力。革命先辈华子良在国民党重庆渣滓洞监狱装疯14年，监狱的特务们始终没有发现他的蛛丝马迹。这种非同一般的约束力，只能用他忠于共产党的坚定信仰去诠释。由此看去，自我约束不是一般的自由和不自由，而有时是必须承受精神折磨和以牺牲自我为底线的。

人心之动，物之使然。对于人的非理性自由，单靠法律的强制和威慑作用是远远不够的，法律可束其行而不能束其心，人的行为是靠心的指令。社会学上有个“横山法则”，意谓最有效最可持续的约束，并非外在的强制力量，而是内心的自我控制，即内心的觉悟。当一个人心不守舍时，天莫能为。所以当人邪念滋生时，他就会冒生命之险去破坏约束它的笼子。尤其在日常生活中不该发生的矛盾，也包括社会秩序中的一些恶性事故，并非全是大得不得了的利害冲突，多是放纵了心中的“野马”。更为可笑的是，排队购物，理性之行，文明之为。可有时购物者仅三二人，但也为排先排后争执不一。

当今，有少数正是读书黄金时段的未成年学生，由于涉世经历几近空白，初目花花世界，梦幻般的“自由”催生他们迫不及待离家、离校、走出“笼子”的念头。其实，当他们一旦实现了自己的“梦想”，不是受骗，就是掉入泥淖，漂泊街头，风吹雨袭，生活无着，举目无亲。当他们四顾茫然时，如梦初醒，还是回到家和学校的“笼子”里温暖、安全，才有真的自由。

据报载，某国流传一句话：“管好自己，不给社会添麻烦。”这个社会的人们常把可乐瓶上的商标纸撕掉丢进可燃物的垃圾桶，再把瓶子塞到装瓶罐的垃圾桶内（因为瓶罐回收后也需要工人把商标纸撕掉）。这可谓举手之劳，人人都可以办到。可现实还有比这更小的事，倒是一部分人偏偏不能做到自我约束。

所以，每个人要懂社会之规，人生之道，要历练自己束己律己的素质，以适应在社会之规内生存。总幻想到没有约束的地方去，纵情于没有法规限制的天地，那不是天真，而是聪明过头犯糊涂了。试看《今日说法》栏目中报道的那些罪犯，哪一个不是因为太放任自己了，却落得个不自由的？哪一个不是从破坏“笼子”，跑出“笼子”才落身败名裂呢？

约束之道，人皆知之，难在践行。所以必须使自律与法规互为两翼，相辅相成。因为自律是道德自束，人称“软约束”，它所能约束的是有敬畏之心、有羞耻之心的人。但对于道德虚无主义者，再好的教化也没有用。这是因为任何社会都是“流俗者众，仁义者稀”。真正具有高尚道德操守之人往往是少数。而大多数人的处世理念虽然心底赞赏有道德操守的人，但在利害面前，他们心中的道德往往不足以抵制诱惑，所以就经常发生“经不住金钱与美色诱惑”之类的事。说到底，约束之力源自锤炼自己的心，那就是要修炼“人”的道德修养。

所以，一个文明国家必须“两手抓，两手都要硬”。这就是说，人们除道德束己之外，还要接受国法的约束，这个约束没有弹性，碰不得，顺从者畅通无阻，践踏者必须付出代价，其中就包括剥夺他个人的自由。

《韩非子·喻老》中言：“志在难也，不在胜人，在自胜。”意思是说，人的意志最艰难的地方，不在于战胜别人，而在于战胜自己（的弱点）。所以，一个人能否在言之无益、行之寓祸的节点上，尤其在明知自己的短板处，扼“由自”之苗埋汰于土层，谁就往往成为胜利的主宰者。

法国大作家蒙田说："心灵之崇高主要不在于高高在上和遥遥领先，而在于知道如何控制和约束自己。"

一言以蔽之，谁能在约束自己的藩篱门口幡然止步，乃圣贤也。

切记：鲲鹏展翅九万里，不是说走就能走的，必待"六月息"也。

任性者贾害

展卷史册，盱盱社会，从普通众生到俊逸之才，大凡秉性放纵者常于中途跌倒的多，迎来霓霞的少。

什么样的性情是任性？我想，常看《动物世界》者，大概能够感受到动物狂野般的任性，就是野性，即动物本性。就人而言，任性是秉性中的毒瘤：任性的顽童难施教，任性的学子是歪才，任性的浪子多乖行。

任性者多无理性，而有理性修养的人，性格中虽非完全没有任性的因子，可他的可贵之处，就是能以理性克制任性，从而循人生正道而前行。

任性，它不同于理性的坚守。理性的人是以事物之理掌控自己的言行，而任性恰恰是本性的恣肆吞噬了理性。可以说，任性者的作为就是野性的泛滥与猖獗，危害社会是他们行事的必然结果。

任性者由于“我尊”心态的支撑和作祟，在社会生活中总是傲性有余，虔谦不足，言出不逊，疏情离感；行为狂躁，炙人难以亲近；自负自盛，虑事不周，纰漏频频。这等人面世处事刚愎自用，咄咄逼人，常天马行空，独来独往，难以融入众人。所以，一有不测风云，应和者寡，常陷己于孤家寡人之境，惹灾招祸常多于他人。

任性者口中常喷出“自由”的雾霾，以迷惑他人的眼睛，实际是把自由颠倒成了“由自”。当然，自由中有“由自”因素，如果自由中没有自我意志的作用，从而不能称为自由。当“由自”蜕变成了任性，那就把人返祖到丛林生态，从而彻底泯灭了人性。“二战”中，法西斯分子屠杀犹太人的残酷手段，日本侵略者屠戮中国人所使用的二百五十多种方式中找不到一丝人性，它比野兽的残忍有过之而无不及。所以，任性是人性中的毒液，它的肆虐对人对己都是带着血腥的灾难。

任性者往往存在于政府失去职能、法律形同虚设、人们信仰缺失、道德观念沦丧的社会背景下。他们行为鸥张、肆无忌惮，对社会底层的人们，动辄施以谩骂、殴打、抢夺甚至杀戮等伤天害理的残暴之行，使社会更加藉藉无序，百姓惶恐不安。

20 世纪 40 年代，日本的入侵，国民政府的腐败，地方政府的瘫痪，社会基本不存在法律和人权之说。一时间什么兵痞、土匪、刀客、地头蛇等纷纷出笼登场，在面对惇惇、善良、手无寸铁的百姓时往往飞扬跋扈。他们人性中卑劣的一面，可以说表现得淋漓尽致——他们是刀俎，平民是鱼肉。这些任性者的所作所为让人们闻之丧胆，他们在百姓的心里和丛林窜出来的四足猛兽没有什么两样。但多行不义必自毙，历史的正义审判又总是对这些任性者毫不留情，施以严惩，最终让他们滚出历史舞台。再看他们夹着尾巴丧魂落魄的狼狈之相，酷似秋风中的落叶一样，一夜间呼啦啦从枝头落个精光。

任性，是个人品性和素质低下的一种表现。它不是天性，而是与他们所处的家庭和社会环境有关。有学者讲：“土豪的任性，因为是土豪；富二代、官二代的任性，因为是富二代、官二代。某些名人、闻人的任性，因为是名人闻人。”以此类推，地头蛇的任性，因为是地头蛇；无赖的任性，因为是无赖。当然这并不是说所有富二代、官二代、名人、闻人都必然任性，可地头蛇、无赖之辈多任性。所以“任性”是一种特别低劣的素质，特别低下的人文素质与道德素质。但须明白，人文素质与道德素质又不等同于人的文化水平。文化水平表现为知识，而素质则表现为思想和品行。文化水平高的人不一定道德素质就高，就不一定不任性。

恩格斯说，任何一个人的愿望都会受到另外一个人的障碍。所以，任性者举步不是壁立千仞，就是窈冥窒塞之道。

任性者的致命软肋是不纳谏言，不守静气，狂妄放纵，再辉煌的事业都会让此类人践踏乌有。如果作为一个普通人任性处世，虽殃及池鱼，然影响有限。但作为手中有权之人，无论其手中权力是大是小，其影响都是灾难性的。历史上因国君暴烈，以任性治国理政而招致江山坍塌、社稷倾覆的就是殷鉴。

纣王淫虐无度，国势危殆，朝臣屡谏不纳。他的叔叔比干以死力谏，纣王恼羞成怒，将比干剖腹验心。此一残忍之举不只暴露他的“任性”痼疾，也鞭挞了他所谓“验心”的愚蠢。

历史上，吴越相战，阖闾受伤而死。两年后，勾践听说夫差日夜练兵，他欲以先发制人，攻打吴国。范蠡劝勾践不要动兵，勾践自负胜算在握，执意施戎挥戈，结果被吴军杀得大败，自己躲进会稽山，终成吴国俘虏。

两年后，吴国又要讨伐齐国，伍子胥劝夫差不可兴师滋战，以防越国乘虚入吴，夫差断然拒之。他在奸佞伯嚭的离间之下，又命人赐剑伍子胥，让其自杀。伍子胥面对使者义愤其词：“把我的眼睛挖出来挂在城门上，我要看着越兵打进来！”历史正让伍子胥言中，四年后，越国灭了吴国，夫差自杀身亡。他临死时还把脸遮住，羞愧而言：“我没有脸见伍子胥。”

隋炀帝在位 13 年，618 年死于江都（今扬州）。在导致隋朝盛极而衰的诸多因素中，隋炀帝治理国家的恣意妄为占据主导地位。从新发现的隋炀帝墓志可见，大业十年（614 年），隋炀帝第三次起兵征高句丽，群臣进谏此举不宜。可隋炀帝无视大贵族杨素之子杨玄感联合众多开国功臣子弟的反叛刚刚平息、统治集团四分五裂、地方上盗贼四起的现实，任性远征，结果落得铩羽而归。接着他就第三次匆匆北巡，以镇抚屡为边患的突厥。此一役若不是远嫁始毕可汗的义成公主设计救援，他就在劫难逃。

大业十二年，农民起义军尤其是瓦岗军在河南连战连捷，声势大震，中原已失去了控制。群臣上书“百姓疲劳，府藏空竭，盗贼蜂起”，劝谏隋炀帝及早返回长安。他既不坚守洛阳，也不听从回守西安之谏，仍固执己见要三下江南。

面对如此不利的环境，中原地区狼烟四起，大隋江山形势严峻，他却下诏建造数千艘龙舟，准备三下江南。群臣谏言曰：“陛下若遂幸江都，天下非陛下所有。”这当是冒死直陈，可他一意孤行。大业十三年他执意离开东都洛阳之后，中原局势骤变，李密的瓦岗军数十万人风起云涌，讨伐檄文遍地，将隋朝第一粮仓兴洛仓打开赈济百姓，至此断了隋炀帝重返东都的后路，他最终葬身江南。

刚愎自用的蒋介石行将灭亡时，对总统府国策顾问陈布雷的劝谏置若罔闻。

在 1948 年 11 月上旬，辽沈战役结束后，东北全境解放。蒋介石力竭精疲，忧心如惔，吐血卧床。陈布雷床前“献计”：“依卑职之见，这个仗不能再打下去了。”蒋心头一惊：“依你之见，不就是与共产党握手言和么？”陈字斟句酌地说：“目前形势不同于北伐，将衰兵瘦，人人厌战；物价飞涨，民不聊生。若得半壁江山，将来还可重整旗鼓，统一全国。”蒋厉声训斥：“自古以来，没有半分天下而能持久者。非战即和，你死我活。我就瞧不起一打就倒、不打自垮的软骨头。事到如今，只有背水一战，成败在天。”陈起身告辞时，蒋反复地说陈：“你该休息了！你该休息了！”

接着在11月8日这天，是国民党党政机关举行总理孙中山纪念周的日子，蒋介石在训示演讲中，一上来就破口大骂主和派出卖党国利益。这对陈布雷的精神打击真是毁灭性的，使他心底深处残存的一点希望之火被彻底扑灭了。据陶永标说：蒋的这次演讲，决定了陈布雷的最后命运，“也许就在这一天，陈布雷才决定了自杀的具体措施和日期”。

历史的洪流并没有被这位任性的独夫喝断，而是以汹涌之势把他淹没于东海之中，留下几声凄厉，几声抽泣。

纵观任性之人，自负、跋扈、乖戾是他们的禀性支柱。他们的行为既是在为自己掘墓，也是在为社会种祸患之苗。倘授权于此类既无政治品质又无道德涵养的人去执行公务，他们更是冤假错案、玷污人间正义的罪魁祸首！

还见一种任性，看上去只是坚持己见，其实质也是人生观和立场问题，是一个人要走什么道路的问题。

张国焘在长征途中执意不愿北上，其实质是要另立中央，是要分裂党，是要与中央分庭抗礼，是他个人野心的显露。后来他借祭黄陵私跑西安。在西安，又不听任弼时同志的劝阻而跑到武汉。在武汉又拒绝接受周恩来的再三劝谏，竟然自动声明脱党，投到蒋介石的羽下，死心塌地为国民党反动派卖命，积极帮助培训国民党特务如何破坏共产党的地下组织。但终究还是被蒋介石一脚踢开，浪迹天涯，栖宿异国，命绝他乡。

一个率性而为、忘乎所以的人，纵野性于无人之境，狼奔豕突，隳突号叫，那祸患也就随之上门。

还是鲁迅先生说得好："无论古今，谁都知道，一个人如果一味地放纵自己，十恶不赦，就是天天喝三鞭酒也无效，简直非'寿终正寝'不可的。"

违令者，斩！

违令者，斩！

有这么严重吗？史籍历历，韩信砍殷盖之头当是一例。

韩信投奔刘邦以后，在萧何的鼎力举荐之下，被任命为大将军。可刘邦部下有些大将自恃功高，对韩信的上位很不服气。有一日，韩信下令卯时军队集合进行操练，然监军殷盖在午时才到。营门口守卫拦住他："大将军有令，演习已开始，不准任何人进去，以免冲乱队形。"殷盖大怒："什么大将军，小人得志，乱施胡为！还不快去通报，说我监军大人来了！"瞬间，门卫回禀殷盖："请进。"殷盖自感受辱，带着几分怒气，提起十足的架子，走上点将台。韩信大喝一声："绑了！"回头问司时官："现已几时？"答曰："午时。"又回头问殷盖："原令几时集合？"殷盖怒火中烧，又不以为然，傲慢地回答道："卯时！"韩信厉声斥责道："你身为大将，岂不闻受命之日，则忘其家；临军约束，则忘其亲；临阵杀敌，则忘其身？"转身问司法官道："与军约会，期而后至，按罪当何？"军法官曰："慢军之罪，罪当斩首。"殷盖此刻方醒，军纪不可违，忙下跪求饶。韩信面对众将士说："军令如山，军法如天，若有犯者，一概不赦！"当即传令斩了殷盖。

纪律是铁，冰冷、无情。也许有人觉得韩信这样是公报私仇，其实不然，他不是睚眦必报的小人。还记得那个让韩信受胯下之辱的街头小混混么？韩信得志后召见了他，任用他做了中尉，并告诉将相们说："这是位壮士。当侮辱我的时候，我难道不能杀死他吗？杀掉他没有意义，所以我忍受了一时的侮辱而成就了今天的功业。"

既然如此，那他为什么不对殷盖网开一面呢？你读了《史记·孙武列传》也许会明白。

孙武是齐国人，因为所著《孙子兵法》被吴王阖庐召见。阖庐对他说："你的十三篇文章我都仔细看了一遍，你能不能用它给我演示一下如何用你的兵法来操练军队呢？"在得到他肯定的答复后，阖庐又问："可不可以用妇人来代替士兵来操练？"他说可以。于是阖庐唤出宫中美女 180 人。孙武把她们分为两队，以吴王阖庐的两个宠姬各为队长，并让她们都手持着戟，然后颁布命令说："你们知不知道心与左右手背？"宫女们说知道。孙武就对她们说："我下令说前，你们就向自己胸脯所指方向走；我下令左，你们就向左手方向行走；说右，就向右手方向行走；说后，就向背的方向退。"宫女们说可以。孙武就宣布军纪，并设立执行军纪的铁钺，又三令五申。操练开始，孙武击鼓发出向左的命令，宫女们嘻嘻哈哈大笑不止。孙武对她们说："约束不明，申令不熟，这是我作为将领的过错。"于是他又在三令五申之后击鼓命令向左，可是宫女们还是嘻嘻哈哈大笑不止。这时孙武严肃地说："约束不明，申令不熟，是为将的过错；可是已经申明军纪仍然不听指挥，那就是队长和士兵的罪过了。"于是他下令要斩杀两个队长。吴王在台上观看，见孙武要斩自己的爱姬，非常吃惊，就急忙让使者向孙武传话说："寡人已知将军能用兵了。但是寡人如果没有这两个美人，吃饭都不香，希望你不要斩杀她们。”孙武回答说：“臣既已受命为将，将在军，君命有所不受。”孙武果断斩杀了这两个队长，任用排在她们之后的宫女为队长，继续击鼓发号施令。宫女们这次左右前后跪起皆中规矩绳墨，没有人敢发出一点声音。于是孙武就派人向吴王报告说：“兵既整齐，王可试下观之，唯王所欲用之，虽赴水火犹可也。”吴王阖庐心疼那两个美女，就说：“将军罢休就舍，寡人不愿下观。”孙武笑了笑说：“王徒好其言，不能用其实。”于是阖庐知道孙武能够用兵作战，就任命他指挥军队，“西破强楚，入郢；北威齐晋，显名诸侯”。

明白了吧，严明的纪律就是战斗力。如果执行纪律不严，什么战略战术都是空的。所以，要想打胜仗，纪律要挺在前面。台儿庄大捷的指挥者之一张自忠将军就明白这个道理。

1938 年 3 月，抗日战争中，一场震惊世界的大会战——台儿庄战斗拉开了帷幕。一天，正在行军途中，一阵凄厉的军号响起，将士们的脸色霎时灰暗——那是杀人的号声，两个士兵被五花大绑地推了过来。张自忠将军凝视这两个士兵良久，向站在身旁警卫营营长孙二勇摆摆下巴。枪声响了。马路前横下两具尸体。张自忠向全军宣布了他们的罪状：昨天，这两人路过一家小店铺时拿了群众两把伞，不给钱反而打了店老板。“这种时候，我不得不这样做。”张自忠说：“我要打仗，而且要打胜仗。”在掩埋了那两个战士之后，张自忠在阵前严肃地说：“还有比这更坏的事情。昨天晚上，我军驻扎在田各庄时，一个弟兄竟摸到民房里去糟蹋人家姑娘。天快亮时，那家伙跑了，可那姑娘肯定地说，他就是我手下的人！现在，他就在队列中！”

几天后，真相大白了：干下那丑事的人竟是警卫营营长孙二勇。张自忠大怒：“我瞎了眼了，养了一条狗。抓起来！”当军法处长请示张自忠如何处置时，将军竟足足沉吟了五分钟，因为这个孙二勇，曾是张自忠手下驰名全国的大刀队成员之一，在喜峰口的长城上，有18颗鬼子的头颅在他的刀下像皮球一样滚动过；“七七”事变时，他率一个半连扼守卢沟桥，与日军一个旅团搏杀。还有，一年前，张自忠代理北平市长，是汉奸们眼里的钉子。一天夜里，张自忠路遇刺客，孙二勇奋勇当先疾步前沿，三颗子弹竟未打倒他，刺客已软瘫在地。但是此刻孙二勇犯了弥天大罪，张自忠思虑再三，还是只说一个字：“杀！”

1938年3月20日以后的一个多月里，台儿庄成了死亡世界。一天晚上，张自忠正在灯下静读《春秋》。忽然，“报告军长……他……他回来了。”回来的“他”是张自忠将军警卫营营长孙二勇。那孙二勇怎么会又回来了？

原来，那天行刑的士兵心里发慌，连着两枪都没打中要害。孙二勇在荒野里躺了一天被百姓发现，抬回家去。伤口痊愈后，百姓劝他逃跑，他执意来找部队。这就是“他”又回来了的原因和经过。

张自忠在全体高级将领会议上下令坚决杀掉孙二勇，理由只有一个：“我要一支铁军”，“尤其在此时，面对着铁一样的敌人，自个儿也得是铁”。

在一个预先挖好的大坑边，战友们依次同孙二勇握手告别，张自忠也走过来与孙二勇握手说：“放心走吧，我会替你多杀几个鬼子！”孙二勇向坑里走去。一口刮白的棺材在那儿等着他……

以上几则，说的都是军旅中的“违令者，斩”。实际上，社会上所有纪律法规也都不容践踏，违者必须“开刀问斩”。这里的“斩”，是严格执行纪律，依照法纪规定进行处罚，不宽不纵的意思，不是不分轻重都割下脑袋。

如果把社会比作一个竞技场，那每个人就是这个竞技场上的竞技者。自己要想在这个竞技场上立足，并施展其绝技，首先是无条件遵守竞技场里的所有规则，否则，就一定会被请出场外。

1764 年的一天深夜，哈佛大学的大楼被烧毁。在大火发生前，一名学生碰巧把哈佛牧师捐赠的《基督教针对魔鬼、世俗和肉欲的战争》带到了馆外，打算在宿舍里阅读。第二天，当得知大楼失火的消息，意识到自己携带回家的这本书，已是哈佛牧师临终遗嘱捐赠的 250 本书中唯一幸存的一本时，他经过一番思想斗争后，把这本书送还给校长霍里厄克。校长收下书，感谢了他，然后下令把他开除。理由是他违反校规——因为哈佛牧师捐赠这 250 本书，珍藏于哈佛大学楼里的一个图书馆，并规定学生只能在馆内阅读，携出馆外者视同盗窃，一律开除。哈佛大学的做法值得称道，功是功过是过，不能相抵以亵渎纪律。

古人云："法不阿贵，绳不绕曲。"刘青山、张子善在战争年代有功劳，可对他们的违纪，毛泽东依然挥泪斩"马谡"。毛泽东谆谆告诫全党："没有纪律是不行的。"（1928 年 4 月毛泽东向红军战士讲话）这是马克思主义党建理论的基本观点，也是马克思主义政党对党员的基本要求。马克思在 1859 年 5 月 18 日写给恩格斯的一封信中指出："我们现在必须绝对保持党的纪律，否则将一事无成。"列宁指出，党不仅是工人阶级有先进觉悟的部队，同时是工人阶级有组织的部队，党员必须遵守党的纪律。邓小平同志指出，共产党员一定要严格遵守党的纪律。"党的纪律是党的各级组织和全体党员必须遵守的行为准则，是维护党的团结统一，完成党的任务的基本保证。"（《中国共产党党章》第 37 条）

“矩不成，不可以成方；规不成，不可以成圆。”家有家规，国有国法，党有党纪。在纪律面前一律平等，一视同仁。纪律是党实现宏伟目标的有力保证，这正是列宁强调的。

在抗日战争时期，张爱萍将军任新四军三师副师长。有一天，全师会操，恰恰因师长黄克诚找他谈话，所以迟到了四分钟。会操完毕，张爱萍将军当众宣布：“副师长张爱萍同志迟到四分钟，罚站十分钟。各单位自行带回，张爱萍原地罚站！”全场官兵闻之愕然，继而掌声雷动。叶剑英元帅曾说：“在党纪和国法面前人人平等，绝不允许有不受党纪约束的特殊党员和不受法律约束的特殊公民，绝不允许有凌驾于党纪国法之上的特权。”邓小平同志曾说：“同心同德，一心一意，没有纪律不行。”毛泽东说：“这个军队之所以有力量，是因为所有参加这个军队的人都具有自觉的纪律。”

形象地说，法纪就是孙悟空头上的紧箍咒，就是降妖伏魔的金铃铛，就是木桶的铁箍。一只桶的容量不是取决于最短的那块木板，其决定因素是木桶外面的桶箍。桶箍是桶的纪律，如果没有桶箍，再一流的木板终归是木板而不成其桶。桶箍不紧，木板就因缝隙而漏水，因不成器而难以盛水。每粒沙子即使都是精钢，但如果没有纪律去固其成型，它也撑不起大厦。没有纪律的军队是乌合之众，没有纪律的政党是凝聚不起战斗力的。所以，一个社会人要在自己的人生准则中凝重地书写一条——遵守必须遵守的各种法纪。

反之，不愿自觉接受党纪国法对自己的管控，总想当“老大”，我行我素，悍然与纪律碰硬，那么他不管做人做事都是难有建树的，而且很可能被碰得头破血流，成为社会之垃圾。如果稍作留意，从报刊到电视清晰可见，反腐以来，那些被曝光的“老虎”“苍蝇”们，哪个不是因践踏党纪而毁了自己、害了家庭？

《菜根谭》里说：“自天子以至庶人，未有无所畏惧而不亡者也。上畏天，下畏民，畏言官于一时，畏失官于后世。”心存“畏纪”二字，时时发出的就是警醒，摒弃的就是懈怠，激发的就是拼搏，催生的就是作为，成就的就是事业。

古人云：“凡善怕者，必身有所正，言有所规，行有所止，偶有逾矩，亦不出大格。”

心不畏纪，行则肆无忌惮，无法无天。纪律是缰绳，缚双脚而不越界；纪律是牢笼可使人规范从事；纪律是镣铐，可以使人难以汪洋恣肆；纪律是活菩萨，一颗善心让人始终沿人间正道前行。

纪律不是成才的锁链，而是保佑成才的铠甲。“谁学会了服从，谁就掌握了统治。”（拿破仑语）

“悔不当初”话“慎始”

“悔不当初”的意思大家都知道，就是后悔在事情开始的时候没有采取另一种行动。据说它出自唐代薛昭纬《谢银工》诗：“早知文字多辛苦，悔不当初学冶银。”后来就流传开了，例如元无名氏《举案齐眉》第二折就有“早知如此挂人心，悔不当初莫相识”的唱词。

这里，我们不讨论上面诗句中“悔不当初”一词的表达效果，只想从人们在事后对事情刚开始时的言行后悔这个角度谈一点体会。那就是：做事之初，切不可轻慢。换言之，就是《大戴礼记·保傅》说的：“《易》曰：‘正其本，乃物理。失之毫厘，差之千里。’故君子慎始也。”

“慎始”是“敬终”的基础。若事情开始的时候轻忽，一旦“失足”，那后果往往是不可收拾的。据史载，明代御史张瀚在任职初参见都台长官王廷相时，王廷相向他讲了一则乘轿见闻。他说，昨天进城遇雨，一个轿夫穿了双新鞋，起初总是择地而行，生怕弄脏了新鞋。后来一不小心踩入水坑中，把鞋弄脏了，此后便“不复顾惜”，一路胡乱踩下去……王廷相说：“居身之道，亦犹是乎，倘一失足，将无所不至矣！”

张瀚“退而思之”，很佩服王廷相的见解，将此谨印心迹，督之于行。不仅事业颇有建树，而且人品无瑕，为官清廉，甚至对于权倾一时且有恩于自己的重臣张居正，也敢于据理力争。晚年他辞归故里，著书立说，直至善终。

这则故事其义深邃。它告诫后人，举事之初不只会影响事情的成败，还将影响着自己的整个人生。所以，无论何时何事，不管事之大小轻重，在踏出第一步之前，一定要不忘初心，提高站位，从人生长远目标的角度权衡利弊，谨慎思考其可为不可为。

近年来，一些落马官员的劣迹也从反面昭示人们，他们的“失足”往往是从“一”开始：一条烟，一席酒菜，一个红包，一件衣服……真是所谓的“一生二，二生三，三生万物”，俨然滚雪球一样，越滚越大；更像蚁穴溃堤，决口越冲越阔，最终造成堤毁人亡的惨剧。

大家或许还记得2000年3月在南昌被执行死刑的胡长清吧，他先后在中国人民保险公司、国家税务总局和国家宗教事务局工作。1995年8月由国家宗教局副局长调任江西省省长助理，1998年2月当选为副省长、江西省第九届人大代表。他的那个“成千古恨”的“失足”，据他自己说，是从接受他人送的一支钢笔开始的，从此一发难收。当得知被判处死刑时，他以泪洗面，乞求法律宽容于他：“留下我，我还会写字，我天天给大家写字。”

贪官李真，在狱中反思堕落的过程时说：第一次背着上级收礼时还有一点担心和不安，可第二次收到钱物时，这些担心和不安就不见了。从一条中华香烟和一把刮胡刀到贪污受贿1084万元，贪欲愈来愈大。但这一切正是从不起眼的“第一次”开始，“一”发即难止，最终将自己送上了不归路。

拒贿，其实并不难，只要明白什么是不能碰触的红线，明白碰触红线的后果，明白“伸手必被捉”，别心存侥幸即可。

古人公孙仪就明白这个道理，《韩非子·外储说右下》记载了他嗜鱼拒馈的故事。公孙仪相鲁而嗜鱼，一国尽争买鱼而献之，公孙仪不受。其弟子谏曰："夫子嗜鱼而不受者，何也？"对曰："夫唯嗜鱼，故不受也。夫即受鱼，必有下人之色；有下人之色，将枉于法；枉于法，则免于相。虽嗜鱼，此不必致我鱼，我又不能自给鱼。即无受鱼而不免于相，虽嗜鱼，我能长自给鱼。"此明夫恃人不如自恃也，明于人之为己者不如己之自为也。尽管公孙仪是为保其相位而拒收他人之鱼，但他不徇私受贿还是值得称道的。

古人苏琼拒贿的故事也被记于青史。《北史·苏琼列传》记载：南清太守苏琼刚到任，当地郡民赵颖抱着两个新瓜送上门来。苏琼先是不收，后来不得已"收下"，却又欲将这收下的新瓜悬于议事门庭以示廉政，家人劝道："何必如此小题大做，下不为例便是。"苏琼笑曰："安有初乐为而复禁者？"遂悬瓜于梁。于是，后来不再有馈赠者上门。

老一辈的无产阶级革命家，如毛泽东、周恩来等国家领导人，他们对自己的行为苛刻严谨，自始而终，一尘不染。他们在日常工作与生活往来中，把"每一步"都当千钧重，就连家乡人来看望给他们带来一点土特产，诸如茶叶之类，他们也都要以市论价，把该付的款额一定从自己的工资中付出，从无"一次"违纪之行。

陈云下基层视察，立下规矩："不请不到"。其意是说，他不请的人不要自己来寒暄问候。他特别强调："没事别来，有事说事。如果电话中把事情办了，就别跑了。"他坚持"不接不送"，轻装简从，形式上的东西一概免掉，更不许搞迎来送往或吃喝宴请。一次，他在某市的公务结束后，准备乘车返回北京。临行时市领导送来两只母鸡和一些蔬菜。陈云得知后果断地说："不能开这个先例。有第一次，就会有第二次，以后就阻止不住了。还是请他们把东西带回去。要和他们说，他们的心意我领了，但东西我不能收。”他谨守“拒之在初”之道，革命一生磊磊落落。

陈云的“拒之在初”和苏琼的“安有初乐为而复禁”，都告诉我们一个道理：不能搞“下不为例”，第一次收瓜不拒，日后送金者将络绎不绝，想禁止也禁止不了了。大仲马在他的名著《基督山伯爵》中说道：“人类的过错，在未犯之先，总觉得自己有很正当的理由，是必须的，于是，在一时的兴奋，迷乱或恐惧之下，过错铸成了。”那些第一次失足的人，在法纪红线之前，心灵的天平都有个抖晃的过程，而以后就可能穿着“下不为例”的鞋子一次次碰触红线，向深渊走去。当然，“悟已往之不谏，知来者之可追。实迷途其未远，觉今是而昨非”者也有，但那是刚伸出的脚还没有落地就及时收回。我们司空见惯的那些如抽烟、酗酒、吸毒、赌博、偷窃、贪污受贿、道德龌龊的人，只要突破“第一”个关口，有几个不是自食其果，不沉黄河不罢手？

人生路上，面对诱惑，千万莫以“下不为例”来自欺欺人。那是自毁灵台，是对私欲的迁就、怂恿和变相袒护，是从思想上陷己于歧途。不管是从哪条错道上摔到谷底，都会粉身碎骨、万劫不复。那些碰触红线者，最初哪个不曾用“仅此一次”来麻醉过自己？然而无情的事实却是，悬崖边上，一脚踩空，便如自由落体运动，那加速度便不是自己能够控制得了的。冷峻的现实也就只赐予一次“天机”——迈步之前，若非三思而后行，再也没有下次可言了。

人生之道，是非交织，善恶并存，举步就是抉择、定位。所以做人做事一定要慎始。毛主席告诫我们说：“一个人做一件好事并不难，难的是一辈子只做好事，不做坏事。”人要在“恶小”这一路口不止住第一步，那再说什么“悔不当初”也晚了，轻则贻误事业，重则毁灭人生。

人之初，犹如一张白纸，可写最美的文字，可绘最美的图画。上学阶段，老师常鼓励学生们是早晨八九点钟的太阳，前程璀璨，希望无限。然走出校门，登上社会舞台，却扮演着净、生、旦、末、丑等不同的角色。岁月荏苒，三十而立，四十不惑，一晃就到了知天命之年。此时同学再相聚，每个人走过的路各不相同。其中总有些往日成绩优秀，工作先进，间或风华正茂时，已步入佼佼者之列，还有的居于庙堂之位，委实令人仰慕。但也不乏在前进中步入歧路者，不论跌得轻重，伤势如何，但有一个共同的特点，都是在邪道上迈出第一步后，渐行渐远，待到蓦然回首时，已是身陷深渊，哀求悔不当初，着实令人惋惜。

人生路上逢到始步之为，要开启智慧之门，慎虑做人之德，要高瞻远瞩。倘脚下洒满阳光，那就径直而行；若是污泥浊水，那就跬步不移，斩断“悔不当初”之患。

“悔不当初”之憾，若是发生在普通人的生活末节之中，或许有可能留下时间和空间，要是涉及治国理政和有关国家命运的重大决策，始之失误，那舟行“悔”时，国之巨轮可就要沉没了。

切记：“千里之行，始于足下”；初跬不慎，万事俱毁！

才说无妨便有妨

——“没事”之忧

既然“没事”，忧自何来？

余答曰：忧寓于“没事”之中。这并非无病呻吟，更不是杞人忧天。曾读宋代邵雍所写《仁者吟》，其诗曰：

闲居慎毋说无妨，才说无妨便有妨。
争先径路机关恶，退后诚言滋味长。
爽口物多终作疾，快心事过必为殃。
知君病后能服药，不若病前能自防。

诗句虽谈养生之道，也蕴含人生哲理。每诵读诗言，揪心往事就袭堵胸口。

同院一客车师傅，下午上班时，妻子说丈夫：你把鞋子换一下（丈夫走时穿的是塑料拖鞋），丈夫顺口说“没事！”就径直上班了。

到下午5时，传来噩耗。这位师傅驾驶的客车行至山间一弯道处，因脚底打滑踩空刹车，车覆数十米深的山谷。客人当即死了五位，伤了十几位，幸运师傅重伤，性命尚无大碍。整个县城一时间陷入悲痛之中，多少家庭旋踵之际跌入不幸之渊。

有一同事，他刚学开拖拉机，技术只是初步上道。一天，有一台新东方红牌拖拉机在他的村上耕田，中午在司机休息吃饭时，他非要趁机上去开一会儿不可，而且还拉上自己5岁的小儿子。村里人见状直言：你的技术还不行，不要逞强，你还带上小孩！可他满不在意地说着：地很平整，没事，没事！

拖拉机师傅饭没吃完，拖拉机的隆隆声就戛然而止。大家预感不祥。等人们紧急赶到时，果然出事故了，孩子已因被钢管卡住喉咙窒息而死，而他自己还被压在拖拉机下，动弹不得。后虽被救出，但一腿落下终生残疾。这正中诗言，“才说无妨便有妨”。

举目社会“没事”意识犹如病毒蔓延，当它酿成灾祸时，让人们瞠目结舌，惊愕失措。然更令人惋惜的是，灾难之后，人们依然麻木不觉，屡屡上演“没事”的节目，给个人和社会带来不堪耳闻目睹的疮痍，有的也熔铸下历史的遗憾。

读过《三国演义》的人，大概都还记得那个狂妄自大的马谡吧。他也是一个不懂得“闲居慎毋说无妨”的人，而真的成了“才说无妨便有妨”的典型。诸葛亮说“街亭虽小，干系甚重：倘街亭有失，吾大军皆休矣。汝虽深通谋略，此地奈无城郭，又无险阻，守之极难。”他却满不在乎地说，无妨，“某自幼熟读兵书，颇知兵法。岂一街亭不能守耶？”诸葛亮提醒说：“司马懿非等闲之辈；更有先锋张郃，乃魏之名将，恐汝不能敌之。”马谡还是说，无妨，“休道司马懿、张郃，便是曹睿亲来，有何惧哉！”到了街亭，查看了地形，他不听诸葛亮事先告诉他的“可就此五路总口下寨”的要求，也不听副将王平的意见，认为“量此山僻之处，魏兵如何敢来”，不妨“就山上屯军”。面对王平“倘魏兵骤至，四面围定，将何策保之”的质疑，他仍然大笑说，无妨，“兵法云：凭高视下，势如劈竹。若魏兵到来，吾教他片甲不回！”当王平提出“今观此山，乃绝地也：若魏兵断我汲水之道，军士不战自乱矣”的忠告时，他还是振振有词地说，无妨，“孙子云：置之死地而后生。若魏兵绝我汲水之道，蜀兵岂不死战？”马谡一口一个“无妨”的结果是什么，大家都知道，当然是“才说无妨便有妨”，既毁了诸葛亮的伐魏大计，也把自己的脑袋白白搭上。问题是，舍弃“就五路总口下寨”必然招致失败，王平能够看出，诸葛亮也能够看出，甚至连他们的敌人司马懿、司马昭都能够看出来，为什么马谡却还是“无妨”“无妨”个不停呢？从他的“无妨”中不难看出，自恃学历高、摆老资格、轻视对手，诮聱而不从听，不懂得“智者千虑必有一失，愚者千虑亦有一得”之道，这应该是我们为人处世的殷鉴。

西域有言：不谨事者常纰漏，无妨识人自遭殃。

鼎名史册的一代宰相王安石可谓智慧超凡，然在识人共事时，也让“无妨”之念蒙蔽了自己的眼睛。

王安石过于宠信吕惠卿，常夸奖其人：“办事不打折扣，用心勤勉，是朝中难得的人才。”实际上吕惠卿是个阴险小人。为取得王安石的信任，一次，假装气愤地对王安石说：“现在有不少人抵制新法，根本没有把国家百姓放在心上，我真不知这些人是何心肠？要是只为私利做官，那他就没有报国之心了。”吕惠卿的作为，旁观者看得一清二楚。

司马光因反对变法被排挤出朝廷，离京前特意修书提醒王安石谨防吕惠卿。信上说：“认人不清，看人不准，最终会有害处的。”王安石认为“无妨”，反而认为司马光在挑拨是非，存心不良，甚至还当面向吕惠卿说："有不少人说你的坏话，但我还是相信你的为人！你放手尽管去做事，我不会约束你的。"可吕惠卿总是找借口和王安石饮酒聊天，把他说的激进的话记录下来，并把王安石的手信私藏起来，断章取义把"犯忌"的内容摘录成册上报神宗皇帝。于是，王安石就被神宗皇帝日渐疏远，最终被迫辞职了，连他的两个弟弟也被贬到外地。

王安石的人生跌落昭示后人，当别人向他规谏警惕吕惠卿时，他太不当回事了。"无妨"之害让他的人生留下遗憾。

近四十年来，我国经济发展实现千载难逢的腾飞，物质财富迅猛增多，一时间那些钱迷心窍者，便失去了做人的警戒，冲破了做人的底线。尤其是少数手掌大印者，在物欲纵横的潮头，举目不辨清浊，私欲之兽出笼，无度侵吞国家资产。其实，也就在这股逆风渐袭时，国家就及时地、三令五申地从教育、引导、警示的角度多次发声：为官清清白白，做人干干净净，不谋私，勿贪敛，严守做人的底线。说实在的，回忆当时的社会风气，对这种不良作为，没人去当回事，反而认为违纪"没事"。一时间，"昆鸡长笑老鹰非"，持"没事""高见"的人常耻笑忠于法纪者迂腐，或曰时代的"低能儿"。

"爽口物多终作疾"，"才说无妨便有妨"。国家对这些自鸣得意的"没事"者亮出铮铮寒剑："老虎""苍蝇"一起打，大唱"没事"者纷纷跌下马来，走进高墙囚院，给自己的人生涂上了昏暗的一笔。

古人云："凡善怕者，必身有所正，言有所规，行有所止。""没事"之忧，忧在人从思想上剪断了逢事"惴惴如临深渊，矜矜如履薄冰，栗栗如不满目"的保险带，而后蟲马脱缰，信驰危崖，那遭不测之险只是时日早晚而已。

苏辙在批评宋仁宗的策论中说："古之圣人，无事则深忧，有事则不惧。夫无事而深忧者，所以为有事而不惧也。”

而现实中实在有不少人，不要说“无事则深忧”，而常常是把有事当没事，大事当小事，从不戒慎恇怯。对事疏于周密策划，常临而不备，仓促上阵，掉以轻心，可以想见如此临事者，没有不栽跟头的。周恩来在为中共中央南方局干部作报告时就严肃提出：“领导者切勿轻视自己的作用和影响，戒慎恐惧地工作。”而这些“没事”者正恰恰是忘记了“戒慎恐惧地工作”而成了历史的罪人。

周总理虽日理万机，但他在人生实践中时时警示自己：“办事不能急躁，不能草率，必须谨慎从事”，“我们应该有临事而惧的精神”。可滑倒的人正是在行走的途中淡漠了随时都会“有事”“出事”的警觉。

思想上的“没事”之懈常导致言语失当，行为放浪，给人生造成闪念之误。可这一念之差的后果是送人去天堂的少，下地狱的多。而且这些后果又是唯一的，不可逆转的，不存在从头再来之说。

“没事”一语，说来轻松，入耳平缓，让人缓解压力，稳定情绪，显得从容。可它的流弊酷似秉性病毒，染之无觉，疾孕其中。它更像幽灵附神，使人做出失慎的判断和决策。而它的危害正是作家柏杨说的：一切错误的决策，都将为错误决策付出代价。

对“无妨”之谬说得有点严重，其意不在苛求人人都成谨小慎微的君子，万事面前畏三分的懦夫，而是诚望对任何事情，应缜密思考，谨慎以对，必将增益于人生。

华美袍上的虱子

——说“疏忽”

这个题目是借作家张爱玲之语。

她在《天才梦》的结尾写道:“生命是一袭华美的袍，爬满了虱子。”什么是“虱子”，见仁见智，众说纷纭，我倒觉得，“疏忽”应该算是人生这一袭华美袍上“虱子”的一种。

“疏忽”的“疏”，是粗心，思考不周密不细致、有所疏漏；“忽”是轻忽，没注意、未加留意和重视。它的语意效果多使人觉得“疏忽”是人的不经意之为，即使引起一些严重后果，也因属“无意”而被谅解。

正是由于有这样的认识，人们往往漠视了对这一心理素质的改造和矫正，导致社会上频频发生因当事人疏忽而酿成的重大事故，令人追悔莫及。

我平生目睹耳闻此类事故可谓多矣，略述几例。

解放前夕，我正在读小学时，邻村有一位做豆腐的大叔。在冬天做豆腐时，他为了儿子取暖，常常把儿子放在锅台上面对着大锅。可有一天，大锅的水即将烧开时，门外有人喊他有急事，他应声跑了出去，忘记把孩子从锅台上抱下来。也就那么一两分钟他就回来了，可儿子已跌在锅内，早已失去生命。他撕心裂肺的哭声，使那个冬天格外寒冷……

我的一位小学同学，如今也已到垂暮之年。每当看到他用那只没有前脚掌的脚一瘸一颠走路的艰难样子，就想起他那粗心的母亲。那是他在儿时的事，冬季妈妈把他放在土制小火炉旁取暖时，因急事离开，回来时发现他的一只前脚掌已被火烧掉。他妈妈因自己护理孩子时的疏忽大意而天天以泪洗面……

这两位家长的疏忽造成两个儿子一死一伤，教训应该说是十分惨痛的。可类似这样因疏忽而产生的悲剧并未减少，尽管酿成悲剧的诱因千奇百怪，表现形式形形色色，但核心还是因为当事者的疏忽大意，所以对于疏忽造成的后果，个人还是不当辞其咎的。

明朝将灭亡之时，崇祯皇帝有意与清军议和，他写了议和信派陈新甲为代表前去议和。而陈新甲晚上没有把这样重要的信件收起来，觉得在自己的家里不会出什么问题，就顺手把信放在案几上，结果被风吹落让仆人当废纸抛掉了。不久这封信大概是经过收废品者之手辗转流传到了社会上，一时间崇祯帝要议和的传闻在京城吵得沸沸扬扬。崇祯帝龙颜大怒，就把陈新甲给杀了。陈新甲因此"疏忽"而付出了生命的代价。

曾获国际大奖的魔术师——周良铁，应邀在桂林演出变脸技艺。可他第二天在台上却不曾变出一张。其原因是他此次去演出时正值雨季，空气极度潮湿，而潮湿就会影响变脸效果。而他却疏忽了这一点，自以为轻车熟路，演出前只稍作比划，并没有认真准备，结果翻船于观众的喝倒彩声中。这既辜负了观众的厚爱，也使他大师的形象受到影响。

四川一大巴车司机，在车行至一山间公路时，他习惯地站起来伸出右手到车前挡风玻璃处取水杯，致使车辆失控，翻滚山下河中，酿成32人死亡，26人受伤的重大事故。作为经验丰富的老司机，边开车边取水杯喝水，似乎已经成了他的习惯性动作，但他疏忽了地理因素的影响，这不，这次是真的出大事了。

这两位大师，技艺娴熟纯青，但由于对天时地利因素的疏忽，都尝到了苦果。

有一个信贷员在填写存单时，笔下大写是壹万壹仟元，小写数目却是110000元。双方对簿公堂，法庭依据国家信贷法律，经两次审定，信贷员应付给储户壹拾壹万元（110000元）。尽管信贷员觉得挺冤，但这又能够怨谁呢？笔下的疏忽使他有了不小的经济损失。

2008年9月15日，拥有158年历史的美国第四大投资公司——雷曼兄弟公司，在当日上午的10分钟内痛失3亿欧元。后调查了这10分钟内所有工作人员都在忙了些什么。德国经济评论家哈恩这样说，在这家银行，上到董事长，下到操作员，没有一个是愚蠢的。可悲的是，几乎在同一时间，每个人都开了点小差，加在一起，就创造了“美国最愚蠢的银行”。其实只要其中一个人认真一点，就不会导致这么重大事故的发生。

曾读过这样一则故事。

“少了一个铁钉，丢了一只马掌；丢了一只马掌，伤了一匹战马；伤了一匹战马，折了一名将军；折了一名将军，输了一场战役；输了一场战役，亡了一个国家。”莎士比亚的名句“马，马，一马失社稷！”就是指此而言的。

细想此事，这疏忽似乎与惰性和侥幸心理有关。如果这个马掌少的是两个或三个钉子，那么这位马夫大概是不会不补上的，因为他知道马掌钉不牢马是很难驰骋疆场的，可少了一个却让他错以为这或许不会误事。然而战局的胜败，有时恰恰就取决于一个钉子这类不起眼的细节。

第一次世界大战的时候，德法各有一支军队在前线对峙，双方都摸不清对方的底细。偏偏有一天，细心的德军指挥官在望远镜中观察到一只可爱的家猫在法军一个阵地上频频出现。他分析，士兵与一般军官在战场上是不可能带着宠物的。在这非常时间和非常地点出现猫的非常现象，应判断此处所当是一个高级指挥所，于是集中火力轰击。事后查明，事实果如所料。按说，法军指挥官也不是等闲之辈，可惜因疏忽一猫的严管而使全军溃败。

残酷的事实在警告人们，疏忽任何一个细节都有可能造成当事国战事的惨败。

当然各个行业都有这类怪事。有人在给日本订做包装袋，却因将“乌鲁木齐”印成“鸟鲁木齐”，这一“点”之疏竟损失几十万元。1944 年 4 月 28 日美国在最后一次实兵演习前，美军发到舰队的作战通讯因在印刷中打错一个字，致使 749 名美军官兵葬身鱼腹，造成美军历史上演习死亡人数最多的惨剧。有资料显示，从地上跑的到天上飞的，从地下作业到高空作业，每年所发生的灾难和大森林的火灾以及交通事故，夺走了一批批无辜的性命，造成数以亿计的财产损失，其中 80% 以上是疏忽酿成的。

说实在话如果不是强化管理，采取得力措施，单靠教育让人们从中吸取教训，恐怕效果不会怎么样。说到底，疏忽之灾此起彼伏屡屡发生，其根底还是人们在日常工作和生活中丧失了一丝不苟的做事精神。处世处事的态度不端正不认真，责任心淡薄，思虑不缜密，举步不谨慎，就会给粗枝大叶的恶习营造出兴风作浪的空间。有学者说，“疏忽”心态酷似人们身边佯死的虎，只有当它伤人时，人们才大吃一惊——它没死，但为时已晚。

“患生于所忽，祸起于细微。”(《说苑》)李白诗云：“洪焰烁山，发自纤烟。苍波荡日，起于微涓。”这犀利的诗句、精辟的见解，早在告诫着世人：万万不可疏忽啊！

疏忽之念有如妖魔，无论其大小，它的作祟都将使人们和社会蒙受一定的损失。一个小小的烟头曾使大兴安岭上千顷的原始森林化为灰烬，更何况，有些损失是无法弥补的，其后患是无穷的。

中国有句古语：“一失足成千古恨。”套用一下，对疏忽之弊似乎可说成“一疏忽成千古恨”。

瞄瞄自己的北斗

——生有目标

“目标”一词，照《现代汉语词典》的解释有两义：一是“射击、攻击或寻求的对象”；二是“想要达到的境地或标准”。本文要谈的“目标”则指后者，它还蕴涵“理想”之义，即对未来人生的想象或希望。

人生有无目标，将会演绎出迥然不同的人生版本。

美国有经济学家曾称：“没有瞄准的射击比南辕北辙更缺乏意义”。冯友兰说：“一个人做事，可能只是顺着他的本能或其社会的风俗习惯。就像小孩和原始人那样，他做他所做的事，然而并无觉解，或不甚觉解。这样，他所做的事，对于他就没有意义，或很少意义。他的人生境界，就是我所说的自然境界。”

哲学家冯友兰在《新原人》一书中还说，人与其它动物的不同，在于人做某事时，他了解他在做什么，并且自觉地在做。正是这种觉解，使他正在做的事对于他有了意义。他做各种事有各种意义，各种意义合成一个整体，就构成他的人生境界。不同的人可能做相同的事，但是各人的觉解程度不同，所做的事对于他们也就各有不同的意义。

有媒体报道，一个记者和一个放羊娃的对话。

“你放羊的目的是什么？”记者问。

“是为了赚钱。”放羊娃回答。

“赚钱的目的是什么？”

“娶媳妇。”

“娶媳妇是为了什么？”

“生个娃娃。”

“生个娃娃的目的又是什么？”

“放羊。”

有人觉得放羊娃的人生目标有些卑俗，甚至觉得他的人生没有价值，是一种“悲哀”。其实，这是对人生价值的一种误解。他处在闭塞的穷乡僻壤，不偷不抢，不危害社会，不给国家添麻烦，自食其力，有什么可指责可贬低的？冯友兰说：“一个人可能意识到他自己，为自己而做各种事。这并不意味着他必然是不道德的人。他可以做些事，其后果有利于他人，其动机则是利己的。所以他所做的各种事，对于他，有功利的意义。他的人生境界，就是我所说的功利境界。”法国著名作家雨果也说：“人有了物质才能生存；人有了理想才谈得上生活。”这就是说，人生的第一要务是生存，但生存仅仅是为了活命，或者说把索取衣食看作是生命的全部内容，这种人生并非没有任何价值，并非生活一定就形同枯槁，苍白干瘪，了无生气，只是这种人生境界是低层次的而已。就像璞玉，倘得玉人理其璞，它终竟也能熠熠生辉一样，只要加以正确的引导教育，这些放羊娃是可以有更高的人生追求，达到更高的人生境界——道德境界或者天地境界。

冯友兰说：“还有的人，可能了解到社会的存在，他是社会的一员。

这个社会是一个整体，他是这个整体的一部分。有这种觉解，他就为社会的利益做各种事，或如儒家所说，他做事是为了‘正其义不谋其利’。他真正是有道德的人，他所做的都是符合严格的道德意义的道德行为。他所做的各种事都有道德的意义。所以他的人生境界，是我所说的道德境界。”

高层次人生境界的人，“穷则独善其身，达则兼济天下”。他们的人生目标凝聚了生命的全部，在引领自己前行时，它就是方向，它就是前进的动力，它激励起人们奋发的勇气，它就是人的精神支柱。

古今中外，大凡有成就者，人生都有目标。李时珍历经 27 年的艰苦奋斗，著成《本草纲目》，就是为了“欲除天下之病痛”；杨靖宇、赵一曼等革命烈士之所以报效国家和人民不怕牺牲，就是因为他们坚信“马列主义是真理”。居里夫人在研究放射性元素领域取得巨大成就的动力，就是她以“使生活变成幻想，再把幻想变为现实”，当成自己人生冲刺的目标。

志怀正确目标者，人生波澜壮阔，经天纬地，虽不一定能够移山填海，但至少生如翡翠，咄咄益人。

“精忠报国”，字如千钧，刺于脊背，融入骨髓，像擎天火炬，映辉在岳飞一生的征途上，也永远闪耀在中华疆土上。

早在沈阳求学期间，年仅 14 岁的周恩来就为自己一生做出了第一次选择——确定了“为中华之崛起而读书”的目标。1913 年进入天津南开大学后，他更是发奋读书，各门功课成绩优异。1917 年他怀着救国济世的志向东渡日本，临行前，挥毫书就“大江歌罢掉头东，邃密群科济世穷。面壁十年图破壁，难酬蹈海亦英雄”的励志诗篇。1920 年 11 月，23 岁的他远渡重洋，赴欧勤工俭学。1921 年 3 月，在巴黎加入共产主义小组，成为中国共产党首批党员之一。1922 年 9 月，中共旅欧组织成立，他是领导人之一。长期革命炉火的冶炼，使他成为坚定的马克思主义者。毕一生之心血，为中国人民的解放事业，鞠躬尽瘁，死而后已。他的革命精神，犹如江河行地，日月经天，万古长存。

“孩儿立志出乡关，学不成名誓不还。埋骨何须桑梓地，人生无处不青山。”这是少年毛泽东目睹国力衰败，民不聊生的惨况，忧国忧民，壮怀激烈，改动日本明治维新时期月性和尚的《题壁》诗书以明志。诗句凝聚了他要献身于中华民族解放事业的鸿鹄之志。

如果我们留意身边，特别是与我们一同起步的伙伴中，有不少或文或武为社会做出贡献和事业取得显著成绩的，无一例外，他们的人生之初都早早有正确目标的指引。20 世纪 90 年代，我国科研部门对 2000 多位科学家和工程师进行调查表明，在中小学时期，就下定决心从事科学技术工作的占全部被调查者的 74%，这说明人的一生及早选好目标的重要性。

毋庸讳言，大千世界之中平平庸庸的功利境界者多矣，而达到道德境界的事业有成者相对来说则要少得多。何也？就因为太多人受传统卑俗的熏染，天命意识根深蒂固。人们从小就耳闻“生死由命，富贵在天”之说，顺四时而生，随众人而行，恓惶度日，自以为天经地义。而达到道德境界天地境界的人，则很少有人像中国共产党人那样“唤起工农千百万，同心干，不周山下红旗乱”，他们意识不到自己肩负有对前者引导教育的责任。至于像那位哲人那样提出“我是谁？我从哪里来，我到何处去？我是干什么的？我能干什么？”问题的，也寥若晨星。

有作家说：“有目标的生活，远比彷徨生活的人幸福。没有生活目标的人，人生本身就是乏味无聊的。”（姚乐丝·卡耐基《女性的力量》）。这话貌似有理，其实大谬不然。那些把奴役百姓、夺人妻女、劫掠民财作为“生活目标”的，一个个千夫所指，幸福么？那些“食不厌精，脍不厌细”的脑满肠肥者，一个个于灯红酒绿之中醉生梦死，花天酒地，浑浑噩噩，犹如行尸走肉，却天天怕无常勾魂小鬼敲门，拜倒于泥胎之前，祈求不死之药，何乐之有？君不见，为了口腹之欲，有的闻利起舞，唯金银是瞻，整日摩拳擦掌，使出浑身解数在铜臭熏天的泥淖中摸爬滚打，钻到钱眼出不来；有的认贼作父，攀龙附凤，躬身于他人的羽翼之下，不以为羞，不以为耻，反自感“风流倜傥，潇洒不凡”；有的像狗一样摇尾乞怜，仰人鼻息，奔走于主子的鞍前马后，屈从于主子的颐指气使，助纣为虐；有的贪赃枉法，杀人越货，制毒贩毒，敲诈勒索，踏上违法犯罪的不归路。一句话，有了目标的生活不一定幸福，只有有了正确的生活目标，人生才是幸福的、有意义的。换言之，有正确目标的人生即使事业不一定都能获得成功，但他们的生活一定充实而又丰富，即使失败，也给后人和社会留下失败的印痕可供借鉴；但无正确目标的人生就不存在事业的成功的可能，生活也一定是空虚的，了然无迹的。正确的人生目标是指明人生方向的北斗，不正确的人生目标是诱人走向悬崖的萤火虫。

何为正确的人生目标？

老百姓说：自食其力，勤劳致富。

孟子曰：穷则独善其身，达则兼济天下。

毛泽东说：全心全意为人民服务。

选定一把椅子

——目标的遴选

意大利著名男高音歌唱家帕瓦罗蒂在回顾自己成功之路时这样说："父亲鼓励我唱歌，我在师范读书时，又被专业老师收做他的学生。毕业时，我问父亲：'我该怎么办？是当教师还是当一个歌唱家？'父亲这样回答我：'孩子，如果你想同时坐两把椅子，你只会掉在两把椅子之间的地上。在生活中，你只能选定一把椅子。'"

这个故事说的道理和荀子在《劝学》中说的"蚓无爪牙之利，筋骨之强，上食埃土，下饮黄泉，用心一也。蟹六跪而二螯，非蛇鳝之穴无可寄托者，用心躁也"，其意基本相同，都是说做事要目标专一，不要见异思迁，不要浮躁，才可能取得成功。

大千世界，万物相竞，千姿百态，美不胜收。面对"乱花渐欲迷人眼"的花花世界，人们往往不自量力，想"天下之美尽归于己"，鱼与熊掌兼得，结果顾此失彼，一无所获。

有个寓言故事是这样说的。有一只贪婪的狗经常到寺院里寻食吃，当地有两座寺庙，一座在河东岸，另一座在河西岸。这只贪食的狗听到东岸僧人开饭的钟声便跑向东岸，听到西岸僧人开饭的钟声便奔向西岸。后来，两座寺院同时鸣钟开饭，贪食的狗向西渡去时，又唯恐东岸的饭比西岸的好；在它向东岸游去时，又担心西岸的饭比东岸的香。就这样它一会游向东，一会游向西，最后淹死于水中。目标多了，力不暇及。西方谚语说："同时逮二兔者，必一兔不可得。"此言真理也。在选择追求的目标时，一定要记住。

20世纪80年代，中国经济社会的发展转入改革开放的轨道，发家致富之风席卷神州大地。我的家乡虽地处山区丘陵，但煤、铁、铝、硅等矿产资源丰富，加之当地铁路公路四通八达，所以生财的门径也多得让人目不暇接。有人开采煤，有人开采铝，有人搞运输，也有人四面出击，只要觉得有钱赚，几乎样样都想干。不多时日，固然不乏腰缠万贯者，但大败亏输者、血本无归者、倾家荡产者亦不鲜见。这些失意者，轻则掩面而泣或号啕大哭，重则心灰意冷一蹶不振，也有自寻短见的。

几家欢乐几家愁的严酷现实告诉我们，不是所有的发财门径都适合自己的，因为人与人不同，能力有强弱，术业有专攻。有人能上山打虎，却不一定能够绘龙绣凤；有人能上九天揽月，却不一定能下五洋捉鳖。不选择适合自己的项目，盲目地在夜幕中乱撞，即使瞎猫碰到死耗子，偶尔发一笔小财，但最终的碰壁也仍然是在所难免；如果自以为无所不能，贪多求全，那么只能是力不从心、左突右奔最终成为被一根稻草压倒的骆驼。

人生的道路千条万条，每一条路的前方似乎都有琳琅满目的金苹果、红蟠桃，极具诱惑力地在向你招手。虽然说条条道路通罗马，但人生的时间和精力却十分有限。我们不是超人、不是神仙，不可能同时把每一条路前面的仙桃金果都拿到手，所以选对最适合自己的目标就显得尤为重要。

目标的选择，要注意使主观愿望符合客观实际、主观愿望切合自身能力的实际，二者缺一不可。寓言“屠龙之技”之所以可笑，就是因为他虽然花了不少学费，在屠龙学院辛辛苦苦学了多年杀龙的本领，还拿到了从业资格证，但这个世界上根本就没有什么龙可让他去杀。

还有一则寓言故事，说的是异想天开的主观愿望不切合自身能力。老鼠的门口有一只猫经常在那里活动，这对它们的安全构成了威胁。老鼠们经过反复讨论，想出了一个绝妙办法，那就是在猫的脖子上戴上一个铃铛。这样猫的活动老鼠们随时都可以知道，所以老鼠们一致认为这个办法甚好。但可惜的是，没有一只老鼠有能力去把铃铛戴到猫的脖子上。如果好高骛远，选一个自己根本无力也无法实现的目标作为奋斗的志向，那就与此同为天涯沦落人吧。

在百废待兴的年代，某县领导一拍脑袋就上了奶粉厂、灯泡厂、棉纺厂等好些当地没有相应资源没有销路的项目，经过几年折腾，一两奶粉、一根线头也没见。更可悲的是还建了一个较为现代化的大面粉厂，当建至三分之二时，才想起去请专家评估论证。专家们指出：邻近几个县的小麦，即使全都供给这个面粉厂来加工，也解决不了它半年所需要的原粮，何况邻县都有自己的面粉加工厂。无奈，面粉厂只得停建了，一停几十年，劳民伤财。这就是说，不管蓝图设计得再规模宏伟，因不切合实际，结果只能是徒劳。

确定目标要求真务实，不可好高骛远，要充分了解自己的实际能力。这有如举重比赛时，面临千钧杠铃，自己没有扛鼎之力，千万别存侥幸之心。举起多少重量是靠自己实力发话的，凭欲望和好恶去设置是不科学、不严肃的。为此伤了自己，毫无意义，也不是观众希望看到的。

在这个方面，法国著名作家贝尔纳是聪明的。据说，一次法国一家报纸进行有奖智力竞答，其题目是："如果卢浮宫发生火灾，情况紧急，只能够抢救出一幅画，你会抢哪一幅？"结果在成千上万份答卷中，贝尔纳的答案获得该题金奖。他的回答是："我抢离出口最近的那幅画。"故事精妙的哲理令人如醍醐灌顶。原来成功的最佳目标，不是最有价值的那个，而是最有可能实现的那个。

上面我们说了，人生在某一特定阶段，不是目标愈多愈好，因为多目标往往是没有目标的一种表现；也说了目标不一定要"高大上"，而要切合实际，经过努力能够实现。在此基础上，一旦选定了追求的目标，就要像郑板桥说的那样，"咬定青山不放松，立根原在破岩中。千磨万击还坚劲，任尔东西南北风"，千万不要像下面故事中的那个不能做到心无旁骛的后生。

故事说，有一个聪明的年轻人，梦想成为一位大学问家，可很多年过去了，自己的学问不见大的长进，苦恼之余去向一位大师求教。

大师说："我们登山吧，到了山顶，你自会明白，该怎么做了。"

那山上有许多晶莹的小石头，煞是迷人。登山路上每当看到他喜欢的小石头，大师就让他装进袋子里背着，很快，他说："吃不消了。大师，再背，别说到山顶了，恐怕连动也不能动了。"他疑惑地望着大师。"是呀，那该怎么办呢？"大师微微一笑。

"该放下。"

"那为何不放下呢？"

年轻人一愣，顿感灵犀豁然，向大师道了一声谢走了。

这则故事有教人懂得该放下时要放下之意，但如果把登上山顶定位是出行的目标，那通往目标的道上，就不要顾盼左右，更不要被路上的景色所迷恋，多了，伤精损神，实现目标就是空中楼阁。

丁肇中先生，仅用五年时间就获得了物理、数学双学士和物理学博士学位，并在40岁时就获得了诺贝尔物理学奖。丁先生说："与物理无关的事情我从来不参与。"他是麻省理工学院咨询委员会成员，但几十年来，他只参加过两三次咨询会议，却把主要精力集中在科学研究上，集中在探索宇宙的奥秘上。很多人都认为他是一个天才，但丁先生真诚地说："绝对不是，我最大的特点是比较专心。"

美国著名文学家卡莱尔说："全部精力集中到一个目标上就会有所成就；而最强大的生命，如果把精力分散开来，最后也将一事无成。水珠不断地滴向一个地方，可以把坚硬的岩石滴透，即常说的'水滴石穿'，而湍急的河流一路滔滔地流淌过去，身后却没有留下任何痕迹。"

美国的普林斯顿大学与哈佛、耶鲁并称"常青藤三巨头"，有"美国最好大学"之称。普大的办学目标非常明确，不求大，不求全。他们的理念是：规模不大，学科不全，更容易集中精力和资源来干好两件事情，一是非常严格的本科生教育，二是非常学术化的研究生教育。正因为目标集中，他们把这两件事做到了极致。蒂尔曼校长欣慰地说，普大可以说是一所"袖珍大学"，规模不大，学科不全恰恰是我们的优势。

莎士比亚说，人生最大的无聊就是为了无聊而费尽心机。莎翁言简意赅。在人生要选择哪把椅子更适合自己时，认真去借鉴这经典之言，或许对自己是大有裨益的。

致果为毅

——目标的实现

题目出自《左传·宣公二年》中的这样一个故事。

公元前 607 年郑国出兵攻打宋国，两军在大棘这个地方相遇。战斗中，一个郑国士兵掉进井里，宋国的狂狡用戟柄把他拉了上来。那个人出井后，反而俘虏了狂狡。当时人们评论这件事说：“杀敌为果，致果为毅。易之，戮之。”意思是，在战斗中，士卒服从命令，能果断刚毅地执行命令，这就叫作礼。杀死敌人就是果断，达到果断就是刚毅。如果反过来，就要被诛戮。由此不难看出，题目中的“致”是实现、达到；“果”是果敢、果断；“毅”是果决、志向坚定而不动摇。

其实，人生目标的达到也必须做到“致果为毅”，即志向坚定而不动摇。《论语·泰伯》云，“士不可以不弘毅，任重而道远”，说的就是这个道理。

“弘毅”（无比坚强、果断而不可动摇的意志）是人战胜厄运、行稳致远、达到目标的法宝。莎士比亚在《特洛伊罗斯与克瑞西达》中写道：“人们在命运眷顾时，勇、怯，强、弱，智、愚，贤、不肖，都看不出分别；可是，一旦被命运所抛弃，涉历惊涛骇浪时，就好像一把有力的大扇子，把它们扇开了；柔弱无用的都被扇去，有毅力、有操守的卓立不动。”苏轼也说过：“古之成大事者，不惟有超世之才，亦必有坚韧不拔之志。”

坚定的信念、顽强的意志和积极的拼搏精神，对于目标的实现，无疑有着重大的作用，虽然它只是必要条件，而非充分条件，但对于帮助我们冷静头脑，平和心态，克服急于求成的浮躁，明白任重道远、做好持久战的思想准备，是有重要作用的。

我们知道，要达到预期的目标，还有两点至关重要：一是目标要符合客观规律；一是具备了实现目标的必要物质条件和手段。这两点，我们在《选定一把椅子》一文中已经提到。

物质决定意识。意识作用的产生、作用的大小以及作用的发挥，一刻也脱离不开物质运动及其客观规律的支配。虽然人们总是为实现预设的目标而致力于践行，其中不乏毅力超凡者，但并不是所有的人都能通过努力达到既定的目标。有的可能基本达到，有的只有部分目标能够达到，有的可能根本达不到，甚或有的南辕北辙、事与愿违，与既定的目标愈来愈远，个中缘由则与客观条件或个人能力的不具备有莫大干系。

所以，目标一旦确立，一定要戒除急于求成的浮躁心态。尽管“多少事，从来急，天地转，光阴迫，一万年太久，只争朝夕”是伟人之言，但那是说，要抓紧时间去做好该做而能够做好的事，不是让我们一口吃成个胖子，因为“欲速则不达”，是无数事实证明了的真理。

中国革命的实践证明，认识不到目标的实现需要一个过程，缺乏“不可以不弘毅，任重而道远”的思想准备，急于求成是极其容易导致“左”的错误的发生，造成巨大的损失。中国革命初期，由于决策者脱离当时敌强我弱的历史现实，采取了“左”倾盲动主义的行动，非但没有“把革命推向高潮”，反而使革命力量蒙受无比惨重的损失，不得不进行两万五千里长征这样的战略大转移。20 世纪刮的“共产风”与进行的“大跃进”运动出发点是让农民富起来，“一步跨进共产主义”，但因为脱离实际，结果目的并未达到，反而使国民经济出现了严重倒退。

社会发展的实践经验是，目标的实现，希图一蹴而就是脱离实际的奢望。如果有了“任重而道远”“士不可以不弘毅”的思想准备，将远大的目标分解开来，一步一个脚印，踏踏实实地逐个完成，那才能真正离我们的目标越来越近，那才是真正科学的、正确的、有益的做法。例如，新中国成立后，党中央、国务院为发展国民经济，提出以“五年计划”的形式，把建设社会主义新中国的远大目标分解成一个个阶段性目标，就是非常英明的决策。现在我国已胜利完成了 12 个五年计（规）划，正满怀信心跨入第十三个五年规划，中华民族已经由站起来、富起来向强起来迈进。关于中国科技事业的发展，习近平总书记 2016 年 5 月 30 日在全国科技大会上指出：“我国科技事业发展的目标是，到 2020 年时使我国进入创新型国家行列，到 2030 年时使我国进入创新型国家前列，到新中国成立 100 周年时使我国成为世界科技强国。”这无疑也是非常正确的决策。

把大目标分解成相互关联的若干小目标，有利于人们树立“果决、不动摇”的“弘毅”信念。心理学家研究发现，人们最能集中精力和注意力的是在事情开始和将要结束的时候。所以将一个大目标分解成几个小目标，将一个大任务分解成若干个小任务，也就增加了开始和结束的次数，人们集中精力和注意力的程度自然在提高，成功概率也自然就增加了。

日本马拉松选手山田本一的成功就证明了这一点。1984年在东京国际马拉松邀请赛中，名不见经传的他出人意料获得了冠军。后来，他在自传中谈到自己的成功时曾这样写道：“起初我常常把我的目标定在40公里外的终点的那面旗帜上，结果我跑到十几公里时，就疲惫不堪了。我被前面那段遥远的路程给吓倒了。后来，每次在比赛之前，我都要乘车把比赛的路线仔细看一遍，并把沿途比较醒目的标志画下来，一直画到赛程的终点。比赛开始后，我就奋力跑向第一个目标。过了第一个目标后，我又以同样的速度向第二个目标冲去。跑完几个分解的小目标后，我轻松跑完了全程。”

一位成功的企业家曾通过一个测试告诉我们，目标越小越集中，越容易接近目标，目标越大越宽泛，实践起来越容易偏离目标。这个测试就是，发给台下每人一条纸带，要求他们裁下30厘米、150厘米和600厘米各一段。经测量，裁下30厘米一组的误差不到6%；裁下150厘米一组的误差上升到11%；裁下600厘米一组的平均误差高达19%，个别的还有相差100多厘米。

事实证明，目标的实现，坚持和毅力固然是支柱，而科学分解目标，则是激发“弘毅”的催化剂。有则《两只钟》的寓言故事也形象地说明了这个道理。

故事说，有一天，一只年老的时钟对一只小钟说：“你一年里得摆525600下。”小钟吓坏了，说：“哇，这么多，这怎么可能？我怎么能完成那么多下呢？”

这时候另一只老时钟笑着说：“不用怕，你只需一秒钟摆一下，每一秒都坚持下来就可以了。”

小钟高兴了，想着：一秒钟摆一下好像并不难啊，试试看吧。果然，很轻松地就摆了一下。

不知不觉，一年过去了，小钟已经摆了 525600 下！

小钟最初对大目标的畏惧和想打退堂鼓，就源于不懂得化整为零，制定出分期小目标的道理。但一只钟表的寿命并不只有一年，若把 525600 下当成一辈子的总目标，那就难免悲剧。

英国伦敦有一位名叫斯尔曼的残疾青年，他的一条腿患了慢性肌肉萎缩症，走路都很困难，可他凭着坚强的毅力和信念创造了一次又一次令人瞩目的壮举：19 岁他登上了世界最高峰珠穆朗玛峰；21 岁他登上了阿尔卑斯山；22 岁时，他登上了乞力马扎罗山；28 岁时，他几乎登上了世界所有著名的高山，他的动力勇气从何而来呢?

据了解，斯尔曼在 11 岁时，他的父母在攀登乞力马扎罗山时不幸在雪崩中双双遇难。父母临行前留给年幼的斯尔曼一份遗嘱，希望他能像父母一样，登上世界一座座著名的高山。

很显然，他所以有超乎常人的动力和勇气踩世界所有名山于脚下，就是父母留给他的遗嘱，也是他在心中矗立的人生目标。

然而又出乎所有人预料的，就是这位令人景仰的残疾人登山英雄，就在他 28 岁这年秋天，在寓所里自杀了。在他的自杀现场，人们看到了他的痛苦遗言：“这些年来，作为一个残疾人创造了那么多征服世界著名高山的壮举，那都是父母的遗嘱给了我生命的一种信念，如今，当我攀登了那些名山之后，我感到无事可做了……”

这个故事无疑给人们提出更严肃的人生课题：生命的意义不仅在于不断实现人生的目标，更在于不断提升人生的目标。

人生任何有意义的目标，都是由困难的螺钉焊接的。越是辉煌的目标，困难的螺钉越多，焊接越牢固，锻锤越艰难，所以没有九死无悔之志、百折不挠的毅力，终难将成功的红旗置于目标的高地，自然也难以品尝目标实现的欢乐。

目标犹如山巅，但只要迈步就能接近目标，往上走，即便一小步，也有新高度。再长的路也没有人的脚长，再高的山也总在人的脚下。

毅力更像山涧之水，万折必东不回首，飞下千仞悬崖绝壁，绕过九曲十八弯，不舍不止，终至于海。正如杜甫所咏：“万山不许一溪奔，拦得溪声日夜喧。到得前头山脚尽，堂堂溪水出前村。”小溪奔向大海之路，尽管其间千难万险，但只要其志如一，终有圆梦的一天。当然，通向目标的路又如玄奘取经须历尽九九八十一难，少度一劫，就会与取经成功无缘。

目标是压力，也是动力。它像无形的鞭子在身后扬起，使你奋蹄不息。它像督察官一样，有和颜规劝，也有厉色斥责，使你清醒任重而道远。

任重而道远啊，不可以不弘毅！

“打不赢就走”

——说“放弃”

“打得赢就打，打不赢就走”，这是中国革命从战争实践中淬炼出的游击战经典战法。但在党内“左”倾路线占据统治地位时，却被扣以“右倾逃跑主义”“流寇主义”的帽子。在革命力量尚处于星星之火的稚嫩时期，“左”倾冒险主义者无视反动势力的黑云压城，坚持“御敌于国门之外”，与敌人打阵地战，坚持去夺取大城市，使革命力量遭受重大损失。在他们强行剥夺毛泽东的军事领导权时，毛泽东生气地说：“牛都知道拐角，人为什么要一条道走到黑呢？”

“一条道走到黑”，通常形容为了达到某一目的，不顾客观现实，不计后果，不知变通，坚持在错误的路线上走到底的几近固执的态度。这与干革命干事业要有不达目的决不罢休的精神是两码事。人生路上不能像龙虾吃食那样，一旦咬到“食物”，不管是不是人们投的诱饵，都不肯放下，直至被人们钓上岸来也不松口；更不可像浅海中的马嘉鱼一样，只要在水里游动起来，就不拐弯，总是“勇往直前”，即使闯入人们早已布置好的竹帘罗网也不会停止，而且一只接一只地前赴后继。竹孔愈紧，马嘉鱼愈是愤怒，瞪起眼睛，张开背鳍，毫无惧色，更加拼命地冲冲冲，结果被帘网牢牢地卡住，“反误了卿卿性命”。

程式化思维是应对不了瞬息万变的大千世界的。客观事物的变化并不遵循或完全不遵循人的主观意愿，有时甚至“事与愿违”。面临瞬息万变的现实而没有辩证思维、创新思维，仍我行我素，固执己见，这时的坚持，只能让事情走向反面。从社会实践看，真正认清一件事，谈何容易。由于种种原因，人们的认知能力，一是有限，二是滞后，常在最初的认识上就存在疏漏。加之事情在发展变化中又有多种因素形成的复杂矛盾在相互作用，当初的方案如果不能因时而变，其后果就不堪设想。尤其是在有前车之覆的教训面前仍墨守成规，不汲取教训，不及时改弦更张，那就是可怕的愚蠢。

印度有一位名叫希失·查兰的，就是这样一个愚蠢的人。1969 年第一次参加中考失败之后，他便立誓不考取高中不结婚。时光荏苒，年逾古稀的他，面对 38 次中考次次名落孙山的现实，放出“豪言”：“无论还需多少年，我都会继续履行诺言，继续参加入学考试，直至通过为止……”如今靠领取养老金生活的他，还在为“考取高中”而皓首穷经。他不明白考取高中只是实现人生目标的众多路径中的一条，舍弃此路另觅他途同样可以创造自己的辉煌，偏偏要一条道走到黑，蹉跎岁月，浪费光阴，实在可悲。这位先生的可悲之处就在于，他错把实现远大目标的某一条路，当成了人生的远大目标，或者说他根本就没有什么远大目标，不懂得放弃某一条路，并不意味着放弃既定的远大目标。

相反，有个美国人懂得这个道理。《美国通览》记录了这样一件事：美国开发初期，在加利福尼亚大山里发现了特大金矿，于是成千上万的美国人争相到此淘金。一位名叫亚威尔的贫苦农民也闻风前来，但费尽心血，收益甚微。其时，人们淘金的大山里天气燥热，人满为患，饮用水奇缺。面对现实，亚威尔想：我是为了财富而来到这里，金子并不是财富的唯一，提供人们需要的东西也可以给自己带来财富，何必在一棵歪脖树上吊死呢！于是他果断放弃淘金，找来大批食品袋，从几十里外的山泉中装上甘甜的水，运到淘金现场出售。没几年，亚威尔从卖泉水变成当时美国屈指可数的富翁。

没有放弃，就没有成功，这是颠扑不破的真理。因为许多时候，暂时的放弃，并不是一辈子的彻底的放弃，而是为了将来能够更好地拥有。中国共产党从建党到中华人民共和国成立的 28 年所走的路，就是一条崎岖坎坷、在前进之中不断探索扬弃的螺旋式推进的盘山路。在革命摇篮井冈山，在长征途中，在革命圣地延安，为了保存革命的火种，为了保障革命的长远利益，为了消灭反动派的有生力量，我们常常采取以退为进的策略与强敌周旋。在需要撤退转移时就主动撤退转移，不计较家里的坛坛罐罐被打碎，不计较一城一地的得失。单从每次撤退转移来看，似乎都是一次革命的低潮，或是一次严重的挫折，但如果从长远看，每次舍弃一城一地，换来的却又都是后来的大踏步向前迈进，都是革命队伍的再一次壮大，都是离革命成功的目标更近一步，都取得了更加丰硕的革命成果。这种在舍弃中成长、在舍弃中前进，正是马克思主义与中国革命实践相结合的典范。

革命战争要懂得张弛有道、取舍有度，搞经济建设也同样如此。笔者的家乡系丘陵山区，林木繁茂，百草萋萋，郁郁葱葱，煞是迷人，所以就有人为了发家致富奔小康，打算靠山吃山，通过走发展养羊事业、创办羊奶加工厂、奶粉制造厂这条路来大展宏图。当有人明确告诉他这样做需要有相当雄厚的资金和技术力量来支撑，而他一样都没有时，仍然一意孤行，高息举债，贸然投资。结果，当这些困难真的出现时，因不甘心前期的投入打水漂，死扛着不肯放手，结果血本无归，债台高筑，岂止是海底捞月一场空。

科学研究也是如此，要在艰苦的探索之中，不断放弃错误，修正自己的方向，寻觅攀登高峰的新路。诺贝尔奖得主莱纳斯·波林曾经说过："一个好的研究者知道应该发挥哪些构想应该丢弃哪些构想，否则会浪费很多时间在差劲的构想上。"可见在一些既缺乏可靠的科学根据，又没有多大胜算的事情上，最明智的办法就是果断止步，另觅新的路径。在科技发展史上，"永动机"曾使许多人投入了毕生的精力而无果。牛顿早年也曾热衷于永动机的研究，但他在大量实验失败之后，非常明智地放弃了这项研究，集中力量专攻力学，终于脱颖而出，成为经典力学的创始人。

明智地放弃不切实际的梦想，可能会让自己在自己所熟悉的领域大放异彩。

有一则故事说，法国少年皮尔从小想当一名舞蹈演员。可他家境贫寒，只能在一家缝纫店当学徒。皮尔不喜欢这样工作，觉得与其这样活着，不如结束自己的生命。就在他准备自杀的当晚，突然想起从小就崇拜的"芭蕾音乐之父"布德里，于是给布德里写信，希望能做他的学生。布德里在回信中说，自己小时候想当科学家，因家贫而无法上学，只得跟街头艺人跑江湖卖艺……他告诉皮尔，人生在世，现实与理想总是有一定距离。在现实生活中，首先要选择生存。只有好好地活下来，才能让理想之星闪闪发光。一个连自己的生命都不珍惜的人，怎能奢望什么艺术呢。

布德里的回信让皮尔猛然醒悟。从此他刻苦学习缝纫技术，23 岁就开始了自己的时装事业，很快便建立了自己的公司和品牌，这就是皮尔·卡丹。皮尔后来说，其实自己并不具备舞蹈演员的天赋，只不过是儿时梦想而已。

布德里的成功，皮尔的成功，告诉我们，放弃不切实际的梦想不失为一种睿智。当我们在一条道上总郁郁不得其志时，不妨停下脚步，看看前面的路是否适合自己继续前进，及时做出决断。否则只能让更大的挫折消磨自己的斗志，空耗宝贵的时间。

“牛要拐角”也可以说成是对原定方案的否定，但这不是懦弱，不是丧失前进的勇气，更不是失去信心。因为当前进是失败，是消亡，是在毁灭自己时，丢掉谬误的东西，才可以寻找更好的出路，更光明的前景。人常说，条条大道通罗马，这是事实，但要到达罗马没有一条道路是直通无阻的更是事实。每个人的一生恐怕也都有前行中止步的体验。就是在再次择路时，也仍有人因其无知、无智，或迂腐固执，终不思变。

非洲大草原上的羚羊奔跑的时速是73公里，而捕食它们的猎豹时速是120公里，可猎豹捕食一只羚羊非常费力，往往十扑九空，到口的多是老弱病残的羚羊。这是何故？羚羊所以能生存下来，面对强敌而又活得潇洒，就是得益于它们的灵活拐弯的生存本事。在人生的竞技场上，直道不通则适时而弃，变“勇往直前”为再辟它道，这有可能使我们的人生风姿展现得更为精彩。

《易经》告诉人们，任何一条路都有顺有逆——顺里面有逆，逆里面也有顺。用阴阳学的观念看，太极里面有阴阳，阳里面有阴阳，阴里面有阴阳，阴阳同时存在，变化在瞬时之间。以变的理念，适应变的现实，当弃则弃，则为人生求进的上策。

漫漫人生途中，不管初选何道，也不管人们的意志如何顽强，都有可能遭遇难以逾越的天堑。此刻“下定决心，不怕牺牲，排除万难，去争取胜利”的精神是不能丢，但要费心思寻找“排除万难”的门路、办法，而不是撞到南墙头破血流仍不回头。老愚公不改移山之志，是因为山不增高，子孙繁衍不息，坚持挖山不止，挖掉太行、王屋二山是有可能的。可有时面前是“黄鹤之飞尚不得过，猿猱欲度愁攀援”的万仞绝壁，没有飞渡的条件，就应该果断放弃，有道是“苦海无边，回头是岸”。

正确的放弃，不是见异思迁，不是朝秦暮楚，也不是好高骛远，它是实践检验后的抉择，是深思熟虑的结果。它是智慧的展现，丝毫无避险逃逸之嫌，它依然是人生积极向上的另一种版本。

放弃是直面生活的真实，而固执的坚守是把人生的价值消耗在没有一丝曙光的隧道里。

“两点之间直线最短”，那是数理的逻辑；“开弓没有回头箭”，那是弓与箭的物理使然。但这种直线思维面对复杂而又变化无穷的世事，是毫无用处的。

关隘也是生机

非洲的百万角马每年都有一次生存大迁徙，马拉河是它们的必经要道，河岸陡立高数米，仅有宽约几米的狭窄沟坎可容少量角马相互践踏拥挤到河边。无奈的角马们，有的直接从高处跳下河中，而河水汹涌湍急，鳄鱼遍布，张口以待。在每次迁徙中的老弱病残死伤之多难以数计。可它们到此，既无退路，又无他途，唯于生命的仄口生死一搏。眙目万马抢渡，其势虽然壮观，但也不乏血腥和惨烈。然角马家族并没因此而衰亡，反而愈发兴旺，生生不息，雄居非洲动物王国里的第一大家族。

人生犹如到大自然的一次旅行，时间有长有短，路程有近有远。一路走去有坦途、峡谷、高山、大河，也有窄口。只不过是这关隘因人而异。因人生之路是一人一条，既无线路图，也无向导，更无同行者，一人一个绝版。一旦面临，当如角马强渡一样，必须直面一渡，唯独一搏换来新的生机。

自然界的蝴蝶翩翩飞舞，可它要成蝶，必须经历破茧这一关隘的考验。如果它是借外力出茧，缺失这必须冒死冲关的环节，它的双翅因没有这一次痛苦砥砺，即便出茧，看似躲过这一次生命的劫难，一时稍感舒坦轻松。可出茧后，它身体臃肿，双翅干瘪，无力拍打，终难起飞，不久它就会匆匆走到生命的尽头。

从电视中看到，一个农夫在自家院子看到一只小天鹅快脱壳出生时，在蛋壳里苦苦挣扎的可怜样子，心生不忍，就去帮助小天鹅从蛋壳里出来。这看上去是为小天鹅减少一分痛苦，多一分体恤和抚慰，可小天鹅长大后，只能在地面上拍打翅膀，永不能翱翔蓝天。专家讲，这只天鹅所以屈就大地不能高飞，就是它的翅膀在农夫帮助下惜失了出生时上天所赐的、珍贵的破隘淬炼的良机。

生活在美国科罗拉多州大峡谷中的雕，生命历程中的隘口更险于蝶和天鹅。幼雕刚出壳时先偎依着身下的软和巢穴，随着它们的成长，雌雕一次次撤去巢内的树叶、羽毛等柔软之物，让树枝上的尖刺慢慢突显出来，使巢穴变得没有最初那么舒适，迫使幼雕学着站立、走动并移身卧巢周边。等到幼雕能够离巢飞行时，雌雕就将幼雕推出巢穴。幼雕被妈妈推出的这一刹那，就是它们生命的隘害关口。幼雕必须猛展双翅，奋力拍打，竭尽全力拯救自己行将坠下山谷的生命。因为它们的生与死就在这须臾之间，展翅能翔者生，坠谷者死。生死存亡就是如此严峻，别无选择。这看似几近残忍的命关，又恰恰是它们慈心的妈妈殚精竭虑、呕心沥血为它们的生存而筹谋铺就的生命咽喉。

雌雕为幼雕免受天敌的侵害，精心遴选，才把栖息之巢牢固地建在峡谷的悬崖上。尔后每天要不辞辛劳远飞 320 多公里外去搜拣带刺的“铁树”枝，还要在其上面铺上树叶、羽毛、杂草，以免它们刚出生时皮肤受到刺伤。雌雕为给幼雕编织这一串生死命门的历练真可谓用心良苦。

人行关津，是苍天的赐就，是命运的安排，到此唯独搏击。祈祷留下笑柄，怅惋就是怯懦，低头意味束手，驻足等于待毙，后退就失去生的希望。险隘之处是磨砺，也是生机。要么奋身闯过，要么荡平关隘，来不得犹豫和逃避。

“人生来就不是被打败的。人能够被毁灭，但是不能够被打败。”这“不能够被打败”是美国作家海明威闯过多次隘口的体验，也是他冒死挤过险关的心志写照。仰望他的人生：14 岁那年走进拳击场，被打得满脸鲜血，可他没有倒下；19 岁走上战场，参加第一次世界大战，身中 237 块弹片，也没有使他倒下；34 岁时又参加了第二次世界大战，两年后身负重伤，头部缝了 57 针，仍没有使他倒下。在写作上，他经历了无数次退稿的霜冻，可他从没有气馁；直到他完全失去工作能力之后，仍不愿忍受病魔对他的捉弄与折磨，不愿被命运降服而成为弱者。于是在一个夏日的早晨，结束了自己坎坷而悲壮的一生。这就是说对于具有顽强意志者，苦难可以蹂躏他们的肉体，但征服不了他们的心志，反而使他们的意志得到最好的淬炼。

中国残联主席张海迪，5 岁患脊髓血管瘤，导致高位截瘫。医生曾多次断言她活不过几年。然而，她不屈服于命运窄口的挤压，一边与病魔抗争，一边自学了小学、中学、大学课程及英、日、德等多门外语。在随父母下放农村期间，她还学会了针灸和无线电修理技术，无偿为老乡提供帮助。她写下了多部长篇小说、散文集，多次获得国家级文学图书奖项。她以灿烂的笑容，在一次次隙缝般的关隘中走过人生的喉管。她的人生经历印证了一个哲理：隘口也是人生的一笔财富，可用而不可弃。

可社会生活中有一些人总想平步青云，顺风扬帆，稍有逆水朔风，不是哀号呼叫，就是屈膝求救。人逢隘口，得外援是有的，有时也确实受益，但这只能是偶尔遇之。林冲险些遇难野猪林，幸亏鲁智深搭救，但鲁智深终不能对他全程护送。他若只想因他人之力躲过此劫，那将是什么后果，谁也难以料定，或许在洪教头的拳起脚落之下，性命不保，这不是没有可能。

1978年冬天，联邦德国波恩市郊一座农场里，一个苏联的克格勃特工被堵截在一座房子前。联邦德国特工的领导叫撒尔，他要求对方放下武器，交出有关联邦德国的资料。这位身处绝地的年轻人要求撒尔让他的下属退出自己的视线，并走到他的面前，他才交出资料，撒尔表示同意。于是年轻人扔下手中的枪，徒手走向撒尔，并向他深深鞠了一躬。也就在此刻，年轻人以凌厉的动作摁撒尔于地，双手紧掐其喉，瞬间让他命上西天。

这个年轻人就是当今俄罗斯的总统——普京。

他当时先向敌人鞠躬，不是妥协，是为了看清对方——撒尔腰间缠着绷带，子弹所剩无几，双肩在颤抖，显然呈现出恇怯心态——所有这些，使他凝聚和坚定制胜的信心。那一刻，他没有退路，任何强力的外援，都无济于事。可他凭自己的智慧、意志、胆量和本领，腾越于隘口。他在人生命门的绝伦表现，不说让人肃然起敬，但闻之让人不寒而栗确实存在。

20世纪30年代，日本入侵中国，把中华民族置于生死存亡的境地。华夏子民被迫发出“中华民族到了最危险的时候”的吼声。中国人民不犹豫、不徘徊，奋起抵抗，历时14年，用自己的血肉筑起新的长城，浴火奋战，终于把日本侵略者赶出了神州大地，中华民族也从此换来历史性的一次生机。

中国共产党从建党到新中国的诞生，历时28年，从小到大，从弱到强，无一不是从隘口走过。人们记忆深刻的是工农红军爬雪山、过草地，但在这崎岖跋涉的漫漫长途中到底走过大大小小的隘口有多少，人们不曾详计。可事实也让人们看到了共产党从每一处险关走过，虽无不做出牺牲，但也都赢得了一次次向前挺进的生机。红军长征，历尽艰险，付出牺牲，最终获得先机，伟人毛泽东，“三军过后尽开颜”的诗句正是长征结果的真实写照。

“雄关漫道真如铁，而今迈步从头越。”中国的改革发展，使那些鹰视狼顾者如坐针毡，食寝难安。《韩非子·显学》中言：“夫冰炭不同器而久，寒暑不兼时而至，杂反之学不两立而治。”在列强眼里，中国人永远是被践踏蹂躏的弱者，是由他们可任意揶揄和宰割的羔羊。他们对中国走向富强持零容忍的惯性思维根深蒂固，他们在中国前进的路上会做出些什么，当是不可不料、不可不防的。他们在中国的周边，不只是虎视眈眈，而是磨刀霍霍，这不是危言耸听。

我们必须清醒地认识到，我国在发展的过程中，国内也还有诸多负面因素形成的瓶颈；我们务必高度关注，因任何疏息，都会酿成历史性的灾难。如此消极因素的叠加，在我们前进中，过关夺隘的风险不会比走过的腊子口、泸定桥轻松多少。因为中华民族这一次崛起，将是一次历史性的向世人宣告：酣睡的雄狮苏醒了，积贫积弱的岁月将画上句号，“东亚病夫”的帽子要扔进大洋，列强入侵的梦幻将被彻底埋葬……

“不到长城非好汉”是中华民族崛起的誓言。中国人民众志成城无比坚信：隘口有风险，但冲过去就是艳阳天；面对险隘虽别无他途，但它却不是绝路；踏平险关是要做出牺牲，但迎来的是充满无尽的生机。

回头也有路

这个题目难免使人有消极颓废之虞，或为怯懦者呐喊之嫌。毫末之意有二：一是实指，一是虚指。

实指之意是想向“走投无路”者进一言，或者说愿与这些生活忧伤者作一点思想交流。

风雨人生，路途漫漫，有时真会遇上过不去的坎。但即便如此，也务必坚定生的信念，可以把“天无绝人之路”当成戏言，但不可视足下为终点。

生活中时有“走投无路”的低沉之音响于耳畔。对发出悒悒之声者略加留意，便可发现，虽然他们的人生背景色彩斑驳，所走过的路崎岖各异，但他们的精神状态无一不是弥漫着消沉、萎靡之气，整个人酷似撒了气的皮球，干瘪瘫软，似乎再也鼓不起前行的风帆，更别说什么卧薪尝胆，重披戎装，赓续人生。

然询问其左右，这些人中，有的是在前行中碰上一次重挫就一蹶不振失去生活勇气的。其实他们原本是底蕴不薄、前程有望的隽拔之士，若是在碰壁之际调整思路，重新定位，“枯木逢春犹再发”是完全可能的。只要记住条条大路通罗马，另辟蹊径，重整旗鼓，再度起步，重绘锦卷，那未来自然会有蓝天白云、柳暗花明在向他们招手。遗憾的是这些人却像“嫩豆腐掉到尘土窝”怎么也提不起来，实在让人为之扼腕叹息。

这等人中还有一种是浮躁，不懂得“胜利存在于再坚持一下的忍耐之中”。他们在途中仅仅是遇上了红灯，只需瞬间等待，前面依然是宽阔大道，然其太无耐性，自叹无路，遂焦躁难安，即举足偏辙，滑入路旁污沟，与阴沟中的沉渣沆瀣一气，危害社会，自贱人生。

凡此种种，不管假以何种说辞，一遇上崎岖坎坷，或许只是杂草丛生，一时看不到足下路径，就发出“山重水复‘已’无路”的哀鸣，都不能算是人生路上的强者。“敌军围困万千重”似乎有点无路之险，可革命者选择了“我自岿然不动”的坚定，赢得的是“黄洋界上炮声隆，报道敌军宵遁”的凯歌，老天赐予的是“柳暗花明又一村”。所以将生活中的风雨冰霜都视为绝境，实不可取。眙目现实，人生之坎不断，有时也确有风险，但太多的坎都不是无路，而是心中茅塞充盈，若转身回首，面前依然有路。

不信么？下面的故事也许对你有所启发。

故事一，俄国作家托尔斯泰在《我的忏悔》中讲过一个故事：一个男人被一只老虎追赶而掉下悬崖，庆幸的是在跌落过程中他抓住了一棵生长在悬崖边的小灌木。此时，他发现头顶上那只老虎在盯着他，低下头一看，悬崖底下还有一只老虎张着血盆大口守在那里。更糟糕的是，两只老鼠正忙着啃咬维系他生命的小灌木的根须。绝望中，他突然发现附近生长着一簇野草莓，伸手可及。于是这人拽下草莓，塞进嘴里，自语道：“多甜呀！”

故事二，一天，竞秀禅师吩咐弟子们每人去南山打一担柴回来，可是因山洪暴发，弟子们无法渡河无功而返。弟子们垂头丧气，来到禅师面前说明原因。其中，一个小弟子从怀中掏出一个浆果，坦然地对禅师说："过不得河，河畔结满浆果，我摘了一个给师傅。"师傅微笑颔首，对弟子们说："世间总有过不了的河，过不了就回头，这就是一种智慧；回头之时看看自己能做什么，这也是一种智慧。"卢梭曾说过："一只雄鹰在练习飞行时，总是顺风而飞，如果遇到危险后，就转过头来逆风而飞，反而飞得更高。生物中所有的种子即使落在瓦砾中、悬崖上，照样生根发芽，从不悲观和气馁。科学家研究表明，种子在发芽时竟可以承受超越自身几十倍的压力。"

虚指之意，是说世间万事复杂而又瞬息万变，把事物看成僵死的，是无益人生的。把"回头"看成一种不可或缺的思想方法，摒弃"一根筋"的思维模式当不失为人生的另一条路。条条大道通罗马，可直抵之道无一条。就像老子在《道德经》中开篇明旨说的那样："道可道，无常道"。那人生之路，进进退退亦是常理。所以，有时前进受阻，自己又确实没有能力直达目的地，那就不要"知其不可而为之"，若能欣然回头另辟蹊径，倒不失为一种明智的选择。

人生最大的哲学是存亡、进退、得失这六个字。一个高明的人，就是能在这六个字上做得恰到好处，该进则进，该退则退，因为所谓"失误"就是做事进退失据。毛泽东指挥作战中的战术有"敌进我退"之策，就是高明的军事智慧，也给人生道上一时身陷窘境的人们指点了迷津——少叹息，莫悲哀，为生之大计，回头也有路。

红军长征中四渡赤水，有进有退，前进有因，后退有据，进进退退都是生机。那是军事家的智慧绽放。一个人只知进，不知退，不会退，只知内方，不知外圆，在"和而不同"的社会舞台上，是演绎不出精彩纷呈、动人心魄的人间活剧的。

历史无法假设，红军第一次渡过赤水河若不及时转回，当时的结局是什么样子，恐怕很难估计。正是前进不成及时返回，毛泽东书写了战争指挥史上堪称经典的一笔。这奇迹告诫人们，有时回头是为了前行，明智的后转是智慧的喷薄，更是前进的天机。

人生或许只有踏过死亡门槛的人才更懂得生命的宝贵，人生路上没绝境，牢记跌倒后只有爬起，再跌倒，再爬起……

有位音乐指挥家和风琴家，在他 70 岁诞辰时，有记者采访他："您取得的成绩应该归功于什么？"他想了想说："我认为必须归功于这一事实，那就是我一直没有死。"人若感到自己的存在好似多余，那就错了，因为这时还有生命在，有生命就有希望，因为生命的本身就是无与伦比的、意义非凡的。

一"程"不变的路上，是演绎不出"六盘山上高峰，红旗漫卷西风"的壮丽画面的。马丁·加德纳说过，在这个世界上，人所处的绝境，很多情况下都不是生存的绝境，而常常是心理上和精神上的绝境。其实，人有时把自己逼到一个没有退路的绝境时，才更能迸发无穷的力量。武松打虎的传奇故事就是如此谱写的。

生活中，我们会有无处下足的沮丧，可要环顾四周，会惊奇地发现可走的路还不止一条。

苦命的丹麦王子说过：既有肉身就注定要承受与生俱来的千般惊扰。

中庸之道倡导哀而不伤。即使面临穷困潦倒，贫病交加，山河破碎的悲惨命运，诗人笔下有的不只是"万里悲秋常作客，百年多病独登台"的悲哀，还有"无边落木萧萧下，不尽长江滚滚来"的达观。

数百年前苏格兰国王罗伯·布鲁斯，面对英格兰王国的入侵，在率军迎战中，屡战屡败，直至退到一条大河边，可偏偏没渡船，夜色茫茫，寒风怒吼，大有天绝生路之势。随从二人，一人冻死，一人自杀。当时的情势是在天亮之前若不能渡过这条大河，后果不堪设想。他瑟缩一团，紧搂着战马取暖，然他的生命抗争力不时提醒自己，我不想死，我不能死，我一定要挺到最后一刻。天将黎明，大河结冰，天堑变通途。而后，他卧薪尝胆，终于把入侵者赶出了苏格兰，赢得了独立。这正是培根说的，许多不可能的事情只需时间和坚持。

美国电影《荒岛余生》中的主人公查克，被失事飞机抛在一个没有人烟的小岛上孤苦无助。他把沾有自己鲜血的手掌印在一个排球上。再把它修饰一下，画上眼睛、鼻子和嘴巴，并在上面放一些杂草，做成一个人的模样，给它取名为“威尔森”，每日与他为伴，挨过一千多个孤寂难耐的日子，终于乘坐自制的木筏逃离了荒岛。故事听起来似乎荒诞不经，可命运把他突然抛向绝地，他反而坚强地活下来，这还是挺令人动容的。

“陶令不知何处去”，今朝神州桃花源。即使有些地方一时间阳光不足，灯光不灿，也不必呻吟哀叹，而当振作精神，站好位置，释放自己正能量，莫愁足下道何处，慧眼诸君路千条。

变味的“宽容”

“宽容”，当不属新鲜词语，古人早已在说。《荀子·非十二子》中云：“遇贱而少者，则修告寻宽容之义。”

在国家倡导构建和谐社会之时，提倡“宽容”，本无可非议。因为人无完人，多是瑜中存瑕；路行千里，偶会失足；食下五谷，小疾自伴——无论你怎样讲究饮食卫生，对客观世界总还得有“藏污纳垢”的容忍与无奈。这也正如明代张宗子说的：“人而无癖，不可相与，以其无真气也。”由此足见社会之中，人与人之间宽容的气度也是万万不可或缺的。有道是“小不忍则乱大谋”，“忍一时风平浪静，退一步地广天阔”。人与人之间应该讲礼让，不能动不动就怒目金刚、拔拳相向。

但社会交往中，我们在讲宽容之时，千万别忘了鲁迅先生的告诫：“损着别人的牙眼，却反对报复，主张宽容的人，万勿和他接近。”

因为鲁迅说的这种人今天并不鲜见。你看，在人流密集的公共场合，如公交车上、购物广场、农贸集市等地方，这种人明明做了有损公德的事，却振振有词，张口“宽容”闭口“宽容”地指责别人对他们不施宽容：“你难道不懂啥叫宽容？你怎么一点教养都没有？你的宽容精神到哪里去了？”继而咄咄逼人地谴责他人，“就这么一点小事，你较什么真？你后退一步，不是就完了吗？”这真是猪八戒倒打一耙。

眼前的这一切常使我想起一则寓言：《生气的苍蝇》。

有一只苍蝇对蜜蜂说：“为什么人类都喜欢你，却非常讨厌我呢？”

蜜蜂回答说：“因为我为人类服务，酿蜜给他们吃，而你有没有为人类做什么事情呢？”

苍蝇生气地说：“为什么要我为人类做事？他们都十分吝啬，只要我吃了他们一点食物，他们就追着打我，我多么希望能够浑身都长毒刺，可以狠狠地刺他们！”

寓言中的苍蝇，就是鲁迅先生所说的“损着别人的牙眼，却反对报复，主张宽容的人”的化身。他们的人生逻辑就是只许州官放火，不许百姓点灯；只许自己伤天害理，不许别人发声喊疼。

这让我想到季羡林先生说的一段话：“根据我的观察，我还发现，坏人是不会改好的。这有点像形而上学了。但是，我却没有办法。天下哪里会有不变的生物呢？哪里会有不变的人呢？我观察的几个‘坏人’偏偏不变。几十年前是这样，今天还是这样。我想给他们辩护都找不出词来。有时候，我简直怀疑，天地间是否有一种叫作‘坏人基因’的东西？可惜没有一个生物学家或生理学家提出过这种理论。我自己既非生物学家，又非生理学家，只能凭空臆断。我但愿有一个坏人改变一下，改恶从善，堵住了我的嘴。”国外有一精妙之语：宽容也有限度，超过了这个限度，宽容就不称其美德了。

源于此，我鄙视苍蝇一样的人，却赞赏那些像蜜蜂一样谁敢恶意伤害就用毒刺还击的人，哪怕伤害了我，我也会宽容他们。维吾尔族的谚语说得好：好人走过开满鲜花的地方，被蜜蜂螫了一下，常会对蜜蜂表示歉意，责怪自己不该碰了蜜蜂，因为蜜蜂正在为人类奔忙。

因《物种起源》而闻名于世的达尔文，就是科学花园里的一只蜜蜂。我曾在《中国青年报》读到，他在《物种起源》中用科学事实的“毒刺”来戳破宗教的虚幻；在自传中，用“毒刺”批驳了各种有关上帝存在的证据，抨击基督教的教义是“一种可诅咒的东西”。可到了1882年4月19日，达尔文停止呼吸后，很多人却认为，以达尔文的成就应该为他举行国葬，埋到英国的先贤祠——威斯敏斯特大教堂，而且认为，达尔文要比已埋在那里的许多政治家更适合那里，因为“与这位震撼世界的思想家的成果所产生的巨大影响相比，日常政治的喧嚣，大部分不过是尘土一般的贫乏”。

就信仰而论，达尔文与基督教可以说水火不相容，但是这样处理达尔文的后事却没有人觉得，一位动摇了基督教学说的人埋在基督教的大教堂里有什么不妥。大家很宽容地认同这样一种说法：“该大教堂需要这个葬礼，甚于该葬礼需要的大教堂。我们无法欣赏他理论的全部，但是，我们能够敬佩他的生活。”

看来，该宽容还是不该宽容，有理性的人们的善恶观念是十分明确的。苍蝇的抱怨只能是“几声凄厉，几声抽泣”。

这正如另一则寓言所说：鬣狗经常对着狮子狂吠，抱怨狮子对它们不讲宽容。狮子听了摇摇头，慢条斯理对鬣狗说：“不！那你们以后走路，也要看好自己的道！”

人生路上，发生磕磕碰碰在所难免。遇到磕碰，要先看看自己走的是不是正道，不要急于大动肝火，指责别人。如果是自己伤及他人的正当利益，不管是有意还是无意，都应该首先承认是自己伤害了他人利益的事实。然后真诚表示道歉，并依情依理给以补偿，不文过，不饰非，更不歪曲。倘如此，多数情况下，别人是会理解、谅解与宽容你的，用不着你吹胡子瞪眼睛，像苍蝇一样嗡嗡。

宽容也有不可逾越的边际。先前曾在报上看到一则中国人对“宽容”和“不宽容”的调查结果：当代中国人最宽容的是，在正当自卫下杀人、安乐死、独身生活、离婚、人工流产；最不宽容的是，吸毒、嫖娼、卖淫、贪污受贿、司机肇事（撞车）后潜逃、不敬重父母或老人、偷税漏税、收藏赃款赃物、见死不救。由此不难看出，符合社会公序良俗即底线。对于社会的先驱者、事业的初创者、科技领域的探赜者，他们在前行的路上的失误，人们可以用宽容的心也必须用宽容的心去对待；对于日常生活中人们的无心之失，人们也应该以宽容之心来对待；但对于违背社会公序良俗原则的，则必须旗帜鲜明地反对与斗争，不能无原则地迁就和容忍；对于错了而不认错，反而强词夺理文过饰非者，也别那么客气。

劝君不用镌顽石

——生在担当

《五灯会元》曾说：“劝君不用镌顽石，路上行人口似碑。”大凡想通过树碑立传来树立个人威信、抬高个人声望的，往往事与愿违。正如臧克家在《有的人》中所说：“把名字刻入石头的，名字比尸首烂得更早；只要春风吹到的地方，到处是青青的野草。”因为石头上的文字与某个特定的人毕竟不是一回事，白居易有言道：“草萤有耀终非火，荷露虽团岂似珠。”

“给人民作牛马的，人民永远记住他！”（《有的人》）大功无碑，碑在人心；口碑无形，名由人传。好口碑，源于人心。它是众人发自肺腑的褒扬和评价，是民心的流露，民意的集成，是时光磨不去、风雨难剥蚀的无形铭文，更是官职带不来，权力换不来，金钱买不来，谎言骗不来的最高奖赏。

“铁肩担道义”，何虑功名碑？“人”字之魂就是“担当”，生之不能“担当”，生之价值何在？一个人若不能在民族危亡之时赴汤蹈火、国难当头之时鞠躬尽瘁、舍生赴义之时凛然不惧，则终不堪大任。就算是个常人，恐怕也难荫庇家室，赡养父母。这等人即使树碑成林，刻上溢美之文，也难以光耀先祖，流芳后世。有无担当精神，折射出一个人的道德品节，或者说，它就是一个人有无血性的试金石。勇于在烈火中担当的人就是纯粹的人，就是脱离低级趣味的人，就是富含人性、心底无私的人。这种人“俯下身子给人民当牛马”，“情愿作野草，等着地下的火烧”（《有的人》），是不会囿于功名的泥淖之中，不会为功名所绑架，也自然不去立碑作传的。

文天祥从会搦笔，父亲就教他从一撇一捺学写“人”字。文天祥用自己跌宕壮烈的人生熔铸了这个“人”字。他没有辜负父亲的希望，为国担当大义，书就“留取丹心照汗青”的华章。

“担当”二字重千钧，不是人人皆可为。要不，为什么在人命关天的当口，有袖手旁观者，有溜之大吉者？在需要伸张正义时，有缩头缩尾者，有装聋作哑者？在强权和弱势交恶时，常有趋炎附势者，有为虎作伥者？

活着，欲为己立碑，“把名字刻入石头，想‘不朽’”（《有的人》）者，难以为民为国去担当，因这两者是格格不入的。

生前自树其碑，其意昭然，为的是彰显功绩，名垂千秋不朽，向世人宣告：“呵，我多伟大！”（《有的人》）。怀着如此心态混迹于世，他的人生指南只能为己，“先天下之忧而忧”的人生理念断不会萦于胸怀。所以，无论这等人念的是哪家经书，宣扬的是什么伦理，辞文是如何典雅精妙，又如何令人震撼激昂，那都是逢场作戏。这种人不管社会给他安放在哪个位置，历史把他铆在前进轮子的哪个部件上，即便一时让他居庙堂之高，委以“龙椅”，他也不会为民倾其心，为国毕其力，踏出一条光照千秋的路径。

什么是担当？

“天下兴亡，匹夫有责”，这是华夏子孙为国的担当。

“此身已许国，何事不敢为”，“逢敌必亮剑，沙场热血喷”，这是当代军人的担当。

担当就是“在其位，谋其政”，面对其责不推卸，宁负千钧折骨，不计自身何恙。

担当就是使命。自古身可杀，使命不可辱，为了使命为了大义，视生命如敝屣，抛生命如霜叶。

担当就是奉献。奉献是欣然而为，质地真纯。奉献之水纯净，奉献之果甘甜，和氏奉璧遭断足之残而无怨无悔。

担当就是牺牲。担当者无论何时何地务必勇立潮头，敢于冒炮火于前沿，马革裹尸于沙场。

称得起“担当”者必淬炼，公而忘我，淡泊功名，何念碑坊之有无？

唐朝女皇武则天，似乎看透了自树其碑的虚伪。据史书记载，她在称帝期间留下不少诟病，什么“近狎邪僻，残害忠良，杀姊屠兄，弑君鸩母”，什么“洎乎晚节，秽乱春宫。潜隐先帝之私，阴图后房之嬖。入门见嫉，蛾眉不肯让人；掩袖工谗，狐媚偏能惑主”（《讨武曌檄文》）。但平心而论，她要自立其碑当无些许不能，可却别出心裁留下一座无字碑。

毛泽东对她的“无字碑”曾这样评论：“武则天有自知之明，她不让在她的墓前的碑上刻字。有人说其本意是功德无量，书不胜书。其实，那是武则天认识到，一个人的功过是非，还是由后人去评论。”当然，这只是伟人的“一家之言”。但有碑无字，其真谛何为，仍被许多人视为“千古一谜”，褒褒贬贬，见仁见智。

由此看来，碑若自立，哪怕无字，也势必招人评头品足、褒贬议论，何况煞费苦心镌刻于石头上的呢？晋代重臣杜预之碑无疑成为今天“笑林广记”的新篇。按道理说，杜预一生战功卓著，当年被晋武帝授予“征南大将军”的桂冠，后人对其一生自会有所评说。然此公偏偏在生前请人为他镌刻两块功名碑（上面刻有他的文治武功）。他将其一立于岘山之巅，将另一刻碑沉于汉水之底，可谓用心良苦：哪怕将来发生天塌地陷，山巅与江底易位，总会有其一存留于世，让他的大名与山河同在。他所以如此，据《晋史》记载，杜预曾自白其心：只求功名留世，不求道德圆满。但他千虑一失的，此举却成了后世用来讥讽追逐功名的谈资。

杜预沉碑就招来唐代温庭筠、张九龄，宋代陆游以及范成大的贬损。其中，宋人范成大的嘲讽之意最为直接。他在《读史》中写道：“汗简书青已儿戏，岘山辛苦更沉碑。”陆游在《题城侍者岘山图》一诗中，则为杜预当年之举而感叹唏嘘：“汉水沉碑今在哉？千年岘首独崔嵬。”意思很明白，历经星移斗转的历史更迭，汉水之碑与岘山之碑都荡然无迹，唯岘山翘首依然，昂立于天地之间。在历代文人墨客的话题之中，很少再有人提及杜预当年的功绩，然他立碑与沉碑之为则成了名人雅士茶余饭后、插科打诨的笑料。

石碑，照 2001 年修订版的《新华词典》诠释：刻着文字或图画，用作纪念物或标志物，如纪念碑、里程碑等。

对碑的内涵作如此解释，是历史演义到今天的理解。有学者撰文，碑者背也，一背，指所书之事已背人而去，属事后之论。碑，最早是古人在下葬之时立于墓坑两侧的系绳引棺之石。后来就顺便将死者的事迹刻于其上，逐渐演变为专门的记事之碑。可见其本意是盖棺定论，后而书之。二背，指所言为他人、他事，是背对背，不是面对面，更不是自说自。

碑体多石，古今皆然。每逢兵燹盗起之年，多有被损，击之则碎。随着历史的脚步，石碑在这高科技时代也随之变格，以现代化的另外一种面目出现了。

《北京晚报》报道：山东泰安一骗子，以开设“中华名人园”，并为名人在园内立碑为诱饵，图谋聚敛钱财。古人说，竖起招兵旗，自有吃粮人。果真，骗子的拙劣小技，竟使北京的一些“高知”纷纷解囊，并迢迢千里星夜兼程如期赴会，其心志之虔诚足以折射“名人园”的巨大诱惑力。这些当代精英，何以热心在“名人园”内树碑留名，而兴致勃勃吞食捕猎者诱饵呢？答案：唯功名使然。这种骗子们子虚乌有的闹剧所以能登台开张，正是因为有太多人急于在生前想看到自己的功名是何等光祖耀宗。

还有，《人民日报》曾报道，陕西某贫困县，县委领导竭诚尽力为群众办了不少好事，受到群众的好评。但每完成一项工程，领导旋即树碑以记，并亲拟碑文，对此群众啧有烦言。石碑虽起，口碑丧尽。在功名的驱使下，除勒石铭功之外，今人更是“青出于蓝”，假以印刷技术的便捷，不少人便把目光投向了“立传”。于是什么现代名人录、什么当代教育家名人录、什么影星名人录、什么考场100分作者名录……便应运而生。这些玩意儿，皇皇数十万言，除了一个个人名及无聊的墓志铭式的真真假假的一小段简介，什么都没有。但要跻身此等名录，有一条铁的标准，那就是必须交钱，附带还有自销《名录》若干，否则就与《名录》无缘。

我被评为高级教师后，被邀加入“名师录”的函件纷至沓来。功名的躁动使自己按捺不住，欣然应允。时隔数日，名录费100元的

“勒索”之单飘然而至。当时我每月工资尚不足百元，真让人哭笑不得，图名惹忧，自作自受，难以言表。后日无事，随翻名录数页，发现所谓名师者，许多人不过是得了一个乡镇学校的什么论文三等奖而已。他们与自己一样，都是汲汲于功名的可怜虫。我才真正意识到自己的“小”，于是将印有自己“大名”的一页，随手扯下一焚了之……

人落凡世，倘能勇于为国为民义无反顾，竭己之能担当其责，就是一尊顶天立地的巨碑，何须与顽石过不去！

鸿爪雪泥亦有痕

——从宋璟拒碑说起

宋璟，唐朝名相，因协助唐玄宗创造“开元盛世”而彪炳青史。他在担任宰相之前是广州都督，因在广州任上为官公正，政绩显赫，深受当地百姓的拥戴，所以在升任右丞相离开广州后，当地百姓为他立了一块“遗爱碑”以示纪念。

宋璟闻知此事后立刻报告唐玄宗，一说自己在广州并未有功于民，二说此等立碑之风不可长。唐玄宗闻言大喜，欣然下诏全国，狠刹立碑之风。

身居高位的宋璟为官做人有如此境界难能可贵。实际上，对一个人来说，立碑与不朽没有必然联系。无论何朝何代，无论为官为民，只要是为人民呕心沥血谋求福祉的，人民都会把他的名字刻在心中，即便他人生路上历尽坎坷，仕途几起几落。

杭州素有“人间天堂”之称，西湖胜景更使中外客人流连忘返。人们在赞叹它“水光潋滟晴方好，山色空蒙雨亦奇”的同时，无不到传说中的苏堤白堤凭吊，放眼粼粼波光，思接千载神游故国。既缅怀古圣先贤的美德，更感念苏轼、白居易等为民的尽瘁情怀。他们为官体恤百姓的品节，恰如南宋词人辛弃疾所颂：“事如芳草春常在，人似浮云影不留。”这就是说，大凡做人善行天下、为官俯首如牛的，他的一生就会宛如春天的芳草，溢香大地，沁人心脾，历久弥醇。

众所周知，苏轼一生大多是在贬谪中度过的，可他忧民之心炽热，益众之举不减。在宋哲宗元祐八年（1093 年）九月被贬定州之后不到一年的岁月里，他坦然面对政治上的失意，年老丧妻的苦痛，与“稚儿娇女”相依为命的凄楚艰难，依旧“上益圣德，下济苍生”，勤于察访民情，处理政务，严惩恶霸，整顿军纪，兴修水利，开拓稻田，深得百姓的厚爱。后人有诗赞曰：

苏老谪官仕中山，菊黄梅落杏花残。
整顿军纪惩豪霸，赈济饥民拓桑田。
插秧创作秧歌曲，植树蟠根雪浪前。
千年古槐依旧绿，犹示后人莫等闲。

诗句是河北定州人民对苏东坡当年的赞颂。这饱含思念的情怀，不是石碑胜似石碑，千秋万代，诵于民口而铭于人心。

在成都武侯祠，虽然门楣上高悬“汉昭列庙”的金字匾额，供奉的主角显然是先主刘备，但老百姓因为“孔明治蜀，留有遗爱”，所以“敬慕孔明反胜昭烈”，仍以武侯祠称之。对此，唐代诗人张继在诗中感慨道：“门额大书昭烈庙，世人都道武侯祠。由来名位输勋也，丞相功高百代思。”

原来，刘备与孔明在百姓心中，孰重孰轻，孰尊孰卑，不是由“名位”而是由功勋决定的，树碑题匾也没有用。同样，任何人的声誉也与官阶高低没有一毛钱关系，而是与他的品德和业绩成正比的。一个人的名声和威望不取决于有无碑铭，因为单从碑铭的形式去评定人的一生并不尽宜。立下碑的未必人如其碑，没有立碑的未必人品低下、无益社会和人民。

据说元初海都王有个女儿——明月公主，她出嫁后的第二年，她的父亲海都自立为中亚的汗王，反对忽必烈的统治。而明月公主的丈夫却是忽必烈的部下，追随忽必烈跟海都王对战。敌对的双方，一方是公主的父亲海都王，一方是公主从小就崇拜的大汗忽必烈。她不希望双方刀枪相见，希望他们能够和平相处。

于是，在海都王和忽必烈即将开战的时候，明月公主骑着战马，到达两军阵前，大声呼喊，请求用自己的性命换取双方息兵罢战。在大军之前，她拔出宝剑自刎，使所有的人都震惊不已。

失去了明月公主，海都王和忽必烈都陷入了悲伤，他们停止了战争，将公主送到汪古部厚葬。此后，忽必烈作为远东的可汗，海都王作为中亚的可汗，多年互不相扰。虽然今天人们连公主的坟墓在何处也说不清楚，但她舍身止战的故事却代代相传。她以自己的香消玉殒，使万千士兵避免了马革裹尸、暴尸沙场，使万千个家庭避免了妻成嫠妇子无父亲的悲剧。

历史上，真正有建树而又获得崇高荣誉的人物，是不在意身后的什么蜗角虚名的。“担当生前事，何计身后评”，才是他们的磊落胸襟。李冰修建都江堰水利工程只是为了灌溉农田，造福百姓，他不曾胸图其名，也没有树碑立传之念，就连司马迁在《史记》中也仅仅用了三个字“蜀守冰”来记述这位功臣。诺贝尔研制炸药是因为不忍筑路工人的辛苦，想帮他们提高工效。他为此付出了极大的代价，父亲兄弟被炸死，自己也被炸得遍体鳞伤鲜血淋淋。但历史是公正的，他成了享誉全球的科学家。而那些对个人名利“如蚂蚁之群聚腥膻，如蚊蝇之竞吮腐秽”的人，是不可能名垂青史的。

大功无碑，大道无形。那些不图扬名潜心为人民造福的人，那些为民族、为人民忠于职守的人，即使无碑无铭，甚至无坟墓无骨灰，历史也会记住他们的伟业，颂扬他们的事迹，讴歌他们的精神，他们的英名才真正永存青史，长驻人间。

2009 年习近平在兰考调研时就曾指出：“焦裕禄同志离开我们 45 年了，但他的崇高精神却跨越时空、历久弥新，无论过去、现在还是将来，都永远是亿万人民心中的一座永不磨灭的丰碑”，“永远定格在历史上，永远不会过时”。

焦裕禄在兰考工作期间，不顾肝病的折磨，扑下身子治理风沙、水患和盐碱地等“三大害”，为改变兰考的贫穷落后，鞠躬尽瘁死而后已。当年他亲手栽下的泡桐，如今已长成双人难以抱拢的参天大树，群众亲切地称之为“焦桐”。今天，凡到兰考大地的贵宾游客，无不前往瞻仰“焦桐”的飒爽风姿时肃然起敬：“目睹泡桐树，想起焦裕禄”。这真是“泡桐树一株，胜似碑千尊”。

著名诗人臧克家在《有的人》中写道：有的人把名字刻入石头，想“不朽”，结果是“名字比尸首烂得更早”，而那些“他活着为了多数人更好地活着的人，群众把他抬举得很高，很高”。

爱因斯坦在遗嘱中写道：“不要墓地，不立碑，不举行宗教仪式，也不举行任何官方仪式。骨灰撒在空中，和人类、宇宙融为一体。切不可把我居住的梅塞街 112 号变成人们‘朝圣’的纪念馆。我在高等研究院里的办公室，要让给别人使用。除了我的科学理论和社会理想不死之外，我的一切都将随我死去。”多么令人感动和敬佩啊！在这样一份本该总结自己一生功过的临终遗言中，既只字未提自己那骄人的成绩和贡献，也没有对后人提出一丝一毫利己的索求。

邓小平讨厌个人崇拜，也反对为自己出生之地谋利益的倾向，一生以公平、无私为座右铭。因此他没有批准地方政府为自己修复故居的申请，也拒绝了各地提出的为他建立纪念馆或雕像的报告。

1976年周总理辞世，他的遗言就是不保留骨灰，将骨灰撒于祖国的江河之中。他特别叮咛，撒骨灰时，不要拍照，不要录像，不要拍电影。但是，斯人仙逝，举国同悲，万家垂泪，北京十里长街两旁站满自发前来为他送行的群众，天安门广场为他摆满寄托思念的花圈。联合国降半旗向他致哀，国际友人在悼念他时说，“周恩来是令人敬仰的伟人。他为中国做出的伟大贡献已镌刻在中国的史册上”。

还需要什么墓碑么？碑就在亿万人的心中！

中华五千年，为国家甘洒热血、英勇捐躯而连姓名都没留下的仁人志士数不胜数。他们的精神薪火相传，代代不息。今天，在各条战线默默奉献的无数英模，无数做了好事不留姓名的普通百姓，才是我们应该效法的榜样。

《走进毛泽东的最后岁月》一书中记载，毛泽东在与人谈十三陵水库时说：“这些皇帝想不朽，可笑也可悲。用劳动人民的血汗为自己立碑，简直可恨。真正的碑应立在历史的记载上，立在人民的心中，这才叫丰碑，这才叫不朽……”这话说得真好。每个人都有把自己的名字留在史册里、镌刻到人们心中的资格、权利和机会。关键要看我们是如何能够把“人”字写到人民的心中。这可不是谁都能够做到的，自己的功过自己说了不算数，得交给历史、交给人民去审核。

人生百年，犹白驹逾隙，一忽而已。倘能少思己，长虑人；恻隐心植于丹田，言行当益众生；为民族赴汤蹈火，在所不惜，为国家鞠躬尽瘁，死而后已，那么当自己迈步桑榆之境，就可为自己一生“上不愧于天，下不怍于地”而昂首晚霞，偃仰啸歌曰：“吾生足矣！”何虑身后有无碑铭评说？

英雄无言，他早在人民心中化作丰碑一座。不信么？你看，首都天安门广场上那座人民英雄纪念碑，就是祖国对华夏几千年来，特别是近几百年来无数为我们国家和人民献出生命的英烈们的褒奖。人民的英雄，将世代受人民的敬仰，将永垂不朽。

扫雪何分你我他

门前有位王大叔，年逾古稀。每逢老天落雪，他总早早起来，手持扫把，把通往大街的道路扫得干干净净。他在扫道路的同时，也顺手把道路两边的居民门前的雪扫去，以便人们出行。他平日走在路上，只要发现有棍棍棒棒石头砖块之类，也都随手捡到路边，并自言自语："这多危险，要伤人的。"俺们小村的人都对他赞不绝口。他是一位憨厚的农民，虽然不曾读书识字，没有什么文化，可他离去之后，人们仍然时时念起他默默奉献的事迹。他虽然生前有点驼背，可他留给人们的形象却很是高大。

反观县城大街的两边，大大小小的商铺和行政事业单位一个接着一个。一到天降大雪时，大街上与王大叔居住小村的街道景象却截然不同。各个商家店铺只管把各自门口的雪推到大街中央就完事了。待到日出雪融，商家门口确实是干净了，可人行大道上却因累累雪堆而交通受阻、人行艰难。我们这里有句农谚："干冬湿年下。"就是说，如果整个冬季长期无雪，那么老天就极可能在临近年关落雪。而雪降之后，商家这一做法，常因路滑车倾人倒，给喜庆的春节带来不少烦恼。人们对此啧有烦言，然又无可奈何，因为街道两边居民商铺机关单位都尽到了“门前三包”的责任，“各自扫清门前雪”了，你似乎很难指责他们什么。

其实，这种看似“各尽其责”的人生哲学只是“以邻为壑”的变种，是人际关系冷漠的一种反映。

英国一位诗人说：“每个人的逝去，都是我的损失，因为我的命运与所有人的命运相连。”诗句不仅道出了人与人之间相依为命的亲密关系，还含蓄地道出了人生也有为这个社会大家庭做出“额外”贡献的责任。

大自然的“蝴蝶效应”（一南美洲亚马孙河流域热带雨林中的蝴蝶，偶尔扇动几下翅膀，可以在两周以后引起美国得克萨斯州的一场龙卷风，其原因就是蝴蝶扇动翅膀的运动，导致其身边的空气系统发生变化，由此引起连锁反应，最终导致其他系统的极大变化）也告诉人们，社会中人与人之间看似各立门庭，可以事不关己，高高挂起，可实际上彼此之间却有着千丝万缕的联系。不能单看表象，觉得某事与己没有关系就袖手旁观，明哲保身求得片刻清静。我们应该从另一角度想想，“城门失火”会“殃及池鱼”，人世间许多事是难以分什么你我他的。

邻村一家，平日与街坊邻里老死不相往来，日子似乎过得幽静轻松。后来，他老父作古，助者寥寥。作为“孝子”的他跪地苦苦求邻，人们才勉强到场。安葬之日，灵柩到地，墓穴又没有挖好。而那几天适逢秋雨连绵，送葬的亲属只好一直在雨中淋到下午，责难之言盈耳。说实在的，这一场景对于做人嗜于独善其身者不啻是一次有力的教育。

毋庸讳言，由于我们在相当长一个时期只强调经济建设，而忽视了社会责任的教育，社会风气已经受到严重的污染和毒化。社会上曾一度出现歹徒猖獗于道，路人佯装不见的麻木现象；出现有人落水遇险——围观者众，出手相救者寡，甚至无动于衷的寒心场面；出现不谈好价钱不打捞遇难者遗体的救援船……凡此种种，令人齿冷。从“老鼠过街人人喊打”到“老鼠过街人人失语”，这不能不说是一种社会悲哀，其后果只能是人人自卫。

一位教授在《百家讲坛》曾一针见血地指出，坏人有时是“好人”惯出来的，有时是“好人”纵容的，在某种意义上说是“好人”“培养”出来的。常见善良的人们在暴徒、恶棍、地头蛇、无赖面前甘示懦弱，不能不说是抛弃了人性的良知，在助纣为虐。

一个人生长于社会，尽社会之责天经地义。爱因斯坦的大学文凭是靠抄同学的笔记取得的；在专利局里，他干的几乎是最低微的工作，但这一切并不妨碍他树立“为别人而生存”的高尚责任感。“他一直认为，社会养育了他，为他创造了科学研究的环境和条件，他更应做更多的事业报效社会”。其实，哪个人不是“社会养育了自己”呢？

陈嘉庚在父亲经营的产业破产之后，照新加坡的法规，是不需要承担债务的。但陈嘉庚却向股东们承诺，要把父亲的债务全部承担下来，决不让股民受丝毫损失。他后来之所以事业能够蓬勃发展、日益壮大，恐怕与他诚信做人、勇于担当的优秀人品是分不开的。

美国波士顿犹太人被屠杀的纪念碑前，有一个德国的新神父叫马丁，他说了一段特别有名的话，也是他的忏悔之语：“当初德国的纳粹希特勒，在德国国内追杀共产主义者的时候，我就在想，我不是共产主义者，此一事与我无关，所以我不说话；后来纳粹们又开始追杀犹太人，我想我不是犹太人，与我无关，我不说话；再接下来，他们又开始追杀工会会员，我想我不是工会会员，所以与我无关，我还是不说话；再接下来，他们又追杀天主教徒，那我是新教教徒，所以我觉得与我无关，我继续不说话；那么最后纳粹们带着刀冲着我们来了，我才发现已经没有人帮我们说话了。”

平时人们容易把“责任”的内涵仅仅局限于自己肩头担当的家庭之责、工作之责，而冷漠自己的社会之责。如果把社会与国家看作一艘航船，那么个人就是航船上一个螺丝钉。人们如果关注整个航船的命运，那就不要淡漠了自己的担当，实际上每个零件的作用都与整艘船的命运息息相关。

中华民族近几百年来积贫积弱，备受列强的蹂躏和宰割，其根在清政府的软弱与无能。倘没有康有为、孙中山等思想先驱者，没有李大钊、陈独秀、毛泽东、周恩来、瞿秋白等为民族命运高瞻远瞩的革命家，那么中国今日之现状谁也说不准是什么样子。所以，一个健康的社会，虽然离不开充当社会脊梁的精英们，但更离不了亿万对社会有担当、有忘我牺牲精神的民众。

令人欣慰的是，如今中国社会涌现出的大批志愿者团队，在为我们的社会默默做出奉献。在汶川地震中，人们纷纷捐款捐物，抗震救灾第一线的志愿者为救死扶伤忘掉自我。他们把生的希望送给灾民，把死的危险留给自己。蒋敏同志忍住在这次地震中失去两岁女儿和几位亲人的伤痛，毅然奋战在救人第一线，直至因疲劳过度而昏倒；8 岁的林浩在危楼中抢救自己的伙伴。这是中国人民为国分忧的灵魂洗礼，也是为我们民族在积累着宝贵的精神财富——我们中华民族是骨肉相连的命运共同体。

大凡有良知的人，应该铭记：自扫门前雪，是做人的愚昧；见义龟缩，是人性的龌龊；逃避社会之责，是灵魂的麻木。

努力修炼成孙中山先生那种“天下为公”的胸怀境界吧，心中常温“吾思仁，则仁至矣”将会对我们的社会和国家大有裨益。

有功于人不可念

古人云：我有功于人不可念。念则为私心不正也。其意是说，自己做过一些有恩于人的事不可挂在嘴上念叨不休，如果念叨那就是心里存有不正当的想法。

这是为什么呢？

如果你知道“廉者不食嗟来之食”的故事，如果你还记得朱自清先生告诉他家人的那句宁可饿死也不要接受美国救济粮的话，那么你也许可以明白其中的原因。

贫贱不能移，自古就是中华民族的生存气节。君子固穷，箪食瓢饮，不改其乐，如果面对贫穷与尊严让择其一，君子们是宁可贫穷也绝不会放弃尊严的。所以，施善者一定要设身处地从受助者的人格尊严角度考虑，别让自己的张扬在无意中伤害了受助者的人格和尊严。切切记住，我们施恩于人要尽量避免张扬，最好能够缄默其口。遗憾的是，在社会生活中，常常有人行善事喜欢大喊大叫，根本不顾及对方的心理感受，致使受助者精神上受到终身难以愈合的创伤。

有媒体报道，有一“热心女士”资助一些贫困大学生，可一年来，这些被资助的贫困大学生，无一人给这位女士打过一次电话，写上一封信。这位女士很是失落，认为这些被资助的学生心底自私，情商低下，缺乏羊羔跪乳般的感恩之心，于是断然取消了其中五名被资助大学生的继续受助资格。

对于这位女士的做法我失语春夏秋冬，只是想替被非难的受助者说几句公道话。中国有句古话“大恩不言谢”。语意很清楚，对有恩于己的人不要口头上说谢谢，而要用实际行动来报答。不打电话、不写信的学生不一定就是不知感恩的冷漠之人，只要他把你资助的钱化作学习科学文化的动力，好好学习，那就是对资助者最好的回报和感恩。难道这不就是资助者慷慨解囊所希望的结果吗？哪位资助者的初心是想用金钱换取几句廉价的“谢谢”呢？如果只是为换取几句“谢谢”而掏腰包的人，那还是一开始就不要掏腰包为好，因为你的初心就不怎么纯正，别人“助人为乐”，你助人“不乐”，那何必呢？

我至今不忘《解放军报》(2007 年 1 月 18 日)上的一篇报道。

在中国科技大学，一个学生要是在校内食堂每月用餐 60 次以上，而消费总额在 150 元以下，即每餐消费不足 2.5 元的，校方在核实情况后，无须学生申请，就主动给该学生的“一卡通”上打入 160 元或 100 元的补助费。三年多来，校方已为 3600 多人次发放补助费 64 万元。

该校这一“润物细无声”的做法值得赞赏。它既尊重了受助学生的人格、顾及受助学生的尊严，又使受助学生得到雪中送炭般的温暖，达到了资助贫困学子的真正目的。真正有意资助贫困学子的好人，应该向中科大学习。我想，把助人之举和盘托于大庭广众固然无可厚非，但与人性化的“润物细无声”式的善举相比，似乎在效果上尚欠至美。

经济学家孙冶方和舞蹈家资华筠都是第五届全国政协委员，常在一起开会。一天，孙冶方得知资华筠是著名学者陈翰笙的学生，便主动告诉她：“您的老师是我的引路人。我是在他的影响下，参加革命并且对经济问题产生兴趣的，所以我很感谢他。”后来，资华筠把这件事告诉陈翰笙，陈老却说：“不记得了。”资华筠认为老人年事已高，记忆模糊了，嗔怪地说：“人家大经济学家称您是引路人，您倒把人家忘记了？”不料，陈老十分认真地说：“我只努力记住自己做过的错事——怕重犯。至于做对的事情，那是自然的，应该的，记不得那许多了。孙冶方选择的道路和成就，是他自己努力的结果。我没有什么功劳。”一个铭记着自己的引路人，念念不忘别人对自己的恩典；一个却不记得自己做过的好事，而只努力记住自己做过的错事。这才是资助者与受助者的最高境界！

我们要以陈老为镜子，照照自己的灵魂。他把对他人的引领之举视为“自然的，应该的”，这委实不易。他把施恩于他人的行为融入自己做人的天地，把帮助他人看作是自己的本分，这等胸怀和德行着实令人感佩。

这使我想起另一件事。

一年春节刚过，我到一长辈家去拜年。长者迎我刚走到院子当中，门口鞭炮齐鸣。当我们转身把目光投向大门口时，只见一男一女带着一个十多岁的男孩，手里拎着礼物走进大门。长者问话不及，来者三口人已到院中。长者对此甚是惊诧，未及问其因，来者先说：“你忘了吧？”便顺手指着小孩说，“这就是被炮仗崩伤，你把他抱到医院的那个孩子，那次多亏你帮了大忙。”说到这里，长者已经明白，连忙说：“应该，应该，当时谁看见小孩那样子，都会帮的，都会的！”显然，长者早已将帮助急救这个小男孩的事忘到脑后了。

以上两位，都把善行看作是“自然的，应该的”，没有一丝作秀给人看的意思，是心甘情愿之为，因为他们急他人之急出乎本能，诚心相助，不图回报，所以做了之后也就淡忘了。

遗憾的是，现实生活中，暇豫闲聊时，我常见有些人特别喜欢在人前讲述自己如何如何辅助他人，眉飞色舞，说得非常详尽。当说到得意处，还话里话外流露着别人早把自己的恩义忘到九霄云外的郁郁之意。更令人心里不爽的是，从媒体上看到有朋友之间，兄弟姐妹之间，偶尔还有父子、母女之间在对簿公堂时，喋喋不休地大讲特讲往日和睦相处时自己为对方怎样尽心怎样出力怎样受累的事。讲到悁情之处，往往怒气冲天，言辞失当，使事态更加恶化。唉，既然当时付出之时出自本心，如今何必再提这些陈谷子烂芝麻呢！不是自寻烦恼吗？

在红尘滚滚的人生大道上，有泥淖，有崎岖，有沟壑，行者都有遇到的可能。不管并肩同往，还是相向交臂擦肩，实质上大家都是岁月中的匆匆过客，没有绝对的你我他之分。所以当我们碰到失足跌倒者顺手拉一把，对爬坡吃力者助上一臂，路窄处让老弱先行，险隘处当先开路，这无论从理性还是人情，都该是自然的、应该的。因为人有旦夕之祸福，谁敢保证自己一辈子不会遇到沟沟坎坎？倘有一天，自己颠沛于途而路人视而不见，那自己心里会有何感想？

如果人们把善行和义举能如此看待，那就该遇之则做，过后即忘，何来上面写的那些困扰和纠结呢？

从社会大环境去看，施恩于人而不念，对多数人而言，付之于行也并不容易。从做人的角度真要懂得这席道理，就得锻造益人之行是“自然的，应该的”这种修养；把该出手相助而不助当成一种缺德行为去敲击，去鞭笞，当成是做人的一种耻辱，时时提醒自己。唯有如此长期修炼，才有可能把自己錾刻成一个高尚的人、一个见义勇为的人、一个脱离低级趣味的人、一个有恩于人而不念的人。久之不辍，积善成德，我们的修养才会一步步走向更高的境界。

以上是从自我修养方面来讲的。当然人与人之间的交际往来是双方的，那自然还有另一面。

让我们转换视角，去观察自己以外的“人”的群体。大千世界，鱼龙混杂，赤橙黄绿，色彩斑斓。为人处世各行其道，所以受助者对施恩者的态度也是良莠相间。涌泉相报者有之，频频道谢者有之，无动于衷者有之，无力报答者有之，因为不能报答而羞愧避匿者有之，恩将仇报者亦有之。所以，“有功于人不可念”，念之何益？徒增懊恼耳！

所以，卡耐基说过这样的话：“别指望别人感激你。”因为忘记感谢乃是人的天性。如果你一直期望别人感恩，多半是自寻烦恼。如果你想通过施恩于人来获得一些踵望，姑且不说个人的义举裹挟着沉渣，已经在玷污自己的品质，就单说你这种施恩图报的结果，愈是这样，你最终只会是收获一把霜后的枯叶。

卡耐基的话可能会令人闻之心悸，但绝不是毫无事实依据的信口开河。1929 年 10 月，美国爆发了经济危机，并一直持续到 1933 年。在这一期间，美国工业生产下降 55.6%，国民生产总值从 1044 亿美元下降到 410 亿美元，失业人数增长 10 倍。从 1933 年到 1939 年，罗斯福总统为应对和缓和经济危机采取了一系列行政和法律措施。在新政初期，美国的大企业主们都暂时接受罗斯福的方案，然而，当危机有所缓和时就开始攻击罗斯福了。他们在报纸上连篇累牍地咒骂罗斯福是向富人“敲竹杠”，是在吃“烤百万富翁”。总之，他们完全忘记了自己在大危机面前是怎样束手无策、惊慌失措的。

罗斯福面对这种“忘恩负义”感到吃惊，更感到气愤。他在一次演说中对这种现象做了生动的比喻：1933年夏天，一位戴着丝绸礼帽的老绅士，不小心失足落入码头边的水中，他不会游泳。他的一位朋友看到情况紧急，和衣跳入水中，把他救了起来，可是，珍贵的礼帽被水冲走了。老绅士当时脱险后，对朋友的救命之恩是感激不尽的。可是三年之后的今天，这位老绅士却大声责骂朋友，说朋友让他丢了丝绸的礼帽。

文至此处，我对华夏今日的某些“老绅士”很有些感慨。上下五千年，我们今时的神州赤县，无论是物质财富还是人们的精神幸福，都是历史上最好的。不仅是尧舜、盛唐所不攀，连西方一些素有极乐之称的国家也难以与我比肩。当然，前进中的浪花不断，有时还有沉渣泛起，但毕竟瑕不掩瑜。那些“端起饭碗吃肉，放下筷子骂娘”的“老绅士”还是闭嘴为好。

有道是，有功于人不可念，忘恩负义亦荒诞；五湖四海乃一家，和衷共济皆怡然。施善于人，利人益己，遇之则做，过之则淡，坦然以对，顺其自然。念则失愉，何必再念！

芳菲溢香任风去
——行善与感恩

我不赞成行善者施恩图报，但也不赞成得人恩惠者不知感激回报。

虽说爱心如花，芳菲天然，香溢大地，沁人心脾，随风飘逸，历久弥新，但接受资助者如果不知感恩，冷漠以对，那无疑往往会冷了捐助者的一腔热忱。

《余秋雨人生哲言》中，就讲了这样一则故事。

一个偏远的农村突然通了火车，有一个小孩每天在火车来的时候，都站在高处向乘客挥手致意，可惜没有一位乘客注意他。这使他满腹狐疑：是我们的村庄太丑陋？还是我长得太难看？他郁郁寡欢居然生了病，可他生了病还要每天前去……

小孩的父亲为儿子的病进城寻医，却没有求得医治良方。一晚，他住进一家小旅馆，辗转反侧，长吁短叹，并惊扰了同室的旅客。他不停地唠叨，可那位旅客只是默默地听着，没有说什么。

第二天小孩的父亲醒来，那位旅客已经走了。他无奈回家，刚到村口就见到妻子兴奋万状，告诉他孩子病全好了。

妻子说：今天早上第一班火车通过时，有一个男子把半个身子伸出窗外，拼命地向我们的孩子挥手，孩子跟着火车追了一程，回来时霍然而愈。

《河南日报》2007 年 6 月 6 日文章说，早年曾在黄继光所在部队服役的高健民，二十多年来倾个人之力，先后资助过 130 名贫困学生。但 90% 以上的受助者不要说回报，连一句感谢的话都没有。他无奈地说："在学雷锋这条路上，我越走越累，主要是精神上的疲惫。"还有类似的报道。一位爱心女士，曾资助一些贫困大学生。她觉得有些贫困生心理上"极度自尊又极度自卑"，缺乏一种正确对待他人与社会的"阳光心态"，缺乏起码的感恩之心。

我们理解那个小男孩的感受，理解高健民的心情，理解那个爱心女士的举动，他们的表现与"施恩图报"无关，他们只是希望看到，自己爱心的阳光雨露是否让人间感到温暖、是否让人间的花儿快乐地绽放。这没有什么可以非议，因为受助者的反应是他们了解自己爱心效果的基本途径。所以，受助者不能因为别人施恩不图报就心安理得地不感恩不报恩。

中华民族自古以来就是充满爱心的民族，也是有着知恩图报优秀传统的民族。"投我以木瓜，报之以琼琚""投我以木桃，报之以琼瑶""滴水之恩，涌泉相报""一饭千金"等，都是我们世代相传的美谈。

淮阴侯韩信千金赠漂母，回报落难时的一饭之恩；陈毅元帅亲手为老母亲洗衣裤，报答慈母的养育之恩。"5·12"特大地震后，3 岁男孩郎铮从废墟里被救出，躺在担架上用稚嫩的右手向解放军叔叔敬礼；面对向灾后人民施救的人们，四川青川的小学生在公路旁擎起简陋的纸板，上面写着"谢谢"……

说实在的，在受到恩惠之后，道声"谢谢"会让社会变得更和谐温暖，会让人间少些“我本将心托明月，谁知明月照沟渠”的慨叹。

我们提倡助人为乐，我们欣喜地看到许许多多爱心志愿者在弘扬这一美德，因为人们懂得，“只要人人都献出一点爱，世界会变成美好的人间”。谁不希望在付出爱心的同时，能够看到爱心这一“人间的春风”让“幸福之花处处开遍”的感人场面？要知道，“助人为乐”的“乐”，其基础是受助者的“乐”，没有受助者之“乐”，助人者就乐不起来。因此，受助者一声“谢谢”之类的回应，则是这“美好的人间”不可或缺的一个画面。少了这个画面，助人为乐的“乐”就会有几分苍白、几分黯然，爱心之花也可能渐渐枯萎。

从这个意义来看，有无感恩之心，既是衡量一个人道德素养的标尺，也是衡量一个民族品格的试金石和体现社会文明程度的标志。哲学家康德说，感恩是崇高的义务，不仅是以情动情的情感和心态，更是以德报德的行动和责任。也许正是基于此，许多国家都设立了感恩节，提醒国民要记住帮助过自己的人，要感激他人，要帮助他人。

人从呱呱坠地到三十而立、四十而不惑，再到知天命、从心所欲不逾矩，再到耄耋期颐寿终正寝，受到的恩惠不计其数，需要感恩的人和事天天都可能有。鲁迅先生曾说过：“感谢命运，感谢人民，感谢思想，感谢一切我要感谢的人。”仔细想想，哪一个人不应如此呢？

我们希望所有的人都能够做到“滴水之恩，涌泉相报”，但不必苛求，不必因某些受助者的冷漠而心灰意冷。英国作家萨克雷说：“生活是一面镜子，你笑，它也笑；你哭，它也哭。”施恩者以灿烂的笑容来融化冷漠者心头的坚冰，处处播撒爱的种子，那么“送人玫瑰，手有余香”，自己的心境也就总会偎依在如春的阳光里，得到升华。

姚明在谈及做慈善事业时这样说：“我做公益慈善事业的最终目的

是为了帮助别人的同时，使自己升华。到最后，得到帮助的是我自己，让我感觉到我对这个社会有用。”

我想，许多人也会有姚明一样的感受。在受爱心驱动而去救助他人时，自己心理上是没有索取回报欲念的，只是觉得如果不相助，自己的良心会受到谴责；而在自觉播撒爱的过程中，自己的灵魂也同时得到了一次次洗礼，自己也在“积善成德”中享受到“神明自得”的快乐。

“爱心是无价的。”我们献爱心不是与受助者做交易，不是一手交钱一手交货，所以不要期望自己的爱心行动马上就能够产生看得见的效果或反应。何况受助群体的个人情况也非常复杂，有地域上的、经济上的、文化上的、心理上的差异等等因素，我们应客观看待。从无回报的被资助者也未必都是心底冷漠、缺乏感恩之心的人，而口口声声说“谢谢”的也许是以乞讨、公益为牟利手段的骗子。要给时间，要给机会，有的也许是在几十年后才会有回馈的。

社会偌大，爱心至贵。没有爱心的人就像没有水的沙漠，人类所以十分推崇“德莫高于博爱的人”，是因为博爱不求回报，只将真爱的火种递给需要温暖的人们。

你还记得纪录片《生命的记忆——犹太人在上海》吗？它通过40位亲历者的故事让世人深切地感受到，中国人即使在自己沉陷苦难之中，也仍然从人性和文化深处透出人道精神与大爱情愫，善良而温存地向犹太人敞开怀抱。美国一位专栏作家这样评价：“二战”时，德国纳粹迫害犹太人，“全世界都对犹太人关上了大门，上海是唯一的例外”。近一个世纪以来，上海还有上万犹太人久居在这里。

君不见，社会中有多少人“相逢一笑泯恩仇”，宽恕了自己的仇人，把敌人变成朋友。中国人民以比蓝天、海洋更宽广的胸怀和极大的仁慈，把经过教育有所悔改的日本侵华战犯送回日本；中国政府宣布放弃对日本侵华的经济赔偿的要求，也从不希望他们感恩中国人民。还有多少普通人，把受到伤害的飞禽和走兽救起，施以精心呵护和救治，在它们养好伤后又送它们回归大自然。而这一刻，从他们灿烂的笑容里我们看到的是他们内心绽放着的坦然和惬意的幸福感。

施恩与感恩，是这些惬心之事的不可缺一的两面。对施恩者来说，应多想一想自己在献爱心过程中得到的幸福和快乐。记得英国《太阳报》曾以“什么样的人最快乐？”为题举办了一次有奖征答活动，从八万多封来信中评出的最佳答案有这样两个：

其一，在给予别人快乐的同时也给自己快乐的人，如在为婴儿洗澡时的母亲。其二，经历千辛万苦后终于挽救了危重病人的外科医生。

为什么？

因为他们是给予别人快乐的天使，也因这份给予而让自己成为快乐的天使。母亲给婴儿洗澡也好，医生给病人治病也好，他们的快乐都是建立在让别人快乐这一崇高的基础上的，我们没理由拒绝。

在人生路上，人人都期盼平坦宽广畅通无阻的路，可实际走的多是坎坷狭窄障碍重重的路。这些不平坦路的形成，有客观因素，但更多的是人为因素，其中有些难走的路可能与自己视而不见听而不闻有关，是自己早就发现了但懒得去修或根本就没有去修好它的想法。换言之，就是自己在该施恩处没施恩，当感恩处忘感恩。

大爱无疆，释放爱心就该像文章开头写的那位旅客，悄悄地去，悄悄地来，在拭去那个小孩心头的悒悒之云后，不求回报，悄悄地挥手作别，不带走一片云彩。

施恩让人温暖，报恩令人欣慰，以何践行，存乎一心。人心有爱，天性赋予，何处播洒，怎样传递，当因人因事而异。只要处心玉洁，不含秕莠，敞开胸怀，随心而欲。祈望这种芳菲之香在社会上油然喷薄，让人人心旷神怡；愿这朵人间无比艳丽的奇葩，盛开不衰，香溢大地。

爱好·嗜好·嗜欲

爱好，是对某种事物具有浓厚的兴趣；嗜好，是特殊的爱好，除了自谦时所说的之外，多指不良的爱好，是个贬义词；嗜欲，指耳目口鼻等方面贪图享受的要求，是个地地道道的贬义词。这不是我的杜撰，有《现代汉语词典》（第6版）为证。它们含义不同，似乎可以分清楚；但在现实生活中，常常有人把握不住它们的界限，一不小心，使“爱好”演变成了“嗜好”，进而滑向了“嗜欲”的泥潭不能自拔。

这不是危言耸听，回想一下当年触目惊心的远华特大走私案，大概就可以明白这更不是信口开河。厦门原副海关长杨培勇，颇有抱负与才干，有个高雅的爱好——读书和藏书。他认为赖昌星是个“文盲加流氓”，对其一直保持着戒心和距离。赖昌星表示愿送他的儿子出国读书，他拒绝了；赖昌星要把他弟弟送到香港“发展”，他也拒绝了。可当赖昌星投其所好，将专门从京城购回的绝版《毛泽东点评二十四史》一套（175册）、由当代名画家合作的《牡丹图》一轴和当今名家的书法作品若干送去让他“品鉴”时，他的防线失守了，最终与赖昌星同流合污了，成了一名罪犯。在赖昌星眼里，爱好就是官员这只看似无缝的蛋的“缝”。他说：“官场上的制度、条例再严我都不怕，最怕的是当官的没有爱好。”他就是这样利用官员们的“雅好”这一人性的软肋，把二百多名官员拉下水！

也许你觉得这只是个案，没有必要大惊小怪、草木皆兵。诚然，人无雅俗，各有所好。或好琴棋书画，或喜吹拉弹唱，或乐柳岸垂钓，或悦诗酒田园，这些对个人而言，或许可以丰富生活情趣，平添人生色彩。就像清溪中的浪花，让平静的水面荡起粼粼涟漪；就像斗室小窗，开阔了自己的视野，扩大了生活的空间。但是别忘了这个小窗也可能变成别人窥探你隐私的监视探头，也可能成为蚊蝇鼠盗的通道，会给你的生活带来麻烦干扰，甚至给你带来灾难。不信吗？让我们看几个历史画面——

周幽王有个特殊的爱好，看美人褒姒“巧笑倩兮”。为能博得褒姒一笑，竟上演了一出“烽火戏诸侯”的荒唐闹剧，结果呢，导致了西周王朝覆灭的悲剧，他自己也死于骊山之下。

春秋时，卫懿公特别喜好鹤，但他不像今天的白领和退休大妈养宠物那样只是玩玩而已，而是把鹤看得比人高贵，经常让鹤随自己乘车出游，并给鹤加官晋爵，赐以俸禄。对于投其所好来献鹤的，也是要钱给钱，要官给官，弄得宫廷到处是鹤的粪便，臭气熏天，更因向百姓征收鹤所需的食物费用而闹得民怨沸腾。后来国家遭外敌侵入，将不征战，士不效命，私下都说让卫懿公派“鹤将军”去作战吧。于是卫懿公让鹤这个爱好断送了自己的小命。

齐桓公按说称得上雄才大略，但却是个“吃货”，特别爱吃厨艺高超的易牙先生做的美味。一次吃过之后，赞赏之余对着易牙先生感叹道：“这天下的美味，我差不多都吃过了，只是还没有吃过人肉，不知这人肉的味道如何！”也许齐桓公只是无心说说而已，不过说者无心，听者却有意。易牙没过几天，回家便把刚满三岁的儿子给杀了，蒸熟端到了齐桓公的跟前。待齐桓公吃过之后，感觉其味与往常不同，便问道："这是何肉？"易牙回答道："这是我儿子的肉。"齐桓公非但不斥责易牙的残忍，反夸他的忠诚。后来呢，易牙一步登天，成了齐桓公身边的大红人。许多人为了能使自己前途一片光明，纷纷请易牙疏通关系，打通官场上的"任督二脉"。最后呢，齐桓公病了，易牙和竖刁两人相与作乱，阻塞其门，让桓公饿死在病榻，两月余不得葬，以致尸虫爬出户外。

这都是爱好演变成嗜好、嗜好滑向嗜欲的恶果。《易经》有言："嗜欲深者天机浅，嗜欲浅者天机深。"唐太宗深有感触地说："朕每思养其身者，不在外物，皆有嗜欲以成其祸。若耽嗜好滋味，玩阅声色，所欲既多，所损亦大，既妨政事，又扰民生……朕每思此，不敢纵逸。"

也许你说，你说的都是帝王诸侯，我一介平民，怕什么？是的，平民百姓的嗜欲是不会导致国家灭亡，但对自家也是"所损亦大"。你不妨先听听郑板桥的故事。

清人郑板桥，以"扬州八怪"之一鼎名于世，笔下瘦竹堪称一绝，社会名流踵企于他的作品，但一墨难求。

当时有一盐商王德仁非常想得到郑板桥的字画，苦于无门。后来虽然辗转迂回弄到几幅，但遗憾的是均无上款。后来多方探听，获知郑板桥爱吃狗肉，如有人做得一手香喷喷的狗肉送给他，他会作一小幅字画送给人，却不收钱，以示回报；郑板桥还流连山水，乐而忘返。王氏大喜，觉得有机可乘。

一日中午，郑板桥游至一片竹林，见林中有茅屋三间。茅屋内有一长者，须眉皆白，道貌俨然，正襟危坐，抚弦弹琴。旁边有一小童正在用红泥火炉炖着狗肉，香气扑鼻。郑板桥正逢饥渴，自是垂涎三尺。长者奉他一席，寒暄之后，让小童盛肉斟酒，二人对坐豪饮。肉饱酒酣之余，见长者茅屋四壁洁白，想用字画以作馈赠。老人“得知”面前就是郑板桥时，就对其字画大加褒扬。郑板桥欣然挥毫泼墨于四壁，并落了上款。

次日，郑板桥回想昨日发生的一切，觉得似有蹊跷，然为时已晚。商人王德仁已将郑板桥真迹悬挂于自家的中堂，正在发柬请客，准备举行盛大宴会。

其实，这是王德仁的计谋。他为了得到郑板桥的墨宝，对郑的饮食起居、习性爱好，以及他经常去的地方，颇下了一番功夫，了解得一清二楚。于是以重金聘请了一位老秀才，花了几个月时间作耐心的等待才抓到了这个机会。聪明一世的郑板桥稀里糊涂就上了钩。好在王德仁只是仰慕其字画，对郑板桥并无恶意，而郑板桥因对狗肉的偏爱而坠人彀中，不能不说是一个教训。这正如《新唐书》所说：“溺其所爱，忘其所戒。”

请别急着摇头，再看看《人民日报》2010 年 4 月 21 日载文的一段：

还有一位书记有收藏钱币的爱好，一些意欲行贿的人，到处搜求值钱的古钱币，高价买进来，送给他时，却说在古玩市场捡了个漏儿，只花了几百元钱。他对钱币是识货的，一看就认识那些钱币的年代和价值。他笑笑说：“我这辈子没别的爱好，就是爱‘钱’，愈古老愈稀少愈好。你们捡了个漏儿，正好填补了我收藏的一个空白，你们花了几百块钱，我要照价付费的。”行贿者不无奉承地说：“领导日理万机……难得还有这种雅兴。没几个钱的小事儿……不过给了也好，免得日后给书记找麻烦。”说着，行贿者从兜里掏出一张盖个私章的白条单据，上写“叁佰贰拾伍元整”。双方都心知肚明，这“雅贿”和“雅贪”的交易，做得滴水不漏。

振聋发聩啊！清人张英说过：“危者，嗜欲之心，如堤之束之，其溃甚易，一溃则不可收复也。”不错，只要你有雅好，就有人投其所好。这几近棉花遇火，哪有不燃之理？这正是“物必自腐，而后生虫”之道。如果把个人嗜好看作棉絮，那投其所好者就是火苗，要想不被点燃，那只有扎紧“棉库”的大门，否则灾祸会随时降临。

清末杭州知府陈鲁，不贪钱财，不嗜烟酒，深为百姓拥戴，然性迷古字画。于是因杨乃武与小白菜一案而企图行贿的余杭知县就给他送来一幅唐伯虎的真迹。陈爱不释手，慨然“笑纳”，接着当然是徇情枉法，酿铸大错。东窗事发之后，陈鲁愧疚难当，自缢身亡。

那么该如何扎紧“棉库”的大门？东汉羊续的办法是悬鱼曝光，即将送礼人所送之物公开于大庭广众之下，以儆后来的效尤者。

羊续虽然历任庐江、南阳两郡太守多年，但从不请吃受贿、以权谋私。他到南阳郡上任不久，他属下的一位府丞给羊续送来一条当地有名的特产——白河鲤鱼。羊续拒收，推让再三，这位府丞执意要太守收下。当这位府丞走后，羊续将这条大鲤鱼挂在屋外的柱子上，风吹日晒，成为鱼干。后来，这位府丞又送来一条更大的白河鲤鱼。羊续把他带到屋外的柱子前，指着柱上悬挂的鱼干说：“你上次送的鱼还挂着，已成了鱼干，请你一起都拿回去吧。”这位府丞甚感羞愧，悄悄地把鱼取走了。这位悬鱼太守为什么能够这样？我不清楚，但公孙仪的回答也许可以帮助我们得到答案——知戒惧，不敢腐。

北宋宰相吕蒙正扎紧“棉库”之门的办法是时刻保持对自己角色的清醒定位，经得住欲望的诱惑。

他为官清正廉洁，但爱好古玩。有人为升官，给他送上一面古镜，价值连城，并神秘兮兮告诉他说此镜能照二百里。吕对此莞尔一笑："我的脸面只有碟子大小，没有那么大的脸面，哪里用得着照二百里的镜子？"

是啊，如果能够像吕蒙正这样清醒地认识自己，知道别人巴结自己不是因为自己脸面大神通大，而是把自己当成能够为他火中取栗的蠢猫，那么有谁还会接受这些不怀好意的诱惑呢？

清朝道光年间，刑部大臣冯志坍扎紧"棉库"之门的办法是一方面不在人前暴露自己的爱好，一方面远离诱惑自己的尤物。

他酷爱碑帖书画，但在外巡访期间，对自己这点嗜欲守口如瓶，谨防有人投其所好。一次有下属送来一本名贵拓帖，他原封退回。也有随员劝他打开一看，谅也无妨。他严肃地说不能看，这么名贵的东西，若是真的，一看就会爱不释手。物再美，视而不见就不会动心。尽管他尚不能做到见之心依然不动，但如此之策对遏制人的嗜欲也算妙招。

吉林省水利厅原厅长汪洋湖深得这位冯大人的防身法宝。他非常爱吃鱼，但在水利厅工作期间，给大家的印象是他不喜欢吃鱼。他说，之所以这样做，是因为水利厅下管全省几十个大小水库，逢年过节，下面单位很可能投其所好要往家里送鱼，容易滋长不正之风。

周总理给出的办法更高明，那就是一身正气，公私分明。

1973 年，周恩来总理陪同外宾访问河南，在洛阳看到出售的龙门碑刻拓片时，想买一套，可是搜遍自己全身却没有凑够买拓片的钱，向身边工作人员也没有借到。这时当地陪同领导提出送给他一套时，却遭到他严肃批评。

当今社会经济大潮汹涌，一些人，尤其是有权的官员对个人嗜好的闸门在这潮水冲击之下出现了松动。他们政治信仰缺失，漠视做人原则，着意张扬个人的嗜好，美其名曰张扬个性。这就等于在自己嗜好的窗户亮起了绿灯，这让那些急于寻觅暗道者有了可乘之机，于是那些心怀叵测的投其所好者纷至沓来，如蝇附膻。如此一来，不仅毒化了政治生态，败坏了社会风气，也一步步将这些利令智昏的嗜欲者推向万劫不复的深渊。

还记得南宋权臣贾似道吧，那个以沉溺赌斗蟋蟀而闻名的家伙。许多官宦不仅“乐于”和他“斗蟋蟀”，而且都莫名其妙地将大把大把的真金白银“输”给他还十分兴奋。这些“傻子”其实并不傻，因为贾大人一高兴就赏给了他们想要的东西。当今社会，像贾似道身边的那些逐臭之夫幽灵还在，他们点头哈腰胁肩谄笑，想方设法去迎合有特殊喜爱的掌权者，通过喝酒、打麻将、下棋、跳舞、唱歌、游览异域风光等等，给嗜欲者下套子挖陷阱，从而牟取他们想要的巨大利益。

据说狼警惕性很高，不易捕获。但爱斯基摩人在严冬时，把动物的鲜血厚厚地涂在锋利的刀刃上，结冰的鲜血把利刃严实地包裹起来，然后将锋刃向上扎于地上。嗜血如命的狼循味来舔。在强烈血腥味的刺激下，狼越舔越快，以致舌头被利刃划破而不觉，结局是狼在吞咽尽自己的鲜血之后倒地而亡。

人不是狼，该知道如何对待自己的嗜欲吧？

精钢铸于锋刃

——说“聪明”

人们把“智力发达，记忆和理解能力强”叫聪明，把“心思敏捷”“明察精审”也叫聪明。前者是一种天赋，是“智”的初级阶段；后者则需要将“智”与仁、义、礼、信、忠、孝、勇等美德融合修炼，即经过理性的锤炼，实践的磨砺，科学的考验，人格升华的精神产物才能够实现，是一种“大智慧”。

人生聪慧，众皆希冀。因为天赋聪明对人们出入社会、成就事业来说，裨益无穷。大凡划时代的人物，或是做出里程碑式的业绩者，可以说都具有超凡的天资。从外国的苏格拉底、柏拉图、马克思、恩格斯、诺贝尔、爱因斯坦，到古代的老子、孔子、孟子、庄子、孙子及当代的钱学森科学大家等等，无不是天赋卓尔之人。

《荀子·非十二子》告诉我们，“高尚尊贵不以骄人，聪明圣智不以穷人。齐给速通不争先人，刚毅勇敢不以伤人”是大聪明、大智慧；而“知而险”“贼而神”“为诈而巧”“言无用而辩，辩不惠而察”“行辟而坚，饰非而巧”“知而无法”等等都是“治之大殃”，是“天下之所弃”的“小聪明”“小智慧”。

明白了聪明的大小之别，那么如何驾驭自己的“聪明”之舟，把它驶向哪里；如何让它闪光发热，造福社会，益及众人，也在检验着每个聪明者的人生观、价值观。所以，如何掌控个人的天赋之资，切不可小觑。用之对路，它助我们铸就辉煌；用之偏颇，它也推我们于陵谷，毁终生。

聪明酷似精钢，有作为的政治家，有成就的科学家，百战百胜的军事家，身怀绝技的艺术家，无不是把精钢镶嵌在锋刃上，用在为国为民的事业上，铮铮闪耀，铸就事业上的辉煌。而社会上的骗子、神偷、阴谋家、野心家、战争贩子，他们纵然聪明有余，天赋超众，可因把聪明使在违背天理、践踏人间道义的邪恶上，最终也只能是“机关算尽太聪明，反误了卿卿性命”，把自己钉在历史的耻辱柱上。

书海夜航，这些玩小聪明者的鬼影不时在发霉的角落晃动……

公元960年，赵匡胤发动陈桥兵变，威逼年仅七岁的周恭帝禅位而黄袍加身。但也许是得意忘形，在举行禅位大礼时才发现忘记了撰写“禅让”文书，而这又是必不可少的，少则“名不正言不顺”。在眉睫即燃之时，后周翰林学士承旨陶谷却从怀里掏出一份事先拟就的“禅让”文诰递上，从而使赵匡胤避免了这一历史性的尴尬。陶谷的“禅让”文诰不但引经据典，把一个逼宫恶行粉饰成周恭帝“畏天命，顺天意，识大贤，法圣尧”的竭诚之举，而且还充斥着对赵匡胤歌功颂德的肉麻到不堪入耳的溢美之词。

陶谷此举，在擅长趋炎附势者眼里，真是聪明绝顶，他日后官运亨通是理所当然的。可事后赵匡胤只给陶谷以重奖，并未赐以高官。因为赵匡胤心中清楚，陶谷“私揣圣意”极善投机钻营，是个耽于见风使舵、居心叵测的“小人”，不堪大用。

更令历史诟病的唐初苏味道，绰号“苏模棱”。据《旧唐书·苏味道传》记载：武则天时，他当上宰相，为保头上乌纱帽，言行谨小慎微，遇事瞻前顾后，把聪明倾注于人事的周旋、调和与折中上。凡事奉行模棱两可、趋炎附势、见风使舵之能。对此并不以为耻，反以聪明自许。他经常对身边亲信说：“做事不可决断明白，要是意见表达得太清楚，万一出点差错，就会让人抓住把柄。最明智的做法莫过于模棱两可，含含糊糊，让人听起来既像是赞同这一边，又像是赞同那一边，如此方可左右逢源。”

“苏氏哲学”八面玲珑，然要遵循这种逻辑去面世做人，当是下策中的下策。一个人的观点、主张，除非你缄口不言，手足僵滞，几近行尸走肉而一时不暴露心迹之外，只要启齿，无论你造诣多深，社会经验有多丰富，言词多么含蓄，听者都会穿凿你的心迹。有时你即使守口如瓶，你的体语和情感的外溢，人们依然窥其八九。而在一些冰火相抵的节击之处，沉默本身就是思维的旁证。所以“苏模棱”的聪明，是十足的掩耳盗铃。事实正是，在张易之、张昌宗得宠于武则天的时候，苏味道见张氏兄弟权倾一时，极尽阿谀奉承之能事，终成这哥俩的铁腕亲信。然潮起潮落乃历史必然，唐中宗即位后，张氏兄弟被诛，苏味道被贬眉州刺史，为后人留下自作聪明的“典范”。

国民党的“蒋先生”一生也极善权谋，把聪明用在不该用的地方，在历史上扮演了不光彩的角色。

抗战胜利后，中国向何处去，国民党要坚持他的“法统”地位，共产党要的是“和平民主团结”的联合政府。蒋氏为了掩盖自己通过内战消灭共产党的野心，要给希望和平、反对内战的全国人民一个和平捍卫者的好印象，于是他连发三封电报，“恳切”邀请中共领袖前来谈判。因为他料定在国共两党实力极其悬殊的当时，毛泽东不敢前来重庆。他这种虚伪表演的潜台词就是：大家要看清，我老蒋不打内战，屈尊请共产党来谈判解决问题，可人家（指共产党）不肯谈，偏要打，政府迫不得已只能奉陪！

老蒋机关算尽，岂料，毛泽东真的来谈判了。因老蒋玩的是假牌，连连丢丑，处处被动。他哪知共产党是真诚为国家命运而来，他不得已被迫同意共产党提出的“和平建国基本方针”，签订了《双十协定》。可《协定》墨迹未干，他就撕毁，发动对解放区的全面进攻。结果，玩火自焚，搬起石头砸了自己的脚，“无可奈何花落去”，他只得匆匆逃到孤岛，苟延残喘了却残生……

苏东坡对于这类小聪明者是非常不齿的。他在《洗儿诗》中说：“人皆养子望聪明，我被聪明误一生。惟愿孩儿愚且鲁，无灾无难到公卿。”这是他在被贬黄州时的愤激之语，借题发挥，暗斥靠小聪明“无灾无难到公卿”者，实际上都是“愚且鲁”的宵小之徒。

待人还是纯净一些好。

《宋史·晏殊传》说，晏殊七岁能文，景德初，张知白安抚江南时，曾以神童荐之。宋真宗召晏殊“与进士千余人并试廷中。殊神气不慑，援笔立成。帝嘉赏，赐同进士出身”。两天后复试时，考“诗、赋、论”，晏殊看了考题后对皇帝说：“臣尝私习此赋，请试他题”。“帝爱其不欺，既成，数称善。擢秘书省正字，秘阁读书。”考场上碰到熟题，他没有喜出望外、暗自庆幸，反而放弃这“千载难逢”的机遇，主动请求另行命题，从古到今能有几人？晏殊此举，彪炳史书，当使那些讥讽他“迂腐”或“傻帽”的投机取巧者汗颜。

真正的大聪明者是与真善美结缘的“大事不糊涂”者。

历史上这样的人很多，用“导”代替“堵”来治理水患的大禹，修建都江堰的李冰父子，推广先进纺织技术的黄道婆，发明麻沸散的华佗，发明活字印刷术的毕昇，发明候风地动仪的张衡……他们把自己的聪明才智用到国计民生上，他们理当受到人们的敬仰。

看今朝，胸怀坦荡磊落的共产党人，正是我们时代真正的“大聪明”的代表。

李大钊绞刑架下慷慨陈述一个革命者的主张。这是他在明察精审社会发展潮流之后，将聪明才智与“自反而缩，虽千万人吾往矣”的“大勇”融合所焕发出来的大智！

“大雪压青松，青松挺且直。要知松高洁，待到雪化时。”这是1960年国际反华势力“乱云飞渡”“黑云压城城欲摧”“万花纷谢一时稀”时陈毅元帅将聪明睿智与坚守原则的“大义”融合而表现出的“乱云飞渡仍从容”大智风范。

《彭大将军》一书中记载着：针对1958年的“浮夸风”“共产风”，彭德怀经过调查研究，老老实实地指出了社会问题的严重性，可惜导致了不幸的结果。被“罢官”以后，他没有忘记共产党员的责任，于1961年，他重返湖南农村，又进行了深入的调查研究，并与当地干部一起总结经验教训，再次向党中央反映真实情况。有人为他担心，劝他不要写了，可他却把个人安危置之度外，坚定地说：“明人不做暗事，有话我还是要说，说人民的话，办人民的事。”彭老总这样做，是他把自己的聪明才智和对人民事业的忠诚、对真理的追求完美结合的大智。

周恩来说：“自以为聪明的人往往是没有好下场的，世界上最聪明的人是最老实的人，因为只有老实人才能经得起事实和历史的检验。”

余乃地道“二百五”，然崇尚做人直来直去，清澈见底。虽然如此秉性惹来棍棒之灾，鳞伤遍体，可自感欣慰坦然，在面对任何妖孽，备感光明磊落，胜似龌龊之魂。

余坚守：宁可让人笑其痴愚，不可让人视其奸；宁可让人看为拙，不可让人视其圆。因为社会中，做人少诚，善玩“聪明”把戏的人，多走上溜须拍马之途，难有人品可言。

众多事实让人洞悉，常在人前要“聪明”的人，即使他有沉鱼落雁之貌，灵蛇之珠之才，在人们心里也不过是沐猴而冠的小丑，其生比鸿毛还轻。

“人”字如山，稳唯其基。以虚堆之，犹如浮蛆，其状巍峨终不挡风雨，靠雾霾裹面，日出则真相毕露。

“小聪明”犹如魔术，玩得越是玄妙，越令人瞠目不知所以时，观众越觉得它是假的……

谈“巧”说“拙”道人生

天下人欲巧者众，甘守拙者寡。

因为在常人眼里，“巧”代表着美好，有《诗·卫风·硕人》“巧笑倩兮，美目盼兮”和宋人梅尧臣“巧笑承欢剧，新词度曲长”为证；代表着机敏、聪明，有成语“心灵手巧”“巧发奇中”可资证明。而“拙”呢，与“巧”相反，则代表着笨拙、愚拙，《说文》就解释为“不巧也”，《广雅》解释说是“迟钝”，所以，谁也不愿意弄一顶“拙”的帽子戴在自己头上。我们当地就有句俚语：“拙人常打光棍汉”，是说笨人一辈子找不到老婆。而且《墨子·鲁问》也说过：“利于人谓之巧，不利于人谓之拙。”所以，在这个意义上，我也希望自己和子孙后代都能够“巧”而不“拙”。

但在我们的话语体系中，“巧”与“拙”还有另外一层意思。“巧”，还代表虚伪、奸诈、不诚实，如成语“巧言令色”“花言巧语”“巧舌如簧”“投机取巧”等，都是砭贬之词。“拙”也有“不学巧伪，不争名利”的意思，陶渊明就很崇尚，他在《归园田居》中就明志：“开荒南野际，守拙归园田。”“拙”还代表谦退、实事求是不张扬，如“拙诚相见”及用于自谦的“拙作”“拙见”等语词。

对于这“另外一层意思”，宋代理学大师周敦颐在《拙赋》有入木三分的论断。其《赋》曰：“巧者言，拙者默；巧者劳，拙者逸；巧者贼，拙者德；巧者凶，拙者吉。”文章从四个方面将“巧”与“拙”进行了对比。在思维上，巧者花言巧语，千方百计吸引人们的眼球；而拙者实话实说，言必由衷。在行为上，巧者煞费苦心，投机钻营，活得惶惶疲惫；而拙者泰然处世，不曾阿谀奉承，总是坦然人生。在道德上，巧者损人利己，损公肥私，是地道的众生之“贼”（残忍）；而拙者“达则兼济天下，穷则独善其身”，是社会所推崇的“仁德”。在人生最终处，巧者多行不义必自毙，必然是呈现凶险之相；而拙者无欲则刚，不愧天，不怍地，磊磊落落面映晚霞。

“做人以拙”是曾国藩的名言。曾国藩由一普通汉人，能进入清政权的高层，成为“中兴名臣”，当属不愚不拙。可他却在云诡波谲的宦海人生中深明“大巧若拙，大辩若讷”之道，深知“巧”与“拙”是会辩证转化的，从来不干“弄巧成拙”的蠢事。他常以“钝拙”示人，以去伪崇拙修身，用“拙诚”破“机巧”，以谦退求进取。在他心目中，“拙”就是一步一步去走，“诚”就是实心实意地去做。他的信念就是“唯天下之拙，能胜天下之至巧；唯天下之至诚，能胜天下之至伪”。

曾国藩因镇压太平天国，是颇受诟病争议的一位历史人物。他也因为镇压太平天国的“功劳”，把自己置于“功高震主”的危险之境。但他深知危险，尤其是当听说弟弟曾国荃攻陷南京，将太平天国王宫里许多金银财宝都搬走时，就马上给曾国荃写诗一首，以示警戒。诗曰：

左列钟铭右谤书，人间随处有乘除。

低头一拜屠羊说，万事浮云过太虚。

也有人向曾国藩进言，劝他趁手握朝政军权之机，进军北京夺取清帝玉玺，自己做一回皇帝。但是曾国藩清楚，如果那样，满目疮痍的神州大地又将掀起一番腥风血雨，又将有万千头颅落地，又将有亿万百姓家破人亡背井离乡，自己会彻彻底底遗臭万年。于是他对那人说：“你太辛苦了，疲累了，先去睡一下。”在打发那人走后，他将那人所写的“劝进”文字嚼碎吞进腹中，连撕碎丢入纸篓都不敢。如此这般，在那人眼里，曾国藩是不是有点“拙”，我不知道。但是，孰拙，孰巧，历史早有了答案。

人啊，处世立身要守拙。

孔子赞扬卫国大夫宁俞说：“宁武子，邦有道则知，邦无道则愚。其知可及也，愚不可及也。”就是说，宁俞的过人之处在于，世道清明，就展示自己的才华，成为一名智者；世道浑浊，就别对牛弹琴，就装聋作傻，做一个愚者。“做智者”是简单的，几乎大家都能做到，但是能把“傻”装到他那样出神入化的程度，确实是很多人不可能做到的。

“难得糊涂”啊，夫子之言就告诉我们，“守拙”是很难做到的。对此，《韩非子》里讲过两个故事，原文如下：

乐羊为魏将而攻中山。其子在中山，中山之君烹其子而遗之羹，乐羊坐于幕下而啜之，尽一杯。文侯谓堵师赞曰：“乐羊以我故而食其子之肉。”答曰：“其子而食之，且谁不食？”乐羊罢中山，文侯赏其功而疑其心。孟孙猎得麑，使秦西巴持之归，其母随之而啼，秦西巴弗忍而与亡。孟孙适至而求麑，答曰：“余弗忍而与其母。”孟孙大怒逐之。居三月，复召以为其子傅。其御曰：“曩将罪之，今召以为子傅何也？”孟孙曰："夫不忍麑，又且忍吾子乎？"故曰：巧诈不如拙诚，乐羊以有功见疑，秦西巴以有罪益信。

故事很好懂，是说魏国将领乐羊攻打中山国，中山国君就把乐羊的儿子熬成肉羹送给他。乐羊为了不使魏文侯对他产生疑心，端起肉羹一饮而尽，接着继续攻打。后来魏文侯虽然奖赏了他的战功，但因为从乐羊"装傻"吞下肉羹看到了他的残忍的一面，因而对他产生了怀疑。另一则，是说鲁国权臣孟孙氏打猎时活捉了一只小鹿，命秦西巴带回。秦西巴看见母鹿远远地跟着啼鸣，心有不忍，把小鹿还给了母鹿。孟孙大怒，就把秦西巴赶走。但是，过了三个月，孟孙却又把秦西巴请回来当儿子的老师。他的马车夫说："以前您要惩罚他，现在又召他回来当您孩子的老师，这是为什么呀？"孟孙说："连幼鹿都不忍心伤害，又怎么忍心伤害我的儿子呢？"

所以韩非子评论说：看来"巧诈不如拙诚"啊。乐羊因使诈得功，可终被魏王怀疑，秦西巴因宽仁获罪，却挽回更多的信任。

古人云：能守拙道则不自乱。然常常有人背弃拙诚的做人之道，使自己的命运多凶而少吉。

20世纪初，日本等列强的入侵，搅乱了中国几千年来"男耕女织""日出而作，日落而息"的农耕社会常态，一时间社会动荡，盗贼四起。一些平日好吃懒做、游手好闲者，就丢下锄犁，三五结伙，占山为王，除彼此弱肉强食厮打火拼之外，更多则把矛头屠刀对准平民百姓，打家劫舍，杀人越货，强取豪夺，沦为反动势力的帮凶。

他们自鸣得意，觉得自己是"识时务"的"俊杰"，是那些依然手扶犁管在田间顶风冒雨者眼中的"人物"，是有本事的"能人"，横行乡里，飞扬跋扈，不可一世。

可这些时代的畸形者还不到“飞龙升天”之时，“东方红，太阳升……”的嘹亮歌声响彻中华大地，地覆天翻，那些“老实巴交”靠着五更起半夜眠、从不玩虚使诈的老实人，在共产党领导下翻身得解放，扬眉吐气，日子过得踏实舒坦。那些趁火打劫的“灵巧”者，在这历史洪流中，倒像秋风中的落叶哗啦啦一夜间卷入垃圾堆中……

同样，我们当地有一户人家，在客厅的正上方，镶嵌着“守拙堂”的匾额，历经近七百年，十几代人，如今依然保存完好，这三个斗大的字，犹醒目可鉴。这家人，当今后生好几百口，仍能遵祖宗“守拙”之训，为人以拙，平实待人。这个家族几百年来虽无人登庙堂之高，封官加爵，博得封妻荫子，但也不曾罹意外之灾。

汉代韩婴的《韩诗外传》说得好：“伪欺不可长，空虚不可守，朽木不可雕，情（真实的情况）亡不可久。”

善于“诈术”的人，有可能一时一事得逞，但再高明的骗术也会随时日而露出马脚。拙诚虽不能如巧诈那样灵活应变，短时间里可能吃亏，却可以凭借这愚拙建立信任，积攒人品，涵养操守，立稳事业根基。要明白，处世做人这两种心态之间并不存在不可逾越的天然鸿沟。对人不看亲疏近远，对事不分正义邪恶，若处处以“巧谋”去愚弄他人，那么谋之愈深，罪孽愈大，离人间正道就愈远，人生就愈黯淡，前景就愈危险。那就是“弄巧成拙”，智慧就成了奸诈，聪明就成了愚钝。

周敦颐在《拙赋》中言道：“天下拙，行政彻。上安下顺，风清弊绝。”这里的“风清”主要是指官场风气清正，说为官清正了，社会上各种弊端自然就会得到抑制，换言之，他是在倡导做官老老实实，不可投机取巧。

做人倘失去拙诚，哪怕只是一次，即使在很小的事情上，他的人格也会沾染尘滓，他的信誉也会受到挹损。当自己意识到失去信誉时，即使加倍去弥补，虽然不能说那只是徒劳，但很难洗去作秀之嫌。守拙为人，不可不慎啊。

在中国文化中，尚拙是一大特点。“文以拙进，道以拙成”，“天下之至拙，能胜天下之至巧”。当然，在这鱼龙混杂泥沙俱下的世间，“大奸似忠、大佞似信、大伪似真”者也不鲜见，但白居易说得好：“赠君一法决狐疑，不用钻龟与祝蓍。试玉要烧三日满，辨材须待七年期。周公恐惧流言日，王莽谦恭未篡时。向使当初身便死，一生真伪复谁知？”请坚信“清者自清，浊者自浊”，历史总会还原真相，拙诚总会彰显于阳光之下。

“瑕不掩瑜”与“瑜不掩瑕”

有个成语“瑕不掩瑜”，许多人都知道。瑕，原指玉石上的斑点，比喻人或事物的缺点；瑜，指美玉或美玉的光泽，比喻人或事物的优点。成语的意思是，缺点掩盖不了优点，缺点是次要的，优点是主要的。

人们常将这一成语用来作为对人品评判的圭臬，这无可厚非。古籍《群书治要》卷四十六为荀悦所著的《申鉴》，其中提出用人有“十难”（十种禁忌），“以小怨弃大德”“以小过黜大功”“以小失掩大美”就赫然在列。他的意思归结起来就是，在人才使用上不要因小失大，因为浑金璞玉，瑕瑜互见，人非圣贤，孰能无过，察人用人，均应“用人之长，容人之短”，切忌求全责备。

这种察人之见、用人之道的典范，据说是任用“盗嫂受金”之陈平的刘邦、三国时发布“唯才是举、不计品行”之《求贤令》的曹操。为了不埋没人才，现在人们也常有用“没有缺点的人，也不会有优点”来说事的。

但“瑕不掩瑜”绝不能拿来作为原谅自己秽言污行的遮羞布。《礼记·聘义》云：“瑕不掩瑜，瑜不掩瑕，忠也。”意思是斑点掩盖不住美玉的光彩，美玉的光彩也遮掩不住美玉的斑点，这就像是人的忠诚美德。换言之，一个人能做到优点和缺点互不遮掩，才是忠实的人。

这就告诉我们，作为人要自省，“瑕”就是“瑕”，“瑜”就是“瑜”，不能护短，不要轻忽自身的缺点错误、原谅自己的缺点错误；用人者在人才的使用上要注意用其所长，以达到人尽其才，才尽其用，“不以一眚而掩大德”。但前提是在擢拔人才时必须先分清什么是“瑕”、什么是“瑜”，若瑕瑜不分，以瑜为瑕，以瑕为瑜，或以瑜掩瑕，那不仅会毁了“瑜”，还可能祸国殃民。

秦相商鞅，堪称历史上的改革家，他为秦帝国的强胜与辉煌打下了制度基础。可他对自己刻薄寡恩的性格和做事决绝的瑕疵始终缺乏自省。在他叱咤风云的腾达之时，始终也没有“闻过则喜”打算改正的度量。当他的家臣赵良私下劝他说：“外能听纳别人叫聪，内能审视自己叫明，克制自己的欲望叫强。”“你一天之内杀死几百人，还把太子师傅的鼻子割去。上下结怨，谁不恨你？说句不好听的话，人们都巴不得你早点死呢，你还不早点为自己准备退路，反而沾沾自喜，自比为百里奚，我实在是为你担忧呀！”“你的新法，虽为百姓打算，但不顾他们的感受，老百姓就是得到了好处，也照样恨你。”赵良的忠言，商鞅非但佯聩不闻，反而怒斥赵良：“你如此辱骂我，就不怕我杀了你吗？”

后来呢，当商鞅得知秦惠文王下令缉捕他时，则惶惶如丧家之犬。在逃亡途中投店住宿时，因无印信证明被店主拒绝。一句“这是商君的法令”，让他尝到搬起石头砸自己的脚的滋味。尽管他醒悟了，叹着气说：“新法确实有一些流弊，这是我们没有注意到的。”可惜实在为时太晚，秦惠文王将他“五马分尸”，还杀了他的全家。

秦相李斯也可以算是一块“瑜”吧。司马迁在《史记》中对他评价是：李斯作为一个普通平民事秦，利用机遇和能力辅佐秦始皇终成霸业。如果不是因为种种恶行毁坏了他的名誉，那么他的功绩可与周公、召公媲美了。他看似死于赵高之手，其实是败给他的内心之瑕——一生把名利看得太重，当名与利受到挑战时，竟然置国家前程于不顾，不惜矫诏帮胡亥篡位，与宦官赵高同流合污。他的人生结局岂止瑕掩其瑜，简直是瑕毁其瑜！

汉代的晁错，人呼其死得太冤。他对汉室忠心耿耿，力主削藩之策，因为他洞悉当时社会矛盾的本质，看到了由此给国家造成的危机，可他反倒成了削藩的替罪羊。其原因很多，但从他自身查找原因，恐怕与他在做人上沽名钓誉的“瑕”思太重有关，有人说他有借削藩之机为自己捞取政治资本之嫌。他为人处事严苛，容不得人，人缘关系紧张。作为政治家，他有原则性，但缺乏灵活性，不懂得如何游走于坚持、妥协和让步之间，这些正是毁了他的政治前程，进而也毁掉了他的性命的做人瑕疵。

看来，对肩负社稷大任者，理当苛刻以求，因为他们的些许之“瑕”，不仅关乎其个人的前程，还会影响朝政的安危和国家的命运。那么，对我们普通人呢？其实，瑕疵对普通人的危害也是不可小觑的。

请看下面两个实例。

一位村干部，当时他任高级农业生产合作社社长，为人谦和，聪明能干，颇受群众好评，但偶尔也犯手不“干净”的毛病。众人对他做人的“瑕疵”并非不知，但因觉得不伤大雅，也就没有怎么介意他的这块“短板”。1958 年春县里开展“十无”（无小偷、小摸、巫婆、神汉、投机倒把……）运动，他也到县里来参加动员大会。也就在会议期间，一天，他走进成衣门市，隔着柜台见柜子抽屉有隙，内有零散钱币，于是趁店主忙于接待顾客之际，顺手牵羊摸出一张一元钞票，但恰被店主抓个正着。这正如陈毅元帅讲的，“手莫伸，伸手必被捉”。他当天就在县里大会上被宣布开除党籍，免掉村干部职务，他的命运也由此归入“另册”。

一位是在医院工作的，人品尚好，工作能力也棒，在院内属中层领导。但其个人生活细节颇有瑕疵——去到老同志家，从来不拿自己当外人，不等主人礼让，见到茶几上有零食就自取自用，有饮料和小酒就自斟自饮。一天，他又到一同事家，进得门去，像往常一样，见几案上有似酒之类的瓶装，他举瓶就饮，不料喝的却是主人家刚购置的杀虫剂。当主人发现急忙送他到医院时，因他喝得太多，结果一命呜呼。

以上两人，一人因一元钱而葬送了自己的政治生命，一人因生活小节上的不检点而搭上了性命。

所以，智者劝诫人：人可以活出个性，但不要给缺点打开绿灯。“瑕不掩瑜”之见，常使人们产生错觉，偏执于“瑕”的微小和意义上的次要，甚至让人们误以为对“瑕”的危害可以忽略不计，从而从意念上弱化了人们对自身缺点的警觉，就会无意间放松了对自己缺点的管控和改正。

我们不必推敲“瑕不掩瑜”比喻人的过失和美德、短处和长处，或事物的缺点和优点是否贴切，但着眼现实，以“瑕”去比喻人的短处，或曰缺点，其实质还是相去甚远的。

瑕嵌瑜上清晰可见，而人的缺点表现在人身上则可能若隐若现，时隐时现；瑕含瑜中，其形稳固，其质不变，况且它永远掩盖不了瑜，更代替不了瑜。可人们自身的缺点近似体内的癌细胞，当遇到适宜的生长温床，它就会生长壮大，逐渐与生命抗衡；若得不到及时有效地遏制、剔除，它就会肆虐吞噬生命的肌体，酿成灾难性恶果。

盱盱社会，现实中的“老虎”和“苍蝇”，他们大都是从“瑜”中之“瑕”癌变而出的。就其“才识”、工作能力而言，应该是人中佼佼者，可他们的结局又是出人意料的惨淡。虽然这其中的确有政治因素和外部环境的滋扰，但让人唏嘘不已的祸根多是他们疏于遏制自己的微瑕。

央视《打铁还得自身硬》的节目中，有几位中纪委高官落马后自悔：对自己的“缺点”（罪行），有时是糊涂了，有时有侥幸心理，其实还是自己的私心让自己成了盲人。其中一位忏悔说，自己的罪过还是不可饶恕的；其中还有一位对自己的人品之“瑕”心知肚明，东窗事发前就告知家人把赃物保管好，等着事发后向组织交代——这就是说，他们对自己的短处是十分清楚的，只是从最初就没有打算扼住自己“短板”的咽喉。

梳理人的“瑕”，撇开政治上的、信仰上的，多是性格上的、生活上的、生理上的、心理上的，还有些更不让人在意的（或曰不算什么毛病的），诸如：人称“小诸葛”“小能人”“万花筒”“小广播”“小报告”“八贤王”“和事佬”；还不说爱贪小便宜，爱趋炎附势，爱奉承拍马，爱投机钻营，爱阳奉阴违，爱揭人疮疤……不一而足，形色各异。

对这些平日人们视若有无的瑕疵，没人在意其危害，也没见到过相关的社会调查资料。但每个人倘环顾左右，粗略梳理，都会不难发现，有这些“毛病”的人，在他们的人生途中，不说他们放纵其缺点、滋养其毒瘤的，只说那些疏于管束的，这些瑕疵给他们带来的消极影响就不可小视，有时甚至会让他们付出异乎寻常的代价。隋末大儒王通在《中说·周公》中有言：“自知者英，自胜者雄。”宋人阮逸在注这句话时说："自知故能知人，自胜故能胜人。"能客观认识自己，才能正确评价别人；能战胜自己的缺点和错误，才能胜过他人。

而"自知"应指了解自己的缺点和优点。"自知"和"自胜"连文，"自知"应特指了解自己的缺点和不足；"自胜"应特指战胜自己的缺点和不足。能自知才能知人，能自胜才能胜人。因为一个人的长处不一定能助你成功，可短处就是自己的克星。

每个人对自己的"命门"也并非纹丝不觉，但因人有私己的天性，常苛于律人宽于律己，极易讳疾忌医，所以其人生结局也多与蔡桓公一样，令人惋惜其迂腐。

思想家帕卡尔在《思想语录》中说："毫无疑问，充满了缺点乃是一件大坏事，但是充满了缺点而又不肯承认缺点，则是一件更大的坏事，因为在缺点之上又增加了一项故意制造幻觉的缺点。"人要虚望以"制造幻觉"掩饰缺点，是无济于事的。

大千世界，万物莫能与人生比肩。"人无完人"虽可言谈，但不可为自身之瑕张目。一个人识其自身之瑕不难，但剪除不易，所以务须囚瑕疵于笼内，扼控其锁钥，切莫放纵伤身。这场心灵中的"瑕瑜"之战虽不流血，可也异常残酷。人不能纵瑕抑瑜，更莫要因瑕毁瑜。

人生重始步

人生期颐，路途漫漫，虽不积跬步无以至千里，可踏实第一步，又非万跬所可比。

人生起步，何以贵基？这是因为，基稳则末固；基虚则生隙，终难久矣。又何以贵实？这是因为，实无纰漏，少生隐患，故可鼎力远行，所以人生踩实第一步，尤为重要。

人之初，无不希冀自己的一生，把“人”做好，事业斐然。可睚目社会，能如愿者凤毛麟角，何也？始步不实当为其一。

有一工人说，遇到高空作业时，头就昏，腿发软，脚不稳。师傅就让他白天睡觉，晚上把他带到工地，让他爬上脚手架，并嘱咐：你只注意脚下，每一步踏到实处，就放心做事吧。因为没有电灯和照明的马灯，除了脚下的方寸之地，远处什么也看不见，也就不头昏了。师傅说：“做人、做官一个道理，做官也是高空作业。居高位就是要能俯视头不昏，远眺眼不花，履险腿不软，脚踏实处，心则不乱。”

曾读过一则耐人寻味的故事。

有一学子志向高远，磨砺半生一事无成。辗转床箦，纠结于自己不畏劳苦上下求索，为何仍两手空空。

一天，忽闻一位大智和尚来到山寺，他急切前往，向大师虔敬求问自己前程。大智和尚凝眸学子，见他面含怒色两眼迷惑，没等学子开口，便对他笑道：“施主，从山下来，到本寺路程有多少？”学子无言以对。“要想取得真经，施主不妨回首丈量。”说完，和尚双手合十，闭目送客。学子返回丈量好来路，再次来到大智和尚面前，还没等他说话，大智和尚微笑先问：“借问施主，来路是平是陡，平有多长，陡有多险，过了几道弯，绕了几棵树？”学子哑口无言。待到第三次，学子不仅数清了陡坡有多长，平地有多宽，弯道有多曲，连直路是何形，大树有多高，小桥流水有多深也弄清了。可老和尚依然抢问在先：“可问施主，来路上哪块山石牢固，哪块山石松动，重脚踩时可稳，轻脚踩时可滑？”几次三番，大智和尚的冷漠使学子一腔不悦之言脱口而出：“我诚心向您讨教人生，您偏偏与我兜弯子。”大智和尚心平气和，坦然对曰：“施主呀，来路是种果，回路是寻果，不来则不种，不回怎能寻。施主连来路都记不清，何谈人生，又怎能寻到真果呀？”说完，大智和尚转身走进佛堂。学子眽眽大智和尚的背影，思绪激荡。少许，蓦地从迷雾中走出，咀嚼大智和尚之言，顿感自己的鲁莽而羞愧，也为自己的无知而汗颜。于是他由衷地向山寺深深作了一揖，一步重似一步向山下走去。

转瞬十年，学子业有所成，再往山寺答谢时，大智和尚已经圆寂。山门上只留下一句话：踩得实即为走得轻。故事归故事，但故事中的道理讲得明白无误。

人生“始步以实”，就不能稀里糊涂走路。迈步之初就要仔细观察脚下是路不是路，此路能走不能走；不要草莽上路，走着看着，看着走着，心里想着到走不通时再拐回来。那种茫然上路与勇往直前、不畏艰险是两码事。真实的人生，不管走过哪个阶段在此生都是唯一的一次，走对和走错对短暂的生命来说，都没有在同一时段再走第二次的机会。不管哪一步走空，在日后的人生途中都会让自己品尝到鞭策的酸楚。

现实中，诸多学子，才俊斐然，有望营选一方田地，结出累累硕果，为社会做出贡献。可因起步空虚，前行乏力，在漫漫途中常碰壁折枝，坎坷不断，即使夜以继日，依然落到尾随者的队列。有的因基础不牢、潜力不足而总步他人之踵，碌碌无为，泯然于尘埃之中。而盱目人生，岁月匆匆如白驹过隙，更需只争朝夕。常言道，“花有重开日，人无再少年”，“少壮不努力，老大徒伤悲”，人的一生容不得慢慢腾腾寻寻觅觅。如此思之，人生起步之重切切小觑不得。

虽然，苏轼曾说过“谁道人生无再少？门前流水尚能西！休将白发唱黄鸡。”但那是对老年人的激励，并不是鼓励少年可以把时光不当回事，尽情消磨，事实是“吾生待明日，万事成蹉跎”。

我们要明白大智和尚对待那位学子几次三番去点化的良苦用心——起步不实在，一切皆镜花水月。要一步一个脚印儿，步步用心去走。脚走了多长的路，心同样走多长路，胸有丘壑，路是平还是陡、是宽还是窄、绕几道弯、越几座山、跨几座桥……一切都了然于胸。一句话，初步用心去走，一路自有所得。

现实生活中，像这位学子起步不实的恐怕不在少数。他们对该从哪里起步、以什么态度上路、路上该怎么落脚，恐怕不曾去想。回过头若再去问他是从哪里出发，恐怕很难说清，也更找不到来路。再问路上看到什么，他们当然会一脸茫然。

尤其是当下某些官三代、富三代以及一夜暴富的第三代，生于豪宅别墅，长于温室之中，衣食住行样样时尚现代，他恐怕连自己怎么长大都荡然无印，何知从哪里起步，又遑论向何处走去？其父母若真为这些子女终身所想，当教之以“千里之行，始于足下”“不积跬步，无以至千里”的道理。人生犹如赛跑，唯起步坚实而后才有腾跃之力。

一个人初入社会，碰上的第一碗饭，未必是味美可口，也许更没有什么丰富的营养。同样的道理，人生初得第一份工作，也许不能令自己满意，或更难看出它的未来有什么广阔空间。可是，不管这是你被动或主动的选择，都是你在求职路上迈出的第一步。这一步要全身心投入，把它做细、做好、做扎实，让其印痕深深，力求无瑕，难以摇撼。倘若浮靡塞责，不啻浪费了一次锻炼和提升自己能力的机遇，更严重的是玩世不恭的工作态度，给人们留下浮躁不实的烙印。这初步凌空的贻害，不只是涂己身于一时，很可能是一生。

在日本广为流传着这样一个动人的故事。

一位妙龄女郎到东京酒店洗厕所。这是她从未干过的粗重活，当她拿起抹布将手伸向马桶时，胃里立刻翻江倒海，而工作要求是，必须把马桶洗得光洁如新！她为此陷入困惑与苦恼之中。干下去，太苦了，可另谋职业，她又深知找份工作的艰难！她不甘心败下阵来。可此时步向何方，心中忐忑茫然。此刻身旁有位长辈，目睹姑娘此状，为了帮她走出人生困惑，抛却足下迷茫，长辈没有空洞说教指手画脚，而是亲自为她做了示范：长辈一遍又一遍洗刷马桶，直到光洁如新，然后又从马桶里盛了一杯水，一饮而尽，竟毫无赧赧之情。这使姑娘眼前一亮，顿有醍醐灌顶的清醒，心绪激荡，坚信将马桶洗刷得光洁如新，是完全可以做到的。

这位姑娘狠狠踩实这第一步，排除他念，坚定信心：就是洗厕所，也要做一个洗得最出色的人！从此，她成了一个全新的人，工作次次达标。她在人生道上踏实第一步——干下去，干好它，干出成绩。她终于踏上了事业成功之路，成为日本政府的主要官员之一——邮政大臣。她叫野田圣子。

李大钊曾说过，凡事都要脚踏实地去做，不驰于空想，不骛于虚声。起步之实应像“涧底松”那样，生长在山脚下，扎根在最底层，芳草中入土萌芽，深谷中悄然求生，既不显苍翠葱茏之色，也不露其伟岸挺拔之姿。它生长速度快，成材率高，是松中的佼佼者。

马克思说过，事物是作为过程出现的。没有脚印的成绩多如浮蚁，泡沫是维持不了多久的。

在现实生活中，一些受过良好教育、颇具才华的年轻翘楚，他们理想宏伟，志向高远，成就一番事业的胸襟着实可赞。然若好高骛远，痴想平步青云、一夜暴富、举步就是峰巅，而对高楼万丈始于基、迢迢千里重始步之理，知之而不从之，那么即使有幸昙花一现，但也瞬间就归于沉寂，和落在荒野的流星一样，成了一块破石头而已。

居里夫人讲：捷径是没有的，做省力的事总没有挥洒汗水做事收获的多。

大部分人投足一件事的初始，都是抱着必胜的信念，相信自己是胜利者，但事实是未走多远就有落后的，有被淘汰的，有自己放弃的，也有始步就跌倒的。为什么如此参差不一？俗语说，想着容易，说着轻松，身负重任，一步一步走下去真难。爱默生告诉我们：“当一个人年轻时，谁没有空想过？谁没有幻想过？想入非非是青春的标志。但是，我们的青年朋友们，请记住，人总归是要长大的。天地如此广阔，世界如此美好，等待你们的不仅仅是需要一时幻想的翅膀，更需要踏踏实实的两只脚！”

人生起步，不谋捷径，不企坦途，不计艰辛，让汗水淌到脚踵。当蓦然回首时，就会清晰可见走过的每个脚印都宛如一座座小小的里程碑……

在逆境中昂首

“幸福固然令人羡慕，但战胜逆境则令人敬佩。”这是塞涅卡模仿斯多葛派哲学讲的一句名言。

逆境带来的是苦难，世上没人乐意承受这种苦难，但也没有哪一个人可以躲避。

犹太人的经典《塔木德》中有一句话：“人的眼睛是由黑、白两部分组成的，可是神为什么要让人只通过黑的部分去看东西呢？因为人生必须透过黑暗，才能看见光明。”句中的“黑暗”就是人生的逆境。

春光的脚步挨着寒冬，曙光总是在黎明之后喷薄。每个人的日子，不会每一天都阳光灿烂，而常是在雨雪泥泞中跋涉；不会每一天都有蜜糖包裹，而常是在五味杂陈中强咽下酸涩苦辣；不会每一天都有花环闪耀，而常在荣辱沉浮中坎坎坷坷。纵观生命的路上有明媚的春风，溢香的鲜花，累累的果实，也有密集的乌云，枯萎的落黄，不化的冰雪，有顺风顺水，更多的是在朔风逆流中前行，再前行，因为人正是在挺身沧海横流时，方显英雄本色。

每个生命来到这个世上都裹挟着三种逆境：一个是自然环境孕育的天灾，一个是社会环境中酿造的种种纠葛，一个是人生命自身的心理和生理伴随的痼疴疣疾。

伟大的波斯王泽克西在看到自己统率的浩浩荡荡的大军向希腊进攻时，曾潸然泪下，向自己的叔父说：“当我想到人生的短暂，想到再过一百年后，这支浩荡的大军中没有一个人还能活在世间，便感到一阵突然的悲哀。”

他的叔父回答说：“然而，人生中还有比这更可悲的事情。人生固然短暂，但无论在这大军之中或在别的地方，都找不出一个人真正‘幸福’不会感到——活着还不如死去。灾难会降临到我们头上，疾病会时时困扰着我们，使短暂的生命似乎也漫长难挨了。”

纪伯伦的名著《先知》，其中先知曾这样教导弟子：“当你们宰杀一只禽兽时，你们应在心中对它说：‘现在屠宰你的力量也将屠宰我，我同样也会被吞食’；‘因为把你送到我手中的那一规律，也将把我送到更强者的手中’；‘你的血和我的血都不过是滋养天国之树的液汁’。”这就是人生的真实环境。

所以，人要生存，只有在逆境中昂首。因为昂首是抗争，唯抗争才有希望生存。

有一则故事讲，一驴落入枯井，主人无措。然虑其驴已老矣，而枯井又是一害，故横下心来，用土把驴子埋掉，可谓一举两得。然驴子不堪忍受，每当主人撒下土，它总不停地抖落身上的土块，就这样，填土越来越高，驴子距井口越来越近，终于走出了枯井。

这个故事很像犹太民族中流传很久的一则寓言。有三只青蛙一同掉进一只装满鲜奶的桶中，第一只青蛙说：“这是神的意旨。”于是它缩起后腿，一动也不动。

第二只青蛙：“这只木桶太深了，我实在没有办法跳出去。”同样一动也不动。

而第三只青蛙想："只要我的后腿还有些力气，我就一定要把头伸到鲜奶上面。"于是它就在鲜奶中慢慢地游动。忽然，它觉得它的腿碰到了一些硬硬的东西。试一试，居然能够站在上面。原来，它不停地游来游去，把鲜奶搅成了奶油。这只青蛙最终站在奶油上面，跳出了桶外。

这则寓言何以成为犹太民族的"经典"故事？

因为在几千年漫漫历史长河中，安宁与幸福对于犹太民族来说，就像飞扬的水花那样美丽而短暂，而如影随形的却是血泊、流浪和苦难。犹太民族一次又一次，被残暴的异族追杀、宰割，生命之火几乎被踏灭。然而，一次又一次他们在逆境中昂起不屈的头颅，以无比顽强的生存勇气，在离开故土两千年后，又返回家园，在本民族的语言已经"死亡"了近两千年，又被本民族人民使用。犹太民族具有罕见的向逆境挑战的勇气和毅力，这既是这个民族的独特性格，也是这个民族几经屠杀到灭绝的境地而终立世界民族之林的根脉。

故事稍显荒诞，寓言略有说教，可现实并不缺乏逆境中类似的事实。美国名将麦克阿瑟，当年于军校毕业时就遇上这样的考题。考生立于深两米的圆筒之中，外面轮番向筒内抛土，限时逃不出筒的判零分。所有的毕业生，面对此一考题无不灰头土脸，沮丧其败绩。而只有麦克阿瑟一人利用撒进来的土踩垫脚底，加高距筒口的高度，终在适时之机一跃而跳出筒外，获得满分。所以战胜逆境不只是胆量、勇气、斗志、毅力的考验，也充分展现出人在逆境中要开启智慧的重要。由此看来，人在逆境之中畏惧心态是十分有害的，逆来顺受，更是自取灭亡。

1941年6月22日希特勒突然向苏联发动进攻，很快侵占了立陶宛全境、拉脱维亚的大部分地区、白俄罗斯西部地区、乌克兰西部一部分地区。法西斯空军对摩尔曼斯克、奥尔沙、莫吉廖夫等城市扩大轰炸区域。转眼到了10月10号，莫斯科近郊莫扎伊斯克的防线被德军突破，莫斯科地铁停运。到了10月中旬，莫斯科被敌军重兵包围，莫斯科市区已遭到德军飞机的持续轰炸。此刻的苏联不再是大兵压境，或兵临城下，而是整个国家危如累卵。在希特勒看来，攻陷莫斯科覆手于股掌之间毫无悬念。他甚至声称要在11月7日（苏联十月革命节）在莫斯科红场举行阅兵，一些德军官兵已经拿到了参加阅兵的新礼服。

由于战局危急，莫斯科的苏联政府机关和各国外交人员开始撤往古比雪夫（今萨马拉），莫斯科火车站的一个岔道口上已停放了两列特别专列，其中之一就是为斯大林撤离所准备的。10月19日晨，斯大林早早来到车站，在站台上徘徊了两个小时，毅然决定继续坐镇莫斯科。并决定依照惯例在十月革命节举行红场阅兵。

“10月28日，斯大林召集一批重要将领到克里姆林宫开会。斯大林说：‘十月革命节就要到了，我们能在莫斯科举行一次阅兵吗？’这个问题让大家面面相觑。按照惯例，莫斯科每年都要在十月节举行阅兵，但今年的形势大不一样了。谁都没有想过这个问题。面对众人的沉默不语，斯大林不得不把自己的话重复了三遍。直到此时，大家才反应过来，异口同声地说：‘当然了，斯大林同志，阅兵还是要搞的，可以振奋前后方的士气！’”（航空兵司令员尼克拉·斯贝托夫中将的回忆）

为使这次极为不平常的红场阅兵能安全进行，阅兵时间从以往的上午 10 点提前到上午 8 点举行。因这个时间，莫斯科的天还没亮，德军飞机即便来袭也看不清目标。

斯大林于 11 月 7 日在莫斯科红场阅兵时讲：“红军，红海军和苏联全体公民都应当捍卫每一寸苏联国土，应当为保卫我国的城市和乡村战斗到最后一滴血，应当表现出我国人民所固有的勇敢、主动和机智。”“敌人一定会被击溃，我们一定会取得胜利。”

尽管这是苏联历史上时间最短的一次阅兵活动，前后仅用了 25 分钟，可也就此，苏联人民同仇敌忾，忘却生死地向法西斯开始了反击。或曰，这次黑云压城的阅兵吹响了埋葬法西斯匪徒的进攻号。苏联人民不畏强暴的英雄本色在反法西斯战斗中表现得淋漓尽致，全世界爱好和平的人民永远会铭记他们战胜法西斯逆流求生的英勇精神。

展卷毛泽东的人生片段，他从“孩儿立志出乡关”冲出封建家庭，向几千年的封建社会发出呐喊，到他成为共产党建立的一大代表，从“四一二”反革命大屠杀到秋收起义失败后走上井冈山，可以说是一路暴风骤雨，可在中共临时中央政治局坚持“左”倾盲动主义领导人的错误路线下认为，毛泽东对秋收起义的失败应负严重责任，决定撤销其临时政治局候补委员职务。而湖南省委特派员来到井冈山宣布这条决定时，由于记忆错误，竟然变成了开除党籍。毛泽东以纯粹的信仰、伟大的胸襟、坦然面对如此打击。

此时真乃泰山压顶，乌云藉藉。可毛泽东却站一棵荷树下（井冈山唯独一棵荷树屹立黄洋界的顶端。身居此，纵目驰骋，群峰争峙，众莽腾跃，五百里江山都奔眼底。）对他的战友说：“我们不但要从这里看到江西湖南两省，更要从这里看到全中国全世界。”（《人民日报》2016 年 7 月 4 日）

1931年至1934年，是毛泽东身处逆境的时期。此时他虽然担任了中华苏维埃主席，但却失去了指挥红军的权力。用毛泽东自己的话来说，叫作“他们把我这个木菩萨浸到粪坑里，再拿出来，搞得臭得很。那时候，不但一个人也不上门，连一个鬼也不上门。我的任务就是吃饭、睡觉和拉屎。还好，我的脑袋没有被砍掉。”（《毛泽东忆自己最艰难的时刻》）

对毛泽东这段境遇有人总结：“从1931年赣南会议到1934年10月长征开始，整整三年内，毛泽东的处境是十分艰难的。尽管他担任中华苏维埃主席，实际上一直身处逆境，遭受着接连不断的批判和不公正对待……在不短的时间内，甚至被剥夺了工作的权利。”（曹春荣：《北京日报》2011年12月12日）

毛泽东在“左”倾的高压下，从不放弃正确的路线，站在党性的高度坚持理性的斗争，终于又回到革命斗争的指挥岗位，领导中国革命走向胜利。

清人张问陶云：“人从虎豹丛中健，天在峰峦缺处明。”武松景阳冈遇虎，棒折三截，终伏猛虎于膝下，从险死之境成了千古英雄。林冲倒好，不管遇到何种悖情悖义的加害总是逆来顺受，任其折磨而屈从。现实让他忍耐到“火烧草料场”的一幕，苍天断绝了他的后路，他终归雪夜之中走上梁山。这个人物的遭遇告诉人们：有些事，有些时，逆境来势之险恶，为生存唯有一搏，忍耐并不能制止加害者的贪欲和改变非人性的本质，倘顺其逆风肆虐就只有自取末路。

我国著名经济学家、教育家、翻译家，牛津大学荣誉院士、南开大学教授杨敬年回忆自己的坎坷人生时说：“二十余年中的身处逆境，但这对我也并非坏事情。逆境可以予人一种锻炼，一种刺激。况且有些道德价值，非在逆境中不能实现。”

刀刃的明亮和锋利，都是经过长久打磨的结果，而无刃的刀再厚重，也只能算是一块镶了手柄的生铁。人的一生没经凄风的吹打，没历苦雨的浸泡，虽然，“庆幸”逾越了逆流的苦渊，但从历练生命的韧性视角去鉴识当不算一个完整的人生。

生活常常是疾风骤雨掠过之后，才清晰可见山林青翠滴绿；每次在暗无天日的乌云翻卷之后，才能欣赏到云白风轻的疏淡有致；走过草丛的深处，裤脚就会粘上一些带刺的草种，这是行走的妙处。而人从每一次逆境中走出，总觉得生活又充实许多，生命又坚强许多，对社会和人生的认识又深邃许多，然而更可贵的是看清了往日顺境中不曾看到的或是看去总是朦朦胧胧的内容。

船不抵岸总有险

——人生晚年尤弥坚

常听长者言，船临码头车进站，脚下之步宜弥坚。句中之“坚”，有坚实之意。

毋庸赘言，人的一生都要步履坚实，这是常识，谁都明白“一失足成千古恨”的道理。平日从电视屏幕上可以看到，攀登珠峰之巅的登山运动员，脚穿冰靴，手持冰镐，面对绝壁坚冰，为迈出尺寸之步，先是手持冰镐，凿出可容一足之穴，而后小心翼翼移足前行，从不敢有丝毫轻忽。有些路段看来仅咫尺之遥，他们为之却要付出几个小时的时间和超出平时千百倍的精力，因为此时一旦失足，不啻是前功尽弃，还将粉身碎骨于皑皑冰川。

所以，在人生的每个阶段都要看好脚步，时时处处小心谨慎，提防脚下踩空被抛到路外，或栽入沟谷，噬脐莫及。

20 世纪 60 年代初，人们生活在“低标准，瓜菜代”的年景。当时上级倡议谁愿离开教师岗位，回乡务农，可自愿申请。在这还算温风的吹动下，有一批年纪偏大的（50 岁以上者居多）老教师匆匆放弃了自己的教师职业，回归田园当了田舍翁。从当时情况看，这个选择对解决个人和家庭的果腹问题大有帮助，因为那时农民的粮食收入比当教师是好一些，可是以丢掉几十年的公职，尤其是再坚持几年或年把时间就到退休年龄，就可以画上句号的老教师，此刻只顾解燃眉之急而决意放弃一生公职，未免有失慎重。在时不及两年左右，国民经济大有好转，人民生活状况有明显改善。可这些老同志的户口已纳入农村系列，他们的日子与城镇社会供应者的生活现状差距逐年明显。尽管国家此后数年采取不同措施希望使这些老同志归队，但终因社会发展变化的诸多因素，仍有部分老同志再没回到自己多年作出奉献的岗位，成为平生一大憾事。

由此看来，人的一生在走向自己的终点时，即便晚霞满天，也不可疏慢浮浪。大家常见田径赛中的竞走运动，按照规则，运动员走完全程，必须始终保持至少有一只脚与地面接触，且前腿从着地的一瞬间起直到终点必须始终伸直，膝关节不能弯曲。只要有一脚不实，就是违规，违规三次就要取消竞赛资格。在大型比赛上，出现临近终点被取消资格，从而与桂冠失之交臂的并不鲜见。

由此巽思，人的一生亦是如此，不要说快走到荣归故里的岁月，即使临近耄耋之年，对自己的举手投足亦当慎之又慎。

人生如破浪行舟，潮起潮落，礁石隐现，即使临岸咫尺，亦不可掉以轻心，因为事物的偶然性永远为人所不知，理当明白因为船不抵岸总有险。古往今来，船到码头而不能平安上岸者，时有所闻。

北魏司徒崔浩，在朝为官五十多年，身为三朝功臣。古稀之年，太武帝拓跋焘召见他和高允，让他们编写《国史》，并谆谆面喻：“你们一定要根据事实撰写。”

《国史》写好后，有奸佞为讨好崔浩，建议他把《国史》刻于石碑之上，并矗立于交通要道之旁以彰其功。崔浩不曾慎虑，草率听从。

可这件事惹怒了北方的鲜卑人，他们纷纷向太武帝状告崔浩，说他借此大肆宣扬鲜卑人祖先的错误和污点，羞辱鲜卑人皇族的面子，是成心揭露朝廷的丑事。事到此时，太武帝装聋作哑，只字不提自己的口谕，去替崔浩、高允承担责任，反倒怒火中烧，将崔浩及其全家和同宗的亲属也一并处死，致使范阳卢氏、太原郭氏、河东柳氏等几家当时名门大族受到株连，被杀者无数。

要说，崔浩按照皇帝旨意，秉笔直书信史，是没有什么可指责的，可因为浮名蒙蔽心智，急于人前显摆，不向皇帝请示，擅自勒石于路，从而授人以柄，招来横祸，令人唏嘘。人生嘛，不管走到哪一步，也不管自己资本有多厚，资格有多老，事事须谨慎，切不可老迈疏忽，此当为处世之道。

我们说老年举步更当谨慎，是因为人在前半生摸爬滚打，即使跌倒，只要能爬得起，假以时日，尚可东山再起。可到晚年，金乌西坠，鬓发苍苍，精疲力竭，哪里还有时间让自己去折腾？一旦滑倒，一生的辉煌瞬间将付诸东流，不仅晚节不保，还可能使无辜的后世子孙受株蒙羞。

明朝大学者洪应明在《菜根谭》中说得好：“声妓从良，一世之脂花无碍；贞妇白头失节，半生之清苦俱非。语云：‘看人只看后半截’真名言也。”这就是说，人生之路虽然漫长，但决定“身后名”的，既非青年，亦非中年，而是晚年。洪承畴，明代大名鼎鼎的将军，但晚节不保，在美女的劝降之下，步上“叛明投清”之途，最终成了大清帝国打着引号的“开国元勋”。傅作义将军前半生也曾走了错路，但在人生关键时刻选择了正确的一步，为北平的和平解放立下不朽之功，铸就了他人生的辉煌。

汪精卫在青年时代，舍身炸过清朝摄政王，曾被国人尊为革命勇士，而晚年投靠日本，认贼作父，成了千夫所指的大汉奸，他的前期的英雄之举也顿时黯然失色。吴佩孚中年时为军阀头子，曾被唾骂为镇压工人运动的刽子手而臭名昭著，可到了晚年，却拒绝为日寇效劳，宁死不当汉奸，这给他的人生增添了不少亮色。

星移斗转。历史跨入新的世纪之交，社会上物质财富日渐丰富，追求奢靡享乐之风盛行。一些意志不坚定者，在灯红酒绿之中渐渐迷失了方向，名利欲望也逐日膨胀，干部队伍腐败之风乍起。2014 年 2 月 24 日中国社会科学院《法治蓝皮书》称，2013 年中国反腐呈现“59 现象”。十八大以来中纪委查处的案件中，51 岁到 60 岁这一年龄段人数最多，占腐败总数人数的 53.7%。截至 2014 年 11 月，全国已有 55 名省部级以上官员落马，其中副国级以上的 3 名也都在此年龄段。

这一不寻常的社会现象让人们陷入深思：在革命队伍里跌倒的这一批人多不是普通的工作人员，几乎清一色是各级领导，更多的是几年、十几年、几十年的共产党员。从他们的个人素质、成长历程和政治素养，可以说既经过党和国家的培养，又都有社会实践的历练，也可以说他们无不是从风霜雨露中走过来的。就其生命时段而言，他们大都跨过不惑之年而知天命。人该怎么做，事该怎么干，路该怎么走，恐怕都有一定的较为“成熟”的人生积淀了。个人的航船当是已过中流咫尺靠岸，可就在这“夕阳无限好”，霞光尚满天，该用红笔给自己画上句号之际，政治信仰淡漠了，法纪观念弱化了，党性的戒尺扔掉了，“为人民服务”的宗旨抛到云霄了……在这些恶魔的怂恿和驱使下，走上邪道。所以即将抛锚停泊的船翻了，即将进站的车倾覆了。这些人该是披红挂花时，反倒成了阶下囚，人民的“勤务员”走进了“高墙大院”。他们戎马大半辈子，如此落幕，人们有怪罪，有怨恨，但也有说不尽的扼腕，因为岁月的昨天，他们曾是同志、朋友，曾在一起为革命目标奋斗过……

俗言曰，人过留名，雁过留声。人在活着的时候，不管别人给以何等的美誉，都不免渗入水分，都当不得真。只有人们在看着你走完人生之路的最后一步，寿终正寝之时，对你的“生前事”给出的评价才是公允而确切的。

人生越到最后一步，越要自重自省自警自励，慎微慎欲慎独慎权。要务必做到不正之风不染，不义之财不取，不法之事不干。决不可因“一孔之见，一功之德”就忘乎所以，为所欲为，要猛撞警钟，“已是近黄昏”步履当弥坚。要像寓言中的老骆驼那样走好最后几步。故事说，一匹老骆驼在垂暮之年，又一次穿越了号称“死亡之海”的千里沙漠。马和驴去向老英雄请教经验。“其实没有什么好说的，”老骆驼说，“认准目标，耐住性子，一步一步往前走，就到达了目的地。”

垂暮之年，步步宜坚。这就是老骆驼告诉我们的能够走到终点的经验。在我国南北朝时，一位高僧请教觉明禅师：“什么是禅的精髓？”禅师说：“照顾脚下。”禅师的回答与寓言的哲理异曲同工：人生之旅漫漫，临老务必坚步端行。

晚晴也是艳阳天

题目撷自北京大学厉以宁教授诗作中的一句。原诗是：

日出日落谁为先，月缺并非月不圆。
山景总须横侧看，晚晴也是艳阳天。

诗言志。寥寥四句，字字珠玑；天地日月，拢于毫末，人生哲理蕴含其中。

人宛日月。日出日落，谁早谁晚，周而复始，循环泰然；月圆月缺，谁明谁暗，须臾之间。古人早有诗曰：“月有阴晴圆缺，人有悲欢离合，此事古难全。”

人似山峦。“横看成岭侧成峰，远近高低各不同”，欲览其貌，须变换角度，全方位观察，也就是要从“东西南北中”不同的角度来看。

品读诗句，宛如品陈年醇酿，其味悠长；凝心覃思，意蕴深邃。我不曾读过厉教授传记，可从诗的字里行间感悟到他对人生的彻悟，不禁思绪翩翩。

太阳的升起和落下，只是地球的运动给人的错觉，其实它还在那里，并没有须臾消失，你不必悲观。只要你有夸父逐日的精气神，你就一天 24 小时都生活在阳光之中。

在追逐阳光的遥遥途中，因为自己暂时所处方位的局限，时不时会遇到光明与黑暗的交替、幸福与苦难的转换、平坦与坎坷的轮转、绿灯与红灯的变换。事物的单一性并不存在，欲一帆风顺时时如愿那是梦幻。但心中如果有“太阳还在天上，既没有升起也没有落下”的信念，那么阴晴圆缺、风霜雨雪都不会停止自己的脚步，终会在艳阳天里绽放自己的灿烂。

“路漫漫兮”的道理，每个人都会有所体验。虽然在上下求索的过程中会有着不一样的版本，但只要能视“五岭逶迤”如细浪、“乌蒙磅礴”为泥丸，踏千难万险于足下，不管你看到的是霞光满天的旭日还是夕阳，都应该领到奖牌，至于这奖牌是金是银，都不重要。

人从呱呱坠地到鹤发鲐背，可以说一直走在追逐阳光的路上，很有点像汽车越野赛。只要来到起跑线前，人人一样，不管来自哪个国家、什么种族、什么身份，一律平等。这条越野路途之长、之艰、之险可能常使参赛者始料不及。道道关隘都在检验着车的性能，人的信念、意志、体能和应对复杂多变的智慧。所以能到终点者，不管途中谁先谁后，是顺利还是崎岖，都是胜利者，都应该得到一束鲜花和热烈的喝彩。

孔子就是一个心中有阳光的人，这阳光就是他信仰的儒学之道。他在陈、蔡之间遭受困厄，七天不能生火做饭，野菜汤里没有一粒米屑，脸色疲惫，可是仍然在屋里不停地弹琴唱歌。子路和子贡很不理解就议论说：“先生两次被赶出鲁国，在卫国遭受铲削足迹的污辱，在宋国受到砍掉大树的羞辱，在商、周居住之地弄得走投无路，如今在陈、蔡之间又陷入如此困厄的境地，图谋杀害先生的没有治罪，凌辱先生的没有禁阻，可是先生还不停地弹琴吟唱，不曾中断过乐声，难道他不懂得羞辱竟达到这样的地步吗？”孔子听到议论开导他们说：“你们这是什么话！君子通达于道叫作一以贯通，不能通达于道叫作走投无路？如今我信守仁义之道而遭逢乱世带来的祸患，怎么能说成是走投无路？所以说，善于反省就不会不通达于道，面临危难就不会丧失德行，严寒已经到来，霜雪降临大地，我这才真正看到了松柏仍是那么郁郁葱葱。陈、蔡之间的困厄，对于我来说恐怕还是一件幸事啊！”孔子说完后安详地拿过琴来随着琴声阵阵歌咏，子路兴奋而又勇武地拿着盾牌跳起舞来。子贡说：“我真不知道先生是如此高洁，而我却是那么的浅薄啊！”

上面的故事见于《庄子·杂篇·让王》，也见于《吕氏春秋》卷14《慎人》。虽然“孔子所传之道未尝一日得行于天地之间”（《朱子文集》卷26《答陈同甫》），他于无奈之境也曾发出过“欲居九夷”“乘桴浮于海”的愤世之语，但始终没有放弃对“道”的追求，晚年仍然坚持修订六经，即《诗》《书》《礼》《乐》《易》《春秋》。“天不生仲尼，万古如长夜”（朱熹《朱子语类》卷93），他的“晚晴”真的是“艳阳天”，光照千秋，依旧灿然。联合国教科文组织评他为“世界十大文化名人”之首，就是他人生熠熠生辉的金牌。

毛岸青和邵华也是心中有阳光的人，这阳光就是“正义必然战胜邪恶”。在毛泽东逝世30周年之际他们撰文，题目是“彩云长在新天”（《人民日报》2006年9月9日）。文中有这样一段话：“难忘‘文革’时，我们遭‘四人帮’诬陷，被隔离到北京西郊的山脚下，除了看书学习，就是负责铲平一个又一个坟头。漫漫长夜，我们期待着像从前一样围绕您身旁聆听教诲，说古论今，品诗赏词，设法尽点孝心，享受家人团聚的天伦之乐，谁知等到的却是与您永诀的噩耗！在为您治丧期间，我们一家三口被‘四人帮’排斥在外，没有资格为您老人家守灵，不能列入遗体告别的亲属名单和行列，只能在家里设下灵堂，只能和群众一起在天安门广场与您的遗体告别。”

岁月走到 1976 年，毛泽东唯一幸存的儿子竟然遭受此等精神折磨、人格侮辱，谁能想到，谁能料到。可他们在委屈和忍耐中，坚信乌云不可能永远遮住灿烂的阳光，最终迎来了满天红霞。

习仲勋等老一辈无产阶级革命家是心有阳光的人，这阳光就是革命。1935 年 7 月，在王明“左”倾教条主义错误指导下的一场所谓“反右倾取消主义”的斗争中，包括刘志丹、习仲勋等一大批党政军主要领导干部先后遭到逮捕。十几个人被关进一间小房，每个人都戴着脚镣，随时都有被活埋的危险。可习仲勋在受审时依然直言：“我说我是革命的，你们说我不是革命。”在革命信仰支撑下，一个多月后，终于等来经过二万五千里长征的党中央到达陕北，毛泽东果断制止并纠正了西北苏区的肃反错误，使这批革命干部重见了阳光。

正如马克·吐温所说：“人生在世绝不能事事如意。反正，遇见了什么失望的事情，你也不必灰心丧气。你应当下个决心，想法子争回这口气才对。”而这口气的争得，首先是正确的人生信仰和坚定生存第一、生命至上的信念。

困境让人不幸，而生活中又有太多的不幸中蕴含着有幸，即常说的“不幸中的万幸”。巴尔扎克说：“不幸，是天才的晋身之阶，信徒的洗礼之水，能人的无价之宝，弱者的无底之渊。”而培根则认为：“顺境中的好运，为人们所希冀；逆境中的好运，则为人们所惊奇。”

作家王蒙在《无为的一些规则》中这样说：“世上诸事有些是靠争靠为而来的，也有些事由于主客观条件不具备，由于时机尚不成熟，叫作尚非其时，为也白为，争也白争，不如耐心等待。善于等待，也是本事，也是长处，如果你确实没有别的本事别的长处的话。”

邓小平一生三起三落，但最大的两次“落”是在“文革”之中。他身处常人难以体验的无奈之中从不丧失人生信念和革命理想。当他被安排至江西南昌后，专案组同志问他还有什么要求。邓小平说：“我同意中央对我的安排。我到江西来了，但我还会出来工作的，我还能为党工作十几年”，由此可以看出他对前途的信心。他后来也说：“我能在被打倒后的极其困难的情况下坚持下来，没有什么秘诀，因为我是共产主义者，也是一个乐观主义者。”后来，毛泽东曾经问他，这几年是怎么过来的？他说了两个字：“等待。”其实，他并不是在消极耗时，而是在坚持不懈地为自己重新出来工作——哪怕是出来“做点调查研究之类的工作”创造条件，做着应有的准备。他身处一时无奈的平静，反映了他的沉着坚毅，这都是对党和人民事业的忠诚支撑着他，共产党员的理想信念支撑着他。

他一生经历之困、之险、之危几近传奇，可他心中矢志不渝他是中国人民的儿子，他深深地爱着自己的祖国和人民。他从最后一次困厄中走出，为中华民族绘制了发展的蓝图，指明了前进的方向。可以说他的晚年霞光满天，为中华民族的崛起立下了史册永记的功勋，这一功绩人民不会忘记，历史不会忘记。

人生追逐阳光的路，是漫长的、崎岖的，可惜有太多人因为错觉放弃了追赶，在失望中长眠……

崇祯皇帝大概就是这类人的代表。老天把他安插在明朝最末的一段路上，他也曾有过中兴大明的雄心，可惜他的信仰不是顾及天下苍生的福祉而是朱家王朝的存亡。所以在李闯王兵临城下，他最忠诚的太监去打开城门时，他心中的“太阳”熄灭了，虽然他才刚过了33岁的生日没几个月。他让皇后自缢，他挥剑杀死自己的女儿，他无奈登上煤山，对天哀啸：“什么天子！大明完矣！”随后自缢树下。中国历史上像他这样身着黄袍在盛年就感到“日薄西山，气息奄奄”而结束生命的“天子”并不少见。

羸弱之言，是余聃然之年对携手并行的同事与好友的怀念——他们多因途经恶浪而沉没，没有能看到祖国的今天——阳光照彻大地，神州一片灿烂。

每个人的生存轨迹都是独特的。只要天不施威，地不发怒，即使乌云密布，泰山压顶，生死一线，也要依然坚信：晴天总比阴天多，大道总比阴沟宽，日落接着日出，月缺瞬间月圆，走下去定是艳阳天。

大自然原本就是，“最后的晚霞和最初的晨曦一样，都是光照人间”。

从“李广难封”话“粗疏”

“秦时明月汉时关，万里长征人未还。但使龙城飞将在，不教胡马度阴山。”（唐·王昌龄诗）小学语文课本里多年都有这首诗。凡读过的，都知道诗中的“飞将”就是指李广。

李广是汉代名将，在与匈奴作战中“猿臂将军去似飞，弯弓百步虏无遗”（唐·崔道融诗《题李将军传》），被称作“飞将军”。

李广勇力过人，史书记载，他曾将草中卧石误作猛虎而射之，结果是箭没石中。他一生带兵打仗，凡得赏赐尽分部下，饮食与士卒相同。司马迁在《史记·李将军列传》中评论道：“余睹李将军，悛悛如鄙人，口不能道辞。及死之日，天下知与不知，皆为尽哀。彼其忠实心诚信于士大夫也。谚曰：‘桃李不言，下自成蹊。’此言虽小，可以喻大也。”李将军戎马一生，与匈奴交战大小七十余次，可仕途坎坷，未得封侯，留下历史的遗憾。这是何故？

李广的一生上演了一出壮志难酬、大才不伸的历史悲剧。其中固然有许多客观历史因素，但他治军甚为宽松，行军不成阵列，散兵而行，行卧不轨，公文表册的处理也较随意等主观因素不能不说是重要原因。与李广同时的程不识就曾评价他：“李广军极简易，然虏卒犯之，无以禁也；而其士卒亦佚乐，咸乐为之死。”程氏之言，可谓中的。

天下大事，必做于细。军事领域尤忌“粗疏”之弊。“二战”期间，在北非沙漠深处的一次战役之中，英国一支坦克部队正向敌军发起攻击时，出人意料的一幕出现了：敌军阵地的反坦克兵在毫无抵抗的情况下，缴械投降，这让英军莫名其妙。事后才知，竟然是意大利反坦克部队开启弹药箱的撬棍在惶急之中找不到而无法打开弹药箱，火炮甚至比不上烧火棍管用。

1944 年 11 月，美军第六航空队奉命出动 B–29 型轰炸机轰炸文本和桂州交界处六甲地区的日军，但由于机场指挥部译电员的粗心，将电文中的“六甲”译成“六寨”，结果美军多架飞机错炸了驻扎在六寨的国民党第四战区长官张发奎的司令部，导致国民党军 1 名中将、2 名少将、8 名上校、200 多名中校以下军官、800 多名士兵和 5000 多难民丧生。

这一战场前沿的怪象，毋庸置疑，简慢轻忽当为祸首。它不啻是影响着战斗的胜败，也更关系着士兵的生命。这些率兵之将自然不可能受到嘉奖。由此思之，李广不曾得到封侯，也就不必耿耿于怀了。

可在人民的军队中，是没有“粗疏”习气容身之席的。解放战争中，粟裕大将带兵打仗的严谨认真也是出了名的。1947 年 5 月，孟良崮战役接近尾声，粟裕认真查看华野各参战部队上报的战果后紧锁双眉，因为他发现歼敌数字加上抓到的几百名俘虏同敌整编七十四师的编制人数还差好几千人。于是他命令各部要进行拉网式搜查，果然在某地发现了潜藏的七千多名残敌。

1947 年刘邓大军千里跃进大别山，遭到国民党几十万大军层层堵截。面对淮河障碍，刘伯承首先坐船拿着竹竿试水深浅，经过多番探试，他向兵士喊道："可以涉河呀！"于是十万大军顺利渡过淮河。

所以，元帅刘伯承"苛刻"要求参谋指挥人员必须做到：研究上级指示要细，研究敌情要细，军事组织工作要细，检查工作要细，草拟军事文书要细，下达任务、传达指示要细。他说："我们打仗是胆大心细的工作，对敌情要不断地侦察、研究和判断，才能适时定下正确的决心。"

毛泽东在总结革命胜利的经验时就说："世界上怕就怕认真二字，共产党就最讲认真。"毛泽东本身就是认真的表率，他日理万机，心系天下，仅朝鲜战争时，与前线来往的电报就达一尺多厚。从战略指导、战术指挥到具体的兵力部署，他都不厌其详，不厌其细。他曾说："对情况和问题一定要注意到它的数量方面，没有基本的数量分析……一切都胸中无数，结果就不能不犯错误。"

严谨是取胜的法宝，粗疏是失败的渊薮。可惜有许多人却把"粗疏"和"粗犷豪放"混为一谈，开口闭口就是"兄弟我是个粗人！"这里不去思量这句话的复杂含义，仅是耳感，似乎办事大大咧咧满不在乎是什么挺自豪的一件事。傅山先生在《霜红龛杂记》中指出："天下之事，以粗而败者往往。焉有真英雄而粗疏者；粗之一字，不学无术之人自喜之称也。"

20世纪60年代，邓稼先在带领科研人员对我国首颗原子弹设计进行理论计算时，发现一关键资料与苏联专家提供的技术指标有细微之别。于是，这些科研精英们，操作着那时的手摇计算器，耗费了数百公斤资料纸，最终以确无毫厘之差的严谨结论，证明了完全可以忽略苏方提及的冲击波波峰值，万无一失地完成了我国原子弹的理论设计。

粗疏理念是人生潜在的病毒，它的发作就是自己的杀手。事实教训后人，做事要一丝不苟，做人要严严谨谨，对待粗疏要秉持零容忍的律令，确保事不因粗而留下败迹。

周恩来的一生，认真细致的工作态度也可谓我党之楷模。他在听汇报时，反对用“大概”“差不多”“可能”这种含糊不清的词，而要求用准确的数字说明问题。周总理对自身的担当，工作极少出现纰漏，正是得益于他事无巨细，凡事务必做到认真。在陕北，凡毛泽东要走的路，他都要先走一遍；毛泽东要睡的床铺，他不只是用手摁一摁，还要亲身躺一躺，甚至连床下他都要检查一遍是否安全。他把对毛泽东的安全细节落实为自己的一一行动。

四川绵阳桑枣中学校长叶志平，人们尊称他为“最牛校长”。人们对他发自内心的敬仰，是因为在地震灾难不曾出现之前，他就想方设法筹集资金加固校舍，定期组织学生进行防灾、逃生演习。当“5·12”震灾发生时，他的2200多名师生在灾难中以1分36秒奇迹般的速度悉数逃生。震后，备受关注的桑枣中学重建资金颇为宽裕，但他三次否定“豪华校舍”，而改用更安全、更朴实的方案。对校园安全第一，他执着到极为“顽固执拗”的地步。“学生的安全”一语是他拚尽短暂的50多年生命，向着中国喊出的最沉重、最响亮、最珍贵的一句话。他一生的最大意义，不仅仅在于黄金般的“1分36秒”，更在于他用这“1分36秒”昭告国人：人只要认真负责，在灾难面前，校园就有可能安全无恙；只要“认真负责”，学校可以成为“最安全的地方”；只要“认真负责”，局部安全也有可能做到“万无一失”。叶志平校长生前明确告诉人们：“认真负责”是人生一宝。

其实，社会上的各行各业，每个领域都应倡导“认真负责”，“粗疏”之风是不该有其席位的。

《荀子·天论》中说：“楛耕伤稼，枯耘失岁。”意思是说，种田耕耘如果不认真待之，也是会给庄稼的收成造成损失的。

究其实，何止是农业一家不该粗耕粗种，放眼大千世界，任何一物都是由若干元素相凝聚而成，紧密的黏合是成物的命脉，容不得丝毫的疏怠；任何一事的完满收官都是环环相扣连接无隙，容不得一处断档的。无论做人与做事，疏于钉铆不分，锱铢相混，以虚掩实，以假遮真，到头来无不尝到报复的苦果。

见诸报端的楼房倾覆、大桥坍塌、交通事故、火灾频发，以及医疗、食品等方面的人祸，多数都是粗枝大叶者所致！

由此联想到造成两千多人沉溺大海之中的“泰坦尼克”号触冰山沉没事件。据英国女作家路易斯·帕腾最近披露，“泰坦尼克”号原本是可以避开冰山的。当时航海业正从帆船时代转向蒸汽船时代，“泰坦尼克”号上同时存在两套航船系统。出事当晚，邮轮给两套系统所发的指令却相互矛盾，一个是“向右转舵”，另一个却是“向左转舵”。据说大副的原意是左转避开冰山，但舵手按照自己接到的指令向右转舵。虽然很快被告知并纠正错误，但为时已晚。

前车之覆，后车之鉴。为官者若理事粗疏，则与草菅人命没有什么本质区别。充栋的史卷在昭示来者，欲其成器的真谛无不在于：“心心在一艺，其艺必工；心心在一职，其职必举”。所以，背负其责，当像叶志平校长那样，履职到“固执”之地，尽责到毫发之境，社会的和谐与安定，人民的幸福指数定当令人欣慰。

20 世纪早期，鲁迅先生曾深刻指出：当时很多国人得了一种叫作

“马马虎虎”的病，这个病治不好，中国就没救了。今天重读这句话，依然有振聋发聩的作用。

世事混沌，望眼难穿。面世粗疏失谨，常害己、误人亦贻国。若恣肆不觉，人生既难成事，亦难成人，所以“李广难封”之训当为“经典”，予以铭记。

左宗棠怒打城隍爷

清代左宗棠驻军甘肃时，狼群猖獗，伤人食畜，他下令围猎狼群，但效果甚微。左宗棠一时疑惑不解，遂询问下属这是何故。一名军官说，相传狼属城隍爷管领，非人力所能驱逐，部下多不敢猎。左宗棠听后大怒，下令把城隍庙中的偶像抬来，扒掉冠冕袍笏，重打四十军棍，枷于营门之外。士兵们目睹左将军打了城隍爷依旧安然无恙，于是放开胆子向狼群动起了真格。

左宗棠怒打神像让我联想起不少有关神的故事。摭取几则共赏之。

故事一。我读小学一度是在舅舅家。一天午饭后，舅舅送我上学。一出门，天色阴沉，看样子要下雨了。行至途中，骤起大风，接着有雨滴下落。这时我们看到我的一位远门妗子跪在一块地里的树下，不住在叩头。瞬间一道耀眼的闪电和雷鸣在头顶一并袭来，让人忍不住打起寒战。只见妗子跌跌撞撞向她家跑回。我问舅舅，那位妗子刚才在树下干什么？舅舅笑了笑说，她信神，她是跟神在说好话，让老天爷给她家地里多下点雨。至于老天给她家地里到底多下了雨没有不得而知，但妗子受炸雷惊吓，倒真是害了一场大病。

故事二。我熟识的一位大伯淳朴憨厚，因子女多，家境困难。有

“智者”开导他，天天供奉神灵，走在路上可以捡到神送来的钱。大伯信以为真，焚香膜拜，从不间断，虔诚至极。在之后的日子里，大伯只要出门就低着头，从不左顾右盼，唯恐看不到神赐的钱。一天早上，他走在火车道上，依然是双目专注于脚下的枕木。走到一弯道处，火车迎面而来，兀然“呼——呼呼——”这一叫，一下把他吓倒在火车道旁的石子上，好在有惊无险。大伯哭笑不得，回家后，掀掉神桌，再也不上香了。一直好多年，我一碰到这位大伯，就不禁想笑。

故事三。20世纪40年代，村中有一人物，听说在政界任职，平日戴着礼帽，拎着手杖，身边不时还有几个随从前呼后拥。他横行于周围几个村庄，视百姓为无物，好不威风。临解放时，此人大概听到什么风声，于是改换衣着，收敛锋芒，频频出入村头小庙，给庙中三尊泥胎神像上香叩头。后来家乡解放时，只见这位“大人”身影更频繁地在庙中闪来闪去。有时他们全家人都在庙里双膝跪地，也有时还拉着村里的小孩们随他一同在神前叩头，口里不停地念叨。尽管他惶惶不可终日，为求神保佑没有少费心思，然终因作恶多端，受到了法律的严惩。百姓笑曰：神也欺人，吃了人家那么多供品，领了那么多香火钱，到头来一点事也不办。

故事四。某年一日，某等一行几人到少林寺一游。途中耳闻当地有一“神人”，声名遐迩。同行某君，正为先考冥府祈福，闻此便极力主张前往拜见。

听说这位“神人”平日里门前车水马龙，门庭若市，间或还有官员前来膜拜，或以高酬来请，可我们到时门前倒是冷冷清清，无车无人，门可罗雀。

入得大厅，但见“神人”正襟危坐，面前摆一案几油光闪亮。在求者上前说明来意后，“神人”让其在纸上随心书一汉字。求者遂即写下“同”字。“神人”铺纸走笔，龙飞凤舞，俄而开口，煞有介事，呜里哇啦，让人听到几句似懂非懂模棱两可的话。之后随笔写上二百元，推到请教者面前。这幕二人唱精彩落幕。

瞬间，同行者又有一位走上前去，写出一个“战”字，其意是想询问他的小儿子读大学的前途。“神人”如法演绎后告知：你小儿子读书不行！纸上显示一百元。我们遂离开“神人”的风水宅院。出得门来，几个人相视而笑，不约而同地口出一语：“神”，真“神”！因为同事的小儿子当年刚考入国家重点大学。

人间无奇不有，不到五分钟，“神人”给我们上了一堂生动而又荒诞的“神课”。

行文至此，我又想到明成祖朱棣南修武当，为后世留下了一处国内最庞大的神权殿堂。传说朱棣命画家为真武造像，画一张，他不满意，就杀掉这个画家，再画一张，他仍不满意，再杀一个画家，如是者数人。后一画家暗揣其意，就照朱棣的形态作画，当即通过。如今满山各庙留下的真武像都是这一模式，建筑规模之宏伟，堪称另一故宫。也可以说，在朱棣看来北有故宫，南有武当遥相呼应，赤县神州尽在他一览之下，由神而他，天下归己。

朱棣死后，明清两代直至民国，这出人与神的双簧还在往下赓演。真武帝的封号愈来愈大，进香的人愈来愈多。但无论如何造神也救不了它的主人。自明代以后武当愈修愈大，而封建王朝却愈来愈衰落。“朱棣为自己修家庙，却留下了一座文化武当山。其实，不只是中国这样，你看别国的金字塔、泰姬陵、希腊神庙等，那些为王、为皇、为神造的宫殿、教堂、园林，最终都逃离了它的主人，投身文化的怀抱。

历史总是在重复这样的故事，王者借手中的权力，假神道设教，造神佑主，却不过镜花水月”（《人民日报》2011 年 11 月 12 日），徒增笑耳。

我对神的概念从儿时起就进入了大脑。垂髫之时，也跟着大人们到什么城隍庙、山神庙、雷公庙、龙王庙等规模大小、建筑风格大同小异的庙宇去参拜大的、小的、高的、低的、胖的、瘦的、男的、女的造型各异、千姿百态、栩栩如生的神像。同时进庙必跪拜、叩头、上香，为了显示虔诚，还得向神像前的箩筐里投掷些许钱币，以祈神灵保佑。

随着识字读书，进入自己视野的神不胜枚举。仅《西游记》和《聊斋》，其中神名缤纷，让人眼花缭乱数不胜数。这些神在文人笔下，经过匠心粉饰，能呼风唤雨，颠倒乾坤，撼山摇岳，一切都能生死轮换，连日月都可指其不移。什么妖怪在神面前也都避之不及，化为乌有，读来陶醉其中。加之小时候听说书先生绘声绘色地对神的渲染，常因津津有味而倾倒。简言之，神就是“神”！

古往今来，科学与迷信的斗争从未停止。历史上那些正气凛然，不信鬼神的官员，常令人肃然起敬。

南北朝时期的范缜是著名的无神论者，他在参加亲朋好友聚会时，当一些人对神鬼的谲辞饰说顶礼膜拜时，他总是毅然站出来唱反调，大谈世上无神无鬼。为了捍卫自己的思想成果，他写下古代哲学史上里程碑式的著作《神灭论》。

自己要与范缜比，可就是懦夫了。当看到有人穆穆冥冥侃侃而谈神灵时，自己常心急如焚，喉管发堵，跃跃启口：请问大人，你见过神吗？天下谁人见过神？尽管不止一次有此冲动，但怯恧的心态还总是“克制”了自己。因为那样对“神”不知“礼数”，可就真的是“二百五”了。

亲疏自然

一天，几位老友相逢，海阔天空，侃侃而谈，好不惬意。不经意间，话题扯到亲戚往来上，原本畅所欲言的气氛顿时凝重起来。大家在片时言滞语塞之后，也都发出各自的感慨。

有的说，亲戚之间有时还可以助一臂之力；有的说，多数亲戚指望不上，困难时登门相求，分毫不舍；有的说，有急事前去，对方多是冷言涩语，不予理睬；有的说，有些亲戚三年五载，从不走动；有的说，有些亲戚是只顾自己；还有的说，亲戚之间忘恩负义不在一二……

亲戚之间究竟是什么关系，生活中如何去摆布它的位置，曾从《增广贤文》中读到，“人情似纸张张薄，世事如棋局局新。贫居闹市无人问，富在深山有远亲”之类的话语，还有亲戚之间崇尚“礼尚往来。往而不来，非礼也；来而不往，亦非礼也”的古训。但因年轻不谙世事也就不去多想，只觉得这些说辞无聊而又琐碎，提及颇伤大雅。可今日从好友的谈吐听来，似乎不是那么简单，而是从不同侧面对这一社会现象都有一些切身体会，或者是困惑和纠结——那就是“既然是亲戚，相互携辅当是天经地义；若对亲戚之困视而不见，不只是寡情薄义，而总觉是人的道德问题。”所以扯到这个话题，大家并不感到轻松。

余遐思久之，述其只言碎语乃管窥之见，以蠡测海，谬误难免。但心田之中毫无逆情悖理、挑战公序良俗之念。

毫无疑问，在社会生活中应该说绝大多数人都有亲戚关系（极特殊情况例外），而且也都希望自己与亲戚之间的关系亲密无间、情同手足。这种愿望诚然美好，但这只是个人一厢情愿，现实中的亲戚关系却是异常复杂而微妙的。

亲戚关系的确立是以血缘的外延构建的。这个网络的形成虽然说有先天的基因，但也掺杂着各种社会因素，并非纯洁的血缘关系。所以这种关系是亲是疏，没有必然性，无法推导出“是亲戚就一定要有福同享有难同当”的结论。也正是基于此，国家法律才没有规定什么“亲戚之间有相互救助的义务”。且不说一个人后天有无兄弟姊妹、姑姑姨姨等，就是有，人家也不是为了帮助你才来到这个世界的，即使这个世界上没有你，人家也是该来到这个世界还照样会来的，和你个人全然无关。所以，我们不要天真地认为，有了某种亲戚关系的存在，对方就必须倾情相助。那是不切实际的！

中国古典文学专家余冠英，他根据自己与亲戚朋友往来中亲疏程度的感悟，他把这些人分为十等，在个人的人际关系圈子里，他把亲戚关系排列在第九位。这对人们如何看待亲戚关系该是有启示的。所以，人们常说，“一辈亲，二辈表，三辈之后自行了”。其实，睁观现实，亲戚之间的往来能勉强维持两辈的已经不多，一辈也维持不了的倒多的是。至于那些走得近些，还能继续往来的，毋庸置疑，都是另有一定内在因素的。

《二十四史名人言行类编》(共 5 卷 30 类),收录名人约 1200 位。在第 2 卷第 6 类“睦亲族类”中收录名人 13 位,其中能为亲戚做出贡献的仅 2 人。一人是汉代樊重家里很富,财产巨万,经常救济同族中的穷人和亲戚、邻居,平日借给别人的钱就有几百万。到他八十多岁谢世时,在遗嘱中交代儿孙,把这些借据、契约全部烧掉。另一位是南朝的徐陵,在他被封建昌侯后,将自己每年的俸禄(主要是粮食)的大部分送给一些贫穷亲戚,自己家里过着清贫的日子。而在同卷“孝敬类”中收录名人 123 位,它是“睦亲族类”人数的近 10 倍。而收录在“友于类”中的名人是 25 位,是“睦亲族类”能助亲(2 人)人数的 10 多倍。这“睦亲族类”能助亲的 2 人,若与全册人数相比,真是少得可怜。由此可见,亲戚之间的关系,疏则疏,密则密,顺其自然,不必大惊小怪。

人们常把“血浓于水”这个比喻性词语看成亲情范畴的经典律令,这话没错,但亲戚关系并不是纯粹的血缘关系,还伴以复杂的种种因素,这“血”中太多的是“水”!因此,千万不要把亲戚关系混同于血缘关系,要求有“亲戚关系”的家庭都务必把“浓于水”的情感泼洒于互相往来之中。作为一种良好的希望可以理解和崇尚,但不能规定人人必须实施,家家必须兑现。

构成亲戚关系的各个家庭,都是独立的经济实体。而每个实体的构建背景,又受着诸如政治、经济、社会地位、文化知识、宗教信仰、个人经历、天赋素质、道德涵养等多因素的影响,所有这些影响则决定着这个家庭“细胞”的社会定位、思想走向。所以,每个家庭、每个人将以什么态度,从哪个角度去梳理这似乎并不复杂的亲戚关系,自然不会是完全一样的。国家法律也不可能对此领域制定统一准则,因为它属于道德范畴，所以亲戚之间亲亲疏疏当是再正常不过的事。若凭己愿让亲戚之间都和睦相处，亲如一家，那是不现实的、不客观的，也是不可能的。

现实中一家人几种信仰的有之，政治立场不同的有之，其行事方式方法南辕北辙的有之，时有同室操戈的并非罕见。探赜深究，血缘相近的亲戚关系一定亲而无间，那只是人的心愿，严肃点说，那是缺乏对事物的客观认识，是深陷主观唯心思维的窠臼。

现实中，亲戚、家庭、朋友就其亲疏关系，虽有细微的相似之处，但不属一个概念，也不在一个水准线上。朋友往来虽也是后天的，但它多以彼此的切身利益和情感交融为纽带，又多是在相识有所付出过程中拼打磨合，尤其经过人品诚信的淬炼而凝结的友谊，是可贵的，是值得珍爱的。而家庭成员之间的亲情关系，从血缘基因，从每个成员的生命历程，他们之间是手足与共、唇齿相依的生命共同体。他们之间有担当的责任和义务，所以这种关系是受国家法律保护，它与亲戚、朋友之间的关系是有原则区别的。

亲戚双方的关系完全是后天的意外邂逅，就是儿女亲家，当初也是互不相识，没有往来，没有利害和情感前提的，至于两家缔亲以后的关系，则完全取决于双方往来的实际状况。它会就此越来越好，也会越来越坏。国家婚姻法的制定正是以法律条文去诠释姻缘关系的不稳定性的合法性。如果双方解除婚姻关系，社会上名目繁多的表亲往来也就随之化为乌有。正视社会实际，亲戚之间亲疏自然，因双方不能在理念上形成共识，老死不相往来，那孰是孰非，就不必较真了。对此现象，有些人不着实际，高谈阔论，不时伴以责难的感慨，这并不凸显个人智慧的超凡之处，多是徒增笑料而已。所以为亲戚之间关系是疏是亲耿耿于怀是不必要的，也是不值得的。

翻阅历史，东周列国是把联姻作为结盟的手段。“秦晋之好”一语，千年来几乎成为喜结良缘的代名词。然秦穆公侵犯了晋国利益，亲外孙晋襄公率军大败秦军，已是晋国太夫人秦穆公之女文嬴向儿子讲情才放回几位被俘将领。唐代出嫁给外蕃的公主有19位之多，也没有换来大唐的安然无恙。孙权把妹妹嫁于刘皇叔，到头来是赔了夫人又折兵；康熙把女儿嫁于噶尔丹，但最终还是出兵消灭了噶尔丹。

眽眽亲戚之间，并不鲜见的是矛盾重重，干戈时有，极少火并之状惨不忍睹。更让人忧心惙惙，如惔如焚的是一母同胞——亲姊热妹、手足弟兄，甚至还有母女、父子之间因鸡毛蒜皮，反目成仇，骨肉相诒，不共戴天，在众目睽睽的法庭上，唇枪舌剑，水火不容。面对此情此景，人们又不得不去反思，人是有灵性的高级动物，可理性怎能沦落到如此地步？

18世纪的一位法国诗人说：“我们可以选择朋友，但无法选择亲戚。亲戚是生来就注定的。”这就是说亲戚从渊源上看，它只是阴差阳错的后天默认。再明白点说，当“赵钱孙李”互相牵挂到一起，名之曰“亲戚”，既没有共同利益也不存在情感基础，连人与人道义上的纲纪也没有，它是五湖四海间的偶然相遇，它近似云雾纷纷的社会缩影。尽管逢年过节，大家也坐在一起樽俎同欢，其乐陶陶，可它是毫无组织纪律的瞬间的凑合，对任何人来说都无丝毫约束力。唯一的凭借就是彼此远远近近有那么一丝一缕而又难以梳理的遗传基因上的余脉。它靠的是道德力的黏合，是没有任何法律效力的。它连村民之间的凝聚力都没有，因为村民必须遵守村民公约。对此一社会现象，容某失敬言之，它几近是盘中之沙，较为符合实际。

天下事，自然者昌，阉割者亡。任何非己能为之事，即便刻意雕琢，也多不得善果。亲戚本是社会大树的分枝，枝疏枝密，天地使然。它犹如大地之水纵横流淌，随势而为，任何违背自然的或截或堵，水尚且不领情，更何况于人类，何苦为此而耿耿于怀呢?

“疏不间亲”别解

成语“疏不间亲”据说出自《韩诗外传》三：“魏文侯欲置相，召李克问曰：‘寡人欲置相，非翟黄则魏成子，愿卜之于先生。’李避席而辞曰：‘臣闻之，卑不谋尊，疏不间亲。臣外居者也，不敢当命。’”成语的意思大家都知道，就是关系疏远者不参与关系亲近者之间的事。

对此，我没有异议。只是由此想到，倘若我们从为什么“关系疏远者不参与关系亲近者之间的事”思考，对成语做一番别解，也许是有益的。譬如，我们这样理解：“疏”，远也；“间”，间隔也、隔膜也、距离也。那么成语岂不暗含有“行居相疏，并非就有隔膜”之意？

倘如此，“疏不间亲”还包含有“亲戚之间要有相对距离”。这个“距离”，既指行居上的距离，也指情感上的距离，或者说，无论是行居上还是情感上，都不宜亲而无“间”落入俗套，直白地说，亲戚相处应当适度。

亲戚之间情是灵魂，如果只盼目往来的疏密，那是只观其水果的外壳。可无核水果的外表再惊艳，那也只是虚幻。这类亲戚彼此的交往再紧密那也只能是双方精神上的虚耗。就从一个家庭看去，骨肉相连，情同手足，命运相关，然也必须正视，儿女成人，分家立室，离开父母，迈步社会，走向五湖四海。但只要初心不改，亲情就在，这种形式上的疏离，并不会损伤其亲情。人际情感的延续，不只靠生命基因，“海内存知己，天涯若比邻”，不管基因远近，只要知心，重情重义，都会海枯石烂心不变的。倘双方交往缺失了情的实质，即使朝朝相见，夕夕相处，那种同床异梦、貌合神离的互动是没有任何意义的。实际上，“两情若在久长时，又岂在朝朝暮暮？”亲而有距并不影响情感的交流和交融，倒是耳鬓厮磨口吐莲花者，未必就一定能够心灵畅通。有道是：情浓天涯心常怀，意淡咫尺如隔山。

有人说，亲戚是无核的苹果皮。余愚钝，参悟不透，但却十分欣赏学界大家季羡林先生的一个比喻：树枝之间搭连太近了，蜘蛛就要结网了。这个比喻“於我心有戚戚焉”，于是写下两则实例，算是感悟。

1974 年 6 月初，我被学校分派到农村参加麦收劳动，期间在我住的村子发生一个命案。事由是：亲伯叔弟兄同住在祖父留下的一个院内，他们的父辈都已下世，院内就他兄弟两家。说是两家不够确切，因堂弟年近三十还是单身一人，未能成家，日子过得艰难。兄长比他大近十岁，早已成家立业，膝下一男两女，生活过得比堂弟要好些。因其妻子为人尖酸刻薄，手不“干净”，经常顺手牵羊拿走堂弟那原本不多的家什，有时还偷摸粮食之类。如此久了，堂弟由忍到怒，直到当年麦收的一个晚上，堂弟用铡刀砍死了哥哥、嫂子及一个侄儿、一个侄女，小侄女因裹于被中，伤未及命，经救治身落伤残保住了性命。堂弟自己在杀伤哥嫂一家之后，把铡刀横于井口之上，在惨叫声中投井自杀。这一家从他们的爷爷算起，祖孙三代，到此断了香火。其状之惨令人目不忍睹，其情之悲，令人耳不忍闻。

这堂兄弟的悲剧，因素颇多，但留给后人值得反思的是，倘从他们的父辈开始分而居之，住处好坏不论，或许今天他们的日子过得都不够好，但至少不会因其同院而居，生活上的鸡毛蒜皮酿成如此惨案。这算例一。

例二，也是邻村一家。父母有亲生女儿四个。出于对女儿的疼爱，前两个女儿结婚，父母都没有让她们离家，两个女婿都到他家来定居。赶到第三个女儿结婚时，前边两个姐姐的子女都成长起来。虽然都是单独生活，但因住得太近，柴米油盐风雨渐起，口舌之争日渐凸显，老母亲忍痛不得不把大女儿一家赶走。赶到最宝贝的小女儿结婚时，她执意留下四女儿，又让二女儿三女儿离开。自此，身边仅留小女儿一家，表面上院内的争吵声没有了，可姐妹几个因此而心存芥蒂，互有嫌隙，积怨难消，老死不相往来。这位妈妈的初心是，自己和女儿们不离不弃常居一起，定会其乐融融。而事实恰是由亲而怨，到头来无亲可言。早知如此，一开始就让女儿们各立门户，各到各家，哪会落到不欢而散的今天？

台湾现代作家三毛在《人》一文中写道："好邻居重要。好亲戚也重要。将亲戚请来做邻居，往往亲戚和邻居都成仇人。"此言耐人寻味。

"疏"不"间"亲，重在心灵。或者说，亲戚之情的疏密关键在双方的道德修养、个人素养及处世观念等诸多因素是否在一个层面，仅凭一方的努力是不够的。如果单从相处形式上的远近或来往疏密去衡量双方的情意，那都是肤浅的。双方没有心灵的契合和共事的交汇点、可容性，即便双方如影随形，那也是虚无的，充其量是与路人相伴相随无异。

欲其虽疏犹亲，"疏"不"间"亲，双方的人格必须相互尊重。即使社会地位、生活水平有很大差异，甚或是因社会背景不同，双方“门不当，户不对”，彼此相待也不能忘了“尊重”二字。如果从心理上彼此有了尊卑的情感鸿沟，那是用任何物质也无法填平的。心灵上如果疏远了，即使碍于面子彼此有时也走动走动，但那也只是敷衍而已，是不得已而为之，这样的亲戚关系早就名存实亡了。

做人要自食其力，持家要自立门庭，常寄居于他人篱下可怜巴巴地躲风避雨，会成为他人家的赘疣，会让自己失去独立前行的能力，也必然会品尝到受制于人的酸楚。生存就是苦难，生活就是挑战，企望别人搀扶着走，也就完全丧失了个人的人生意义。作为一个生理健全的人，倘以呰窳偷懒的心态去理家，这个家是经不起风雨的，这不只是做人的懦弱，也是一种耻辱和不道德的剥削意识。就是任何一个负责任的国家，对本国贫困人群的救助也从来没有大包大揽的。偶遇特大天灾，国家只能做到救急、扶持，却从来不包揽一切。生存下去的重担还是号召百姓通过自力更生、生产自救来承担的，更何况亲戚之间呢?

亲戚之间相互的照管是理性行为，是道义所使，是情意的呈露，所以，不要用非理性化的热心，见对方有一时的生活拮据，就柴米油盐、求医问药、老人入院、孩子入托等等事无巨细地和盘包揽，更不要把这当成是关系亲近的“壮举”。其实这是对对方的一种轻慢之为，是你以为他低能、无能的表现，是你让他觉得你做的一切都是天经地义的，如果你以后做不到了，他就会觉得你无情无义。因此，这样非理性行事并不会使双方的关系更趋密切，倒是在埋下日后产生裂隙的种子。

亲戚相处宜“疏”不“株”亲。就是说亲戚之间，遇到非常态的事，也可以说自家突发“水”“火”之事。涉及要承担法律或道义上的责任时，自家要勇于担当，力挺应对，不要急于把这“水”“火”引向亲戚家，使他家拒之伤情，退之难堪，迫于无奈，跟着蒙上乌云，遭逢骤雨。这样做，非但无助于自家“水”“火”的平息，反而又让他人一时因厘不清是非纠葛而家无宁日，更不说日后受到不必要的不白之冤。这种“城门失火，殃入池鱼”的处事方式是亲戚之间理当禁忌的。

“亲戚”一词深蕴情义，容不得些微亵渎。可人心诡异，偏有丧失天良的人，在蓄谋行窃或践踏法纪时，常假亲戚之情拉拢亲戚入伙加盟。这其中因气味相投、沆瀣一气的，那就另当别论。但多是在所谓亲戚的幌子下被一方恶意拖入陷阱的。封建社会朝廷上的皇亲国戚之间，常因密谋篡政扰乱朝纲而被株灭族亲的事层出不穷。

吕后在刘邦去世后，违背汉高祖生前的白马之盟——“非刘氏而王，天下共击之”的约定，为加强自己的党羽力量，巩固自己的权力，而大封诸兄为侯为王，甚至连姊妹吕媭也封为临充光侯。吕媭也成为中国历史上妇人封侯之始。还让自己的外孙女（鲁元公主的女儿）为惠帝皇后；惠帝死后，在立恒山王刘弘为皇帝（少帝）时，又以吕禄女为皇后。她以私己之心苦心经营的“山寨”，在她死后，周勃等将“诸吕（包括吕媭）男女老少皆斩之”。

西晋晋武帝执政时，宰相贾充为攀附武帝，把自己大女儿贾南风嫁给白痴太子当上了皇后。但因贾南风不能生子，便使尽劣技，把自己妹妹的儿子抱过来，企图立这个外甥为太子，以达篡政的目的。结果因丑事败露，贾南风自杀，贾家一族全部处死，她的妹妹贾午和妹夫韩寿一并被诛。西汉时，霍光为汉室江山功不可没，他的家族和亲戚也因此都在朝廷担任各种要职。后因霍光的妻子显想让自己的小女儿霍成君入宫篡夺皇后之位而毒死许皇后。事后霍家亲戚密谋篡权未果，汉宣帝耳闻此事，下令彻查。事情的结局，霍云、霍山自杀，霍禹被腰斩，显和霍家其他人被斩首示众，株连亲戚数千家。

现实中，不在少数的落马官员都把自家至亲一并拖入邪道歧途，其思想根源就是不懂亲戚有距，其行当有“疏”之理。

几十年来，耳闻此类恶迹多如牛毛。或私利，或私仇，心怀不轨的预谋者常把枷锁套在亲戚脖子上，其结果是让亲戚付出惨痛的代价。当然单念亲戚之情，不假思索，贸然为他家私事而“赴汤蹈火”，又搭上身家性命，而结果别人安然无恙，自己家破人亡，这也真让人既惋惜其不值，又怒其愚蠢。

看看现实中那些借宗教活动之名而搞邪教组织以及危害社会的非法团伙，尤其是当今社会上屡禁不止的传销组织等，哪一个不是利用亲戚网络做纽带，给社会造成危害？在反腐运动中出现的家庭式腐败，也明显掺杂着把亲戚关系扭曲的因素。这些对亲戚的揶揄作为，从人性来讲都是极不道德的。

曾在央视《今日说法》栏目中看到：一人为报私仇，烧毁一辆满载客人的大巴车，造成多人死伤。可他为了逃避罪责，一天晚上他约了他的一个亲戚带上十斤汽油来到他的宿舍。借喝酒之机把来者灌醉，尔后点燃汽油将醉者焚烧，自己趁机逃脱，以造成畏罪自焚的假象。可恶有恶报，他还是终入天网。当审判员质问他为什么偏要叫这个人来替他丧命时，他说，叫别人还不一定来，叫他是因为我知道他一定来，因为他是我最近的亲戚还是我最好的朋友。

“疏”不“间”亲。疏是其形，亲乃其质。不管双方渊源何来，年代多久，也不必探究来龙去脉。看今日有缘相逢，于理于情不可怠慢，魏征《谏太宗十思疏》中说："傲物则骨肉为行路。"意思是说，傲慢待人，虽是骨肉兄弟，也会演变成互不相识的路人。这就告诉我们，即使一母同胞，双方关系相处的好坏，也是全在彼此之间如何相待的。即便昔日有枘凿相损之嫌，只要坚守不损国、不违法、不践踏人间道义，站在人生不易的高度，秉持容人即是恕己的理念，权当路人相扶，益人益己，还是以善待为上。

“和而不同”是为亲

龙生九子，各不相同，何况亲戚？天下众生，秉性不一。亲戚也是这样，不可能和自己所思所想一模一样。

亲戚就是亲戚，原本就不是一家人，彼此都有自己的家庭，都有自己的生活习惯、处事方式，不会举手投足如出一辙。彼此往来，能言及亲戚是天赐机缘，与其相伴而行，共生共荣，则难能可贵。所以在互有交往之间能把握“和而不同”之道就是不错的雅境。

亲戚关系的形成和确立不为个人意愿所左右。天公的作美是关键因素，人为的运作是顺势而为。所以这种短暂的交往，“不同”在先，它是前提；“和”是交往的需求、目的和愿望。可这种结果，需要双方以真诚的心态、平等的礼仪、相互间的尊重做基础，尔后方能携手浇灌，着意培护，在相辅相成的历程中孕育出“和”的花蕾。

家庭是社会肌体的最小细胞，是相对独立的个体，每个家庭的家规、家训、家风、生活方式、处事准则是自成一体的。每个家庭如何处世自成一脉，看上去大同小异，然具体行事轨迹，亦相去甚远。加之人性中趋利避害的疾疴又时时作祟，有利则投，有害则远。菲律宾第 13 任总统埃斯特拉达说：“自我当成总统，我的亲戚就越来越多。我的侄子和侄女还有孩子都增加了。”他的话语，正是对这种无根无渊所谓“亲戚”网络的真实感受。所以社会上流传的“穷到街前无人问，富在深山有远亲”“掌权时门庭若市，落魄后人见远之”，当是此等人情的真实写照。这种受利害驱动而变化的亲戚关系，因是人生途中的偶尔相逢，之后的分道扬镳乃情理之中。所以不同的家庭在如何对待亲戚的观念和思路上演着不同色调的版本，是自然之事，彼此理当尊重。

亲戚之间虽不是国与国之间的关系，但彼此交往也非常忌讳相互干预，套用国际交往的术语，就是不要干涉他家内政。20 世纪 40 年代，常见一种社会现象，就是家庭因婆媳不和或夫妻矛盾，儿媳动辄就把娘家人搬来问罪。这种处事方式只能是火上浇油，激化矛盾，后果可能更为糟糕。原因是娘家是局外人，并不了解矛盾的来龙去脉，加之先入为主又不肯去了解实情，只根据一面之词就想当然来评判是非曲直，往往使芝麻米粒般的琐屑之事顿生波澜，弄得难以收场。就是事情没有闹到如此严重，对亲戚家内之事，也一定要谨慎处之，不要逞强耍横，到他家指手画脚，搅动事态。实际上，清官难断家务事，亲戚也不是“断家务事”的合适人选，他家之事，别人做不了主，拍不了板，理当慎之又慎。如果如此贸然兴师动众，轻易置自己于他人家庭矛盾的漩涡之中，轻则尴尬异常，弄得灰头土脸，重则狼狈丢丑，自受其辱，搬起石头砸自己的脚。总之，无论从哪方面来看，都是得不偿失。

《论语·微子》中讲：“君子不施其亲。”就是说，君子不可骄横，不要怠慢亲族。尤其是作为长辈，切忌倚老卖老或自恃有恩于晚辈，就对晚辈的家事品头评足，妄断是非，把自己的一孔之见当成治家宝鉴，让晚辈一定奉若圣旨恪守谨行。倘如此自以为是地到他家发号施令、颐指气使，那十有八九是不受欢迎的。自古道：“兄弟阋于墙，外御其侮。”兄弟之间即使打得头破血流，尚且在别人欺侮时能够一致抵御，由此可见家庭内部的矛盾纠纷是“隐私”，是十分忌讳外人插手插足的，无论你是什么人都不要忘记这点。何况亲戚即使有疏有近，平常来往或疏或密，但因有某种联系就不可能不“身在此山中”。所以对其家庭的是是非非也就难免“横看成岭侧成峰，远近高低各不同”，不可能绝对客观公正，所以更不要轻易卷入对方的家庭纠纷之中。倘若如此不问其因不明其故地贸然涉足，到头来非但他家的“火”没有因己之能而平息，反而却引火烧了自身，这是何苦呢？

亲戚之间要想达到“和而不同”的境界，就一定要妥善处理好双方经济往来方面的关系，不可碍于情面含糊草率，为日后留下是非的种子。亲戚相处，虽不能在财物上精确到锱铢必较，但来往账目一定要放在桌面上，亮到日光下。常言：当面厘财真君子，兄弟情浓账当分。寓言故事《杯弓蛇影》告诉我们，人是有疑心的，任何不透明都可能使人疑神疑鬼心存芥蒂，何况经济往来。经济方面的一丝不透明，也许不能够说是道德品格上的瑕疵，但它一定会在人们心理上投下巨大的阴影，成为彼此矛盾的隐患。这些矛盾随时日发酵激化，一旦超过情感的限度，就要公开化，轻者争吵不休，重者对簿公堂。先不说孰是孰非谁赢谁输，至少是双方情意会走向冰冻，个人的形象会受到损害，这就从源头上动摇了“和”的基础。

亲戚往来禁忌“红眼”，不可随意求取他家的财物。宋代文学家苏轼说：“且夫天地之间，物各有主，苟非吾之所属，虽一毫而莫取。”亲戚家的物品，或许你觉得那东西真不值钱，更不贵重，然“敝帚自珍”，你怎么知道这不是人家的心爱之物？你顺手牵羊，就会给他家生活带来难料的不便。一次两次，人家碍于情面主人没法启齿，但心里并不乐意是肯定的。因为每个家庭无管东西多寡优劣，主家都自有用场和安排，并非废弃之物。属于自己的财产怎么支配，如何使用那当然随己所便；然本不属于自己的，或讨要，或巧取，都有掠人之美，贪人便宜之嫌，非君子所为。所以凡不是主人挚意馈赠，还是不要主动张嘴或伸手去拿为好。

亲戚之和，还有两忌不可小觑。

其一，不管自家生活处在何等艰难景况（天灾人祸另可别论），都不要有让亲戚替自家挑起担子的想法。要明白，任何一个家都是一副重担，自家的担子要自家挑，不要将自己的责任转嫁给任何亲戚，那是会累及双方亲和关系的。即便亲戚的生活状况明显比自己优越，自家的日子也着实过得紧巴，自己也不能有这种想法。说实在的，从做人的角度看，人要活得有点骨气。既是自有门户，就要自食其力来让门户在阳光下矗立人前，自家日子自家过，千万别叨扰人家。人，更不该让吝啬、贪婪占据灵魂，任呰窳偷生恶习作祟，假亲戚之名，敛他家资财。说实在，同在蓝天下，只能自食其力不能兼济天下就已是逊人一等，若再不能奋力站起而希冀仰人鼻息苟且人生，则更是做人之耻、懦夫之为。倘如此，除自污形象之外，还影响亲戚之和，自己的德行就更令人不齿。

其二，不要拉亲戚大旗作虎皮。古今中外，帝王们的江山毁于内亲外戚之手的不乏其例；手握大权的政要们栽倒在亲戚的泥淖之中的也比比皆是。那些因“一人得道”而升天的“鸡犬”们，拉上“亲戚”的大旗招摇过市，狐假虎威，挖社稷根基，侵吞国家资财，陵折天下，飞扬跋扈，践踏国法，蹂躏百姓，直到天怒人怨，激民众揭竿而起，这个教训不能不说太过深重。这种理念和作为必将彻底冲溃亲戚之间“和而不同”的大堤。

客观地说，升天“鸡犬”的所为，也并非全是“得道者”所愿；也许有不少是“鸡犬”们势力过于强大，挟“得道者”于泥淖之中。“鸡犬”们扯起“得道者”的大旗，装神弄鬼，胡作非为，倒行逆施，“得道者”也许真不知情，但不能不承担“不察”的渎职之责。由此覃思，如此亲戚，贻国害民也殃己，不曾有一丝“和”的气味。所以在社会上有点响影者，除了具备一定的修养，也要警惕这些“鸡犬”与“猢狲”，别让他们把自己也拽到泥菩萨过江的地步。

亲戚中的“公与私”务必泾渭分明。《韩非子·饰邪》上说：“私义行则乱，公义行则治，故公私有分。”毛泽东同志经常拿“公与私”的标尺丈量自己，在如何处理亲戚关系上，他给自己定下三原则：恋亲，但不为亲徇私；念旧，但不为旧谋利；济亲，但不以公济私。

所以亲戚之间既不可轻视“和”，但更要坚持“不同”的原则。不能事无巨细都要听从亲戚的摆布，更不能迁就某些亲戚唯己为尊、损公肥私、损人利己的各种极不合理甚至是违法的要求，要像毛泽东那样正确处理亲戚间的“和”与“不同”。

社会庞杂有如海底世界，借用高科技手段也难以一目了然。人心的倏变光速难及，倘被亲戚之裙带所绑架，紧随亲戚利益在转动，则是对社会的浅识，对人性的混沌。个人不是为亲戚而活着的，所以因国家利益而不“和”的亲戚，即使“老死不相往来”也是不必惋惜的。

人之为人在于情感，但又不可为亲戚之情所困溺而不讲原则。毛岸英 1949 年 10 月 24 日在写给他的一位舅舅的信中说：“反动派常骂共产党没人情，不讲人情，如果他们所指的是这种帮助亲戚的朋友、同乡、同事做官发财的话，那么我们共产党正是没有这种‘人情’，不讲这种‘人情’。”

亲戚之间受主客观诸多因素的制约，“不同”是常态，个人无力也没必要使其亲“同”一家，虽然从人生以善为上的处世理念角度看，还是应以“和”为贵。所以既有缠绵缱绻之亲，彼此往来，只要不违背国家至上的纲纪，不损伤民族的利益与尊严，不触碰人伦的底线，不玷污做人的道德义理，还是以和为尊，善待亲戚。

地上万物，自然天成者甘，强行而为者苦。亲戚本是自然，亲疏亦同此理。情在一心，意在缘分；心诚则亲，意淡则疏。亲者自亲，疏者自疏，顺其自然，心底坦然，能到达“和而不同”的彼岸，就该是值得称道的了。

几畦青菜

自得其乐

人们的情趣各有不同。即使游览山水，观赏大自然的美，你看泰山日出，我喜长河落日；你偏爱绵绵春雨，我羡慕皑皑冬雪。这大概就是“智者乐水，仁者乐山”的意思。进舞厅，搓麻将，生性没有这种禀赋。从小生于农村，长于田间。在日常的桑麻中，泥一把，水一把，点瓜种豆，情趣无穷，乐在其中。

想来是树老落叶，又归根也。故而退休后，在距家不算远的地段，以每年一百元租金，租得两分薄田。说它是薄田，因为它原是河道，土厚不及一尺，还混杂着河石沙砾。经过几年的辛劳，如今它已是我的乐园。

《汉书·食货志上》上说“菜茹有畦”，《吕氏春秋·音初》上说“土弊则草木不长”。这就是说，要想把菜种好，土质肥瘠是关键。为改良土壤，我从两方面着手：一是利用冬闲和平日调茬之隙，把地下的河卵石挖出；二是先后买十几方猪粪改良土壤，以增加土地的肥力。因为种地要有收获，只有“着其根而培其实，加其膏而希其光”，这一步不可或缺啊。

伟人说水利是农业的命脉。无水何以种菜？所以我就先着手在地中间打一眼小井，又从邻县百里之外买回水圈若干个，把小井从底到口全用水泥圈和砖块箍起来，并加上井盖，使小井牢固安全。小井上下深约八米，水深三米，水势旺盛。接着我又买回一台高质量水泵，大概用了两千多米电线，把电从家送到井边。当然我还添置了种菜的所需工具，先后投资三千余元。

小井不足五平方米的井台，四周被我用木桩扎上围栏，并在顶上架上些棍棍棒棒，那就算是菜棚了。井台一角，安放着一块方形预制板，以供放置种地的杂物和休闲时下棋、打牌娱乐之用，周围有水泥条座，可供人们小憩。菜棚的一边种了三株葡萄，另一边栽了一棵桑树。每当夏季，待桑葚成熟时，个个肥大，颜色黝黝发亮，味道酸甜可口，人们伸手可得。葡萄与桑树枝蔓交通，郁郁葱葱，掩阳蔽日，真是乘凉的好所在。井边有常备的绳子和小桶，天热时随手用绳子拉上一桶，水质纯净又清又凉，用毛巾擦上一把，惬意非常。飞来觅食桑葚的鸟雀偶尔鸣唱一曲，啾鸣几声，给树下的斑驳光影平添了几多美妙。

菜园是绿色的，有绿才有鲜花，有绿才有小鸟，有绿才有彩蝶蜜蜂，有绿才有和谐。哪里有一片绿，哪里就有一派生气；哪里有一片汪绿，哪里就会有生命的欢声笑语。所以周围种菜的伙伴和路过菜地的人们经常会在菜棚下歇息谈天，笑声朗朗更让这几畦青菜之园格外怡然不凡。如果需要浇菜，小闸刀轻轻向上一推，顷刻间碧水淙淙沿细渠如丝帛湉湉入畦。此一刻我手把锄头，盱盱棵棵油绿的菜苗饱饮着清澈如醇的甘露，慰欣之情，沁润心脾。

“春种一粒粟，秋收万颗子。”自阳春三月谷雨前后埋下种子，栽上幼苗，我心里就充满了希望。翘盼种子发芽，破土，向上的牵挂常会走进梦乡。所以，每天早起，不管刮风还是下雨，我都会先到菜地仔细察看一遍。门口几位种菜的都有一种共同的体验：倘若心绪悁悁，只要你置身菜畦之中，凝视小苗青葱般的勃勃精神劲，那些不愉快的纠结须臾就无影无踪。无语的小苗激活了人们抑郁麻木的心灵，这真是难得的独特享受。这让我想到英国作家吉米·哈利写过一本书《万物有灵且美》。书里讲述的是，他在约克郡乡间所遇到的美好的自然、温馨的人及可爱的动物。在作者眼里，万物充满灵性，并且是美丽的。

尽管地不算多，但我尽量兼顾着菜的品种多样性：从红白萝卜、大小白菜到葱韭芥蒜，从黄瓜、茄子、西红柿到长短豆角和苦瓜，每年多少都种一点。适值生长季节，碧绿的菜园清凌凌、绿油油生机盎然，宛如铺上深绿色的绒毯。每当身置菜畦之间，我总会油然哼起李白“花间一壶酒，独酌无相亲”的诗句。我虽没有他醉在与明月心灵相通的诗情，但于整枝修叶、薅草施肥、汗水湿额沾背之时，能盱睇花开并蒂，也可谓“氛氲入几席，馥郁侵衣裳”（陈樵《雨香亭》），令人心旷神怡，从无倦怠之感了。有时，我在双手扶一幼苗之初，心绪或有些许起伏不宁，然凝眸小生命勃勃向上的灵动，悒郁心情则顷刻间烟消云散。待蔬菜成熟之时，秧架上，尺五的黄瓜，鲜嫩得让人垂涎；一尺长的苦瓜，三尺有余的长豆角和六七寸长的短豆角，一根挨着一根，一串并着一串，煞是招人喜欢；茄子长得像小碗，西红柿个头如鹅卵，令人惊喜异常。只要伸伸手就会袋鼓筐满，这时人才真正体悟到“一分耕耘，一分收获”的意涵。

看似不起眼的这几畦青菜，仅自家是受用不尽的，那就给亲朋好友送上一点。有时我也会邀约三五知己到菜地来叙旧聊天，临走时让他们自采自摘，高兴而来，惬意而归。如此夏去秋来，老友彼此来往频频，既多了思想交流，又使旧情绵绵，这使我的退休生活更为丰富多彩。每当有老同志、老朋友、老熟人走过菜地边时，我都要他们带走几样鲜菜，盱盱他们离去的背影，心里总有一种溢于言表的幸福感。

与人共乐

种菜以来，也常有人打趣：你这老翁，种菜吃不了，又不卖，何乐而为之？

每当听到这种善意的调侃，我就想起“雪夜访戴”的故事。故事说晋代名士王徽之，于雪夜乘小舟去访问他的朋友戴达，然而只走到戴达的门前，连门都没敲就返身而去。别人也许不理解他为什么这样，可他明白，自己享受的就是这种“乘兴而来，尽兴而归”的过程。他从探访朋友的往返的过程中得到了心灵的需求。

有人说，人生最大的快乐不是索取而是奉献，因为自己在奉献的同时也收获了希望，赢得了尊重。许多火车司机也说，快乐就是长途旅行中能够欣赏沿途的风光，如果不是为了旅客驾驶火车驶向远方，自己又怎么能够欣赏沿途的风景？这些话没错，自己如果不种这几畦青菜，怎么能够品尝到种菜有这么丰富的人生乐趣和人生感悟呢？事情常是这样：在给别人方便和快乐时，自己会更快乐。

初中语文有一篇“钓胜于鱼”的文章，是作者根据一位老教授说的一句话“我是为钓，不是为鱼”而铺篇成章的。要说钓的目的理当在鱼，若不为鱼，却在钓，似乎悖于常情。可转换思路，把人生的过程看成钓的话，其意义正在于此。它告诫世人不要太看重成果，更不要奢求望而不可即的成果。人一旦有削足适履之求，就会不择手段，抛弃人生的底线，玷污灵魂轻践人生。不管社会把自己摆在哪个位置上，从足下起步，重在一步一个脚印踏实向前。一个人真能如此去谱写自己的一生，可能不会演绎出惊世骇俗的壮举，可能不会给社会做出旷世悠远的业绩，留下彪炳史籍的辉煌，但只要以“独钓寒江雪”的凝神和执着，去走完自己的一生的路程，也就不会心怀愧悪。

天下苍生熙熙攘攘，多是因把“得”搁在掌心，反而为“得”所困。人生期颐，分秒历历。在自然界的长河中，何许短暂，转瞬而已。若总把自己设置在美妙的蓝图之中，安放在耀眼的光环之内，使自己精神上承受着巨大的压力，我想，这恐怕不是人生意义的全部和真谛。在超负荷的枷锁中追逐不切实际的硕果，不少人既没有跨进自己的理想的殿堂，反而英年早逝，留下赍志沉没的扼腕。

种菜自食，我施以猪粪，弃用化肥，不打农药，所得可谓纯正的绿色食品。加之菜势总是长得喜人，子夜光顾者连连不辍。葱被拔，蒜被挖，真是萝卜白菜各有所爱，哪种菜都难于幸免。第一年种了四畦大蒜，待成熟时，一夜间他人帮挖三畦。乍一看真还有点火气，随后次数多了，自己也常一笑了之。它反倒像我生活中的一滴水花，平添了情趣，陶冶了情操，开阔了胸怀。我幽悟再三，这才叫社会，鱼龙混杂，凡圣交参，各色人等和而不同，才会绽放七彩斑斓。所以，个人只管种好，才是种菜的意义所在。他人“撺掇”一点，想来是更急需吧？

菜田近于宅旁，风和日丽或雨过天晴，我常把饭菜端到菜地井台上，边吃自种的果实，边赏茁壮的瓜秧，那种愉悦的心境难以言表。

有时携书展卷于此，畅游书海，于神游中陶冶回归与超越的性情，感受人生的得意之乐和失意之苦，从远古的刀光剑影鼓角争鸣之中体味历史前行的艰难与残酷，聆听圣贤做人处世之道中感悟社会和谐之珍贵。徐徐清风中，书卷的墨香与泥土湿湿的芬芳、瓜果爽爽的甘甜交融出一种奇妙的幻境，让人真切地体验到“香远益清”的自然大美。

“结庐在人境，而无车马喧。”有时夜幕降临，大街上灯光闪烁，人声熙攘。而我却独处菜田井旁，倚栏伫立，颇有“心远地自偏”之感。此时我就像朱自清在《荷塘月色》中写的那样：“这一片天地好像是我的；我也像超出了平常的自己，到了另一个世界里。我爱热闹，也爱冷静；爱群居，也爱独处。像今晚上，一个人在这苍茫的月下，什么都可以想，什么都可以不想，便觉是个自由的人。”在这没有喧嚣的时空，仰望明月，许许多多古古今今的人物似乎都来与我叙谈。苏东坡感叹“人有悲欢离合，月有阴晴圆缺”，李清照悲切“莫道不销魂，帘卷西风，人比黄花瘦”，杨绛先生超然，“我和谁都不争，和谁争我都不屑。简朴的生活，高贵的灵魂是人生的至高境界”……于是鲐背的我，释然、坦然、淡然，遥看苍穹，璀璨繁星，有如明灯盏盏，使我醍醐灌顶，心宇澄明。有菜田为友，有小井做伴，畅享着心灵的自由，任思绪遐驰，随徐风飘逸，夫复何求?

皓月当空，月色无边，何必在意虫声叽叽?当今华夏，如日中天，经济腾飞，勃勃盎然，前景一派灿烂。虽俗世众生有“争名于朝，争利于市”者，有诚信缺失假冒猖獗者，有挥霍无度奢靡浪费者，有道德沦丧贪腐淫邪者，如此这些如秋虫蚊蝇聒耳，让人悒悒不安；然幸有伟人辈出，掌控乾坤，“打虎拍蝇”，玉宇澄清，力保盛世永驻神州，则使老夫为之欣然、陶然、怡然。此时置身这月夜静景，余少了些许牵绊，多了一些淡定。

人啊，在有生之年，不管居庙堂之高还是处江湖之远，只要不虚度年华，不碌碌无为，不好高骛远，不一曝十寒，能够殷勤踏实，都会在人生之书卷留下华彩的一页。事农桑，“锄禾日当午，汗滴禾下土”，汗水赢得甘甜，心怀坦然。当工匠，一丝不苟，件件螺铆经得起岁月的检验，心无愧怍，高枕入眠。人啊，闻鸡而起，落日而归，做自己想做的，做好自己想做的，率性而为，无害天地又无愧天地，何必在意业绩是否惊天骄人？人生的真义，如是而已。

人生之乐，与人前滔滔夸示平生之辉煌无关，因为山外有山天外有天，比你有能耐、更辉煌的人多的是，谁稀罕你这井底之蛙啊。其实，真正能让人为之震撼动容的，是一个人在风雨交加榛莽丛生的泥泞途中艰难跋涉的过程及途中的别样风景。哲人说，人生这次旅行，不在于急切到达目的地，倒在于途中五岭逶迤的葱茏和乌蒙磅礴的巍峨，在于跋涉者如何领略大自然的湖光潋滟，风景旖旎，如何从旅途的苦辣酸甜中酿出人生美酒，从而使人生的旅途生活更加充实，精神世界更加盈然。

种菜中的人生之乐正如跋涉攀登途中的乐趣一样。登攀珠穆朗玛峰，登上峰顶的须臾，固然会让人兴奋、激动乃至狂癫，然而能在那屹立、纵览、眺望的时间不过几分钟或几十分钟而已，你不可能永远呆在山巅傻乐。因为你攀登它的目的绝对不只是要看看那不胜寒的高处的风景，而最主要的是为了挑战极限证明自己，证明自己有一种最能激励人们向上的不向艰难险阻低头屈服的百折不挠的意志、毅力和不畏艰险的忘我精神。

美人迟暮，廉颇老矣，余虽有老骥伏枥之志，但亦有自知之明。

桑榆之年，我不可能直挂云帆济沧海，不可能大鹏展翅九万里，只能做一些力所能及的小事来证明，自己还不是废柴一根。于丹说得好："一个人的发展，最重要的往往不在于终极的理想有多么高远，而在于眼前拥有一个什么样的起点。我们往往不缺乏宏图伟志，而缺少通向那个志愿的一步一步的积累起来的切实的道路。"河边的二分菜园就是我回报社会的起点，余乐为老圃。

菜园南面有青山一座，山脚下缠绕着正在治理的涧河，不久它依旧会澄澈见底，直视无碍，细石历历，游鱼可数。所以，每当我扛上农具，信步田间小径，陶令的诗句"采菊东篱下，悠然见南山"会让我油然自吟。我做梦也没想到，积弱积贫的中国能有如此辉煌的今天；我从未奢望过自己，童年衣衫褴褛，颠沛流离，为求生，更姓名，出柴扉，寄养异乡，今日能有这般养怡之福颐养天年，幸哉，足矣！

这几年，几畦青菜让我泥里水里忙得不亦乐乎，但脈脈勃勃生机的蔬菜毫不吝啬地回馈我们阴凉、氧气和食物，我心中便有了一种挺不错的获得感。它宛如我桑榆之年的赟贝，激活生命的源泉。它更使我在生命的最后历程中有一种盈盈感、幸福感和成就感……

例说“观其行”

谈及对人的鉴识，孔子主张“听言观行”。他说：“始吾于人也，听其言而信其行；今吾于人也，听其言而观其行。”孔子对人的认识过程，尚且有一个由“听其言而信其行”到“听其言而观其行”的转变，而且将“观其行”置于首位，我辈待人接物更应该牢记这一点。

“观其行”不是“观其形”，与装神弄鬼的“相面”无关。“观其行”的目的，就是通过对人的体态行为的观察来认识其人的品行和性格，判断其为人处世和行事方式，从而决定自己如何与之相处。对于此门知识，某孤陋寡闻，仅从平日阅读所记和街谈巷议之耳闻，撷取几例，聊供大家茶余饭后的插科打诨。

先说管仲识人，他是从人性的角度来观察易牙、竖刁和开方的行为的。我们都知道，易牙很会做饭，为了讨主子的欢心，他以自己的儿子做食材，烹制出味道鲜嫩无比的菜肴献给齐桓公吃；竖刁呢，为了表示对齐桓公的忠心，自行阉割，进宫服侍齐桓公；开方，本是卫国的公子，在齐国侍奉齐桓公，虽然齐国距离卫国只有几天的路程，但是在长达十几年的时间里，从未回国看望过自己的母亲。管仲在弥留之际，齐桓公在探望他时问上述三人可不可以委以重任，他回答道：

“易牙杀死自己的儿子来迎合国君，这种行为不近人情，这个人不能任用。”“竖刁阉割自己来迎合国君，这种行为不近人情，这个人不能信任。”“开方舍弃自己的父母来迎合国君，这种行为不近人情，这个人不能接近。”桓公不听，仍然宠信这三人，后来齐桓公去世后，易牙进入宫中，置桓公尸体腐败生蛆于不顾，与竖刁等杀戮官吏，制造内乱。这事出自《史记·齐太公世家》。

东汉高士管宁是从人们对待金钱荣誉态度的角度来“观其行”的。有一次，管宁和华歆同在园中锄草，看见地上有一块金子，管宁依旧挥动着锄头和看到瓦片石头一样没有区别，华歆高兴地拾起金片而后又扔了它。又有一次，他们同坐在一张席子上读书，有个坐着有围棚的车穿着礼服的人刚好从门前经过，管宁还像原来一样读书，华歆却放下书出去观看。管宁就割断席子和华歆分开坐，说：“你不是我的朋友了。”这事出自南朝刘义庆的《世说新语·德行篇》。

曾国藩是从人的举止神态的角度来“观其行”的。淮军刚建立时，李鸿章带了三个人去见曾国藩，恰好曾国藩饭后散步。待曾国藩回来，李鸿章请求传见三人，曾国藩说：“不必了。”李鸿章问其原因，曾国藩说：“第一个人低头不敢仰视，必是一个严谨细小、老成厚重之人，可任一般官职。第二个在人前貌似恭敬，正视不乱，可背地里左顾右盼，必是阳奉阴违之人，不可任用。另一个人睁目而视，势同金刚，始终挺拔不懈，是忠义之人，是个将才，功名不在你我之下。”曾国藩讲的这个将才就是后来收复台湾省的淮军将领刘铭传。

关于曾国藩与刘铭传还有一个典故。一天，曾国藩与李鸿章一同步行悄入宿馆，只见一人裸腹踞坐南窗，左手执书，右手持酒，朗诵一篇，饮酒一盏，“长啸绕座，还读我书，旁若无人”。曾国藩便对李鸿章说："将来成就最大者，南窗裸腹持酒人也。"后事证明，曾国藩真乃慧眼识海贝，粒粒是珍珠。

再说说我平生听到的几例。

一位挚友对我讲，一天，他的尊师有幸到他家少叙，刚刚落座，推门进来了他的近邻，也是牌友（经常在一起打麻将）。牌友开口说"上班吧？"（这是他们的专用语，意思是开场打麻将）他说："今天'腿不够'。"（这里的"腿"是指打牌的人）牌友然后在客厅转上一圈就走了。他接着就给老师沏茶，寒暄。老师呷了几口茶，沉吟了片刻，说："我给你刚走的来客画个像，你觉得如何？"挚友说："愿闻，但讲无妨。"老师又盯了挚友一眼，显得谨慎而严肃地说："刁钻之徒，不可交也。"挚友颇有同感，叩问老师何以看出，老师笑笑未作回答。

我想，这位老师大概是把"听其言"和"观其行"结合起来辨识那个牌友吧。为了自己打牌玩乐，竟然反客为主，拐弯抹角对主人的客人下逐客令；还在主人的家里随便转一圈，窥人隐私，然后扬长而去，岂非"刁钻之徒"么？

为了验证我的臆想，一年后，我备薄礼并恳邀这位挚友去拜访他的尊师。见面之后，挚友说明来意。这位师长笑了笑，没作正面回答，却给我们讲起了另一件事。

一次，长者到朋友家有事，正赶上那家儿子提亲，只见一位姑娘在朋友家里像主人一样忙里忙外，不亦乐乎。那姑娘姿色中等，谈吐流畅，举止无拘无束。长者感到自己当天去的不是时候，就起身告辞。过了一些时日，出于和那家的患难情谊，长者思虑再三，还是鼓足勇气登门相谏："这门亲事最好还是不要做。"那家人没有听长者的建议，多年后儿子被这位女子折磨得两次走上自缢之路（第一次轻生没成），他的家境也就从此败落。

看来我猜得没错。这位长者听其言观其行，发现那位姑娘做事强势，是个“我的地盘我做主”的主儿，而长者的朋友一家是性格懦弱的谦谦君子，属于“弱势群体”，二者结合，难有幸福。

不管是古书记载，还是自己聆听长者所言，都告诉我们，实际生活中，一个人只要不是秉持指令性的图谋或有绝密大任，他的日常行为当是他心迹品性的外化。观其行而知其性，没什么神秘可言。

“路遥知马力，日久见人心”，听来确实有一些道理。因为在日常生活中，常有曾一度彼此关系不错的人，事隔不久，关系悄然冷漠，严重的会出现“似曾相见不相识”的味道。其实这都是“听其言而信其行”所惹的烦恼，倘若一开始就“听其言而观其行”，那么见微知著，何须“日久见人心”？平时如果能够静心观察对方的言谈行为，那一定会少一些上当受骗的遗憾。

2016年元月16日的《今日说法》播出：一个曾因盗窃罪蹲过狱判过刑的人，出狱后又冒充军人与一女子结婚五年，生有一子已经三岁。该男子后来因偷窃邻居古筝被公安机关逮捕，该女子还执意认为自己的丈夫是真军人，是好人……

类似这种案例现实生活中不是个别。人们不解的是，难道这位冒牌军人五年时日的行为能没有一丝一缕破绽吗？这位女子怎么会看不见那些蛛丝马迹？

人们欲识其人，观其行还是有可能的。

本然做人

——可敬的乞丐

曾在《解放军报》（2008 年 3 月 11 日）读到一篇短文：《恪守“本分”》。

短文说，作者在古城西安读军校时，一次外出在该城南门外看到一个独臂乞丐，手持书本在教偎依身旁的小儿子识字。儿子有五六岁，他们的面前放一个碗，碗里散乱着碎钱。作者在与这个乞丐搭话交谈中得知，该男子因一次车祸失去一只胳膊，妻子离家出走。他近闻妻子就在西安，所以带着儿子从江西樟树来到这里，如今身无分文，沦落大街乞讨。于是作者掏出一张百元面额的人民币送到乞丐手上，乞丐却不接受，指着面前碗里只有五元以下的零钱说：“我不能要这么大面额的钱，我只能要这样的。”乞丐的意思非常确切：乞丐只能拿乞丐的钱，多了就不是做乞丐的“本分”。

还曾在一大报上读到，湖北黄石一位 67 岁的拾荒老人，女性，名叫郭冬容。她在一个冬天的早晨到山上庙院捡破烂，发现一个塑料痰盂里有一塑料包，内装一摞现金。于是老人走了一个多小时，跑了近三公里山路，来到黄石市铁山区九龙派出所，把拾到的现金交给民警张光喜。张光喜接过塑料袋，当面点清内装7000元人民币。此时已是上午10点多了，老人有些不好意思地说："我还没'过早'（吃早饭）呢。"民警听来诧异："这么晚了还没过早？"老人说："我身上只有一元钱，不够买一碗面条，你能不能借我一元钱？"在场民警都忙着掏钱给老人。老人坚持只接一元。几位民警感动地说："你捡了这么多钱，赶这么远山路交到派出所，可自己连买一碗面条的钱都不够！"她说："做什么要讲良心，这钱不是我的，一分也不能动。"

刊载这两则故事的报纸，我迄今保存完好，有时还拿给来客和家人一阅。多年来耿耿于心的是，独臂男子与拾荒老妪"贫贱不能移"的人格魅力和心灵坚守着做人的本分。

由此让我想到另一个普通人——宋朝的邢悚。

赵匡胤在一次与敌厮杀中，得救于部下一名骑兵，后想报恩而不得其人下落。黄袍加身后，他请画师描摹画像，张贴全国，然终不遂愿。十多年后那人来了，拿着画像要求觐见，但他不是为自己而来，而是为当地的灾民。赵匡胤得知救命恩人来意后，立即命人安排赈灾之事，并要赐他十万两黄金，还询问他想做什么官。这位老骑兵却说："若是为了官位和钱财，小民早来领赏了。小民深知自己乃折足覆悚之人，平凡度日最好。如果陛下恩准，把赐予的十万两黄金一并作为赈济灾民的款项，小民感激不尽！"宋太祖长叹道："你如此淡泊名利，情系百姓，令人钦佩！你既无心留于朝中为官，就派你押运这批钱粮回去吧。"老骑兵再三推辞："赈济之事，体现的是陛下的爱民之心，若我押运，难免让人以为您是还我一人之恩，岂不辜负了皇恩！"宋太祖于是亲书一函："如果你遇到什么难处，只需拿出此信，就能得到任何帮助。"这一皇帝手谕，当真是丹书铁券，求之难得，可直到老骑兵离世，子孙们整理遗物时才发现。这个甘于平淡，始终不用皇家关系谋取功名利禄之人，就是留芳青史的邢悚。

在许多人看来，能有幸救皇帝一命，真是摸到了命运的“头彩”，然邢悚则无此念，而是以一颗平常心对待生活——靠自己的能力和本事生活。《菜根谭》上有句话说得好：“文章做到极处，无有他奇，只是恰好；做人做到极处，无有他异，只是本然。”这“本然”二字，用邢悚的所作所为去诠释，恰如其分。人生在世，无论魏武挥鞭，还是田园牧歌，都要操守“本然”，不忘根本，用心去领悟生命的美妙。

做人本然，就是保持自己的原貌。不粉饰，不矫揉，不造作，不把生命之外的附加物当成自己人生的追逐目标。因为人去追逐本不为己所有的，就是不知如何做人。南怀瑾先生曾撰文“从两头看人生”，一头是产房，婴儿赤身而来；一头是太平间，人又裸身而去。除了生存中的衣食住行，为你着实做出了奉献之外，其余你一生为之追求、奋斗、拼搏而换来的官位、权利、美誉顷刻间化为乌有。即使是皇上、太上皇，财产无数，名贯古今，然与你仅有的一次生命机缘相比，则显得轻若蝉翼而几乎没有分量。有些先贤、哲人提醒尘世的人，要淡泊名利，清醒面世，不要为物欲心动。克制私欲的魔化，就是让人保持做人的本然，不要为外物利令智昏，麻木不仁，在追逐物的漩涡中被搅得浑浑噩噩。你若为外物所惑，直到葬身漩涡之中，还认为是正在为前程的美好而拼搏，那么只能让智者笑你昏聩、哀你可怜，因为你在奋争的是本不属于你的东西。

人生如白驹过隙，不过是历史长河中的一瞬，珍重生命，知足为圣。人啊，应像邢悚那样，面对任由自己挑选的官位和灿灿耀眼的黄金，不是怦然心惊而是岿然不动、淡然平静。人丝毫没有必要，为满足眼球之馋、心里所羡而煞费心肝，扭筋折骨，冥想昼夜，不择手段去乞求本不为己之物。实质上，即使讨得珍宝、江山，也多是自载其重，费心看护，唯恐失守，实如赘疣，使自己生活于物的枷锁之中，有的最终成为致命的灾难。我已送走的不少同事和老友，于病榻之上都有此类感叹。其中一位提着我的名字说："现在想想，过去总是争这争那，真没有意思。"一位说："谁现在能医治好我的病，我把全部家产都给他……"这位朋友曾为和邻居争盖房子的高低（两家房子搭界），着实是费了心，也生了气。如今他能够对人生有此顿悟，虽然为时显得晚些，但总比执迷不悟要好得多。

在"官迷"者的眼里，能名曰"官"者，就得托门子，走幽径，递红包，几万、几十万甚至百千万。据说，在台湾省要谋一个将军，就得几百万。这些跑官者，把跑官当成一种理财投资，一朝官帽戴，贪财门大开，连搜带刮，欲壑难填。钱是身外之物，虽然是生活的必需，没有难以度日，但君子爱财取之以道，不能动歪脑筋。钱是为人服务的，人不应该是钱的奴隶。如果人们都把钱视为人生终极目标，甘做钱的俘虏，唯钱是瞻，为钱双膝下跪，丧失精神操守，那就要动摇社会根基，演化成人类的灾难。

邢悚所以可敬，就是他保持常人之心，对身外之物没有非分之欲。当听到赵匡胤"我找你许多年了，你怎么现在才来？若不是你当年舍命相救，我哪有今日"的感叹时，他没有勃然兴奋，而是以实回话："小民当年救您，是因为您是军中的主帅，救您就是救全军、救我自己。那次战斗之后，小民负伤回到家乡。陛下找人画的像我也见了，并揭了一张，以示纪念。陛下能记得小民，已经满足，不敢再图回报。"这番话照如今的说法就是，他救主帅是该做的事，责无旁贷，救人如救己，谈不上什么功劳，也没有想过要什么回报。正因为他心净如水，不存他求，所以连皇上最后写给他的通天手谕，他也秘不示人。他此次要找皇上，只是把“家乡连年大旱，颗粒无收，饿殍遍野，民不聊生，子食父肉，惨不忍睹”的情况，看成是自己的责任。这个责任不是他认为自己有通天的能耐，而是作为一个平实的常人之心使然。这种纯洁无欲的怜悯之心，是“小民实在坐立不安，决定来找陛下，望陛下开恩，救济天下百姓！”他丝毫没有为己而来，所以面对皇上又赐官又赏钱就只认为这是身外之物，本不为己，自然无动于衷。他靠的是一颗悃愊之心，无任何哗众取宠之意，自然也就不会押运这批皇上的救灾之物而返回故乡，去张扬自己。如此看来，他虽系普通一兵，但心底世界不滋他求的做人理念，真有圣贤之智、先哲之明，对人生真可谓大彻大悟。

邢悚做人，谨守一颗平常之心，靠自己的能力和本事去对待自己的生活。不拉大旗，不扯虎皮，虽系一介布衣，却干干净净活出了一番境界。然纵观社会舞台，总有人扮演着妖怪的嘴脸，上演着一幕幕闹剧、丑剧。为谋一顶官帽，可以厚颜无耻，乞哀于大庭广众之下，匍匐于他人膝足之前，几乎忘了自己还是个人；转过身，摇身一变，俨然正人君子，到主子面前再去诬陷他人一番。为了蝇头小利，坑蒙拐骗，抢盗杀夺。到头来这些魔鬼“机关算尽太聪明，反误了卿卿性命”，一个个两手空空，什么也没捞到。再看邢悚为人，远离名利舞台，洁身自好，面对唾手可得的名利却不肯染指。与这些人间自诩“精英”“豪杰”之辈相比，他似乎傻了些，可在人们的心里，邢悚真正矗立起昂首顶天、两脚踏地的“人”字，他活得巍峨如山。

权和利本是身外附属，取之应以其道，用之益国益民。然人性瑕疵，邪侈淫欲，无力止步，伏祸来日。邢悚之德，在于官利之欲不燃。今日某些人深陷名利泥潭，还总是以“市场经济”遮面，恬不知耻把祸源归咎于外，将病根深植其心。古人云：“悲欢离合谁无有，苦辣酸甜皆自求，倘能抛去名和利，心如皓月照水流。”床箦扪心，本然做人才能仰不愧于天，俯无怍于地。